KB020854

고려인문학

제3권 중앙아시아 편

고려인문학_제3권 중앙아시아 편

2013년 12월 15일 1판 1쇄 인쇄 / 2013년 12월 25일 1판 1쇄 발행

지은이 임형모 우정권 이정선 / 펴낸이 임은주
펴낸곳 도서출판 청동거울 / 출판등록 1998년 5월 14일 제406-2011-000051호
주소 (413-756) 경기도 파주시 문발동 파주출판도시 534-4 301호
전화 031) 955-1816(관리부) 031) 955-1817(편집부) / 팩스 031) 955-1819
전자우편 cheong1998@hanmail.net / 네이버블로그 청동거울출판사

Written by Woo, Jeong-gueon & others.
Text Copyright ⓒ 2013 Woo, Jeong-gueon & others.
All right reserved.
First published in Korea in 2013 by CheongDongKeoWool Publishing Co.
Printed in Korea.

ISBN 978-89-5749-150-8   (94810)
ISBN 978-89-5749-147-8(세트)

이 도서의 국립중앙도서관 출판시도서목록(CIP)은 서지정보유통지원시스템 홈페이지
(http://seoji.nl.go.kr)와 국가자료공동목록시스템(http://www.nl.go.kr/kolisnet)에서
이용하실 수 있습니다. (CIP제어번호: CIP2013027086)

이 책은 '아시아와 한류' 사업을 주관한 한국학진흥사업단의 지원을 받았다.

고려인문학

제3권 중앙아시아 편

임형모 · 우정권 · 이정선 지음

『고려인문학』전 3권은 러시아 연해주에서 CIS지역에 이르는 고려인의 삶과 문학을 에세이 형식으로 기술한 책이다. 이 책은 한국학진흥사업단의 지원을 받아서 '아시아와 한류'라는 주제로 기획된 과제를 수행한 결과물이다. 주제에 맞게 독자들과의 소통을 염두에 둔 결과 전문 연구서의 형식을 취하지 않았다. 일반 독자들로 쉽게 접할 수 있게 하여 고려인의 삶과 문학에 관심을 갖도록 유도하기 위한 분명한 목적이 있었기 때문이다.

고려인들은 근대사의 질곡 속에서 유이민이 되었고 러시아 연해주에 정착하여 러시아의 소수민족으로 살았다. 이후 1937년에는 CIS지역에 강제적으로 집단이주되어 소비에트 당국의 감시 속에서 살아야했다. 조선인에서 소비에트 공민이 되기까지 파란만장한 삶을 견뎌냈던 것이다. 살아 남기 위해서 러시아혁명에 투신하여 붉은군대의 일원이 되기도 했고 독소전쟁에 참여하여 소비에트를 위해 헌신하기도 했다. 또한 집단농장을 통해 국가 계획경제에 이바지하는 삶을 살았다. 그 속에서 지키고자 했던 조선적 정체성은 거의 상실하고 말았다. 한 국가가 소수민족을 다루는 정책에 휩쓸리며 그 뿌리를 거의 잃고만 것이다.

이 책은 그러한 고려인의 삶을 기억하기 위해 기획되었다. 그리고 그 기억의 방식은 전문적인 연구만으로는 부족하다고 판단했다. 일반 대중과 소통하기 위해서, 그리고 그 대중은 한국의 일반 독자를 비롯해서 CIS 전역에 살고 있는 우리 동포들이기도 하기 때문이다. 근대사의 아픔에서 시작되었지만 그 아픔을 초월하여 세계적으로 흩어진 동포들과의 네트워크 형성을 위한 작은 몸부림으로써 감정이 들어가는 글이 필요했다. 한국근대사에서 만주를 비롯하여 러시아, 맥시코, 하와이 등 세계 각지로 떠나갔던 동포들의 목소리를 기억하는 방식은 이성으로만은 부족한 일 아닐까.

따라서 고려인들과의 인터뷰와 그들이 남긴 기록물인 『레닌기치』 및 『고려일보』 등의 자료가 백분 활용되었다. 1권은 연해주를 중심으로 기술되었으며 2권은 강제이주를 다루었고 3권은 중앙아시아에서의 삶을 다루었다. 많은 부분을 온전하게 담아내지 못한 아쉬움이 짙지만 이는 어쩔 수 없다. 후속 과제로 남겨 두겠다.

끝으로 한국학중앙연구원과 한국학진흥사업단의 지원이 있었기에 이 책은 세상에 나올 수 있었음을, 또한 기억하고 싶다.

2013년 12월

우정권·이정선·임형모

| 차례 |

제1장

고려인 사회의
변화와 일상

제1장
고려인 사회의 변화와 일상

중앙아시아에서 우즈베키스탄은 현재 가장 많은 고려인이 살고 있는 곳이다. 타슈켄트의 공기는 맑거나 깨끗하지는 않았지만 싫지는 않았다. 유네스코에 세계문화유산으로 등재되어 있는 사마르칸트를 들르기 위해서는 타슈켄트에서 꼬박 네 시간을 열차로 달려야 했다. 사마르칸트에 도착하고 나서야 왜, 이곳을 세계문화유산으로 지정했는지를 실감할 수 있었다. 이 땅에서 그토록 찬란했던 문화가 있었다는 사실만으로 사마르칸트에 눌러 살고 싶을 만큼 좋았다. 이곳은 과거와 현재가 살아 숨쉬며 공존하고 있었다.

강태수의 「한 소녀에 대한 생각」에서 '나'는 사마르칸트에서 타슈켄트로 오는 열차에서 12세의 조선인 소녀 류드밀라를 만난다. 밀라의 부모는 이혼을 했고 소녀는 사마르칸트에 사는 마마를 만나보고 아버지와 살고 있는 타슈켄트로 돌아오는 길이다. 밀라가 일곱 살 때 그녀의 부모는 헤어졌고, 마마는 꼴랴를 데리고 살고 밀라는 아버지와 함께 살아왔다. 제 빠빠와 마마와 함께 살아가는 아이들이 몹시 부럽다는 밀라. '나'는 어른들의 인내심 부족과 어리석은 자존심으로 사랑의 열매인 어

사마르칸트

린 아이들의 가슴에 검은 점을 남기거나 그들의 행복에 그늘을 던지는 세태에 씁쓸해 하며, 나이보다 성숙한 밀라에게 연민의 감정을 느낀다.[1]

사마르칸트로 향하는 열차에서 프랑스인 꼬마들을 만나자 문득 밀라가 떠올랐던 것이다. 열차라는 공간이 상기한 연상 작용이었다. 꼬마들에게는 산수를 가르쳤다. 나에게 문제를 들고 와 풀어달라는 것이었는데, 숙제인 듯했다. 아이들의 부모는 프랑스와 우즈베키스탄을 왕래하며 산다고 했다. 서로의 언어를 잘 몰라도 수학기호는 세계 공통어로 충분했다. 그들 프랑스인들에게는 고려사람도 '까레이스키'였고 한국에서 온 나 또한 '까레이스키'였다.

사마르칸트를 다녀온 다음 날 타슈켄트 시내의 바자르에서 고려인 할

---

1 강태수, 「한 소녀에 대한 생각」, 『레닌기치』, 1977.1.6~1.7.

머니들을 만났다. 바자르에서 만난 고려인 2세대 할머니들의 얼굴은 예상보다 밝았다. 한국의 여느 할머니들과 비교해서 다르지 않았다. 오히려 더 밝았을까. 고려인 1세대의 경우 현재는 많이들 돌아가셔서 몇 분 살아계시지 않는다고 했다. 할머니의 한국어 실력은 알아듣기에 힘들지 않을 정도, 딱 그만큼만 유창했다.

그녀들은 밝게 웃으셨지만 그 웃음 뒤에는 현재의 생활에 만족하지 못하는 아쉬움도 묻어났다. 소련이 해체되기 이전과 현재와의 생활의 차이를 물었을 때, 공통적으로 소련일 때가 좋았다는 답변이 돌아왔다. 소련이었다면 이렇게 나이가 들어서 시장에 나와 일을 할 까닭이 없다는 설명이었다. 연금생활을 했을 것이기에, 편안한 말년을 보내고 있을 거라 했다. 사실이 그럴 것이다. 소련이었다면 연금생활(남자는 60세, 여자는 55세 이상)할 연세들을 훌쩍 넘기셨으니까. 그래도 할머니들의 얼

바자르에서 장사를 하고 있는 리따쩨아나 할머니

굴은 좋아 보이기만 했다.

　시장에서 만난 고려인 할머니들의 모습이 현재 힘든 고려인 사회의 한 단면을 보여주었지만 그래도 그들은 거기가 좋다고 했다. 연해주로 가는 사람도 있지만 그러고 싶어 하지 않았다. 사실 연해주에 대한 기억도 분명하지 않았을 것이기에. 우즈베키스탄은 할머니들의 고향이었다.

　그렇다면 강제이주 후 새로운 환경에 적응해야만 했던 고려인들의 삶의 면모는 어떠했을까. 1세대 고려인들의 자식교육은 어떠했으며, 소비에트 사회에서 적응하기 위한 노력들은 어떠한 진통을 겪었는지, 조선인이 아닌 고려사람으로서의 삶이 궁금했다.

1. 자식 교육에 대한 열정 하나로

　러시아혁명 이후 조선인이 고려인으로 거듭나는 중심에는 여호가 있다. 여호들은 살기 위해 조선에서 쫓겨 간 민초들이자 무산계급이었다. 대대로 농사꾼이었고 양반이 아니었기에 서당교육을 받는다는 것은 꿈도 꾸지 못했다.

　그랬던 고려인들이 소련에서는 전체 190개 민족 중에서 러시아인들은 물론 독일계를 제치고 아르메니아인 다음으로 높은 2위의 교육열을 보이고 있다.[2] 중앙아시아에서의 고려인들의 이주가 자유로워지면서 고려인들이 이주하는 첫째 요인도 자식 교육이 가장 큰 비중을 차지했다. 한국인들은 어디가나 자식 교육에 목말라 했다.

　이주 초기의 부모 세대는 자신이 교육을 받지 못한 한을 자식에게 만

---

2 남혜경 外, 『고려인 인구이동과 경제환경』, 집문당, 2005, 192쪽.

큼은 되물림하지 않겠다는, 지나온 삶에 대한 회한 속에서 자식교육에 헌신했다.

「산을 넘고 바다를 건너」에서 만금의 아버지는 조선에서 머슴살이로 고생하는 아들을 데리고 국경을 넘는다. 아버지는 러시아에 도착하자마자 아들 만금을 학교에 입학시킨다. 조선의 머슴은 러시아에 와서 세상에 이런 곳이 있다는 감격과 함께 1936년에는 로동학원을 졸업하고 1941년에는 국립 종합 대학을 졸업하고서 중학교에서 문학 교원의 생활을 할 수 있었다. 아버지는 아내없이 홀아비로 자식을 키웠다. 아버지의 입장에서는 자신이 아내를 얻음으로써 아들이 '훗어미'의 천대를 받게 할 수는 없었다.[3]

「생명」의 상춘 노인은 사람들이 '말의원'이라 부를 만큼 말에 대해서는 모르는 것이 없는 위인이었다. 상춘 노인은 공부를 못한 자신을 대신하여 아들 상근이를 축산 수의 대학에 보냈다. 아들이 대학만 마치면 평생일을 다 하는 거라 생각하는 노인이다. 그전 시대같으면 생념도 못할 일이었으나 세상은 바뀌어 하자고만 하면 못할 일이 없었다. 아들인 상근의 나이가 다섯 살일 때 노인의 아내가 죽었지만 상춘 노인은 자식 하나만을 바라보며 살아왔다.[4] 만금의 아버지도 그랬지만 상춘 노인도 자식에 대한 사랑으로 새롭게 취처를 하지 않았다.

자신의 아버지 어머니가 농사꾼이었고, 자신들이 그러하며 자식들도 그렇게 살아갈 것이었다. 본인들은 자식들에게 농사꾼 이상의 삶을 기대한 적이 없었다. 그러나 소비에트에서는 달랐다. 힘이 자라는 데까지 자식을 받들어 가면서 소학교, 중학교, 대학까지 필하게 했다. 왜? 그것이 가능한 사회였으니까.

---

3 김찬수, 「산을 넘고 바다를 건너」, 『레닌기치』, 1958.10.5.
4 한상욱, 「생명」, 『레닌기치』, 1957.1.1.

그러나 조선을 떠나서 러시아에 안착한 이후 혹은 강제이주 후에도 자식들이 평등하게 교육을 받을 수 있는 세상에 대한 기쁨만이 나는 아니었다. 부모의 마음과는 달리 자식의 요구는 커지고 부모의 입장에서 이를 다 들어주지 못하자 자식으로부터 괄시를 당하는 '쓰거운열매'[5]를 맛보기도 했던 것이다. 이에 소비에트 사회에 맞는 훌륭한 스승과 참교육의 중요성이 제기되었다.

「우리 선생」은 크술오르다 시내 한 모퉁이에 있는 제6호 중학교를 배경으로 한다. 선생인 안 게르만 블라지미로위츠는 학생들과 다른 선생들의 존경을 받는 인물이다. 그는 미술, 스포츠, 체육은 물론이고 물리, 수학, 교수사업과 개인 생활에 있어서도 모범적이다. 진실로 교원은 각 방면으로 발전된 사람으로 아름다운 내면세계를 가진 사람이라야 했다.[6]

「녀선생」의 삽화

「녀선생」의 류쌰는 신입 교원으로 사범전문학교를 마치고 룹쯥쓰크에 배치를 받아 가는 길이다. 그녀는 질펀한 벌판만 가득한 이곳이 실망스럽다. 잠시 후에 열차에 교원인 시나이다 이와노브나가 오르고 그녀를 발견한 모든 주민들은 그녀에게 경의를 표한다. 그녀는 처녀지를 개간할 때 모스크바 사범대학을 졸업하고 이곳으로 일을 하러 온 훌륭한 분이라고 한다. 나중

---

5 강태수, 「쓰거운 열매」, 『레닌기치』, 1960.3.20.
6 리왈렌찌나, 「우리 선생」, 『레닌기치』, 1963.4.26.

에 '나'는 류샤가 시내 학교 배치를 극구 사양하고 처녀지 마을로 갔음을 알게 된다.[7] 교육자로서의 살신성인이 강조되는 모습이다.

교육과 관련하여 『레닌기치』에서는 '참교육'을 주제로 한 많은 작품들을 번역하여 실었는데, 번역작인 「겨울의 떡갈나무」에서 교사는 학생의 모습을 통해 교원으로서의 언어 사용의 문제와 참교육의 의미를 깨닫는다.[8] 또한 번역작인 「첫선생」에서 고향에서 '나(알띄나이 쑬라이마놉나)'는 고아로서 선생인 쥬이셴의 도움으로 온갖 역경을 이겨낼 수 있었고, 성장하여 철학 박사가 되어 귀향한다. 마을 잔치에서 '나'는 상좌에 앉는다. 그러나 그 옛날 스승이었던 쥬이셴은 그 순간 우편물을 배달하고 있었다. '나'가 부끄러움으로 급히 마을을 떠났을 때,[9] '나'를 통해 가르침을 받은 자의 자세란 어떠해야 하는가를 스스로에게 되묻게 한다. 그리고 그것은 레닌의 가르침과 일맥상통한다.

이와 마찬가지로 교육받은 자식 세대와 그렇지 못한 부모 세대 간의 갈등이 드러나기도 한다.

「아버지」에서 올랴 와쑤찌나의 아버지 뾰뜨르 빼뜨로위츠는 가구사이다. 그의 딸 올랴와 그녀의 친구인 와랴는 졸업을 앞두고 대학에서의 마지막 시험을 치른다. 둘은 졸업하면 헤어지게 되는 마당에 저녁을 함께 보내기로 하고 올랴는 자신의 집에서 만나자는 제안을 한다. 올랴는 아버지가 고기잡이를 가시니 괜찮다고 하며 집이 좁아 걱정이라고 한다. 하지만 집에 오자 아버지가 낚시를 가지 않는다고 하자 올랴는 실망한다. 아버지는 딸을 생각하는 마음에서 친구한테 갔다가 늦게 오겠다고 하고 집을 나선다. 아버지는 2년 전 어머니가 돌아가시고 집안 살림

7 한진, 「녀선생」, 『레닌기치』, 1963.8.27.
8 유리 나기빈, 「겨울의 떡갈나무」, 『레닌기치』, 1965.8.28~8.31.
9 체 아이트마또브, 한진 역, 「첫선생」, 『레닌기치』, 1964.5.24~6.10.

을 도맡아 해왔다. 올랴는 아버지가 나가시자 집을 정돈하면서 걸상 위에 있는 나무조각을 치운다. 와랴가 오고 눌은 포도수를 마시며 교사로서의 앞날을 이야기하고 모든 일에 관하여 서로에게 편지하고 상론할 것을 맹세한다. 올랴는 아버지가 풀로 붙여 놓은 듯한 나무조각이 창피하여 슬그머니 치운다. 와랴는 서로의 심정을 속이지 말 것을 맹세한다. 새벽녘 와랴가 갈 때가 되어 집을 나서는데, 대패틀 곁에 쪼그리고 앉아 자고 있는 사람을 발견한다. 와랴는 아버지가 아니냐고 묻지만 올랴는 아니라고 한다. 그러나 와랴는 쌀쌀맞게 인사하고 가버린다. 아버지는 딸의 대화에 방해될까 저어하여 기다리다가 잠이 들었던 것이다. 집안에 들어온 아버지는 나무조각을 치웠느냐고 물었다. 그것은 올랴가 대학을 졸업하면 귀중품함을 만들어주려던 것이었다. 아버지는 자지 않고 나무조각을 찾는다. 올랴는 아버지와 어머니의 결혼사진 앞에서 반성하며 아버지에게 안겨 운다.[10] 딸은 아버지와 아버지의 직업을 부끄럽게 생각하지만, 그래도 아버지는 딸이 고등교육을 받고 선생이 되는 것에 한없이 감사할 따름이었다.

교육의 수혜를 받지 못했던 고려인 1세대 부모들에게 소비에트는 자식들이 교육의 수혜를 입을 수 있고, 노력만 하면 무엇이든 할 수 있는 세상으로 생각되었기에, 자신이 살아온 삶을 한풀이하듯 자식 교육에 열을 올렸다. 그 덕택인지 후대의 고려인들은 상대적으로 높은 사회적 지위와 부를 누리게 된다. 대부분의 2, 3세대 고려인들은 대학에 입학했으며, 대학에 입학하지 못한 경우는 직업학교라도 졸업하고 전문 기술을 익혔다. 고려인들에게 자식 교육은 낯선 땅에서 소수민족으로 살아가기 위한 방법론이었다.

---

10 블라지미르 리진, 「아버지」, 『레닌기치』, 1975.10.4~10.8.

그리고 우리 아이들이 사람이 된다면 그것은 전적으로 소비에트 사회의 덕이었다.[11]

2. 나보다 우리, 소비에트인으로 사는 법

고려인들은 중앙아시아에 살면서 러시아인이 지배하는 사회문화에 동화하고 수용되기 위해서는 많은 노력을 했지만 현지의 사회문화에는 별 관심을 갖지 않고 러시아인들이 원주민에게 갖는 태도와 편견을 수용하는 경향이 있었다.[12]

대표적으로 언어동화만 하더라도 한국말과 어순이 정반대인 러시아어를 익히는 데는 적극적이면서도 한국말과 어순이 같아 배우기도 쉬운 카작어나 우즈벡어를 익히는 데는 상대적으로 소극적이었다.

앞서 살펴본 대로 고려인 1세대들은 농업을 통해 자본을 축적한 후에는 그 축적된 자본을 자녀세대의 고등교육에 투자했다. 자녀 교육을 위해 부모들은 농촌을 떠나 대도시로 이주하기 시작했고, 타민족에 비해서 높은 도시화율을 보였다. 대도시에서 고등교육을 받은 2세들은 졸업 후 도시에서 전문직, 기술직에 종사하면서 도시에 정착하였다. 그렇게 주류사회에 진출했음에도 상층계급으로는 진출하지 못하고 러시아인과 원주민 사이의 중간계층에 머물면서 러시아인이 지배하는 사회체제가 유지되고 운영되는데 기여하면서 자신들의 지위를 보장받았다. 고려인은 신분상승의 전략으로 고등교육, 도시화, 전문직화를 추구하면서 언어, 의식, 생활방식 등에서 러시아의 사회문화에 동화되었다.[13]

---

11 강태수, 「한 아버지의 고백」, 『레닌기치』, 1975.11.29~12.12.
12 윤인진, 『코리안 디아스포라』, 고려대학교출판부, 2004, 139쪽.

다시 말해서 고려인들이 소비에트화하는 데는 철저하게 러시아식을 따르는 것이었고, 이는 고려인늘이 이국의 땅에 정착하면서 봄소 익힌 타고난 정치감각이 한몫했다. 러시아혁명 시에는 연해주에 소비에트 주권이 들어서는 데 일조하며 정치적으로 소비에트를 조국으로 인식했다. 그리고 강제이주 후에도 독소전쟁에 투신하여 조국애호전 사업에 헌신하고 붉은군대에 비행기를 바치기도 했다. 철저하게 나를 버리면서 우리를 강조했던 것이다. 그러나 어찌 보면 이러한 공공성의 강조는 러시아인이 중심이 된 소비에트화에 종속되는 것이었고 철저하게 러시아와 러시아인을 중심에 두고 있었다. 고려인들에게는 러시아식을 따르는 것이 고려인이 사는 길이었다.

「생명」에서 순희와 영철은 중학교에서부터 우정이 깊었다. 이후 순희는 의학전문학교에서 공부하고 영철은 십학년을 졸업한 후 공업대학에서 공부를 계속했다.[14] 순희가 졸업 후 파견을 떠나게 되자 둘은 떨어져 지내게 된다. 그리고 새해가 오는 섣달 그믐날 순희는 영철로부터 실습을 떠나는 길에 성거상에서 만나자는 전보를 받는다. 영철과의 만남을 기다리던 순희에게 상근이 찾아와 자신의 아내 영애가 해산을 하려 한다고 급히 자신의 집으로 가자고 한다. 순희는 어쩔 수 없이 약속을 뒤로 하고 새 생명을 자신의 손으로 받는다. 아이는 무사히 잘 받았으나 영철을 만나지 못한 회한이 밀려온다. 새해맞이와 새 생명의 탄생의 기쁨을 상근네 가족과 함께 하고 돌아오는 길에 순희는 영철과 자신 사이의 시련은 능히 감당하리라 굳게 믿으며 돌아온다.[15] 개인의 일보다는,

---

13 위의 책, 90쪽.
14 "러시아 당시의 교육제도를 보면 4년제, 7년제, 10년제 등의 학교가 있었다고 한다. 4년제는 소학교이고, 7년제는 초중학교, 10년제는 중학교였다. 중학교를 졸업하면 대학갈 자격이 생겼다(박환, 『박환의 항일유적과 함께 하는 러시아 기행1』, 국학자료원, 2002, 84쪽).
15 한상욱, 「생명」, 『레닌기치』, 1957.1.1.

개인의 사랑보다는 공공의 삶이 더 중요함을 강조하면서 공공의 일을 우선할 때 개인의 일도 잘 될 것이라 생각한다. 그리고 이러한 공공성은 민족을 초월하여 하나가 되는 모습으로 나타난다.

「이웃사람」에서는 정전 후 평양 방직 공장에 새로 배치되어 온 젊은 설계 기사 주익선의 가족과 초빙 교수로 온 안드레이 교수 부부가 서로의 집을 마주보며 생활하게 된다. 익선의 어머니 김씨는 전쟁 중에 가족을 모두 잃고 막내아들 익선만이 살아남았다. 맞은 편 집 안나도 독소전쟁에서 아들 윅또르를 잃었다. 서로 말이 통하지 않기에 거의 왕래가 없었으나 천진한 네 살짜리 영규에 의하여 왕래가 이루어진다. 영규를 보면 안나는 자신의 아들인 윅또르의 유년을 떠올린다. 어느 날 익선이 병에 걸리게 되고 안드레이 부부가 익선의 병을 보살펴줌으로써 두 가족은 더욱 친근하게 된다. 소련말을 할 줄 아는 익선을 통해 서로의 처지를 이해하게 된다. 영규의 스스럼없는 행동은 안나 부부에게 어버이의 감정을 이끌어내며 하늘도 없다는 결론에 도달했던 김씨에게 안나의 살가움은 살림의 기쁨을 되찾아준다. 가족에 대한 슬픔이 원쑤에 대한 증오로 바뀌면서 조선과 소련의 두 어머니는 서로의 손을 굳게 맞잡는다.[16] 조선인으로서의 삶이 전부가 아니라 러시아인과 일체를 이룸으로써 1차적으로 고려인의 소비에트화는 기틀을 마련했다.

또한 프롤레타리아의 국제주의에 따를 때, 공산사회로의 변모 과정에서 사회주의의 적은 개인의 사적 소유 관념이었다.

「니나의 재산」에서 고니나와 수리크(알렉산드르 쎄르기엔코)는 고아원에서 함께 자란 연인사이이다. 니나가 9학년이 되었을 때, 삼촌이 니나를 찾아오고, 방학을 이용해 삼촌네를 방문한 니나는 우슈토베에서 삼

---

16 신진순, 「이웃사람」, 『레닌기치』, 1958.8.19~8.24.

촌과 같이 살기로 하고 고아원을 떠난다. 의학 대학에 진학할 생각이던 니나에게 아주머니는 5천 부블리를 약속하며 터밭에서 같이 루크를 캐자고 한다. 대학은 1년 후에 가라는 권고와 함께. 수리크는 법률대학에 입학했다는 편지를 보내오고, 니나는 수리크에게 자신이 번 돈을 보낸다. 방학이 되어 뽈리까 머리와 넥타이를 매고 수리크는 니나를 찾아온다. 그는 가정이 그리워 니나에게 알마아타에 와서 대학에 진학하든지 같이 지내자는 제안을 하지만, 아주머니의 눈물 섞인 간청에 한 해 더 일을 한다. 저금장의 돈이 늘어가면서 니나는 자신이 번 돈으로 수리크와 함께 자동차를 구입하고 집을 살 계획을 한다. 수리크는 다시 찾아와 루크가 중한지 아니면 장래가 중요한지를 따지며, 니나에게 자본주의의 저열한 욕망, 토호적 경향 등의 말을 하며 그녀를 비판한다. 수리크는 니나가 보내준 돈이 꼴호즈에서 번 돈으로 알았던 것이다. 둘은 이별을 하게 되고, 이별 뒤에 수리크에게서는 편지가 없다. 마침내 기다리던 편지가 오고, 드세큰 론돈의 「때는 기다리지 않는다」를 읽을 것을 당부하는 수리크의 말을 이행하며, 삼촌네에게 쪽지를 남기고 우편국에 들러 거액의 돈을 고아원으로 보내고 수리크에게 간다.[17] 사실 니나는 꼴호즈가 아니라 고본농사를 통해 돈을 벌었던 것이다.

소련에서 고본농사와 같은 투기적으로 이윤을 추구하는 경제행위는 불법이었다. 그러나 고려사람들은 이를 통해 높은 수입을 벌고 자본을 축적했다. 대부분의 소련인들이 사회주의 통제경제에 순응하였을 때 고려사람은 자본주의의 가치와 원리를 실천하였다. 이러한 경험은 소련 해체 이후 중앙아시아와 러시아가 시장 경제로 전환하는 과정에서 고려인이 타민족에 앞설 수 있는 토대를 마련했다. 1980년에는 페레스트로

---

17 부뽀뜨르, 「니나의 재산」, 『레닌기치』, 1963.2.10~2.12.

이카를 통해 사회전반에 일었던 상업화의 분위기를 타고 다른 직종에 종사하는 고려인들까지 고본농사를 통해 10배 이상의 수익을 올렸다. 마찬가지로 독립 이후 꼴호즈와 쏩호즈 같은 집단농장이 사유화되면서 등장한 개인농업에서 고려인이 타민족에 앞설 수 있었던 것도 고본농사를 통해서 획득한 농업기술, 마케팅 기술, 근로의식 등이 뒷받침되었기 때문이다.[18]

여하튼 고본농사는 철저하게 자본주의 원리에 기반한 것으로 사회주의 국가에서는 배척의 대상이었는데, 항상 이윤이 남는 것만도 아니었다.

「춘보와 그의 아들」에서 춘보는 고본농사의 실패 뒤에 회계를 마치고 집으로 돌아오면서 자신의 지나온 삶을 회고한다. 춘보는 본래 연해주 꼴호즈에서 일했으나 꼴호즈를 나와 고본농사를 시작했다. 나름 돈도 벌었다. 고본농사는 해마다 논을 따라 이동해야 했으며, 농사 이후에 이윤을 몽땅 빼앗기는 일도 있었다. 고본농사 자체가 불법이자 자신의 직업을 '젝따르니크'로 소개하는 것도 낯뜨거운 일로 자신의 직업에 수치를 느껴 그만두려고 마음먹은 것이 이미 여러 해 전이지만 단념하지 못하고 지속해왔다. 아들이 아버지의 직업 때문에 벌써 3년째 집에 돌아오지 않고 있음을 상기하며, 춘보는 이번에 집으로 돌아가면 앞길에 대하여 아내와 상의할 생각을 한다.[19] 아버지의 직업이 고본농사꾼이라는 이유로 아들이 집을 나가 들어오지 않는다는 극단적인 설정만으로 고본농사에 대한 강한 비판의식을 엿볼 수 있다.

이처럼 사적 소유 관념과 자본주의적 경제관념에 대한 경계가 고려인들이 소비에트인으로 사는 방식이었다.

---

18 윤인진, 앞이 책, 120쪽.
19 아산, 「춘보와 그의 아들」, 『레닌기치』, 1963.4.14~4.16.

「무르헤드 의사와 그의 치료 환자」에서 무르헤드는 정신과 의사이고 그에게 쓰뗄라는 정신치료를 받는다. 그녀의 남편은 엄청난 부자이고, 무르헤드는 사적 이익을 위해 거짓 치료를 계속한다. 결국 다른 정신의에게 갔던 쓰뗄라는 무르헤드의 실체를 알고 그에게 권총을 겨눈다.[20]

나보다 우리로 사는 것이 고려인들이 사는 방식이었는데, 1차적으로는 러시아인과 러시아식 문화와의 일체를 이루고 사회주의에 맞는 공공성의 추구가 고려인이 소비에트인으로 사는 방식이었다.

3. 나는 소비에트의 당당한 여성 일꾼

한때 개그프로인 일명 '개콘'에서는 남성이 차별받고 있다는 주제로 남성해방을 부르짖는 '남·보·원(남성인권보장위원회)'이란 코너가 인기리에 방영된 적이 있다. 여자들이 밥을 사는 그날까지 남성들의 투쟁은 계속 될 것이라고 외쳐댔는데, 공감이 가는 부분이 많았다. 방송 회차가 늘어갈수록 조금은 식상해졌지만, 남성해방을 부르짖는 사회가 되었다는 것은 역으로 하면 여성의 사회적 지위가 남성과 대등해졌거나 또는 그 이상이라는 말로써, 남성들의 위기의식을 읽어내기에 충분했다.

그러나 다른 한편으로는 우리 사회가 과도기에 있는 것으로도 보여진다. 여성의 사회적 지위가 커진 만큼 그 책임감 또한 막중해진 것을 부인할 수는 없으니까. 한국의 여성 자살률이 세계 1위라는 것을 어떻게 해석해야 할까.

고려인 여성들은 굉장히 강인했다. 우즈베키스탄에서는 범죄가 많으

---

20 김로만, 「무르헤드 의사와 그의 치료 환자」, 『레닌기치』, 1967.12.22~12.26.

니 밤에는 절대로 나가지 말라고 가이드는 신신당부했다. 외국인을 노린 범죄가 많다고 했다. 그래서일까. 우즈벡의 밤거리는 사람의 말소리를 듣기 힘들 만큼 한산했다. 밤에는 대부분 택시를 이용하는 사람이 많았다.

우리를 안내했던 고려인 학생 베로니카도 밤에 강도를 만난 적이 있다고 했다. 그러나 맞서 싸웠다는 그녀의 말에서 진실로 강인함이 묻어났다. 그랬다. 영화 〈나의 결혼 원정기〉(2005)의 김라라(수애)도 사랑을 위해서 과감히 길을 나설 수 있었으니까. 남성과 맞서 싸우는 것이 다는 아니겠지만 고려인 사회에서의 여성들은 열정적이고 당당해보였다.

조명희는 「아우 채옥에게」에서 여자의 진실한 해방과 행복은 오직 이 나라에서만 있으며, 공부, 사업 그리고 또 높은 지위까지도 무엇이고 다 할 수 있고 가질 수 있다고 진실한 여성해방을 노래했다. 그의 노래처럼 고려인 사회에서 여성과 남성은 대등하게 그려지고 있다. 그리고 그 대등함의 시작은 남녀를 막론한 노동의 평등에서 오고 있었다.

러시아어로 오체르크(ocherk)는 실화문학을 의미한다. 우리 식으로 하면 수필에 해당하는데, 대부분의 여성의 살아 있는 업적들은 오체르크를 통해서 확인할 수가 있다.

고려인 학생 베로니카

김예까쩨리나

「대의원 – 분조장」의 장올리가는 별 사람도 아닌 보통의 조선 농민 여성으로서 쏘련 최고 쏘베트의 대의원이 된다. 이는 사회주의 국가가 아니고서는 상상조차 할 수 없는 일이었다.[21] 「인정」의 김예까쩨리나 쁘로호로브나는 알마아따 수의대학을 마치고 수의 진료소 소장을 겸임하고 수의-미균 실험소 소장으로 있으며 그녀는 주 쏘베트 대의원이기도 하다. 이들 고려인 여성들은 공산주의 사회의 문을 하루라도 빨리 열려는 노동으로 바쁘고 낡은 것과 억세게 싸워 이기는 비상한 열정의 소유자들이었다.[22]

여성으로서의 당당한 삶이 사회주의 체제에서 오는 구조적 측면이 강하게 작용한다는 사실을 부인할 수는 없다. 그러나 고려인들의 경우는 난지 사회 구조문제로 치부하고 넘어갈 수만은 없는 고려인이기에 가능했던 삶들이 있는 것이다.

연해주에 소비에트 정권이 들어서는 데 있어 고려인 여성의 활약은 실로 대단한 것이었다. 「해당화」에서 해당화를 닮았던 금옥은 자신의 몸을 던졌고, 「지홍련」의 홍련은 남편의 뒤를 이어 남자도 하기 힘든 빨치산 투쟁을 했다. 특히 「김옥순」의 김옥순은 한인 사회당을 도와 최종적으로 소련 공산당 당원증을 받는다. 이처럼 고려인 여성들의 소비에트 정권에 대한 기여는 단지 소극적인 일개 여성에 그치는 것이 아니었다.

---

21 전혁, 「대의원 – 분조장」, 『레닌기치』, 1960.7.10.
22 김준, 「인정」, 『레닌기치』, 1963.3.30.

이렇게 고려인 여성의 당당함은 그 뿌리가 일제 타파와 혁명의 완수에 닿아 있다. 새로운 사회를 만드는 데 누구보다 열정적이었던 그들의 삶은 혁명의 완수 후에도 고스란히 일상의 삶으로 이어져서 어떤 이민족 여성보다 당당한 삶을 살아가게 된다.

「아버지와 딸」에서 김정숙은 십년 제 공부를 마치고 달리 하는 일없이 집에 있다. 아버지는 그런 딸을 바라보며 걱정을 한다. 정숙은 꼴호즈에서 일을 하고 싶어 한다. 하지만 아버지는 여자가 기계를 타는 것은 위험하다고 생각하며 딸이 의사가 되어 시집가기를 바란다. 정숙은 여자가 기계공이 되어도 훌륭하게 성장할 수 있다며 아버지를 설득하고 아버지는 훗날 절대 원망하지 말라며 나가버린다. 정숙은 아버지의 반대를 무릅쓰고 '꿀쓰'로 떠난다. 정숙은 목화 추수가 한창인 가을에 돌아와서 선진 기계공들의 대열에 나서게 된다. 급기야 정숙은 목화수집기 위에 순회 붉은기를 휘날리게 된다. 딸이 신문에 나오게 되고, 아버지는 공화국에서 소문난 기계공이 된 딸이 자랑스러웠다. 지난 날 딸의 꿈을 반대해 사람들로부터 50년이나 뒤떨어진 사람이라는 소리를 들었던 자신. 아버지는 스스로를 반성했다.[23] 김정숙은 남자들도 하기 힘들다는 편견에 도전하여 과감히 누구보다 멋진 결실을 맺는다.

「첫걸음」에서 전수난은 지난 해 십 년제를 졸업한 처녀로 아직 애티가 나고 몸집이 가늘고 얼굴이 해말갔다. 그런 그녀가 남자들이 하던 '물보기꾼'을 하겠다고 나선다. 수난은 쏩호즈 지배인에게 청원서를 올렸고 지배인은 희한한 일이지만 승낙한다. 사람들은 처녀에게는 부당한 일이라며 만류했다. 이같은 생각은 일을 가르치는 창주 아바이도 마찬가지였다. 그러나 그런 그가 수난의 열정에 감동하여 창주 아바이는 내

---

23 리동수, 「아버지와 딸」, 『레닌기치』, 1962.9.23.

「첫걸음」의 삽화

벼보다 너의 벼가 더 잘 되어야 한다. 그래야 처녀늘이 너를 본받아 불보기꾼으로 나설 것이라고 말해준다.[24] 사람의 편견을 변하게 하는 것은 자신이 하고 싶었던 일에 대한 지치지 않는 열정이었다. 앞서 정숙도 그랬지만 수난 또한 비상한 열정으로 남성들의 인식에 변화를 가져오며 일개 여성이 아니라 당당한 노동자로서 우뚝 선다.

「두 곱절의 기쁨」에서 리마리야의 아들 김블라지미르와 며느리 강옥순은 어머니의 50주년 생신을 몰래 준비한다. 리마리야의 남편은 조국전쟁 시기에 노력전선에 나갔다가 사망했다. 이후 그녀는 26년 동안 꼴호즈 페르마에서 착유공으로 일하면서 레닌훈상과 노력석기훈상을 받았다. 아들 내외는 어머니가 좋아하는 과일을 준비하고 축가를 불렀다. 이때 이웃에 사는 전쓰웨틀라나가 들러 리마리야가 사회주의 노력 영웅 칭호를 받게 되었다고 알려준다.[25] 리마리야는 사회주의 노력 영웅으로서 26년간을 그 누구보다 성실하게 살아왔다. 50년을 산 것도 기쁜 일이고 그녀가 영웅 칭호를 받게 된 것도 기쁜 일이었다.

이처럼 사회주의 국가 건설에 투신한 고려인 여성들의 삶은 역사적 뿌리가 매우 깊다. 그 역사 속에서 그녀들은 일개 여성에 그치는 것이 아니라 진정 당당한 일꾼으로서 우뚝 섰으며, 그 누구도 그들의 삶을 무

---

24 리와씰리, 「첫걸음」, 『레닌기치』, 1965.4.24~4.27.
25 리그리고리, 「두 곱절의 기쁨」, 『레닌기치』, 1968.6.8.

시할 수 없었다. 남녀 관계의 이 같은 평등한 관계가 고려인 사회를 이끌어 온 큰 동력이었다. 그리고 수많은 고려인문학의 여성 주인공들처럼 그들은 교육을 받고 전문직 여성으로서 당당하게 소비에트 사회의 일원이 되었다.

꼴호즈와 고향 만들기

제2장
꼴호즈(КОЛХОЗ)와 고향 만들기

  고려인들이 중앙아시아에 정착하여 자식들을 교육시키고 소비에트 사회에 적응하며 다민족사회에 안착하고 글쓰기를 지속할 수 있기까지는 많은 시련이 있었지만 그 중심에는 항상 꼴호즈가 있었다. 그리고 그 꼴호즈의 기원은 연해주로 거슬러 올라간다.

  조선의 유이민이 고려인이 되는 계기는 1차적으로는 구한말 조선의 경제적 상황의 궁핍으로 인해 함경도의 주민들이 인접한 국경을 넘으면서 비롯한다. 그리고 한일합방을 전후하여 일제의 폭압을 피해 연해주로 떠났던 또 다른 일군의 조선인들이 있었다. 이들은 러시아와 소비에트 사회에 적응하며 긴 시간을 지나오는 동안 고려인 디아스포라로 살았다. 무엇보다 러시아 혁명을 통해 소비에트화하는 과정에서 고려인들은 혁명에 투신하며 소비에트 사회 건설에 일조했다.

  고려인들이 러시아 혁명에 투신한 이유는 '내 땅'을 가질 수 있다는 꿈과 희망이 있었기에 가능했다. 봉건 지주와 일제의 폭압을 피해서 또 다른 고향을 찾아 고향과 국가를 등지고 길떠남을 강행했던 사람들이었기에 많은 고려인들은 레닌의 사상에 동조했으며, 러시아인과 어깨를 나란히 하고자 했다. 조선 유이민들 가운데 혁명에 동조한 이들은 대부분 농민 출신의 여호들이었기에[1] '땅'에 대한 간절함은 더했다고 할 수 있다.

혁명은 훌륭하게 완수되었으나 대다수 고려인의 바람처럼 혁명 이후 곧바로 토지분배 문제가 해결된 것은 아니었다. "극동 지방의 한인들 대다수가 소규모 또는 충분히 물질적으로 보장을 받지 못한 계층으로 구성"[2]되어 있었고, 따라서 이를 해결하기 위한 방안으로 협동조합운동이 시작된다. "집단주의 농업 구현을 위한 운동의 선봉에 선 이들은 과거 빨치산 운동 참가자들과 한인 극빈층을 형성하던 한인 빈농들이었다."[3] 실제적으로 이것이 고려인 꼴호즈의 기원이 되었다.

소비에트화가 진행되는 가운데 고려인문학에서 꼴호즈는 거의 모든 작품의 공간배경이 되고 있다. 급기야 농촌공동체인 꼴호즈는 고려인문학에서 고향으로 인식되기에 이르며, 러시아 연해주를 비롯해서 나아가 강제이주 이후 CIS지역이 고향으로 인식되는 데 중요한 역할을 하게 되었다. 부연하자면 '꼴호즈=고향'이라는 등식이 성립하기에 이른 것이다. 고려인들이 소비에트 사회를 고향(고국)으로 인식하는 데에는 꼴

---

[1] 고려인들의 구성원을 보자면, 초기에 이주한 사람들은 원호(原戶 또는 元戶)(인)라 했으며, 러시아 국적을 취득하지 않은 후자는 여호(餘戶 또는 流戶)(인)라 불렸다. 여호들은 농촌이나 도시에서 가족을 데리고 살며 원호 또는 러시아인 토호들의 밭을 소작하며 살았다. 원호와 여호들은 거주하는 촌락도 달리했고, 통혼을 허락하지 않는 등 서로에 대한 차별적, 대립적 태도를 보였다. 이들 외에 외품자리가 있었는데, 이들은 돈을 벌면 고향으로 돌아가는 품팔이꾼이었다. 원호는 여호를 '레베지', 또는 '보토리'로 불렸고, 여호는 원호를 '얼마우재' 또는 '주자리'라 칭했다. 원호는 지주, 포드랴치크(청부업자), 비사리(서기), 통사로서 원호들이 품었던 원한의 대상이었고, 여호는 소작인, 질등일군(철도건설노동자), 아재비(머슴), 외품자리(임금노동자)로 원호의 착취대상이었다(반병률, 「러시아 한인(고려인) 사회와 정체성의 변화: 러시아원동시기(1863~1937)를 중심으로」, 한국사연구회, 『한국사연구』(140호), 2008, 101~111쪽 참조).
[2] 보리스 박 · 니콜라이 부가이, 김광환 · 이백용 옮김, 『러시아에서의 140년간: 재러한인 이주사』, 시대정신, 2004, 255쪽.
[3] 위의 책, 256쪽.

호즈라는 삶의 기반이 있었기에 가능했다.

고려인문학의 문학적 글쓰기가 소비에트 사회가 건설된 이후 비롯된 만큼 고려인문학의 주인공들은 사회주의 리얼리즘에 따라 대부분 농민과 노동자이며, 그러하기에 무산계급의 고향만들기이다.

1. 고려인과 꼴호즈

재외한인들의 삶이 대부분 그러하겠지만, 고려인들의 삶을 한 마디로 규정하자면 '또 다른 고향 찾기'라는 이름으로 요약할 수 있다. 근대 조선인들의 유이민사는 간도, 일본, 하와이, 멕시코, 러시아 등지에 이르기까지 다양한 양상으로 나타난다.[4] 조선인의 자발적 혹은 강제적인 이주와 아픔은 한국 근대사의 질곡을 그대로 보여주면서 이들의 역사는 우리에게는 잃어버린 시간이자 복원해야 할 의무가 있는 민족적 과제이기도 하다. 중국의 조선족, 러시아의 고려인, 일본의 재일교포 등의 세계적으로 산포한 코리아 디아스포라의 출현은 제국주의 열강의 틈바구니 속에서 신음했던 뼈아픈 식민체험의 결과였다.

고려인들이 조선을 등지고 간도를 지나서 혹은 배를 타고 바다를 건너 러시아 령으로서 제2의 고향인 연해주에 다다른 것은 1860년대 구한말이었다. 이 땅은 과거 발해의 영토였으며, 발해가 멸망한 후에는 중국의 영토였다가 1860년 북경조약의 체결로 러시아 영토가 되자 점차 조선인의 이주가 시작된 곳이다.[5] 1863년 겨울 함경북도 국경지역의 최

---

4 이정숙의 『실향소설연구』(한샘, 1989)에서는 근대 유이민문학의 다양한 양상을 볼 수 있다.
5 박환, 『박환의 항일유적과 함께하는 러시아 기행 1』, 국학자료원, 2002, 71쪽.
6 김주용 外, 『국외항일유적지: 한국독립운동의 역사 59』, 한국독립운동사편찬위원회 독립기념관 한국독립운동사연구소, 2009, 158~159쪽.

운보, 양응범이 이끈 13가구가[6] 두만강을 건너 최초로 노보고로드 만의 포세트 항 북부 약 5킬로미터의 지신허(Tizinkhe River) 계곡에 정착했는데,[7] 이들 한인은 19세기 후반 조선 정부의 차별 정책과 지방 관리들의 착취에 따른 경제적 궁핍을 피하여 불모지였던 연해주 지역의 농토를 가꾸며 어렵게 정착을 했다. 대부분이 가난한 농민들이었는데, 구한말 당시의 러시아 당국은 이들에게 관대했다. 비숍의 『한국과 그 이웃나라들』과 이태준의 「사상의 월야」는 구한말에 러시아로 떠났던 이주민의 생활상을 간접적으로 엿볼 수 있는 자료들이다.[8]

이후에 이해조의 「소학령」(『매일신보』,1912.5.2~7.6)은 일제강점 초기의 조선인의 러시아 땅으로의 이주를 형상화하고 있는 최초의 작품이었다. 이 작품에서 당시의 러시아는 조선인을 비롯해 청인과 일인 등이 한데 엉켜 살아가고 있었으며, 쉽게 사람을 죽이는 무법천지의 공간으로 그려지고 있다. 그러함에도 불구하고 많은 사람들이 조선을 떠나 연해주로 향했던 것을 감안하면, 개화공간의 조선적 현실을 짐작하고도 남는다. 이유를 짐작하기란 어렵지 않은데, 여기에는 봉건 지주와 일제라는 이중의 억압이 도사리고 있었다.

결과적으로 1910년 일제강점이후의 유이민의 양상은 더 이상 고향에서 살 수 없다는 판단이 가져오는 탈출의 성격을 띠었다. 현실이 이러함에도 아비인 조국은 아무것도 할 수가 없었으니, 고개를 떨구고 현실을

---

7 반병률, 「한국인의 러시아이주사: 연해주로의 유랑과 중아아시아로의 강제이주」, 한국문화역사지리학회, 『문화역사지리』(제18권 제3호), 2006, 140쪽.

8 Isabella Bird Bishop에 따르면 초기의 한인 이주민들에게 러시아 정부는 소와 씨앗을 나눠주기도 했으며, 절대기근으로 굶주렸던 한인들은 러시아 정부의 보호를 받아야 했다고 한다 (Isabella Bird Bishop, 이인화 역, 『한국과 그 이웃나라들』, 살림, 1994). 또한 이태준의 「사상의 월야」에서 이주민들은 "땅은 모다 언덕우의 '마구재'네것인데 저이가 미처 갈수가 업서 버려두는것을 조선사람들이 아모 세도 내이지 안코 부처먹(이태준, 「사상의 월야」, 『원본 신문연재소설전집 3』, 깊은샘, 1987, 327쪽)"었다고 한다.

방관할 수밖에는 없었다. 힘없는 국가는 미래를 보장하지 못하고, 백성을 지켜내지 못했다. 결국 아비부재의 현실 속에서 조선인들은 하나둘씩 고향과 국가를 등지게 되었던 것이다. 더 이상 조선에서 살 수 없다는 깨달음과 그래도 살아야 한다는 절박함은 민초들로 하여금 새로운 희망의 땅을 찾아 떠나게 했던 것인데, 조선과 직접적으로 국경을 접하고 있어 간도 및 만주 등지와 러시아로의 이주는 상대적으로 용이했다. 그리고 러시아 연해주로 이주한 한인들의 경우는 간도나 멕시코 등지로 떠난 이들보다는 비교적 빨리 안정을 찾았다. 그 이유는 1860년을 전후하여 러시아로 이동해 온 조선인들이 많았기 때문이었다.

이로써 이주 한인들은 국가를 등지고 낯선 땅에 터를 잡으며 그들만의 정착촌을 형성했다. 그리고 정치적으로 망명한 지식인들과 민초들이 하나가 되어 공동체를 이루었다. 그들이 떠나게 된 계기로서 일본의 억압이라는 공통 분모 속에서 한인이 정착한 곳은 어디나 해외 독립운동의 근거지가 되었다. 서간도의 한족회, 북간도의 국민회, 상해의 신한청년단, 하와이의 신민회 등이 그러했는데, 이는 러시아의 연해주도 다르지 않았다. 봉건 지주와 일제를 피해 그리고 조선의 독립을 위해 러시아 땅을 찾아들었던 것이다.[9]

부연하자면, 연해주는 민초들에게는 생명의 땅이자 자신들을 숨쉬게 하는 약속의 땅이었고, 조명희를 비롯한 일부 지식인들에게는 망명의 땅이자 조선 해방을 위한 기회의 공간이었다. 억압하는 봉건 지주나 일제로부터 벗어난 자유로운 공간을 꿈꾸었기에 황무지라도 상관없고 배가 고파도 견딜 수 있었다. 또한 조선의 독립을 꿈꾸는 사람들은 언젠가

---

9 그러나 어느 면에서는 연해주도 절대적으로 약속의 땅인 것만은 아니었다. 어디까지나 조선인들은 이방인의 신분이었고, 구한말의 이주 초기처럼 러시아 정부가 한인에게 우호적일 수만도 없었다.

는 돌아가 조국의 독립을 성취하겠다는 일념으로 해방의 날을 꿈꾸며 포효하기를 기다리던 순비의 장이었다. 그 때문인지 고려인문학에서 양반들과 일본의 횡포가 지대했던 조선에서의 기억은 아픔이자 고통이며 부정의 대상으로 그려지고, 진정 인간으로서의 삶은 러시아에서 찾는 것으로 구체화되었다.

예를 들어 김찬수의 「산을 넘고 바다를 건너」(1958)에서 만금이는 1916년 조선 어느 농촌에서 태어나는데, 아버지는 아들이 태어나기 전인 1915년에 돈을 벌기 위해 러시아의 강동(토령)으로 떠난 후였다. 만금의 어머니는 삶이 고생스럽자 다른 남편을 얻어 가고, 할머니가 엿장사를 하며 홀로 손자를 키웠다. 그러나 할머니마저 죽자 만금은 어떤 아저씨의 손에 이끌려 가게 되고 그곳에서 머슴살이 등의 온갖 고생을 경험한다. 러시아 만춘동이란 마을에서 머슴을 살다가 우연히 고향사람을 만나 만금의 소식을 접한 아버지가 만금을 찾아오면서 이야기는 반전된다. 그리고 만금과 재회한 아버지는 아들을 데리고 다시금 러시아로 향하게 되며, 만금은 그곳에서 비로소 행복을 찾았던 것이다. 그토록 다니고 싶었던 학교에도 다니게 되고, 대학까지 나와 문학 교원 생활을 하게 되는데, 말 그대로 산을 넘고 물을 건너 기회의 땅을 찾게 되었다. 조선이었다면 감히 꿈도 꿀 수 없었던 삶을 러시아에서 이루게 되는 것이다.[10]

살기 위해서 봉건 지주와 일본 제국주의를 피해 또 다른 삶의 터전, 즉 고향을 찾는 길 위에서 고려인 디아스포라는 출현하게 되었던 것이다. 그렇게 다민족국가인 러시아에서의 삶은 비롯되었다. 그리고, 만금이 찾았다는 행복은 러시아혁명이 아니었다면 그리고 고려인들이 혁명

---

10 김찬수, 「산을 넘고 바다를 건너」, 『레닌기치』, 1958.10.5.

에 투신하지 않았다면 불가능한 일이었다. 이주 한인들의 집떠남의 근인과도 부합하는 측면이 분명히 있는데, 러시아혁명기 한인들은 소수민족으로서 객체의 입장에서 혁명에 투신하게 된다. 그 밑바탕에는 '내 땅'에 대한 간절한 바람이 있었고, 이러한 바람은 러시아 혁명 이후 비로소 꼴호즈 생활을 통해 실현되었다.

2. 고향으로 인식되는 꼴호즈

혁명을 통해 연해주에 소비에트 주권이 들어서고, 여기에 일정 정도 기여했다고 생각하는 고려인들은 더 이상 소수민족에 머물지 않았다. 봉건지주와 일본의 억압으로부터 해방되고, 땅을 가질 수 있다는 기대감과 차별없는 인간적인 삶을 살 수 있다는 희망은 소비에트 사회의 일원으로서 혁명의 완수에 투신하게 한다. 그리고 소비에트 주권이 서자 자연스럽게 연해주는 고려인의 바람이 현실화된 이상의 공간이자 고향으로 인식된다. 노동자와 농민으로서의 삶은 일상이 되고 그러한 일상은 고스란히 고려인들의 정체성 형성에 기여하게 되는 것이다.[11]

고려인문학에서 '향촌'이란 단어는 쉽게 접할 수 있다. 대부분의 향촌은 집단농장인 꼴호즈나 쏩호스를 중심으로 형성되었는데, 나중에는 꼴호즈 자체가 향촌으로 등치되었다. 우리 식으로 하면 고향을 의미하게 되는 셈이다. 연해주에서의 고려인들에게 꼴호즈의 삶이 중요했던 이유

---

[11] 고향이란 단순한 지형이나 장소가 아니고 개인의 인격 및 삶과 결부된 공간이다. 고향에서는 인격의 고유성을 지닌 인간과 사물이 공간적으로 결합하고 결속됨으로써 개인의 인생관과 세계관이 형성되는 직관의 공간이자 삶의 행위가 이루어지는 행동 공간·삶의 공간이다(전광식,『고향』, 문학과지성사, 1999, 27쪽).

는 러시아로 떠나갔던 대부분의 한인들이 농사를 지을 수 있는 땅을 찾아 떠난 농민들이었기 때문이며,[12] 또 하나 소비에트가 됨에 따라 뒤따라온 농업집단화의 문제에서 비롯한 국가 정책 때문이었다. 러시아혁명과 함께 연해주에는 토지소유권의 문제와 경작형태의 문제가 중요한 문제로 대두하게 되었던 것이다.

1927년 12월 제15차 공산당 대회에서 농업집단화가 소련공산당의 중요한 임무라고 선언된 이후 농업집단화는 가속화되었다. 농업의 사회적 개조에 대한 당과 정부의 정책은 빈농과 중농의 한인 농부들 사이에서 활발한 반향을 불러일으켜 한인 꼴호즈들이 나타나기 시작하였다. 혁명 전까지 무토지 한인들을 철저하게 착취하였던 부농경제는 전면적 집단화로 인하여 몇몇 예외를 제외하고는 완전히 청산되기에 이른다. 다시 말해서 이것은 원호인 토호를 청산하는 문제였다. 여호를 중심으로 한 고려인들은 농업집단화에 적극 참여함으로써 러시아 국적을 취득함과 동시에 토지를 분배받을 수 있다는 믿음이 있었다. 오랜 시간 원호로부터 핍박을 받았기에 1917년 러시아혁명에 많은 기대를 걸었으나 혁명 후에도 기대가 충분하게 충족된 것은 아니었다. 따라서 원호에 대한 적개심은 농업집단화를 가속화하는 중요한 원인이었다.[13]

이처럼 여호의 입장에서 토호를 청산하는 방법 가운데 핵심이 농업집단화였다. 이에 조합의 삶을 강조하기 위해서는 꼴호즈를 예찬하는 시가 자연스럽게 많을 수밖에 없었다. 「새농촌」을 비롯한 『선봉』 신문의

---

12 1920년대 러시아혁명 이후 연해주에서의 고려인들은 "농민은 80% 이상, 노동자(대부분 막노동 일꾼)는 약 5%, 인텔리겐치아는 5~7%, 도시소부르조아(대자본가는 전무)는 10%였으며, 농민들은 쿨라크 5~6%, 중농 25~30%, 빈농(토지 소규모 보유, 무소유 또는 날품팔이)이 65~70%(보리스 박·니콜라이 부가이, 앞의 책, 220~221쪽)"로, 빈농이 절대적으로 많았다.
13 이채문, 『동토의 디아스포라』, 경북대학교출판부, 2007, 243~260쪽 참조.

상당수의 시편들이 혁명의 예찬과 꼴호즈의 일상을 노래하고 있는 것도
이와 무관하지 않았다.[14]

강물은 노래하며 흐른다 / —넓은벌판을 품에 껴안고
맛있는 기름과 젖을 주면서 —/ 수십명의 농군 — 승리의로력자
조합의 새농부가를 부른다 / 기운차게 몰아오는 드락똘소리
로호의 가슴에 못을 박는다 / 쾅………쾅

※　※　※

보라! 들으라! / 최후에 웃을자야
최후까지 투쟁할자야 / 오너라 모혀라 일하자
새농촌에서 조합의대렬에서 / 패한자는 울게 버려두어라
승리의 북을 울리자 / 쾅………쾅[15]

여기에서 '새농촌'은 농업집단화에 따른 '꼴호즈'를 의미하는바, '패
한자'는 '조합의대렬'에서 벗어나 있거나 함께 하지 못하는 자로서 열성
적으로 조합의 대열에 투신하지 않는 인물인데, 대개는 사유재산이 많
은 원호들이었다. 이는 산문적 글쓰기에서도 확인할 수가 있다.

「갈밭에서」의 미하일은 꼴호즈의 공유가축을 위한 사료준비 사업에
누구보다 열성적인 인물로 형상화되고 있으며,[16] 리동수의 「구원자」에

---

14 신문 『선봉』에는 시가 48편으로 가장 많이 발표되었는데, 김준의 「새농촌」(1928.6.3), 사랑의
「쑤이푼구역 남쪽을 돌아보고」(1930.5.19), 조기천의 「파리꼼무나」(1930.5.19) 등을 비롯한
다수의 시편들이 혁명을 예찬하면서 꼴호즈의 삶을 강조하고 있다.
15 김준, 「새농촌」, 『선봉』, 1928.6.3, 4쪽.
16 리은영, 「갈밭에서」, 『레닌기치』, 1953.8.23.

서 꼴호즈 분조장인 광수는 로력 규율을 어긴 창도와 세일을 분조회의에 붙이는데, 꼴호즈 일이 바쁜 데도 개인적 일로 장에 다녀온 일을 비판한다.[17] 제목이 '구원자'인 만큼 광수는 창도와 세일을 조합의 삶으로 이끈 구원자로 인식되었다. 집단농장인 꼴호즈의 삶을 개인의 삶보다 우선시하며, 공유의 삶을 강조되고 있는 것이다.

또한 「꽃송이」(1968.10.23~11.14.)에서 강고집이 조합에 들기를 거부한 것은 자신이 평생토록 벌어 놓은 것을 조합에 들렸을 때, 그것은 아무것도 없이 꼴호즈에 든 사람들이 자신의 것을 공짜로 먹는 것이나 다름이 없다고 생각했기 때문이었다.

사실상 처음 조직된 꼴호스에서 하는 일들이 강고집의 비위에 맞지 않는 점이 많았다. 꼴호스에 드는 절차만 놓고보더라도 그의 맘에 들지 않았다. 모두 다 평등이라고는 하지만 거기에는 평등이 있는 것같지 않았다. 그 자신을 두고 보더라도 본국에서 로씨야로 온후 해마다 조금씩 나무를 베내고 땅을 뚜지여 지금은 밭이 닷새갈이나 된다. 그리고 밤잠을 거의 자지 않다싶이 벌어서 먹고 입을것은 근심없고 말 두필과 소 두짝이 있다.

그런데 기껏해야 밭이 하루갈이나 이틀갈이가 있거나 말 한필이나 소 한짝이 있던지 그렇지 않으면 전혀 마소가 없는 사람들과 같이 꼴호스에 들게 되면 강고집이는 밭 닷새갈이와 말 두필과 소 두짝을 다 꼴호스에 들여놔야 한다. 그렇게 되면 아무것도 없이 꼴호스에 든 사람들은 결국 강고집이와 같이 뼈가 빠지게 번 사람들의 재산을 공짜로 먹는 것이 아닌가! 그래서 그는 지난 여름에 소 두짝을 팔아치웠다. 앞으로 일이 어떻게 되든지간에 제것은 제주머니에 넣어야 된다는 심산이였다.[18]

17 리동수, 「구원자」, 『레닌기치』, 1962.12.31.
18 한상욱, 「꽃송이」, 『레닌기치』, 1968.10.30, 3쪽.

강고집이 생각할 때 조합의 삶이란 '평등이라고 하지만 평등'이 아니며, 그것은 자신과 같이 '뼈가 빠지게 번 사람들의 재산을 공짜로 먹는 것'이나 다름없는 행위였던 것이다. 이처럼 사적 재산의 관념과 재산의 공유의식이 충돌하는 가운데 작품 「꽃송이」에서는 집단농장 형태로서 토지 및 농기계를 공동으로 소유하고 수확물을 고르게 분배하는 아르쩰의 생활을 형상화하고 있다.

「꽃송이」의 삽화

이렇게 농업집단화를 통해서 토호가 청산된 다음에는 꼴호즈는 말그대로 향촌이 되었다. 비로소 고향으로 인식되었던 것이다. 「향촌의 불빛」에서 영희와 철호사이에 도시에서 온 음악가 김니꼴라이가 끼어들고, 니꼴라이는 자신의 아버지를 통해서 대학에 입학시킬 수도 있다며 영희를 유혹하자 영희는 그에게 끌리게 된다. 그러나 얼마 후 영희는 니꼴라이가 자신의 친구인 진옥을 똑같은 방식으로 유혹하려는 것을 목격하게 되고 스스로의 어리석음에 눈물을 흘린다.[19] 농촌공동체로서 꼴호즈에서의 삶에 도시라는 유혹의 빛이 드리워지며 갈등하는 양상을 다룬

---

19 한상욱, 「향촌의 불빛」, 『레닌기치』, 1960.5.22.~31.

작품인데, 이러한 향촌에서의 삶과 도시에서의 삶이 갈등구조를 갖는 것은 이후의 작품에서 더욱 분명하게 나타난다. 도시의 달콤한 유혹으로 표상되는 니꼴라이의 이중성을 보게 되자 영희는 스스로를 반성하며 묵묵히 자기 일에만 열중하는 철호의 품에 안기는 것이다. 이 작품에서 '향촌의 불빛'은 단연 철호이다. 변치 않는 고향을 표상하는 철호는 도시를 상징하는 니꼴라이와는 대척점에 놓여 있다. 그는 근면하고 성실하며 믿음직한 인물로 묘사되어 있다. 철호는 세파의 유혹에 흔들렸던 영희가 다시금 돌아가 안길 수 있는 든든한 버팀목인 셈이다. 목화를 따는 꼴호즈의 일상에서 거친 손이나마 성실하게 일하는 철호가 단연 불빛이자 고향이었던 것이다. 이때의 고향은 꼴호즈와 건강한 노동이 결합하며 만들어지는 일상으로 정의할 수 있다.

국가적으로 농업집단화가 강조되고 토호가 청산되면서 자기 땅을 갖게 된 사람들에게 자기 땅에서 농사를 지을 수 있다는 바람의 실현은 무

「향촌의 불빛」 삽화

엇과도 바꿀 수 없는 기쁨이었다. 바람이 현실이 되고 기쁨이 되는 순간 그곳은 향촌이 되는 것이다. 그리고 그러한 고향을 안겨준 소비에트는 아버지였고 그러하기에 성실한 노동으로 보답코자 했다. 꼴호즈를 중

심으로 한 향촌의식은 연해주에서 비롯되어 이후 중앙아시아로 이주된 후에도 고려인이 사는 곳 어디에서나 피어났다. 정리하자면, 꼴호즈는 소공동체로서 개인은 그 속에서 자신만의 정체성을 만들어 갔다. 그렇게 꼴호즈는 소비에트 사회 속에서 고향의 기능을 충분하고도 훌륭하게 수행했다. 고려인들에게 고향은 매순간 역경을 딛고 만들어가는 것이었다. 비록 치밀한 국가적 정책 속에서 고려인의 조선적 색채가 철저하게 소비에트화한 것이기는 했지만, 고려인들 또한 여기에 적극적으로 동참했던 것이다.

3. 꼴호즈와 고향의식

연해주에 소비에트화가 이루어진 연후에 꼴호즈 생활은 고려인의 보편적인 생활양식이 되었다. 그 속에서 땅없이 살아온 여호들의 꿈이 이루어지며 소비에트화에 방해가 되었던 원호도 척결할 수가 있었다. 그러나 연해주에서의 행복은 그리 오래 가지 않았다. 스탈린의 소수민족 정책에 따라 강제적으로 CIS지역으로의 추방이 이루어졌고, 고려인들은 중앙아시아에서 새롭게 그들만의 공동체를 일구어야만 했다.

CIS지역에서의 꼴호즈는 철저하게 고향으로 인식되었다. 그 때문인지 작품 속에서는 꼴호즈를 고향으로 생각하는 부모와 도시에서 생활하는 자식들 사이의 갈등이 주를 이루고 있다. CIS지역으로 집단이주된 이후 소비에트 당국에 의해 자유로운 이동에 제한을 받았던 고려인들의 상황이 스탈린 사후 거주의 제한이 풀리게 되자 자식들은 대거 도시로 이주하기 시작했기 때문이다.

「할머니」에서 할머니는 자신이 길러낸 따마라가 마침내 교원이 되고 출가하여 아이를 낳게 되자 아이를 돌봐주기 위해 손녀네 집으로 옮겨왔다. 꼴호즈에서 도시로 생활공간을 이동한 것인데, 그녀는 이고리를 돌보면서도 마음 한 편이 늘 무거웠다.

어제 그들은 아들을 탁아소에 주었다. 그리고 보니 실로 적적했다. 할머니는 다못 하루라도 이 주택에 홀로 남아있고 싶지 않았다. 그는 꼴호스로 가고 싶었다. 거기에서 설흔해나 살아왔으며 또 거기에는 그의 동무로파들이 많다. (중략) 성철은 모든 것을 알어차렸다. 할머니가 그들을 떠나자하는 것은 그들을 사랑하지 않는 까닭은 아니였다. 그는 손녀를 위해서 목숨도 아끼지 않을 분이였다. 그저 할머니는 꼴호스에 가 있는 것이 더 만만하다고 생각하는 모양이였다. 길떠날 차비를 한 할머니를 보는 성철의 머리속에는 이 모든 것이 떠올랐다.[20]

할머니는 꼴호즈로 돌아가기를 간절히 원하고 있는데, 그 이유는 '거기에서 설흔해나 살아왔으며' 또한 '거기에는 그의 동무 로파들이 많'기 때문이다. 그녀는 '손녀를 위해서'는 '목숨도 아끼지 않을 분'이지만 '꼴호즈에 가 있는 것이 더 만만'한 것이다. 부연하자면 할머니에게 꼴호즈는 고향 그 자체였던 것이다. 이처럼 꼴호즈가 고향으로 인식되는 것은 시간과 추억 때문인데, 「영원히 남아 있는 마음」에는 이러한 모습이 더욱 구체화된다.

「영원히 남아 있는 마음」(1977.3.30~4.6)에는 창세와 락천이라는 두 노인이 등장한다. 두 사람은 과수브리가다에서 평생을 함께한 친구였다. 고려인문학에서 꼴호즈를 기반으로 자라난 자식들은 교육을 받은

---

20 김보리쓰, 「할머니」, 『레닌기치』, 1972.7.29, 3쪽.

후에는 고향을 등지고 상당수 도시로 이주했다. 이 작품에서도 마찬가지인데, 창세 노인의 아들 춘길은 도시로 나가 건설기사로 있는 가운데 상처한 후 고향에 홀로 남은 아버지를 모시러 온다. 이것이 부모와 자식 간의 갈등을 만들기도 하는데, 춘길은 꼴호즈에 홀로 남은 아버지를 도시로 모셔와 함께 살기를 희망하는 것이다. 그러나 창세 노인은 꼴호즈를 버리고 도시로 갈 수는 없었다.

창세의 눈에는 눈물이 그렁했으며 그의 입술은 떨렸다.

—이 집의 그 어디에나 너의 어머니의 손이 닿지 않은 곳이란 없다. 지어 이 마당에 서있는 치나라나무까지도 너의 어머니가 심어놓은 것이다. 나는 이 정든 고향을 버리고 갈 수 없다.

실상 창세로인은 이 고장을 떠나갈 수 없다. 하도 인연맺은 일이 많으니까.

특히 땅과의 인연이 깊다. 갈밭을 베내고 밭을 일쿠며 집을 지었다. 그 밭에 땀으로 물주었다. 고목이 땅속에 뿌리를 박듯 그도 역시 이 땅에 깊이 뿌리를 박았다. 한번은 그가 휴가를 맡고 춘길이한테 놀러갔었다. 그러나 사층집창문 앞에 홀로 앉아 철갑을 씨우듯 아쓰팔트로 덮인 땅을 내다보고 있기란 안타까웠다.[21]

창세 노인에게 꼴호즈는 먼저 간 아내와의 추억이 서린 곳이자 '땅과의 인연이 깊'은 곳이다. 척박한 땅을 개간하여 '밭을 일쿠며 집을' 짓고 '이 땅에 뿌리를 박'은 것이었다. 그렇게 손수 농촌공동체인 꼴호즈를 건설한 것이다. 창세 노인에게 꼴호즈는 지난날의 모든 것을 담고 있는 기억 그 자체였던 셈이다. 그가 생각하기에 도시는 '철갑을 씨우듯

---

21 연성용, 「영원히 남아 있는 마음」, 『레닌기치』, 1977.3.31, 4쪽.

아쓰팔트로 덮인 땅'으로 뿌리를 박을 수 없는 곳이다. 그러한 아버지의 마음을 돌리기 위해 찾아간 락천 노인에게서 춘길은 다음과 같은 말을 듣는다.

—춘길아, 이 꼴호스는 너희들의 고향산천이다. 너희들은 이 땅의 쌀을 먹고 이 땅에 흐르는 물을 마시고 자라났다. 고향땅의 은덕을 언제나 잊지 말아야 한다. 그리고 또 행복이란 땅바닥에 굴러다니는 물건이 아니다. 타곳이 아닌 제 고향산천을 아름답게 꾸리고 거기에서 제 행복을 찾아야 한다.[22]

락천노인은 꼴호스가 '너희들의 고향산천'이라는 것, '이 땅의 쌀을 먹고' '물을 마시고 자라났'음을 강조하며 '고향땅의 은덕'을 잊지 말아야 함을 역설한다. 그리고 '행복이란 땅바닥에 굴러다니는 물건'이 아니기에 '타곳이 아닌 제 고향산천을 아름답게 꾸리고 거기에서 제 행복을 찾아야' 함을 강조한다. 그러나 꼴호스를 고향으로 인식하지만 도시화의 진행 속에서 꼴호스를 떠나 도시로 향하는 자식들에게 고향에 남으라고 강요할 수는 없는 노릇이었다. 고향과 도시라는 물리적 거리가 만드는 갈등은 시대의 변화에 따른 자연스러운 수순이었기 때문이다.

「선물」(『레닌기치』, 1977.4.30~5.2)도 마찬가지이다. 3·8절(녀성명절)을 맞이하여 아들 내외는 어머니를 찾아왔지만, 며느리 알라는 남편에게 어머니를 두고 친구를 만나러 나가자고 제안한다. 급기야 그녀는 남편에게 어머니더러 우리 집에서 함께 살자고 못하냐며 따지고, 아들은 진심어린 마음에서 어머니에게 이 집을 팔고 우리 집으로 가자고 권유한다. 그녀의 대답은 자신은 홀로 명절을 지내는데 익숙하다며, 단지 아

---

22 위의 글, 1977.4.5, 4쪽.

뉴따는 남겨 두고 나갔다 오라고 한다. 아들의 함께 살자는 말에는 아무런 응대도 없이 아들 내외에게 나갔다 오라고만 하는 어머니. 무언의 부정이었다. 명절이라고 부모에게 들고 오는 선물 보따리가 진정 어머니에게는 참 선물일 수 없었다. 이곳에서 젊은 날 남편을 기다렸듯이 그렇게 도시로 나간 아들 내외를 기다리며 살아 왔고 살아갈 것이었다. 며느리가 어머니의 깊은 정을 깨닫는 것은 부차적인 문제였다. 꼴호즈는 어머니 순희의 고향이었다. 그리고 이처럼 꼴호즈가 고향으로 인식되는 데에는 '공산당의 부름'에 따른 고려인들의 노력이 있었기에 가능했다고 할 수 있다.

사납고 사납던 옛 초원 / 이 초원은 쓸쓸하던 내 고향
세월은 흘러 어느덧 륙십 년 / 이 초원에서 내 청춘이 늙었구나!
내 앞에서 놀던 구름 같은 모래 먼지 / 내 발밑에서 바삭거리던 풀포기
길'짐승 날'새들도 깃들이기 싫어 하던 / 생기 없던 거츠른 초원에
푸른 물 —생명수 흘러 오더니 / 쓸쓸하던 옛 자취 가시고
아름다운 새 생활이 벌어졌구나!
〔…중략…〕
오! 창조의 로력! / 굶주렸던 초원에 새 생활이 찬란하다!
이것은 정다운 내 나라 / 친애하는 공산당의 부름에 따라
당의 뜻에 꽃을 피우는 / 저 용감한 청춘들이
불'꽃 튀는 로동에서 지은 락원이라. / 솟는 기쁨을 억누르지 못 해
마음 껏 높이 웨쳐 자랑하느라 / 내 눈 앞에 찬란하게 펼쳐진
이 초원의 눈부신 락원을![23]

23 윤영봉, 「고향초원」, 『레닌기치』, 1964.4.19, 3쪽.

결론적으로 꼴호즈는 '공산당의 부름'에 따라 '사납던 옛 초원'을 '륙십 년'이란 시간 농안 만들어낸 '고향'이다. 소비에트와 공산당으로부터 비롯되었다고 해도 꼴호즈는 진정으로 고려인들의 '눈부신 락원'이 되기에 이른다. 정책적으로 강제된 면이 없지는 않으나 그 속에서 주체적인 그들만의 고향을 건설한 것이다. 그리고 이러한 고려인의 삶은 더 이상 이방인(異邦人)으로서가 아니라 일상성의 모습으로 형상화된다. 아들과 며느리와 갈등하며 그렇게 고향에서 늙어가는 일. 그것은 더 이상 방외인(方外人)의 모습은 아니었다.

결국 꼴호즈는 연해주에서 비롯하여 CIS지역으로 강제이주된 이후에도 낯선 지역을 고향으로 만들어가는 데 중추적인 기능을 수행한 것이다. 또한 고려인문학에서는 상당수 작품의 배경으로 기능하며 작품상의 핵심적인 역할로 기능했다. "농장을 벗어나면 러시아인, 우즈벡인 등 이민족들이 살아가지만 일단 농장 안으로 들어오면 여기가 우즈베키스탄인지 연해주인지 심지어 조국의 한 마을인지 분간이 안 될 정도로 고려인 중심의 공동체가 완성되었"[24]던 것이다. 꼴호즈에서의 삶이야말로 공통의 문화와 감정을 양성한 상상의 공동체로서의 고향을 출현케 했던 것이다.

고려인 영웅인 김병화의 평전에서 김병화는 강제이주 전의 연해주의 고향마을을 방문하지만 피땀을 흘렸던 제2의 고향에는 아무도 거주하지 않았다. 그 모습에서 그는 "'나의 고향은 이제 우즈베키스탄이다. 그곳에 흉상을 세우리라!'"[25]라는 결심을 하기에 이른다. "김병화의 흉상은 북극성 집단농장에 세워졌다. 모두들 축하해주고 있었지만 그의 마음은 즐겁지 못했다. 스탈린이 죽고 후르시쵸프가 집권하면서 고려인들

24 성동기, 『우즈베키스탄 불명의 고려인 영웅 김병화』, 재외동포재단, 2006, 213쪽.
25 성동기, 위의 책, 225쪽.

은 거주 이전의 자유를 가지게 되었다. 아마도 김병화는 다시 자신의 인생을 연해주에서 보내려고 했을지도 모른다. 자신의 어린시절이 있고 미래의 꿈을 키웠던 차삐고우의 참상을 그냥 지나치지 못했을 것이다. 그러나 그는 우즈베키스탄의 타슈켄트 지구 북극성이 자신의 고향이라고 다짐"[26]하기에 이른 것이다. "제땀을 많이 들이고 어렵게 생활을 일구어 놓은 곳이 고향만 못지않게 귀중"[27]해지는, '정드는 곳'이 고향이 되었던 것이다.

그렇다. 고려인문학에서 나타나는 고향만들기는 한 사회와의 일체를 이루어야만 살아남을 수 있다는 투쟁의 기록이면서, 그 이면에 슬픔을 배태하고 있는 눈물의 기록이다. 그러나 거기에 그치지 않고 고려인문학은 그러한 역경 속에서도 주체적으로 고향을 일군 희망의 기록인 것이다. 고향을 잃은 디아스포라로서 꼴호즈는 고려인들이 공동체를 이루어 서로에게 기댈 수 있는 보루이자 안위의 공간이었던 셈이다.

---

26 위의 책, 같은 곳.
27 성점모, 「정드는 곳」, 『레닌기치』, 1971.2.13, 4쪽.

제3장

다문화인으로서의
고려인

다문화인으로서의 고려인

근래 한국 사회에 다문화가정이 늘어나면서 다문화사회로의 변모에 따른 이러저런 목소리가 나오고 있다. 사회통합의 문제에서부터 인종차별금지법의 제정까지 미래 다문화사회에 대비하는 데 분주한 모습이 현재의 한국이다. 다문화사회는 각기 살았던 공간을 달리함으로써 그들의 언어와 문화가 다르기에 기억의 결을 공유하는 것을 기반으로 한다.

이에 다문화사회의 성공적 롤 모델로서 고려인 사회를 벤치마킹하는 것도 나쁘지 않을 것 같다. 고려인들은 이미 다문화사회를 몸소 체험한 사람들이다. 러시아계와 결혼하는 사람들도 있고 원주민들과 결합하는 경우도 많았다. 고려인들은 순수하게 한인들끼리의 결합만을 고집하지도 않았다. 다민족 국가답게 자연스럽게 한 사회에 융화하여 공동체를 이루었다.

고려인들의 삶이 러시아 령인 연해주에 국한되었다면 아마도 현재의 고려인들은 소비에트 사회의 지도층으로 성장하여 러시아를 이끌고 있을지도 모른다. 강제이주 전까지 연해주에서의 고려인들의 삶은 충분히 그러한 가능성을 보였다. 버려지다시피 방치된 땅을 개간하여 훌륭한

고려인 자매

농토를 만들었고, 그렇게 하기까지 고려사람의 성실성은 러시아 당국이 불안을 느껴 이주시킬 생각을 할 정도로 연해주에서의 고려인의 영향력은 막강했다. 러시아혁명 이후에는 러시아내전에도 적극 가담하여 연해주에 소비에트 정권이 들어서는 데 크게 한몫을 담당했다.

중앙아시아로 이주한 이후에는 또 다른 삶을 이어갔다. 소비에트 사회는 수많은 소수민족으로 구성된 사회이니 만큼 조선인만의 독자적인 문화를 잃지 않고 지켜가기란 말처럼 쉬운 일이 아니었겠지만, 돌이켜 생각해 보면 오히려 그렇게 하는 쪽이 더욱 어리석은 일일는지도 모른다. 이민자로서 그 사회에 동화하는 것이 사실은 더 중요한 문제이기 때문이다. 동화하지 못하면 도태되는 법이다.

고려인 1세대의 경우는 조선에 대한 기억이 자리하고 있지만 2세대부터는 조선이란 부모님의 고향일 뿐 자신들의 고향은 될 수 없었다. 한마디로 말해서 2세대는 소비에트 사회의 구성원일 따름이었다.

어쩌면 원치 않았을 수도 있지만, 어쨌든 고려인들은 다문화사회 속의 다문화인의 일원이 되었고, 그 속에서도 훌륭하게 고려인의 삶과 문화를 만들어 나갔다. 고려사람이 다문화인이 되기까지는 사회 · 역사적 소용돌이 속에 던져진 고려인의 응어리진 아픔이 있다.

1. 역사의 소용돌이로부터 소외된 아이들

소비에트 연방이 탄생하면서 사회통합의 문제는 무엇보다 중대한 국가적 과제였다. 언어가 다르고 문화가 다르다는 것은 사회통합의 가장 큰 걸림돌이었기 때문이다. 그래서였는지 레닌의 뒤를 이은 스탈린은 공용어를 러시아어로 통일하는 강력한 정책을 추진하기에 이른다. 그럼에도 불구하고 고려인들은 『선봉』에서 『레닌기치』로 갈아타며 조선적

설에 한복을 입고
춤을 추는 고려인
학생

뿌리를 잃지 않기 위해 안간힘을 다했다. 그나마 『레닌기치』가 지속될 수 있었던 깃은 소비에드 사회 체제에 준하는 글쓰기가 이루어졌기에 가능했으리라.

개별 민족의 특수성을 뛰어 넘는 통합의 소비에트 구현을 위해 고려인들은 누구보다 노력한 사람들이었다. 그러한 통합의 문제는 러시아혁명과 함께 이루어진 빨치산 투쟁, 강제이주, 독소전쟁 등을 차례로 지나며 발생하는 이산의 문제와 분리해서 생각할 수 없다.

시대의 소용돌이 속에서 가장 큰 아픔을 맛보는 존재는 누구보다 아이들이다. 가족 해체의 와중에서 아이들이 받는 고통이 가장 크기 때문이다. 부모를 잃고 고아로 살아가거나 아니면 어머니나 아버지를 그리워하며 결핍을 자양분으로 하여 자라나는 것이다.

「의부'어미」에서 선희의 낙은 집을 떠나 대학에서 공부하고 있는 의붓아들인 명길의 편지를 기다리는 일이다. 기다리던 명길의 편지에는 곧 결혼할 거라는 얘기가 담겨 있다. 이 소식에 선희는 사범전문학교 시절 남편 보리쓰를 민나던 때를 띠올린다. 보리쓰가 상처했으며 아들까지 있는 사람인 것을 알고도 그녀는 보리쓰와 결혼을 했고 크술오르다로 이주했다. 남편은 부기원으로 일하고 자신은 교원으로 생활하면서 둘 사이에 둘째 명철이 태어났으나 곧 죽고 말았다. 이후 선희는 다시는 임신을 할 수 없게 된다. 전쟁이 시작되면서 남편 보리쓰는 자주 주머니에 식료품을 넣어 가지고 오거나 밤이면 낯모를 사람들이 집으로 곡물을 실어왔다. 하루는 돼지 다리를 가져오고 선희는 사실을 말하라고 다그쳤지만 보리쓰는 빌려왔다고만 했다. 그리고 보리쓰는 체포된다. 보리쓰가 한량이 되어 꼴호즈의 재산을 횡령한 것이다. 보리쓰는 감옥에서 선희에게 반성의 편지를 썼고 선희는 남편을 기다렸다. 아버지를 원망하는 명길의 잦은 가출이 이어지자 보리쓰는 명길의 친모가 살아있음을 알려준다. 그렇게 남편이 돌아오기만을 기다리던 선희에게 보리쓰는 자신이 새 가정을 꾸렸음을 알려온다. 선희가 더 이상 애를 낳을 수 없다는 이유로. 선희는 무엇인지 목을 꽉 틀어쥐는 것 같았다. 선희가 모든 사실을 명길에게 말하자 이때부터 명길은 아버지를 '그 사람'이라 불렀다. 선희의 권유로 타슈켄트에 사는 친모를 찾아보기도 했던 명길은 오로지 선희만을 어머니로 생각하며 살아왔다.[1] 다 버리고 새로운 삶을 시작할 수도 있었지만 선희는 떠나지 않고 명길의 곁을 지켰다. 어머니로서의 소임을 다한 것이다.

「정해동 교장 선생님」의 해동은 학교에서 집으로 돌아가던 중 타슈켄트 레닌 광장에서 사람들이 모여 웅성거리고 있는 모습을 본다. 한 어린 아이가 지갑을 훔치다 붙잡힌 모양이었다. 해동은 어린 아이가 걱정이 되어 민경서원에게 부탁해 데리고 나왔다. 아이의 아버지는 먼 곳에서 농사를 지으시고 친어머니는 돌아가셨으며, 의붓어미에게 밤이면 남자 손님들이 찾아오고 그때마다 아이에게 나가라고 했단다. 아버지가 안 계시면 밥조차 주지 않았다. 해동은 의붓어미를 찾아가 와냐의 짐을 꾸려달라고 해서 양아원에 넣고 와냐에게 가족이 되어준다.[2] 학대받는 아이에게 새로운 가족이 되어줌으로써 휴머니즘을 실천한다.

「새벽」의 리철준은 아픈 몸이 회복되어 집에 돌아왔다. 두산베 시에 사는 딸 올랴가 크술오르다에 온다는 소식에 딸을 기다리고 있다. 올랴가 아픈 자신을 입원시켰다. 올랴는 리철준의 친딸이 아니라, 옛 애인이었던 분옥의 딸이다. 리철준과 김분옥은 애인 사이였다. 1935년 리철준은 분옥을 두고 옴쓰크로 '안쪽유학'을 떠났다. 그곳 꾸이브세브농업대학 로동학원에서 채영회를 만나 사랑에 빠진다. 두 여성 사이에서 갈등

1 한예브게니, 「의부'어미」, 『레닌기치』, 1962.9.9~9.11.
2 기운, 「정해동 교장 선생님」, 『레닌기치』, 1967.2.12~2.15.

하던 철준에게 사촌 형수인 신애로부터 분옥이 자신과 동창인 박만식과 사귄다는 말을 전해 듣는다. 이 말에 철준은 영희에 대한 연정을 키우는 한편 분옥을 멀리한다. 철준을 찾아왔던 분옥은 그냥 돌아설 수밖에 없었다. 이에 철준은 영희와 살게 되고 분옥은 만식과 살게 된다. 1942년 정기 휴가를 받은 철준은 까리딸ㄱ역 꼴호즈에서 꼴호즈원으로 일하는 숙부를 찾아가는 도중 추운 날씨에 많은 눈을 만나서, 어쩔 수 없이 한 집에 들르게 된다. 거기서 남편은 감옥에 있고 혼자 산후풍으로 사경을 헤매는 여인을 만나고 그녀가 분옥임을 확인한다. 분옥은 철준의 품에서 최후를 맞는다. 만식에게 온갖 학대를 당하며 살았던 분옥에 대한 죄책감으로 철준은 회한에 잠기고, 인간의 큰 임무를 느껴 그녀의 딸 올랴를 데리고 온 것이다. 그렇게 양부모 밑에서 자란 딸은 의과대학까지 마치고 아픈 아버지를 입원시킬 수 있었다.[3] 철준이 느낀 '인간의 큰 임무'란 휴머니즘의 실천이었다.

---

3 김광현, 「새벽」, 『레닌기치』, 1968.2.8～2.14.

그리고 같은 고려사람의 아이를 친자식처럼 여기는 휴머니즘적 사랑은 타민족과의 관계에서도 다르지 않았다.

「월로쨔」에서 다른 남자의 아이를 임신하고 성수와 결혼한 쏘피야가 남기고 간 월로쨔와 월로쨔가 엄마라 부르는 김까쨔에게 마음을 여는 성수. 그들은 새로이 한 가정을 이룬다.[4]

「옥싸나」의 '나'는 나서 자란 연해주의 산간촌을 눈 앞에 그리며 하바롭쓰크로 향하는 길이다. 열차에서 만난 러시아인 월로쨔 그라쵸브는 나에게 조선아이의 사진을 보여준다. 1941년 전쟁이 발발하자 그라쵸브는 입대했다. 3년이란 전투의 길에서 휴가를 얻어 고향으로 돌아왔을 때는 집은 폐허가 되어 있었으며 폭격으로 가족들은 죽고 없었다. 슬픔을 뒤로 하고 그는 제대 후 지질학과에 입학하여 지질탐사대에 들어간다. 조선 정부의 초정에 의하여 지질 탐사 사업을 돕기 위해 조선에 나온 그라쵸브는 6·25전쟁을 목격하게 된다. 아이의 울음소리를 듣고 그라쵸브는 조선인 여성 분녀와 그의 딸 옥순을 만나게 되고, 그들에게서 자신의 딸과 아내를 떠올린다. 분녀의 남편은 해방을 앞두고 징용으로 끌려가 집을 떠난 이후 종무소식이 되고 말았다. 수시로 그라쵸브는 분녀 가족을 돌봐주던 어느 날 마을에 폭격이 가해지고 분녀의 집도 여지없이 무너지고 말았다. 분녀는 사망하고 딸 옥순만이 살아남았다. 그리고 그라쵸브는 옥순을 자신의 딸로 입양했다.[5]

「쌍기미」에서 쌍기미는 빚 대신에 중국인 지주인 왕가에게 끌려가 아이를 임신한다. 유산을 시도하지만 실패하고, 아이가 나면 목을 틀어쥔다는 각오를 품지만 아이를 낳은 이후에는 차마 죽이지 못한다. 6년 후 오빠 윤세민은 독립운동에 나서고 쌍기미를 구출하러 온다. 그렇게 풀

4 주송원, 「월로쨔」, 『레닌기치』, 1962.11.28~12.4.
5 한상욱, 「옥싸나」, 『레닌기치』, 1963.10.13~10.18.

려난 쌍기미는 세민의 안내로 김승규와 순옥 부부를 만나게 된다. 순옥은 아이에게 샛별이란 이름을 지어주고 샛별은 자신이 밑겠다며 러시아로 가서 간호부가 되고 일본놈들과 싸우라고 한다. 쌍기미는 자신을 키운 어머니를 떠올리고 모성애를 생각하면서도 독립과 제 땅이 아이보다 더 귀중하다는 생각을 하고 집을 떠난다.[6] 원치않는 타민족의 아이를 배고 그 아이를 죽일 결심까지 하지만 쌍기미의 모성애로는 차마 아이를 죽일 수 없었다.

「쌍기미」의 삽화

「비상한 날」의 창식은 고리끼시 부두가에서 운수선의 메하니크로 일하고 있었다. 아내 니나는 2년 전 뇌출혈로 사망하고 홀로 아들 뻬쨔를 키우고 있다. 의사의 진찰 결과 아내 니나는 임신을 할 수 없었고, 뻬쨔는 타슈켄트 고아원에서 입양한 러시아 아이였다. 당시에 아이의 아버지는 전선에서 사망하고 어머니는 신병으로 병원에서 세상을 떠났다고

---

6 김준, 「쌍기미」, 『레닌기치』, 1968.6.14~6.20.

했다. 그런데 학교로부터 방문하라는 연락을 받은 것이다. 교무주임은 죽었다던 뻬쨔의 친모인 쏘피야를 소개했다. 창식은 어쩔 수 없이 아이에게 부모를 선택할 권리를 준다. 뻬쨔는 셋이 함께 살자고 하고 쏘냐도 이에 동의한다.[7] 아이의 행복을 위해서 조선인과 러시아인의 결합이 이루어진 것이다.

「상봉과 이별」의 삽화

「상봉과 이별」에서 미화는 역에서 출장가는 남편을 배웅한 이후 한 남자와 눈이 마주친다. 그는 예전의 애인이었던 영호였다. 딸 애라가 누구냐고 묻지만 미화는 아무 말도 할 수가 없었다. 애라의 진짜 아버지였기에. 한때 영호와 사랑했으며 술을 마셨고 깨어 보니 영호와 같이 잤던 일. 영호는 자신을 찾지도 기다리지도 말라는 편지를 남기고 미화를 떠났다. 상심한 미화에게 박빠웰이 다가오고, 그는 미화에게 청혼한다. 미

---

7 안표도르, 「비상한 날」, 『레닌기치』, 1963.3.17.

화는 청혼을 받아들여 빠웰과 결혼했고, 그를 조선식으로 신철이라 불렀다. 아이가 생겼고 아이는 예정일보다 일찍 세상에 나온다. 미화는 비로소 영호의 아이임을 직감한다. 신철도 자신의 아이가 아닌 것을 알았으나 아무 말도 하지 않았다. 그렇게 10년이 흘렀던 것이다. 영호는 용서를 빌고, 미화는 용서했다고 말하고 돌아선다. 출장갔던 신철이 돌아오자 미화는 10년 만에 신철을 빠웰이라 부르며 용서를 구한다. 신철은 이미 다 알고 있었으며 당신이 고백하는 날만을 기다렸다고 한다.[8] 10년 만에 남편을 러시아식으로 '빠웰'이라고 불렀을 때는, 아직 내 남편 '신철'이기 이전에 진실을 말했어야 했다는 미화의 무의식적 발화라고 할 수 있다. 용서를 구하는 것이 너무 늦었다는 회한이 담긴 의미의 '빠웰'이지만, 남편은 이미 그녀를 용서한 후였다. 그것이 사랑이었다.

「붉은 별들이 보이던 때」는 독소전쟁을 배경으로 한 작품이다. 철수의 엄마는 1941년 전쟁이 일어나기 6일전 홍역을 앓고 회복이 더딘 아이를 국제아동휴양소에 보낸다. 그녀의 남편인 재호는 오래 전 조선혁명을 위해 동방공산대학을 졸업하고 일본 제국주의와 싸우기 위해 조선으로 간 이후 아직까지 소식이 없다. 철수가 떠나고 얼마 지나지 않아 전쟁이 발발한다. 결국 18명의 아이들이 행방불명이 되자 그녀는 남편과 만나기로 약속하고 아들을 맞아 주기로 언약한 모스크바를 떠나 아들을 찾아 나선다. 요양소는 야전병원으로 바뀐 후였고 그녀는 고아원으로 향한다. 요양소를 독일군이 점령한 이후 아이들은 거지나 다름없는 생활을 해야 했다. 독일군은 아이들의 출신성분을 조사해서 유태인과 공산당원의 자식을 끌고 갔으며 철수도 포함되었다. 그로드노에서 전해 듣기를 독일군이 아이들을 적십자 기를 단 자동차에 태우고 아이

---

8 리정희, 「상봉과 이별」, 『레닌기치』, 1967.5.12~5.17.

들과 섞여서 국경을 넘었다는 말에 낙심하고 만다. 결국 아이를 찾지 못하고 말았다. 1945년 5월 9일 조국전쟁이 끝났을 때, 남편은 1942년 일제에 체포되어 서울 서대문 감옥에서 옥사했다는 소식이 날아들었다. 그리고 1946년 뜻밖의 날아든 편지에는 철수가 일 년째 오

편보 오늘 호부터 시작하여 김 기철의 작 중편 소설 「붉은 별이 보이던 때」를 싣편 재한다. 이 중편 소설은 위대한 조국 전쟁 시기에 있은 실지 사실에 근거하여 씌어진 작품인데, 독자들은 이 작품에서 아들에 대한 어머니의 무한친 애정과 전재 고아들에 대한 조면 사람들의 아름다운 심정을 엿볼 수 있을 것이다.

편 집 부

룔 고아원에 있다는 것이었다. 그녀는 고아원으로 떠나고 마침내 철수와 상봉을 한다.[9] 전쟁고아인 철수와 철수를 찾아다니는 조선인 어머니에게 미치는 러시아인들의 따뜻함이 그려지고 있다.

「한 조선애의 운명」에서 3대 독자인 김정선 노인의 집에 손자 귀동이 태어난다. 살기도 힘들고 유일한 재산인 소를 곽지주는 빚대신 끌고가 버리고, 어쩔 수 없이 부모인 호철과 금선 내외는 일본인들의 말에 속아 남화태(싸할린)가 돈벌이가 좋다는 말에 그리로 떠나간다. 왜놈들은 송아지마저 끌고가 버렸으며 구둣발에 채인 할아버지는 신음하다가 세상을 뜨고 할머니마저 죽는다. 귀동이는 마을에서 동냥밥을 얻어먹다가 마을에서 사라진다. 1945년 해방이 되고 소련 병사 뻬뜨로브는 헐벗은 조선 어린 아이를 병영으로 데리고 오고 레닌그라드로 돌아가서 짐작가는 대로 나이를 정하고 이름을 월로쨔라 지어준다. 월로쨔는 커서 자동차 운전수가 되고 기계수리소에서 만능 기술자 최익선을 만난다. 최익

---

9 김기철, 「붉은 별들이 보이던 때」, 『레닌기치』, 1963.11.17~12.1.

「한 조선애의 운명」의 삽화

선의 초대를 받은 월로쨔의 방문에 익선의 아내 금선은 첫 남편 호철을
본다. 금선은 월로쨔를 본 이후 일이 손에 잡히지 않고, 월로쨔가 세수
하는 모습을 가만히 지켜보던 중 월로쨔의 등에 박힌 삼태성 기미를 발
견하고 귀동임을 확인하며 '귀동'이라 불러본다. 귀동이 또한 어린 시절
자신을 귀동이라 부르던 기억을 떠올리게 되면서 모자는 상봉한다.[10] 버
려진 조선 아이를 소련 병사가 구함으로써 궁극적으로 자식과의 상봉에
이르고 있다.

「두 할머니」의 맏아들 경호는 할머니의 화갑연이 있어 K비행장에 내
리고, 비행장에는 경호의 러시아인 여동생 따마라를 비롯해서 경호의
동생들이 마중을 나와 있었다. 경호의 아버지 박치하는 13살 때 연해주

---

10 최한수,「한 조선애의 운명」,『레닌기치』, 1972.11.25~11.29.

와 국경을 접한 동만주에 살았는데, 일본 경관과 그들의 앞잡이들이 아버지를 체포했고 곧이어 아버지가 총살을 당하자 어머니는 연해주에  있는 삼촌을 찾아서 길을 떠났다. 추위와 배고픔으로 길에 쓰러진 것을 러시아인 산직이 이와노브가 그들을 구했다. 그리고 1941년 조국전쟁 시기에 크술오르다에 많은 피난민들이 들어왔고, 박치하 네 집 앞을 지나는 러시아인 중년 여성과 두 딸을 치하의 아내 련이는 집으로 인도하여 보살폈다. 이후 이들은 한 가족처럼 살아왔다. 당시 추위에 떨던 알렉싼드라 쑤워로와는 자신에게 이불을 건넨 련이의 선물을 평생 잊지 못했다.[11] 러시아인들이 보여준 호의를 잊지 않고 보은함으로써 두 이민족은 한 가족을 이루게 된다.

러시아혁명과 빨치산 투쟁에서 그리고 독소전쟁의 와중에서 수많은 고려인 고아들이 생겨났고, 버려진 아이들을 위해 고려인들은 친자식이 아니어도 품에 품고 친자식처럼 키워냈다. 또한 많은 러시아인들 또한 고려인에게 그러한 선행을 베풀었으며, 고려인들 또한 그 은혜에 보답했다. 유독 1937년 강제이주를 배경으로 한 이야기는 없는데, 혁명이나 전쟁보다는 비중은 적겠지만 고려인들의 무의식을 엿볼 수 있는 지점이기도 하다.

고려인들은 역사로부터 소외된 아이들을 인류애로써 보듬고자 했다.

---

11 장윤기, 「두 할머니」, 『레닌기치』, 1972.12.30~1973.1.3.

고려인은 고려인만이 아니라 러시아를 대표하는 러시아 아이도 품었고, 러시아인은 고려인 아이를 보살폈다. 그러다 보니 자연스럽게 이민족 간에도 가족을 이루었고 가정이 중시되었다. 가족해체를 가져오는 행위들은 강한 비판을 받았다.

2. 민족을 초월한 사랑을 위해

우리의 관점에서 볼 때, 고려인들에게서 볼 수 있는 생소한 문화 가운데 하나는 춤을 추는 일이 일상이라는 점이다. 고려인문학에서도 꼴호즈 일이 끝나면 춤을 추는 주인공들을 자주 만날 수 있는데, 실제 우리는 고려인들이 하루 일과가 끝나면 남녀가 어우러져 춤을 즐기는 모습

고려 사람들의 춤추는 모습

을 어렵지 않게 볼 수가 있었다. 이는 고려인들이 중앙아시아의 문화에 적응한 모습의 한 단면이다. 한국인들이 볼 때는 분명 낯선 모습이었다. 그러나 남녀가 자유롭게 춤을 추며 즐기는 문화는 일종의 축제로서 사람들 간의 화합과 애정을 형성하는 데 중요한 역할을 하고 있었다.

「류바」에서 성수는 뜨락또르 운전수이고 류바(류보위)는 외과의사이다. 류바는 춤을 잘 추었고, 류바와 성수가 사교춤을 추는 때면 모든 사람들의 정신이 거기에 팔렸다. 춤을 통해서 성수는 류바에 대한 사랑을 키웠고, 류바가 다른 청년들과 춤을 출 때면 시기심으로 심장이 죄여들었다. 그러면서도 그녀는 아이가 있는 유부녀였기에, 류바와의 사랑을 위해서는 성수의 내면세계는 낡은 풍습과 싸워야 했고, 현실에서는 '총각은 처녀에게 장가를 드는 법'이라는 어머니의 반대와도 싸워야 했다. 또한 자신은 뜨락또르 운전수에 불과하고 그녀는 의대를 졸업한 여성이라는 지식과 지위의 문제도 고민해야 했다.[12] 고려인 2세대들은 자신의 사랑을 쟁취하기 위해서 시대의 낡은 풍습과 부모 세대가 지닌 가치관이나 사회적 편견 등을 극복해야만 했다.

이같은 풍습의 문제가 야기하는 갈등은 때로 우리를 미소짓게 하기도 했다.

「양대가리」의 나는 동료들과 함께 카사흐인의 생일잔치에 초대를 받아 간다. 카사흐인은 손님 대접으로 양머리를 내놓고 머리를 갈라 대접을 했다. 모두들 그 모습에 놀라는 가운데, 나는 예전에 친했던 친구를 만나 대접을 받았던 기억을 떠올렸다. 손님이 친구를 방문하면 손님은 친구의 아내와 동침을 하는 것이 이 지방 풍습인지라 어쩔 수 없이 친구의 아내와 동침을 하고 만다. 헌데 나중에 친구가 찾아와 '이번엔 네 차

---

12 기운, 「류바」, 『레닌기치』, 1972.6.16~6.20.

「양대가리」의 삽화

레다'라고 했을 때, 거부했던 일. 그리고 그 다음날로 해직을 당했던 일을 나는 상기한다.[13]

조선과 지리적으로 가까웠던 연해주에서는 그런 대로 괜찮았지만 소비에트라는 사회적 변화에 더해서 중앙아시아라는 지역적, 문화적인 환경의 변화는 문제가 달랐다. 고려인 1세대들이 지닌 조선적 전통을 무작정 2, 3세대에게 강요할 수만도 없는 노릇이었다. 어쨌거나 새로운 환경으로 밀려왔고 그 문화에 섞여야 했으니까. 이같은 문화적 차이는 세대 간에 갈등을 조장하기도 했던 것이다. 철저하게 조선식으로만 교육할 수는 없는 일이었다. 옛것과 새것은 충돌하기 마련이었다.

「파사돈'댁」에서 연금생활을 하는 김복화와 박쏘피야에게는 각각 아들 꼴랴와 딸 갈랴가 있었다. 두 어머니는 서로의 아들 딸을 맺어주기로 하고 방학이 되어 아이들이 내려왔을 때, 둘을 만나게 한다. 꼴랴와 갈랴는 가까워지고 화목하게 놀다가 다시 모스크바로 떠났다. 이듬해 하기 방학을 앞두고 꼴랴와 갈랴는 각자의 부모님께 약혼을 했다며 편지를 한다. 두 어머니는 내심 기대하는 마음으로 열차 역에서 아들과 딸을 기다리는데, 그들 곁에는 각기 다른 처녀와 총각이 서 있었다.[14] 과거의

13 정장길, 「양대가리」, 『고려일보』, 2002.7.5~7.12.
14 전동혁, 「파사돈'댁」, 『레닌기치』, 1966.6.7~6.8.

「파사돈」댁」의 삽화

조선이었다면 부모끼리의 정혼은 자식에게는 곧 법이었다. 그것으로 모든 혼사는 끝난 것이나 다름없었다. 그러나 변화한 시대의 젊은이들에게는 부모의 생각보다는 자유연애를 통해서 상대를 선택하는 자유의지가 더욱 중요시되었다.

「만호 아저씨는 어디로 가리」의 아버지 만호는 오빠보다 여동생이 먼저 결혼할 수는 없다는 입장이다. 특히 '길바닥'에서 만났으니 더더욱 안 된다는 완고함을 보이는데, 갈랴는 기지를 발휘해서 이 난관을 헤쳐나간다.[15] 길바닥에서 만났다는 것은 자유연애를 일컬음인데, 부모의 결혼관과 자식의 자유연애를 통한 결혼관의 대립에서 자식들은 항상 승자였다.

「토정비결 봐주던 이야기」에서는 설을 맞아 '나'의 아버지에게 금녀라는 여인이 어린 아이를 데리고 인사를 왔다. 금녀의 결혼을 중매했던

---

15 전향문, 「만호 아저씨는 어디로 가리」, 『레닌기치』, 1975.6.7~6.12.

아버지. 금녀는 결혼 후에 아이를 낳지 못했고 그러자 그녀의 남편은 바람이 나서 집을 나갔다. 아버지는 나에게 책을 보고 일 년 신수를 보는 것을 토정비결이라 일러주며 조선 사람들에게는 아들을 낳지 못하면 선조의 대를 이어주지 못하는 것이라고 해서 아들을 귀하게 여기는 습성이 있다고 했다. 아버지는 아는 사람에게 부탁해 금녀 남편의 토정비결을 봐주기로 했고, 집을 나서면 죽을 팔자라고 일러줌으로써 그를 집으로 돌려보낼 수 있었다. 이후 그들은 양아들을 입양했단다.[16] 토정비결이란 전통적인 방식을 이용해서 대이음에 대한 관습을 파기하는 모습이다. 낡은 것은 파기되고 새것은 환영을 받았다. 이 또한 새로운 소비에트 문화에 적응하는 가운데 두드러지는 현상 가운데 하나였다.

어차피 소비에트 사회 속에서 이민족 사회에 정착했기에, 낡은 관습은 버려져야 했고 원주민들과도 우호적 관계를 맺어야 했다. 무엇보다 고려인들은 적응해야 했고 변화해야 했다.

「백양나무」의 '나'는 전쟁으로 이사를 오게 되었다. 남편은 노력전선에 나갔으며 집에는 6살과 2살의 아이들만이 있었다. 40km되는 거리를 화물자동차를 타고 다녔는데, 어느 날 중도에서 차가 고장이 났다. 한 노인의 만류에도 불구하고 '나'는 아이들 걱정으로 혼자 길을 나선다. 그녀는 도중에 길을 잃고, 소리를 쳤다. 말을 탄 사람과 노인이 함께 나타났다. 노인은 자신의 딸같은 젊은이가 걱정되어 쫓아왔다는 것이다. 집까지 데려다주는 카사흐 부부에게 나는 형제애를 느낀다. 전쟁이 끝나고 이웃한 꼴호즈에서 카사흐 부부를 다시 만나게 되면서 서로 친척이 되었다. '나'는 카사흐 부부의 집보기에 백양나무를 들고 가서 함께 나무를 심는다.[17] 이를 통해 카사흐인과의 깊은 우정이 강조되고

---

16 장문일, 「토정비결 봐주던 이야기」, 『레닌기치』, 1967.3.29.
17 주동일, 「백양나무」, 『레닌기치』, 1970.12.5.

있다. 더욱이 「뜨거운 인정」에서 농업기사 리일은 부상을 입고 급하게 수혈이 필요한 상황에서 그는 카사흐인과 러시아인, 그리고 조선인의 세 민족의 피를 받고 살아난다.[18]

본래 고려인들의 소비에트화는 러시아인을 중심으로 해서 이루어졌다. 하지만 CIS지역에 정착한 이후 새로운 문화에 적응하면서 그 중심이 러시아에 한정되지만은 않았다. 본디 지녔던 관습을 파기해 나가면서 원주민과의 우정을 돈독히 쌓아 갔던 것이다. 그것이 진정한 소비에트화였다. 러시아인과의 결혼을 통한 결합이 강조되고 상대적으로 원주민과의 관계는 혼인보다는 우정이 강조되었는데, 이는 진정한 다문화사회로 가기 위한 과도기적 모습에 지나지 않았다.

---

18 리와씰리, 「뜨거운인정」, 『레닌기치』, 1970.12.19.

3. 이민족 간의 결혼과 다문화의 길로

고려인들의 소비에트화의 중심에는 러시아가 있었기에 고려인들은 누구보다 러시아의 언어와 문화의 습득에 발빠른 면모를 보였다. 그러다 보니 자연히 러시아인과 결혼을 하는 것도 다른 민족보다 앞서 이루어졌다. 그러나 그것은 진정한 소비에트가 아니었다. 민족을 초월한 공동체의 구성을 목표로 하는 소비에트의 모토에도 맞지 않았다. 앞서 창식과 쏘냐, 미화와 빠웰 등이 아이를 위한다는 명분으로 민족을 초월하여 가정을 이루었지만, 그것만으로는 고려인과 러시아인의 결합을 설명하기에는 역부족이다. 다민족국가에는 러시아인만이 있는 것은 아니었기에. 고려인들은 원주민들과 사랑하기 시작했다. 그들을 멀리할 하등의 이유가 없었다. 그들과 함께 살아가야 했고, 이미 CIS는 삶의 터전

고려인들의 결혼하는 모습

이었다.

「사랑」의 창길과 영애는 연인사이이다. 연해주에서 카자흐스탄으로 이주한 후 영애는 폐병에 걸려 사망한다. 영애를 그리워하던 창길은 우연히 비비굴이라는 카사흐 처녀를 보게 되는데, 그녀는 영애와 쌍둥이처럼 닮았다. 씨르다리야 강에 빠진 비비굴을 창길이 구한 인연으로 두 집안은 가까워진다. 창길은 비비굴과 친해지면서 영애를 잊을 수 있었다. 창길은 비비굴을 만나면서 이 고장의 자연도 사랑하게 되고 전체 카사흐인들에게서 시의 마음을 읽을 수 있었다. 그러나 둘의 결합을 비비굴 집안의 할아버지가 완강하게 반대함으로써 이루어지지 못한다. 결국 비비굴은 할아버지에 의해 이사를 떠나게 되고, 창길은 귀걸이를 선물한다. 몇 번의 편지 왕래가 있었으나 이내 소식은 끊기고 말았다. 창길은 조선 처녀 련옥을 만나 결혼을 하고 아들 만실을 낳는다. 만실은 알마아따 농업대학에 다니며 알마아따 처녀 파찌마를 만나 약혼한다. 사돈보기를 하기 위해 창길네는 알마아따로 향하고, 파찌마의 어머니가 비비굴임을 알게 된다. 그녀는 자신이 건네준 귀걸이를 하고 있었다. 비비굴은 알마아따 농업대학에서 학사원으로 있으며 학생들의 면접을 보게 되었고 만실에게서 창길을 보았다고 한다.[19] 부모세대에서 이루지 못한 사랑을 자식들이 이은 것이다. 그리고 그것은 카사흐인과의 결합이었다. 여기에는 중요한 의미가 있다. 고려인들이 원주민들과 결합한다는 것은 자신들의 삶의 터전을 고향으로 인식했다는 것으로 이민족과 결혼함으로써 뿌리를 내리고 정착을 통해 새롭게 공동체를 만들어 가는 신호였기 때문이다. 사람을 사랑하는 일이, 사람과의 관계맺음이 비로소 고향을 만든 것이다.

---

19 김세일, 「사랑」, 『레닌기치』, 1970.8.18~8.22.

「쟈밀랴, 너는 나의 생명이다」에서 군대를 제대하고 집으로 돌아오는 일남은 씨르다리앙 강을 옆에 끼고 넓은 벌판으로 내닫는 급행열차에서 쟈밀랴와 졸업증을 받고 집으로 오던 일, 함께 꽃을 꺾으러 가던 일 등의 옛 추억을 더듬는다. 쟈밀랴의 부모가 죽고 그녀는 일남의 어머니를 친어머니처럼 따랐고 그들은 오누이처럼 자랐다. 그리고 연인으로 발전했다. 그러나 일남의 어머니는 다른 민족 계집애와 그 모양이냐며 조선처녀를 소개하려고 했고, 그때는 이미 쟈밀랴는 일남의 어머니의 말을 듣고 고향을 떠난 후였다. 일남은 군대에 갔고 친구들을 통해 쟈밀랴가 사는 곳을 수소문한다. 그리고 휴가를 가게 되었을 때 그가 찾은 사람은 어머니가 아니라 쟈밀랴였다. 쟈밀랴는 꼭 어머니를 뵙고 가라고 당부하지만 일남은 그냥 복귀하고 만다. 이후 쟈밀랴는 일남이 보낸 것처럼 어머니에게 소포를 보내 어머니의 적적함을 달랜다. 한편 일남의 어머니는 자신의 욕심으로 일남과 쟈밀랴가 헤어진 것에 가슴아파하며 양심의 가책을 느낀다. 일남이 집에 오고 어머니는 그 동안 자신에게 소포를 보낸 것이 쟈밀랴임을 비로소 알게 된다. 일남은 쟈밀랴를 네려 오고 어머니는 며느리에게 주려고 간수해두었던 금가락지를 쟈밀랴에게 건넨다.[20] 조선인 어머니로서 아들을 조선인 처녀와 결혼시키고 싶었으나 결국은 일남과 쟈밀랴의 진심어린 사랑에 감동하게 되고 다른 민족의 처녀를 며느리로 받아들이게 된다. 민족이 중요한 것이 아니라 '나의 생명'일 수 있을 만큼 사랑하는 일이 중요했다.

「진니야」의 우필아주머니는 젊어서 홀몸으로 남아서 시집을 더는 가지 않고 오빠네 집에 붙어 있었다. 하루는 모쁘르 꼴호즈 마을에 있는 동생네 집으로 가던 중 시냇물에 다리를 씻었고 이를 홀아비인 할무라

---

20 김빠웰, 「쨔밀랴, 너는 나의 생명이다」, 『레닌기치』, 1972.5.13.

트가 본다. 그는 당나귀를 태워주겠다고 우필아주머니를 꾀어 자신의 집에 가두고 일하러 갈 때는 자물쇠로 문을 잠그고 치마를 가지고 떠났다. 우필아주머니가 도망가지 않겠다고 하자 그는 치마를 내주고 집열쇠와 곡간열쇠까지 맡긴다. 또한 모전 꾸러미까지 가지고 와서 세보라고 한다. 그녀는 그 길로 도망쳐서 오빠에게 왔고 할무라트는 그녀를 찾기 위해 온다. 그러나 그녀는 할무라트가 힘으로 자신을

아나톨리 김

끌고 갔기 때문에 용서할 수 없다고 하자 그는 어쩔 수 없이 돌아간다.[21] 조선 여자를 사랑한 카사흐의 한 남성이 힘으로 여자를 제압하고자 했다가 사랑을 이루지 못한 이야기이다. 이 또한 서로 다른 민족 간의 풍습의 차이에서 연유한 결과이다.

고려인들은 소비에트 사회의 다민족국가에서 다문화인으로서의 삶을 일찍부터 시작했다. 러시아혁명과 조국전쟁 등을 통해서 생겨난 고아들을 인류애로써 보듬는 과정에서 민족을 초월한 사랑이 밑바탕이 되었다. 초기에는 러시아인과의 결합만을 보였으나 CIS지역으로 이주한 이후에는 원주민들과도 결혼함으로써 다문화인으로서 CIS지역에 뿌리를 내리고 고향으로 만들어 간다.

---

21 김아나똘리, 「진니야」, 『레닌기치』, 1976.9.23~9.24.

가족, 도시화
그리고 또 하나의 귀향

가족, 도시화 그리고 또 하나의 귀향

고려인들은 CIS지역으로 이주한 이후에 사회주의 체제 속에서 다문화의 삶을 영위한다. 소비에트는 다민족국가였기에 개별 민족들끼리는 고유한 그들만의 언어를 사용하면서 학교를 비롯한 모든 공공기관은 러시아어를 공용어로 사용했다. 오페라 등의 문화공연도 당연히 공용어인 러시아어로 이루어졌다. 우즈베키스탄에 현지법인을 두고 있는 여행사인 SKY114의 조상식 사장님의 배려로 나보이 극장에서 오페라를 접할 기회가 있었다. 우리 돈으로 3,000원 정도면 관람을 할 수 있었다. 관객들은 과자나 음료수 등을 극장 안으로 가지고 들어와 먹고 마시면서 오페라 공연을 즐겼는데, 한국과 비교해서 턱없이 저렴한 입장료도 입장료지만 한국과는 달리 너무도 대중적인 모습이 보기에 좋았다. 우즈베키스탄에서 오페라는 대중적인 문화였고, 누구나 쉽게 접할 수가 있었다. 한국에서라면 그 값비싼 입장료부터 이미 대중의 발길을 막는 것이라서 그 자체로 여운을 남겼다.

타슈켄트 시내에 있는 나보이 극장

　다민족국가답게 고려인들은 러시아인들과 혹은 원주민들과 다문화가
정을 이루는 데 있어 인색하지 않았다. 물론 1세대와 2, 3세대 간의 갈
등이 없었던 것은 아니나 사회주의 체제 속에서 민족을 초월한 공동체
의 구성은 세대갈등을 뛰어 넘는 국가적 과제이기도 했으니까. 그러나
그렇다고 해서 가족을 생각하는 마음이나 가치가 우리와 비교해 다를
것은 없었다. 고려인들에게도 가족은 그 무엇보다 소중한 삶의 기반이
었다.

　CIS지역으로 이주한 고려인들의 삶은 초기에는 러시아정부의 감시
와 통제 속에 놓여 있었고, 꼴호즈를 중심으로 한 삶을 강요받았지만 이
후 고려인들의 삶이 차츰 나아지면서 고려인 2, 3세대들은 꼴호즈를 나
와 도시로 떠나기 시작했다. 대학교육을 통해 소비에트 사회의 중심에
서는 고려인들이 많아지게 되고 도시에서의 삶을 영위하는 자식 세대가
늘어나면서 꼴호즈 생활을 하는 부모와 도시 생활을 하는 자식 간의 생

각의 차이를 만들기도 했다.

고려인의 삶은 경제개발과 함께 농촌경제에서 도시경제로 대거 생활권의 이동을 보였던 한국사회와 비교했을 때 크게 다르지 않았다. 가족을 중요시했고 자식교육에 대한 열정 하나만큼은 어느 민족에 뒤지지 않았으며, 자식들은 도시로 나가 삶의 기반을 다졌다. 다른 것이 있다면 국가적 지원 정도의 유무였다.

이렇게 일상으로서의 고려인들의 삶은 소비에트라는 이민족 사회에 훌륭하게 적응한 듯했다. 그러나 소비에트 체제가 붕괴하면서 고려인들의 삶에는 또 한 번의 시련이 기다리고 있었다.

1991년에 구소련이 해체되고 중앙아시아 국가들이 독립하면서 중앙아시아에서는 고려인들의 방패막이 역할을 했던 러시아인의 힘이 약화되고 대신 자신들이 거리감을 두었던 원주민족들이 실권을 잡게 되었다. 중앙아시아 국가들이 독립 후 잃었던 민족의 언어와 역사를 되찾고 민족정체성을 확립해 가는 과정에서 타민족들에 대한 차별과 배척이 심화되었다. 아울러 자본주의 경제 체제로 이행되어 가는 과정에서 고실업, 부정부패, 빈익빈부익부의 사회불평등의 경제적 문제의 심화는 민족들 간의 경쟁과 갈등을 증폭시켰다. 이에 러시아인, 독일인 유대인들은 공공연한 차별과 배척을 피해 모국으로 이주하는 수가 증가했다. 그러나 고려인들은 모국이 있어도 남한과 북한 어느 곳으로도 돌아갈 수 없었다.[1]

---

1 윤인진. 앞의 책, 90~91쪽.

1. 고려인 가족이야기

고려인 가족이야기를 하기에 앞서, 가족은 사회와의 상호작용을 통해 만들어진 구성된 실체로서, 가족 혹은 가족주의 그 자체의 내용이 봉건적이거나 근대적인 가치를 갖는 것이 아니라 '가족이란 어떠어떠한 것이다'라는 개념이 형성되는 사회적 역학관계에 따라 봉건적이거나 근대적인 가족의 성격이 결정된다.[2] 고려인의 가족도 마찬가지인데, 소비에트 사회 속에서 민족을 초월한 가족 개념이 고려인의 가족이야기를 만들었다.

앞서 고려인들은 러시아인을 비롯해서 원주민들과도 가정을 꾸렸으며, 성공적인 다문화사회를 개척했다. 그 기반에는 철저하게 개인의 감정보다 가족을 우선시하는 사고가 내면화되어 있었다.

「푸른 쪽대문 앞에서」의 허실은 한 여인을 만나기 위해 급행열차를 타고 알라따우 산봉우리에 아침노을이 눈부시게 빛나는 아침 카자흐스탄 땅을 밟는다. 해삼노동학원에서 18세 상연옥과 20세 허실은 한때 사랑하는 사이였다. 허실은 학원에서 제일 이쁘다고 소문난 연옥과 약혼을 한다. 일찍이 어머니를 여읜 연옥은 아버지와 둘이 살았는데, 갑자기 자동차 사고로 아버지가 세상을 뜨고 만다. 연옥은 죽고 싶었으나 뱃속에서 꿈틀거리는 생명을 감촉하고 허실을 기다린다. 그러나 허실은 오지 않았다. 허실은 똠스크에 부모가 정한 의학전문학교에 다니는 애인이 따로 있었는데, 그는 자신의 이상에 맞는 여자를 만나겠다는 생각에서 해삼으로 떠나왔던 것이다. 그러나 두고 온 애인보다 연옥이 낫다고도 할 수 없는 상황에서 그녀의 부모마저 그리되자 그는 계산적으로 다

---

2 권명아, 『가족이야기는 어떻게 만들어지는가』, 책세상, 2000, 14쪽.

1960년대 고려인 가족의 일상

시 도망을 쳤다. 이후 연옥은 아들 인노껜찌를 낳고 아들은 비행사가 되었다. 연옥은 사회주의 로력영웅의 칭호를 받고 신문에 사진이 났으며, 이를 허실이 본 것이다. 신문에서 아들 인노껜찌는 아버지도 어머니도 없는 웨라를 사랑한다고 했다. 연옥을 꼭 빼닮은 손녀가 허실을 맞이하고 40년 만에 둘은 상봉을 한다. 허실은 용서를 구한다. 연옥은 '당신에게는 인노껜찌와 같은 아들이 있을 수 없소'라고 외치고 싶은 마음을 가라앉히고, 비가 올 것 같은데 어서 돌아가라고만 한다.[3] 연옥은 싸늘하게 허실을 외면하는데, 그 이상 말을 하는 것이 무의미함을 알기 때문이었다. '사람이란 어떻게 살아야 하는가'라는 명제가 있다고 했을 때, '신의'와 '애정'이 동의어로 쓰이는 가운데 남자는 외면을 받을 수밖에 없

---

3 김빠웰, 「푸른 쪽대문 앞에서」, 『레닌기치』, 1975.2.1~2.4.

었다.

　「살구꽃 필 때」의 영애는 자신의 친모를 그리워하며 자라왔는데, 그녀가 다 자라 할머니로부터 들은 얘기는 이러했다. 영애의 어머니가 19살 때, 당시는 한창 전쟁복구건설이 계속되고 있을 때였다. 영애의 아버지는 로력전선에서 돌아와 상점책임자로 일했는데, 판매원의 소홀한 태도로 돈이 모자라게 되었고, 이 때문에 15년 감옥살이를 선고받는다. 무죄를 증명하기 위해 다시 재판하여 4년만에 석방되었으나 영애의 어머니는 공부하겠다고 말하고 떠난 후였다. 영애는 사신이 버려졌나고 생각했다. 할머니는 영애에게 어머니의 사진을 건네고 영애는 개학을 앞두고 하리꼬브로 떠난다. 영애네 학급은 일학년 둘째 그루빠의 책임을 맡게 되어 최윤희 등을 지도하게 되었는데, 윤희의 사진첩에서 자신의 친어머니를 발견한다. 윤희는 자신의 언니 이름도 영애인데, 세 살 때 앓다가 죽었다고 한다. 영애는 악쭈빈쓰크에 와서 그토록 그립던 친어머니와 해후하나 자신이 영애라는 말만 하고 돌아선다. 돌아오는 비행기 안에서 슬퍼하는 영애를 위로하는 상호를 만나게 되고 둘은 사랑하는 사이로 발전한다. 그러나 상호는 유부남이었으며, 상호는 영애를

---

4 리정희, 「살구꽃 필 때」, 『레닌기치』, 1975.6.19~7.9.

더욱 사랑하게 됨으로써 가족사진을 보여주며 진심을 말한다. 그리고 상호는 영애만 허락한다면 영애와의 새 생활을 원했다. 그러나 영애는 열차를 타고 떠나는 상호를 다른 사람 틈에서 지켜봄으로써 사랑을 저버린다.[4] 자신의 소중한 사랑보다 상호의 가족을 생각하는 마음에서, 그리고 자신처럼 버려져서 가슴 아파 할 아이들을 생각하며 사랑의 감정을 접는다.

더욱이 「전하지 못한 편지」에서의 '나'가 타슈켄트로 향하는 열차 안에서 구면의 친구로부터 전해 듣는 친구의 과거사는 그 어조가 더욱 강렬하다.

친구는 '나'에게 자신의 아버지에게 쓴 편지 한 통을 건넨다. 그는 어린 시절 아버지와 계모로부터 버림을 받고 집에서 쫓겨났다. 그는 낯모를 러시아 아저씨의 구원과 당의 보살핌으로 애육원에 들어가 학교도 다니고 대학까지 졸업했다. 심장병을 얻었지만 자신을 버린 사람들에게 떳떳하게 살아 있음을 보여준다는 결심으로 살아왔다. 계모의 말만 믿고 자신을 학대한 아버지에 대한 원망 속에서 어머니를 찾아 집을 나왔고, 40여 년이 흘렀다. 그의 편지는 아무 죄도 없는 자식을 내쫓은 죄는 사회적으로 어떻게 처분해야 하는지를 아버지의 양심에 호소한다는 내용으로 끝맺고 있었다.[5] 40여 년이 흘렀고, 어찌 보면 천륜이기에 친구의 분노를 이해하기 힘들기도 했다. 그런 편지를 쓴다는 것 자체가 이미 아버지에 대해 무심할 수 없음을 증명하는 것이었으니까. 더욱이 친구는 그러한 아버지에게 사회적 처분을 운운하고 있다. 즉 부모로서의 의무를 다하지 않은 부모는 사회적 차원에서 단죄할 수 있다고 보는 관점인데, 부모로서의 책무가 사회적으로 논의되어지고 있다.

---

5 김철수, 「전하지 못한 편지」, 『레닌기치』, 1975.11.15~19.

「씨비리에서 보내는 편지」는 아내가 남편에게 영원한 결별을 통고하는 내용인데, 은경은 안드류샤와 10년 전 의학대학 재학시절 만나 같이 춤을 추게 되고 사랑에 빠져 결혼에 이르게 된다. 은경은 일찍 부모를 여의고 고모에게서 자랐다. 불행하게도 결혼 후 남편은 바람을 피운다. 안드류샤는 이혼을 요구하고 은경이 반대하자 남편은 집을 나가고, 은경은 두 아이를 데리고 씨비리의 철도부설장으로 떠난다. 거기서 조국건설의 현장을 목격하고, 조선청년 노동자 김꼴랴를 만난다. 어느 날 남편이 방문하여 사죄하고 이고리를 데리고 간다. 그러나 은경은 김꼴랴를 존경하고 싶다며 남편에게 돌아가지 않겠다는 편지를 쓴다.[6]

고려인 가족이야기에서는 두 가지를 염두에 둘 수 있다. 하나는 남편과 아내의 관계는 '사랑'과 '신의'의 두 개념이 마치 한 개념처럼 쓰이고 있는 모습이며, 이때 어느 한 쪽이 신의를 저버리면 사랑은 더 이상 성립하지 않았다. 또한 부모와 자식 간의 관계에서, 자식의 입장에서는 자식에 대한 부모로서의 '사랑'은 곧 '의무'와 같은 말이었다. 이 의무를 다하지 않았을 때, 부모는 자식으로부터 남으로 인식되었는데,「싸사의 판결」에서 친구가 버리고 간 아이를 친자식처럼 키운 시나 꼰끼나를 찾아와 친구 쓰웨따는 아이를 돌려달라고 요구한다. 아들 싸사는 재판에서 '저 여자(쓰웨따)는 남'이라며 친모를 차갑게 외면한다.[7]

초기의 고려인이 러시아 연해주 등지로 이주했을 때만 해도 많은 남편들은 돈을 벌기 위해 집을 떠났다. 그 과정에서 상당수의 남자들은 위와 같은 외도를 했다. 이주 초기의 고려인 아내들은 그러한 남편은 물론 남편과 함께 했던 여인의 아이까지도 기꺼이 받아주었다. 그러나 시간이 흐를수록 그러한 면모는 사라진다. 농경생활이 전부였던 삶에서 벗

---

6 전향문,「씨비리에서 보내는 편지」,『레닌기치』, 1975.12.13~30.
7 엔.마꾸스낀,「싸사의 편결」,『레닌기치』, 1977.7.28~30.

어나 여성들은 소비에트 밑에서 당당해졌으며 교육을 받고 도시로 떠나기 시작했다. 그러면서 더 이상 신의를 저버린 남편이 돌아오리라는 기대 따위는 하지 않았으며 기다리는 일도 없었다.

2. 도시로 떠나는 사람들

고려인들은 가족 안에서 부모로서의 의무를 다하고자 노력했고, 부모의 노력으로 교육의 혜택을 입은 2, 3세대들은 꼴호즈를 떠나 도시로 떠나기 시작했다. 그 과정에서 나이가 들어가는 부모를 모셔야 하는 자식으로서의 의무가 중요해지는 시점이 온다. 그것은 또 다른 갈등의 시작이었다.

앞서 「할머니」에서 꼴호즈를 떠나 도시로 왔던 한 여성은 다시금 꼴호즈로 돌아가기를 간절히 원했다. 할머니에게 꼴호즈는 30년의 삶을 함께한 마음의 고향이었기에.[8] 이때 도시 생활을 하는 자식 세대와 꼴호즈 생활을 하는 부모 세대 간의 갈등이 표면화되었다.

「영원히 남아 있는 마음」의 창세와 락천 노인은 과수브리가다에서 평생을 함께한 친구이다. 창세는 상처한 후 혼자 살고 있으며, 락천은 그런 창세에게 분선네와 재혼하라며 농담 아닌 농담을 건네고는 한다. 그러나 창세는 아직도 집으로 돌아갈 때면 아내 인선이가 자신을 기다리는 것만 같이 느낀다. 그러나 오늘은 집에 불빛이 밝다. 아들 춘길이 와 있었다. 아들은 도시에서 건설기사로 일하고 있는데, 한 달 간의 휴가를 얻어 아버지를 모시러 고향으로 내려왔다. 도시로 가자는 말은 꺼내는

---

8 김보리쓰, 「할머니」, 『레닌기치』, 1972.7.29.

아들에게 창세는 정든 고향을 버리고 갈 수 없다고 한다. 그가 아들 춘길이 사는 도시에 갔을 때, 사층집 창문앞에 홀로 앉아 철갑을 씌운 듯한 아스팔트로 덮인 땅을 내려다보고 있기란 안타까운 일이었다. 옛날 친구 페쨔는 춘길에게 오히려 꼴호즈로 이사를 올 것을 권유했다. 한편 남편이 돌아오지 않자 춘길의 아내 니나가 밤차를 타고 올라온다. 그녀는 피아노 연주가이다. 춘길은 아내에게 꼴호즈로 이사를 종용했던 친구 페쨔의 말을 비쳐보자, 그녀는 성을 버럭 내며 친구를 욕했다. 피아노 연주가인 니나에게 농촌으로 이사를 간다는 것은 할 일이 없음과 같은 것이었다. 그래서 그들 내외가 떠올린 생각이 아버지를 장가들이는 것이었다. 자식으로서의 도리는 해야겠고 아버지를 도시로 모셔갈 수 없다면 그것이 최선이라 생각한 때문이다. 그래서 조언을 얻고자 락천 노인을 찾지만 락천 노인은 오히려 꼴호즈는 너희들의 고향산천이며 이 땅의 쌀과 물을 먹고 자랐기에 고향땅의 은덕을 잊지 말아야 한다고 강조한다. 그리고 행복이란 땅바닥에 굴러다니는 물건이 아니기에 타지가 아닌 제 고향산천을 아름답게 꾸리고 거기에서 행복을 찾아야 한다는 것이었다.[9]

물론 춘길이 건축가로서 휴가 중 고향의 문화궁전무대 사업을 도우며 고향에서도 할 일이 많다는 것을 깨달아 가는 과정 그리고 아내 니나 또한 소인예술단의 연습을 도우며 이곳에서도 음악가로서 할 일이 많음을 알게 되면서 둘은 고민하며 마을을 떠나간다. 춘길 내외는 다시금 고향으로 돌아왔을 수도 있고 아닐 수도 있다. 그러나 그것은 중요한 문제가 아니다. 도시화의 진행 속에서 꼴호즈를 떠나 도시로 향하는 자식들을 고향에 남으라고 강요할 수만도 없을 터, 부모와 자식 간의 꼴호즈와 도시라는 물리적 거리가 만드는 갈등에 주목해야 한다. 또한 부모와 자식 간의 갈등은 고부 갈등으로 이어지기도 했다. 그것이 인지상정이었다.

「선물」에서 3·8절(녀성명절)을 맞이하여 찾아온 아들 내외가 선물을 들고 순희 할머니를 찾아온다. 아들 싸사와 며느리 알라 그리고 손녀 아뉴따가 온다는 기쁨에 그녀는 들떠 있었다. 아들은 전선에서 돌아오지 않은 아버지의 사진을 놓고 남몰래 치맛자락으로 눈물을 훔치던 젊은 어머니의 모습을 기억한다. 그렇게 어머니는 평생 그리운 사람들을 기다려 왔다. 그런 어머니를 위해 아들이 할 수 있는 일이란 고작 장작을 패는 정도. 그러나 며느리 알라는 이 같은 명절에 어머니를 두고 친구를 만나러 나가자고 한다. 남편은 어머니에게 함께 살 것을 권하지 않는 아내가 미워지며 서로 말다툼을 하게 되고, 아들은 집을 팔고 도시로 갈 것을 권유하지만 어머니는 아무 대답도 하지 않는다.[10]

이처럼 고려인들이 소비에트의 일원으로 성장해가면서 자식들은 하나둘 도시로 떠나게 되었고, 그 결과 부모의 외로움은 커졌으며 여기에 상대적으로 자식들의 미안함이 비례해 갔던 것이다. 그러한 미안함이 부모들에게 도시로 나가 살 것을 종요하게 되었던 것이다. 그러나 부모

9 연성용, 「영원히 남아 있는 마음」, 『레닌기치』, 1977.3.30~4.6.
10 리정희, 「선물」, 『레닌기치』, 1977.4.30~5.2.

들에게는 꼴호즈란 향촌이자 고향으로서 물을 떠나면 살 수 없는 물고 기처럼 실로 삶의 터전이었다. 혹 떠난다고 해도 마음만은 영원히 그곳에 남아 있게 되었던 것이다.

고려인들은 여러 번의 이주와 정착을 경험하며 CIS지역에서 비로소 고향을 찾았다. 꼴호즈는 고향으로 인식되었고 자식 세대는 교육을 받고 점차 고향을 등졌다. 나이 든 부모를 모셔야 한다는 자식으로서의 도리를 해야 했기에 부모들을 도시로 모시고자 했다. 이러한 고려인의 삶은 이제 일상이라고 말할 수 있는 수준에 이르게 되었던 것이다. 그리고 그러한 일상의 갈등과 함께 중앙아시아에서의 평온한 삶을 영위할 수 있게 되었던 것이다. 그러나 그 또한 계속 될 수만은 없었다는 데에 고려인의 또 다른 삶의 질곡이 있었다.

3. 또다시 길 위에서, 『고려일보』의 시대를 열며

소련의 사회주의 체제가 붕괴하면서 고려인들에게는 또 다시 시련이 찾아왔다. 중앙아시아의 각 지역에 흩어져서 살던 고려사람들은 소련의 해체로 새롭게 재편되는 국가와 사회 체제의 변화 속에서 또 하나의 귀향을 준비해야만 했고, 다시금 소수민족으로서의 아픔과 무국적자의 설움을 맛보아야만 했다.

사실 소비에트는 오래 전부터 해체의 조짐을 보여 왔다. 「록색거주증」에서 간접적으로 확인할 수 있는 소비에트 경제의 실체는 이러했다.

이렇게라도 매일 출근을 하는 사람들은 우리 직장에서는 그래도 로동질서를 지키는 사람이라고 한답니다. 왜냐하면 어떤 사람들은 일주일에 한번이나 두

번쯤 나타나 출근잡지에 뒤날것, 앞날것을 한꺼번에 수표를 두고는 녀자들과 차마시기나 하거나 집으로 가버리기때문이지요. 이렇게 일을 하는지마는지 하다가도 선금이나 로임을 타는 날에는 모두 제시간에 나타납니다. 〔…중략…〕 특히 해마다 1.4분기기간이면 사람들이 그늘밑 매미신세처럼 그렇게 아주 태평스럽게 느리게 일을 하였다. 그러다가도 년말에 가서는 대사집 맏며느리처럼 궁둥이에서 비파소리가 날 정도로 서둘러 일을 한다. 소위 말하는 돌격식으로 일을 다그친다.[11]

이것이 1970년대 말의 소비에트의 풍경이다. 사람을 너무 믿은 탓일까. 많은 사람들은 태평스럽게 놀다가 연말에 가서야 분주하게 일을 했다. 소비에트 초기의 노동에 대한 열정은 사라진 지 오래였다. 그런 사회적 분위기 속에서 소비에트는 붕괴하고 만다.

소련 해체 이후, 중아아시아의 정치 경제적 혼란과 민족관계의 악화로 인해서 1990년 이후로 연해주로 재이주하는 고려사람이 생겨났다. 고려사람이 연해주를 유력한 이주 희망지의 하나로 생각한 이유는 그곳이 선조들이 강제이주 이전에 거주하던 곳이기 때문이었다.[12]

고려인들에게 연해주는 부모들의 옛 고향으로서 당연히 삶의 기반이 될 수 있는 곳이고 한편으로는 과거의 부당한 처사에 대한 정당한 항거로 인식될 수 있는 곳이었다. 더욱이 연해주는 지리적으로 한국과 인접해 있어서 러시아의 어떤 지역보다 역사적으로 모국과의 교류가 용이했다. 적은 비용으로 한국에 갈 수 있고, 반대로 한국 사람들의 진출이 보다 용이한 지역이 바로 연해주였다. 역사와 문화적으로도 유럽아시아보다 아시아적 전통과 관습 및 한민족 역사가 고려인들에게 보다 친근감

---

11 량원식, 「록색거주증」, 『레닌기치』, 1990.2.28.
12 윤인진, 앞의 책, 134~136쪽.

을 주기도 했다.[13]

그러나 고려인들은 연해주에서 원주민과 이방인의 경계에 설 수밖에 없었다. 그토록 소비에트 사회에 공헌을 했건만 돌아온 것은 또다시 이방인이라는 꼬리표와 무국적의 설움이었다.

1991년, 즉 소련이 유지되고 있을 때까지만 해도 국적문제는 그리 중요하지 않았으나 1992년 이후부터 국적문제가 대두하기 시작하였다. 1992년 이전에 중앙아시아 국가에서 연해주를 포함한 러시아로 이주한 경우에는 그대로 소련 국적에서 러시아 국적으로 인정받기 때문에 큰 문제가 없었다. 문제는 1992년 이후 중앙아시아에서 러시아로 이주해 오는 사람들에서 발생한다. 러시아는 벨라루시, 카자흐스탄, 키르기즈스탄과 이중국적 제도를 맺고 있기 때문에 이들 국가에서 이주해 오는 경우는 문제가 없었다. 그러나 우즈베키스탄은 달라서 외국인과 같은 취급을 받았다. 외국인으로서 러시아 국적을 취득하려면 일정한 요건을 갖추고 서류를 준비하여 6~7년간을 기다려야 했다.[14] 또다시 길 위에 섰고, 아주 잠시 빙향을 잃었다. 그러나 이젠 더 이상 혼자가 아니있다. 고국이라는 동반자가 함께 할 수 있는 길이 열리고 있었다.

한편 소비에트 시대의 고려 사람들이 글쓰기 욕구를 풀어냈던 『레닌기치』의 시대도 막을 내렸다. 1990년대 들어서면서 소련 전역에 불어 닥친 개방화, 민주화 바람에 의해 고려인들은 자신의 고향과 조국을 표면적으로 얘기할 수 있게 되었다. 페레스트로이카에 의해 구시대의 유물이 된 '레닌'을 시대에 걸맞는 새로운 이름으로 바꿀 필요가 생겼다. 신문사 지도부는 1991년 1월 1일부터 신문 제호를 『고려일보』로 바꾸면서 고려인을 위한 신문임을 공식적으로 표방하였다. 신문사 사장이자

---

13 위의 책, 194쪽.
14 임영상 · 황영삼 外, 『고려인 사회의 변화와 한민족』, 한국외국어대학교 출판부, 2005, 210쪽.

카사흐공화국 대통령의 신년축하

《카사흐인민의 고려아들》

목사님의 부탁에 따라

『고려일보』 창간호(1991.1.3)

고려일보사 – 출처: 김주용 外, 『국외항일유적지』(2009)

주필인 허진은 신문 이름을 개명한 것에 대해 '우리말(고려인 말)'을 후손에게 전해야 하고 우리에게 생명을 주고 민족의 얼을 심어준 조상들 앞에 자손으로서의 신성한 의무를 다하는 것이 신문사의 사명이라고 하였다.[15]

허진의 신언은 『선봉』·『레닌기지』로 이어지면서 같은 한민족의 뿌리를 갖고 있으면서 한민족의 정체성과 독자성을 이야기할 수 없었던 역사적 운명에서 벗어날 수 있게 된 것을 공식적으로 드러냈다는 점에서 상당한 의미를 지닌다. 그리고 '고려인'이라는 단어 속에 함축되어 있는 한국 근대 역사의 질곡을 표현할 수 있는 길이 열린 점에서도 그렇다.

현재 고려일보사는 알마타 아만겔디 거리 4번지에 위치하고 있으며, 자유신문이었으나 재정적 부담을 감당하지 못하고 1994년 국가신문으로 등록하여 정부로부터 60%의 재정보조를 받았다. 1990년까지는 한글, 그 이후는 한글과 러시아어 병용으로 발간하였다.[16]

---

15 허진(허웅배), 「『고려일보』사의 사명」, 『고려일보』, 1991.1.1.
16 김주용 外, 앞의 책, 183~184쪽.

1991년 『고려일보』로 제호가 바뀐 이후 실제로 연해주 꼴호즈에서 참혹한 생활상과 강제이주의 뼈아픈 경험과 같은 그 동안 금지되었던 이야기를 다양한 장르를 통해 드러내기 시작하였다. 소비에트 사회주의 이데올로기를 고취시키고 찬양하던 논조에서 벗어나 고려인의 실제 생활을 취재하여 고려인의 삶의 모습을 생생하게 전달하게 된 점은 고려인의 역사적 지위와 가치를 평가할 수 있는 중요가 자료가 된다.

또한 『고려일보』는 『레닌기치』를 이어 문예 페이지가 계속적으로 발행되었으나 작품 편수는 현저히 줄어들었다. 90년대 초반에는 시보다 소설이 실린 경우가 드물었으나 후반부터는 그 양상이 달라졌다. 전반적으로 문예 페이지 발행 일수가 줄어들었다. 이와 같은 사실은 한글을 해독할 줄 모르는 세대가 점차적으로 늘어났기 때문이다. 러시아어로 작품을 발표하는 경우는 거의 없었지만, 앞으로 늘어날 것으로 보인다. 현재 작품 활동을 하고 있는 작가로는 양원식·이정희·박미하일·라브렌티 송 정도이다. 1991년부터 2002년까지 신문에 실린 소설 편수는 30여 편이고, 시는 200여 편이며, 평론은 60여 편이다.

한글을 모국어처럼 사용하는 사람들이 러시아 연해주나 CIS지역 등에서 점차 사라져 가고 있다. 그 속에서 한국적 뿌리를 이어가기 위한 고려인의 고투를 바라보며, 우리의 삶의 자세를 다시 한 번 돌이켜 보게 된다.

문학작품 해설

문학작품 해설

1991

오병숙, 「드릉귀산」, 『고려일보』, 1991.1.11, 4쪽. (옛이야기)

주제 불로초와 불사약에 대한 허망한 기대.

내용 진시왕은 늙지 않고 죽지 않는 약을 찾았고, 조선에서 온 대사는 왕에게 조선반도에는 '드릉귀'라는 산이 있는데, 그 산은 땅에 뿌리를 박지 않고 하늘에 드리워져 있으며 햇빛을 따라 해바라기마냥 돌고 있다고 일러준다. 또한 산은 화려한 꽃들이 만발하여 사시장철 꽃 속에 묻혀 있으며 송죽과 세상에 귀한 식물이 다 있으며 그 속에서 사는 사람들은 부귀영화를 누리며 새소리와 노래 속에서 세월을 보낸다고 알려준다. 왕은 사람들을 보내어 조선으로 보냈지만 그 산이 가는 길 25년 오는 길 25년이라는 말에 사절단은 그냥 돌아가 그 사실을 왕에게 고한다. 왕은 "그놈이 과연 난 놈이로다. 너희들은 세상만사를 모르는 맹충

이들이다. 조선이 남북이 총길이가 3천리밖에 안된다. 그러니 어떻게 왕복거리에 50년이 걸린다는 말이냐"라고 말하며 병석에서 불사약을 기다리다가 생의 마지막 길을 떠났다는 이야기이다.

주제어 진시황, 드릉귀, 불로초, 불사약 등.

최예까쩨리나, 「작가 조명희와 그에 대한 회상」, 『고려일보』, 1991.1.16, 4쪽. (평론)

주제 작가 조명희의 생전 모습에 대한 주변인들의 회고.

내용 조카인 중협과 맏딸인 중숙 그리고 작가의 고향인 벽암리에서 만난 한 노인의 증언을 싣고 있다. 조명희의 아내인 민식은 1964년에 세상을 떠났으며 두 번째 아내는 쏘련에서 1971년에 세상을 떠났다. 쏘련 정부의 공식사망통지서에 의하면 작가 조명희는 1938년 4월 15일에 총살되었는데, 히비롭쓰그시 국가인진위원회의 고문서에 바르년 소명희는 일본을 위한 간첩행위를 도왔다는 죄명으로 형법 제58조에 의하여 예심과 재판없이 최고형인 사형선고를 받았다고 기록되어 있다고 한다.

주제어 쏘련 정부의 공식사망통지서, 간첩행위, 사형선고 등.

리만식, 「로인들의 기쁨」, 『고려일보』, 1991.1.29, 4쪽. (이야기)

주제 노인들이 적은 힘이나마 보탤 수 있는 로력의 기쁨.

인물 좌상 김영삼노인, 변령감, 청년브리가지르 신 니끼따, 관리위원장 등.

배경 목화 추수기, 꼴호스마을 등.

줄거리 꼴호즈마을 중앙에는 백년묵은 느릅나무가 있고 삼복철이면 사람들은 그 아래서 쉴 수 있었다. 요사이는 젊은이들이 보이지 낳자 목화 추수가 시작되었음을 깨닫는다. 김노인은 마을 노인들에게 연금을 주는 고마운 나라에 은덕을 갚자며, 일손 돕기를 청한다. 마을 노인들은 대부분 찬성했지만 변영감은 갖은 핑계를 대며 빠지려 했다. 그러나 곧 일손돕기에 동참하였고, 청년 브리가지르와 관리위원장은 도움을 주려는 노인들에게 놀라움을 금치 못하며 매우 기뻐하였다. 젊은이들은 전동혁 선생님이 작곡하고 박영진 선생님이 작곡한 조선 노래를 부르며 노인들과 목화 추수를 함께 했다. 자동차에 가득한 〈백금〉을 바라보며, 적은 힘이지만 보태어져 결실을 맺음에 노인들은 기뻐하였다.

주제어 꼴호스, 목화추수, 연금 등.

김윅또르, 「따야와의 말다툼」, 『고려일보』, 1991.1.30, 4쪽. (유모아 소품)

주제 남녀의 싸움과 새해 전야의 슬기로운 화해.

인물 나, 따야, 마사(이웃 여자) 등.

줄거리 새해 명절 전날 '나'는 생사를 같이 할 수 있는 친구 따야와 말다툼을 한다. '나'는 안락의자에 앉아 말다툼의 원인을 생각한다. 선물 상점에서 선물을 고르던 중 어떤 여자가 구두발로 '나'의 발을 밟았고, 이 때문에 둘의 대화는 게로도트가 쓴 호전가 「아마손까」에 이른다. 복수심으로 남자들을 죽였던 아마손까의 성품을 여자들이 닮았다고 하는 '나'에게 따야는 아마손까들이 원래는 상냥했는데 남자들이 그녀들의 남자들을 붙잡아 죽이는 바람에 애인을 위해 복수를 한 것이라며 반박

한다. 새해 전야에 어떤 아마손까와 한 남자가 우연히 만나 화해에 이른 것이 동기가 되어 남자들과 여자들은 화해하게 된다. 그리고 '나'는 따야에게 화해의 말을 건네며 잠에서 깬다.

주제어 새해명절, 게로도트, 「아마손까」, 화해 등.

장윤기, 「환향길 오십년」, 『고려일보』, 1991.1.30, 4쪽 / 1.31, 4쪽 / 2.1, 4쪽 / 2.5, 4쪽 / 2.6, 4쪽 / 2.12, 4쪽 / 2.13, 4쪽 / 2.20, 4쪽 / 2.26, 4쪽 / 3.6, 4쪽 / 3.7, 4쪽 / 3.8, 4쪽 / 3.12, 4쪽 / 3.14, 4쪽 / 3.15, 4쪽 / 3.19, 4쪽 / 3.20, 4쪽 / 3.21, 4쪽 / 3.22, 4쪽 / 3.26, 4쪽 / 3.28, 4쪽 / 3.29, 4쪽 / 4.2, 4쪽. (실화소설)

주제 시대의 아픔과 그 속에서의 인간의 아픔. 시대가 낳은 비극.
인물
　① 중심인물: 박창수, 김길수(창수의 친구), 도만삼, 윤술이(창수의 약혼녀), 김명수(창수의 동생), 김싱이(창수의 동생), 분이(창수의 아내) 등.
　② 주변인물: 김 로인, 황구장, 병수(창수의 아들) 등.
사건
　① 중심사건: 창수의 47년 만의 고향 방문과 그 속에서의 과거 회상.
　② 주변사건: 약혼 후 47년 만에 첫 밤을 보내는 창수와 술이.
배경 산골마을 등.
줄거리 쏘련의 개혁정책과 88서울 올림픽 등으로 고국방문의 길이 열린다. 이를 기회로 박창수도 고국으로 향하게 된다. 그것은 옆에 앉은 김 로인도 그러한데, 그는 고국에 아내와 아들이 있으나 로씨야 여성과 결혼했다. 박창수는 징집으로 싸할린 '나이부찌' 탄광에 끌려 왔으며, 그의 친구 길수도 마찬가지이다. 헬씽끼 의정서 발표 후 조선 사람들의 귀국청원서를 받았으나 북조선의 반대로 이루어지지 않았다. 오히려 청원서를 냈던 길수와 그의 가족들은 모두 북조선으로 강제로 실려가야 했다. 도만삼의 경우는 민족적 차별 때문에 북조선을 선택했으나 되려 살기 힘들어 다시 돌아왔던 것이다. 마침내 고국에 도착한 창수는 동생 명수와 여동생 선이와 재회하고 고향에 이른다. 그리고 약혼녀 윤술이와 재회한다. 자신의 아들과 술이를 혼인시키려는 황구장의 획책으로 창수(징용에 끌려감)는 그녀와 헤어졌고, 이후 황구장은 똑같은 방식으로 술이네를 협박하자 술이는 가출을 하고, 그녀는 다른 남자와 결혼을 했다. 창수는 해방이 되고, 천운으로 살아나 길수와 재회하여 고향으로 돌아갈 날만을 기다리다 길이 막히고 만다. 이후 정착하게 되고 분이와 결혼하여 아들 병수도 낳지만 분이의 첫 남편이 살아 돌아오게 되고, 창수는 병수를 부탁하고 떠난다. 오랜 후에 다시 찾았을 때에는 분이의 임종을 지키게 된다. 약혼 후 47년 만에 첫 밤을 창수는 술이와 보내게 된다.

주제어 쏘련의 개혁정책, 88서울 올림픽, 징용, 헬씽끼 의정서, 해방, 고국방문, 첫밤 등

맹알렉싼드르, 「소설 『홍범도』의 소개회」, 『고려일보』, 1991.3.26, 4쪽. (비평)

주제 장편소설 「홍범도」 소개회.

내용 1991년 2월 27일 모쓰크와 쏘련과학원산하 동방연구소 건물에서 재쏘고려인 김세일 작가의 소설 『홍범도』의 소개회가 있었다. 이 소

설은 서울 제3문학사 출판사가 1990년에 5권으로 출판하였다. 이 자리에 참석한 사람들은 재쏘고려인력사에서 부당하게 잊어버린 민족영웅들의 이름을 회복시키는 일과 재쏘고려인들의 정신문화발전에서 이 소설이 가지는 절박성을 강조하고 있다.

주제어 김세일,『홍범도』, 제3문학사 등.

엄왈렌찌나, 「어른들을 위한 이야기」, 1991.4.12, 4쪽. (풍자소품)

주제 어른들은 어린애의 모범이 되어야 함.

내용 아이들은 자라면서 우리가 기대하던 바와는 전혀 달라지는 것을 목격할 수 있는데, 그 원인은 어른들이 범하는 과오에 있다. 예를 들어 쓰웨또포로(색등신호기)가 푸른 불빛이어서 어린애는 길을 건너자고 하지만 빠르게 지나가는 화물차가 있었고, 아빠는 저 운전수가 급한 일이 있어 서두른 것이리 허지만 화물차의 뒤를 이어 언달아 달리는 차를 보고 던지는 아이의 "그럼 저 아저씨도 급한 일이 있어요?"라고 하는 말에 아버지는 할 말을 잃는다.

김아나똘리, 량원식 역, 「서울에서 어머니를 그리워하며」, 『고려일보』, 1991.4.12, 4쪽 / 4.16, 4쪽. (단편)

주제 고향을 떠난 유이민의 아픔. 조상의 나라에서 느끼는 외로움.

인물

① 중심인물: 어머니, 나 등.

② 주변인물: 나의 동생들 등.

사건

① 중심사건: 서울에 있는 작가가 로씨야에서 유명을 달리한 어머니를 그리워함.

② 주변사건: 어머니의 무덤을 방문한 네 자식.

배경 서울 3류 호텔방, 로씨야 자그마한 시골 도시 등.

줄거리 화자는 석 줌 흙뭉치의 소유자이다. 그것은 어머니의 묘지와 레브 똘쓰또이의 묘지 그리고 얼마 전 고국 동해안 강능벌 논두렁에서 가져온 것이다. 서울에 온 작가는 서울에서도 유명하다. 그는 자신의 조상 나라에 와 있지만 공식석상에서는 통역원의 도움을 받아야 한다. 로씨야 땅에 묻힌 어머니. 그리고 당신의 무덤을 방문했던 네 자식들. 작가는 왜 어머니가 로씨야 땅에 묻혔으며, 자신은 여기 한국땅 동포들 속에서 그리도 외로운지를 생각하는 작품이다.

주제어 고향에서 가져 온 흙뭉치, 로씨야땅, 한국땅 등.

강태수, 「그날과 그날밤」, 『고려일보』, 1991.6.28, 4쪽 / 7.10, 4쪽 / 7.11, 4쪽 / 7.16, 4쪽 / 7.18, 4쪽 / 7.19, 4쪽 / 7.25, 4쪽. (단편소설)

주제 스탈린 강압정책의 비판과 해후

인물

① 중심인물: 춘일, 이완 본다렌꼬(별명은 '당원'), 김영식, 안드레이 등.

② 주변인물: 득범, 득범의 아내, 혜숙, 만성 등.

사건

① 중심사건: 수용소에서의 생활.

② 주변사건: 친구들과의 해후.

배경 수용소, 친구 득범의 집 등.

줄거리 춘일은 그렇게 만나고 싶던 친구 득범이가 사는 집을 방문한다. 그는 수용소에서 풀려난 것이다. 방으로 들어간 춘일은 그의 안내가 병석에 누워 있음을 발견한다. 득범의 아내는 병석에 누워서도 춘일을 반긴다. 그들은 "벗들과 손쥐고 리별인사커녕 그들의 얼굴도 보지 못하고 버림받아 차에 실리던 일, 여울에 헐떡이던 나날, 밀림이 나를 차겁게 맞아들이던 일"을 겪으며 지나왔다. 춘일은 감방살이와 죄수차에서 시달릴 대로 시달리다가 처녀림 속에 자리잡고 있는 수용소생활을 했다. 거기서 만난 이완 본다렌꼬는 "《우크라이나에《인민의 원쑤》들이 버글버글하는데 당신들은 하나도 붙잡지 못하였으니 당신들 자신이 아마도《인민의 원쑤》들인 모양이오》"라는 혐의 속에서 수용소로 온 인물이었다. 철저하게 당성을 지녔지만 고향인 우크라이나를 생각할 때면 감상적으로 되기도 했다. 그는 이느 날 다른 곳으로 호송되어 가고, 춘일은 집에 아내와 아들 딸 사형제를 두고 감옥으로 온 김영식을 만난다. 그는 꼴호즈에서 일을 잘 하여 상을 탔지만 그것이 "제몸혼자만 잘살려는 심사이며 그것은 자본주의 심리라던가 뭐라던가 하면서 이것은 박혁민(반혁명자)"이라 했다는 것이다. 또한 안드레이라는 로씨야인은 억울하게 붙잡혀 수용소에 들어왔다. 과중한 꼴호즈의 과제에 대한 비판을 했다는 오해와 마당에 굴러다니는 수령의 사진이 실린 신문의 방치가 그것이었다. 안드레이는 그것이 마을 건달의 조작이라고 생각했다. 춘일에게는 혜숙이라는 여인이 있었고, 그녀는 다른 사람에게 시집을 갔다.

주제어 수용소, 자본주의 심리, 반혁명자, 수령의 사진 등.

한진, 「그 고장 이름은?…」, 『고려일보』, 1991.7.30, 4쪽 / 7.31, 4쪽 / 8.1, 4쪽.
(단편소설)

주제 강제이주로 인한 고향상실의 아픔. 민족정체성의 상실.

인물

① 중심인물: 까쮸샤, 까쮸샤의 어머니, 게나 등.

② 주변인물: 전보배달처녀, 마샤아주머니 등.

사건 돌아가시기 전에 조선말을 하는 어머니를 바라보는 딸.

배경 발찍해변, 알마아따 등.

줄거리 까쮸샤는 로어선생으로 생일을 음력을 쇠는 내년에 두 번 있는 어머니의 생일을 생각하며 집으로 돌아왔다. 그녀는 집 앞에서 전보배달처녀를 발견하고 아우가 까라간다로 전근을 간 이후 알마아따에 홀로 계신 어머님이 떠올랐다. 역시나 어머님이 앓으시니 빨리 오라는 전보였다. 까쮸샤는 어머니의 집으로 급하게 떠났다. 어머니는 그녀에게 옷장밑에 있는 함 속에 치마저고리를 가져오라고 하고 자신이 죽으면 그것을 입혀 입관하라고 이른다. 그리고 금가락지 한 쌍과 귀걸이 한 쌍은 딸에게 준다. 그리고 그녀는 며칠이 지나자 딸에게 목욕재개를 청하고, 어머니는 "사람이 태여난 곳은 고향이라는데 사람이 묻히는 땅은 뭐라고 하느냐? 그 곳의 이름은? 그것도 이름이 있어야 할거야. 고향이란 말에 못지 않게 정다운 말이 있어야 할거야…"라는 말을 한다. 그러나 까쮸샤가 생각할 때 1937년 이전에 태여난 원동 조선 사람들은 그럴 수 없다. 그리고 이튿날 어머니는 까쮸샤가 알아들을 수 없는 말을 한다. 그것은 조선말이었다. 그리고 기다리던 동생 게나가 왔을 때, 조선말로 대답하는 게나의 말을 들은 이후 세상을 떠난다. 까쮸샤는 《나의 아들은 내가 죽을 때 말을 몰라 속을 태울 일이 없으리라. 난 조선말을 모르기때문에…》"라는 생각을 하며 "어머님은 왜 돌아가시기전에 조선말만 하셨는가? 이 수수께끼"를 생각하며 비행기에 몸을 싣는다.

　주제어 전보, 고향, 1937년, 원동, 조선말 등.

리길수, 「신한촌」, 『고려일보』, 1991.8.2, 4쪽. (회상기)

　주제 신한촌에 원동변강조선극장이 자립잡기까지의 신한촌의 예술적 분위기.

　줄거리 이 회상기는 1932년 원동변강조선극장이 블라지워쓰토크 꼬레이쓰까야 쏠로볻까 즉 해삼 신한촌에 자리를 잡고 조직된 것은 우연히 아님을 소개하고 있다. 로련원동조선사람들의 수도라고 불리우는 신한촌은 과거부터 연극, 음악, 영화 등의 예술적 분위기가 충만했음을 시간의 흐름에 따라 소개하고 있다.

정상진, 「작가 김사량」, 『고려일보』, 1991.8.6, 4쪽. (평론)

　주제 작가 김사량과 대표작 소개.

　줄거리 정상진은 1947년부터 김사량과 가까운 친구로 지냈으며, 해방된 평양에서 서로 만나 창작에 몰두했음을 밝히고 있다. 그리고 작가의 작품인 「토성랑」, 「빛속에」, 「칠현금」 등을 소개하며 『고려일보』에 작가의 작품을 소개하는 것을 기쁘게 생각한다고 언급하고 있다.

최예까쩨리나, 「작가 조명희의 마지막 시기」, 『고려일보』, 1991.8.23, 4쪽. (평론)

주제 조명희의 총살당하기 직전에 찍은 사진과 작가에 대한 회상.

줄거리 조명희의 아들 조미하일은 하바롭쓰크 국가안전위원회에서 총상당하기 직전에 찍은 조명희의 사진을 입수했다. 조명희는 3년 동안 류성촌에서 일을 했다. 그리고 여기에서 「아우 채옥에게」를 쓴 것이 분명하다고 한다. 또한 류성의 농민청년학교 학생인 강상호의 말에 의하면 조명희의 소설 「붉은 기발 아래로」를 그때 읽어보았다고 했으며, 1937년에 이 소설을 출판하려고 출판사에 보냈으나 없어졌다고 한다. 조명희는 국경을 넘어 쏘련으로 들어올 때 한복을 입고 왔으며, 쏘련군인들이 자신의 말을 알아듣지 못했고, 국경초소로 호송되어 사흘이 지난 후 고려인 통역원이 오자 해삼으로 인도되어 국제원조회에서 준 진회색 양복을 내주었다고 한다. 진회색 양복을 입은 조명희와 죄수복을 입고 찍은 사진과는 너무도 대조적임을 기록하고 있다.

주제어 조명희의 총살당하기 직전에 찍은 사진, 「붉은 기발 아래로」 등.

아. 쑤뚜린, 「귀환」, 『고려일보』, 1991.8.23, 4쪽. (평론)

주제 조명희 아들의 귀환과 조명희 죽음의 날짜.

줄거리 조명희가 간첩 혐의로 채포된 이후 아내 마리야 이와노브나, 아들 미하일 멘헤예위츠, 여동생 왈류사와 두 달밖에 안 되었던 아우는 하바롭쓰크에서 수천 킬로 떨어진 악쮸빈쓰크로 떠나야만 했다. 그리고 세월이 흘러 아들이 돌아온 것이다. 조명희는 3명의 로씨야인과 고려인 1명에게 붙잡혀 갔으며 영영 돌아오지 못했다. 그는 쏘련작가 제1자대회에서 아.아.파제예브 작가의 추천으로 쏘련작가동맹에 입맹했다. 그는 뿌찔롭까에서 우쑤리쓰크로 이주한 이후 벼재배전문학교와 주쏘베트당학교에서 고려말을 가르쳤다. 동시에 『선봉』 조선말신문사에서 일했다. 그의 희곡 중에서 「녀자악마의 춤」이 제일 의미가 있다. 이 작품은 검열이 너무 심한 까닭으로 사건을 조선에서 중국으로 옮겼다. 1935년 초에 『선봉』과 중국말신문 『로동자의 길』이 쁘리모리예에서 하바롭쓰크로 이주했을 때 조명희와 그 가족들도 변강소재지에 체류하였다. 파제예브는 조명희를 작가단체에서 일하게끔 추천하였다. 조명희는 조선문학부를 지도하면서 『나 루베제』 잡지사의 건물에서 살았다. 『선봉』 신문과 『근로자의 고향』 잡지에 평론을 쓰며 장편 「만주빠르찌산들」을 쓰기 시작했으나 완성하지 못했고 현재 작품은 남아 있지 않다. 그리고 마침내 아들 미하일 멘헤예위츠는 조명희의 사형언도가 집행된 날짜가 1938년 5월 11일이라는 사실에 관한 소식을 집한다.

주제어 귀환, 쏘련작가동맹에 입맹, 「녀자악마의 춤」, 「만주빠르찌산들」, 사형집행 등.

강알렉쌴드르, 「놀음의 법」, 『고려일보』, 1991.8.28, 4쪽 / 8.30, 4쪽 / 9.25, 4쪽 / 9.27, 4쪽 / 10.1, 4쪽 / 10.11, 4쪽 / 10.22, 4쪽. (단편소설)

주제 강제이주와 조선적 정체성의 상실.
인물
　①중심인물: 나(싸샤), 어머니, 누나, 까쨔(할머니), 싸샤(로씨야인

할아버지), 마하일 할아버지 등.

② 주변인물: 불머리 쎄리크, 와씨까, 쌈쟁이 예르쎄스까, 김경일
등.

사건 아이들 세계에 존재하는 놀음의 법칙과 아이의 눈에 비친 조선
인들의 삶.

배경 1937년, 카사흐쓰딴 등.

줄거리 집단이주가 이루어지고 낯선 환경에서 '나'는 놀음의 법, 즉 여
러 민족의 아이들 속에서 '노는 법'을 터득해 간다. 카사흐, 우이구르,
독일 등의 아이들은 '나'에게 '조선 사람'이면 조선말을 해보라고 하지
만, 나는 조선말을 모른다. 더욱이 할머니가 러시아인에게 재가함으로
써 '나'의 할아버지는 로씨야 사람이기에 '나'는 아이들에게 '반편'이로
인식된다. 그것은 "자기 말과 종속관계를 가진 특수하고 무자비한 어린
이세계"에서 '통행증'이었다. 그러나 아이들과의 전쟁놀이에서 '나'는
항상 도랑을 기어야 하는 존재였고 '불머리 쎄리크'와 '륙손이 와씨까'
에게서 벗어나고 싶지만 '놀음의 법칙'을 위반하지는 못한다. '나'는 법
칙을 위반하기보다는 꾹 참는 체념을 선택한다. 이유는 잠시 체념함으
로써 "마음이 진정하고 앞길이 트이는 것 같"기 때문이다. 하지만 그것
은 "간사하게 사람을 도취시키는" 일에 불과한 것이었다. 이후 '나'는
미하일 할아버지가 얘기하는 조선인들에게 가해졌던 37년의 아픔을 엿
듣게 되고 이후 '나'가 고안한 '놀음의 법칙'은 가해자와 피해자의 입장
을 바꾸어 상상하는 일이다. 그러나 그 상상 속에서 나 대신 도랑을 기
는 '다른 애'가 나의 할아버지와 아버지, 즉 고려인 전체로 오버랩되자
'나는 부끄러움에 가슴이 메'인다.

주제어 놀음의 법칙, 37년의 화물차, 조선 사람, 반편, 조선말, 민족
등.

강겐리에따, 「선량한 잠」, 『고려일보』, 1991.10.16, 4쪽. (동화)

주제 선량한 마음의 중요함. 부정함과 싸우는 용기.

줄거리 어미 곰은 새끼 곰들에게 겨울이 오니 겨울잠을 자야 한다고 이른다. 모두 잠에 들었으나 찌스까만은 잠이 오지 않았다. 찌스까는 곰 굴 안에서 주인 노릇을 하는 쥐색로파를 발견한다. 노파는 자신을 잠을 못 자게 하는 불면증할미라고 한다. 그리고 자신이 하는 일은 남을 괴롭히는 것이라고 한다. 찌스까는 할미를 내쫓아야 한다는 생각을 하며 밖으로 나오고 부엉새와 만나게 된다. 부엉새는 자신을 부엉새가 아니라 선량한 잠이라고 소개한다. 그는 잠이 오게 하는 풀을 잃어버렸다고 한다. 풀은 열의 낭떠러지에 떨어뜨렸던 것인데 찌스까가 그 풀을 찾아낸다. 선량한 잠은 풀대에 달려 있는 열매를 먹으라고 하며 힘이 생긴다고 한다. 할미는 새끼 곰에게는 어미를 잃어버리는 꿈을 어미 곰에게는 새끼들이 벼랑에서 떨어지는 꿈을 꾸게 한다. 너무 좋아 날뛰던 할미는 시끄러움풀대를 떨이뜨리고 찌스까는 풀을 주워 빼츠싸아궁이에 넌져버린다. 비로소 평화가 찾아온다.

정상진, 「꿈과 열정을 준 우리 청춘의 시인 리상화: 시인의 탄생 90주년에 즈음하여」, 『고려일보』, 1991.10.22, 4쪽. (평론)

주제 시인 이상화의 탄생 90주년을 기림.

내용 이 글은 쏘련 원동 연해주 조선청년들이 자신들의 모임에서, 술좌석에서, 문학써클에서 성경처럼, 자유의 찬송가처럼 읊으며 노래하던 리상화의 시편이 바로 「바다의 노래」라고 하면서, 「빼앗긴 들에도 봄은

114

오는가」, 「나의 침실로」 등을 해설하고 있다.

태장춘, 「어린 수남의 운명」, 『고려일보』, 1991.11.5, 4쪽 / 11.6, 4쪽(총2회). (단편)

주제 비인간적인 삶의 아픈 현실을 고발함.

인물 수남, 늙은 어머니, 갑손, 부엌돌이, 철수, 선장 등.

사건 가마를 닦는 일을 하다 불이 나서 가만 안에서 죽음을 맞는 수남.

배경 블라지워쓰또크 소창거우재 북망산 골안, 금각만, 여름, 가마 등.

줄거리 수남이는 맨 먹죽을 먹고 잠자리에 들었으나 배고 고파서 잠이 오지 않는다. 시장에서 보던 것들이 떠오르며 꿈까지 꾼다. 아침에 일어나서도 어머니가 끓인 떡죽이 전부이나 그것도 매우 맛나게 먹었다. 어머니는 더 권하지만 수남이는 가족들을 생각한다. 어머니는 돈을 벌어올 것을 종용하고 그 길로 수남은 금각만으로 나온다. 갑손이는 가마를 닦는 일이 있다며 알려오고 두 냥은 너무 적었지만 일을 한다. 가만 안의 공기는 매우 나빴다. 그래도 저녁에 배부르게 먹을 것을 생각하며 일을 했으나 수남은 그만 정신을 잃고 만다. 또한 초불을 떨어뜨려 기름걸레와 의복에 불이 붙은 것이었다. 수남은 어머니를 부르며 살려달라고 하나 선장은 가마가 더 귀중하다며 가마를 닫고 물을 채운다. 수남은 그렇게 죽음을 맞이한다. 선장은 입막음을 하려고 아이들에게 10전을 주나 갑손이는 돈을 선장의 면상에 뿌린다. 늙은 어머니는 쪽대문 밖에 나와서 수남이를 기다리고 있었다.

주제어 먹죽, 가마, 돈 등.

송우혜, 「한국 려류작가 송우혜씨가 본 재쏘동포들」, 『고려일보』, 1991.11.13, 4쪽. (수필)

이 글은 정산진이 송우혜의 작품집 『서투른 자가 쏘는 활이 무섭다』에서 몇 편의 쏘련 및 재쏘동포들과 관련된 글들을 소개하고 있다. 「《러시아》와 《소련》의 차이」에서는 우리가 좋아하는 부분은 '러시아'로 부르고 그렇지 않은 부분은 '소련'이라 부르는 인식의 차이를 어색케 하는 한소 양국의 정상회담에 따른 시대의 변화를 말하고 있고, 「잘 울리는 사람을 경계하라」에서는 소련 교포인 허진 선생의 눈물의 진정성을 얘기하고 있으며, 「모국에 온 소련동포들」에서는 휴전회담 시 북한 측 대표였던 강상호, 빨치산의 대부였던 박병을, 북한 문화성 차관이었던 정상진을 소개하고 있고, 「우즈베크의 말린 살구」에서는 사신을 이보라 부르며 찾아온 우즈베크공화국에서 온 청년과의 기억을 다루고 있다. 집안의 일족이 연해주로 일제 때 갔고 이후 강제이주로 중아아시아로 갔으며 그 후손이 자신을 찾아온 것이다.

조정봉, 「첫 순정을 못잊어…」, 『고려일보』, 1991.12.25, 4쪽 / 12.27, 4쪽 / 1992.1.8, 4쪽. (단편소설)

주제 인간성숙과 변치 않는 순정.
인물 영일, 홍애선, 애선의 남편 등.

사건 사라진 연인과의 오랜 시간 후의 재회.

배경 씨르다리야강 기슭의 아울(농촌마을), 아무르만, 역 등.

줄거리 아내가 죽어간다며 문을 두드리는 소리에 영일은 잠에서 깬다. 증상을 듣고 급성맹장염임을 직감한 영인은 남자와 길을 나선다. 도착하여 수술 준비를 하고, 보게 된 환자는 행방불명된 약혼녀 홍애선이었다. 그는 어렵사리 수술을 마치고 나서 영일은 과거를 생각했다. 홍령감네 막내딸이었던 애선이는 의학전문학교 학생이었던 영일과 배움의 길을 함께 하기로 하고 앞냇가의 포근한 잔디 위에서 은하수를 쳐다보며 백년가약을 맺었다. 그런데 애선이가 소왕령 조선사범전문학교 3학년에 진급했던 여름, 그녀는 실종되고 만다. 그리고 이어진 둘의 상봉. 당시에 애선의 어머니는 애선을 재취자리로 보냈던 것이다. 그리고 며칠 후 애선의 남편은 애선에게 자신이 "어떤 놈인지 알면서도 너그러이 대해준 젊은 의사한테서 인간성숙의 자극을 받"았다고 하며 자신의 잘못을 뉘우치는 편지를 남기고 떠난다. 그러나 애선은 차마 영일에게 가지 못하고 알마아따로 떠날 생각을 한다. 역에서 영일을 만나게 되고 영일은 떠나는 애선을 붙잡고 사랑을 고백한다.

주제어 급성맹장염, 인간성숙 등.

1992

박미하일, 「고려인문학가협회 창설」, 『고려일보』, 1992.1.3, 4쪽. (기사)

내용 카사흐쓰딴 작가동맹산하 고려인문학 분과를 토대로 하여 공화국창작협회가 창설되었으며, 협회의 목적은 문학을 전문으로 하는 사람들과 글을 쓰는 일에 관심이 있는 사람들의 창작력량을 단합시키고 새 재능가를 찾아내어 문학서적을 출판하는 데 있다는 것이다. 민족문화와 언어를 지키기 위함인 것이다. 최근에는 『놀음의 법』이란 제목으로 고려인 산문작가들의 종합작품집이 카사흐어로 출판되었는데, 이것은 처음 있는 현상이라고 한다.

박갑동, 「통곡의 언덕에서」, 『고려일보』, 1992.1.29, 2쪽 ~ 9.29, 2쪽. (회상기)

내용 정상진의 평론 「통곡의 언덕에서(남로당 총책 박갑동의 증언)을 읽으면서」로 작품 소개를 대신하며 1회 연재가 시작되는 박갑동의 「통곡의 언덕에서」는 1월 29일부터 9월 29일까지 연재되었으나(부분적으로 신문이 훼손된 경우도 있었다) 완료되지는 않았다. 『고려일보』는 본 회상기를 생략·연재하고 있다.

강상호, 「조명희 선생을 회상하며」, 『고려일보』, 1992.2.19, 4쪽. (평론)

주제 장편 「붉은기 밑에서」가 사라진 내력.
내용 조명희는 육성농민청년학교에서 교편을 잡고 있는 동안 수물학을 가르치는 리저열 선생의 집 웃방에 숙소를 정하였다. 조명희는 필자에게 「붉은기 밑에서」의 초고를 읽어보라고 했다. 조명희는 1928년 소련으로 망명했을 때 우두거우 조선인촌에서 임시로 휴양을 했다. 그는 거기서 쁘롤레타리아 조국에 돌아온 감상, 일제의 억압과 탄압을 벗어

나서 인민들이 자유롭게 호흡하는 쏘련에 와 감개무량한 기쁨으로 소설을 썼으며 제목을 「붉은기 밑에서」라고 했다. 내용은 서울에 있는 조선공산당 지하단체가 농민, 어미들이 일제에 반대하여 폭동을 일으킨 'ㅅ' 섬으로 공산당원혁명가 한 사람을 보내어 무력으로 진압하는 일제와 맞서 싸운다는 내용이었다. 본래 소설은 『선봉』 신문사에 보내어 단행본으로 출판을 의뢰했으나 소식이 없어 알아보니 원고가 연해주당 위원회 내 소수민족부장 김알렉세이가 읽고 있다는 것이었고 그 후 원동변강 당위원회 군중선동부장 김아파나씨가 가져갔다는 것이다. 그는 원고를 원동국립출판사에 주었다고 했으나 출판사에서는 받은 일이 없다는 것이었다. 그렇게 원고는 분실되고 말았다.

주제어 「붉은기 밑에서」, 김알렉세이, 김아파나씨, 원동국립출판사 등.

강알렉싼드르, 량원식 역, 「집으로 돌아가다」, 『고려일보』, 1992.3.3, 4쪽 / 3.4, 4쪽/ 3.10, 4쪽. (수필)

주제 '나'의 정체성 확인과 고려인으로 살아남는 방식 및 고려인의 미래를 위한 제언.

줄거리 '나'는 모스크와 물리-기술 대학 입학시험을 치를 때 처음으로 "내가 실로 누구인가 하는 의문"을 갖게 된다. 입학서류에 있는 '민족별'이란 항목과 '외국에 친척이 있는가 없는가' 하는 물음에 답하는 질문에서 '나의 신분은 쏘련대국 원주민들과 차이'가 있음을 실감했기 때문이다. 따라서 '나'는 대학을 졸업하고 '과학계에서 출세의 길'을 걷는 쪽을 포기하고 '자유의 길'을 걷는다. 고려극장에 취직하여 생활하며

'나'는 카사흐스딴을 비롯한 중앙아시아는 고려인들에게는 유복한 고장임을 느낀다. 그 이유는 인종차별이 '본토배기들'에 비해 별로 보이지 않기 때문이다.

'나'에 따르면 고려인들은 사회적 기형복합체이다. 사회적으로 기형인 민족은 무슨 일이나 닥치는 대로 할 수밖에 없다는 것이다. 고려인들에게 농사일을 비롯한 로동은 이민족에 있어서 사회 앞에 자신의 《명예회복》을 할 수 있는 구원의 가능성이었다. 즉 머리를 숙여 순종은 하지만 등만은 당당하게 굽히지 않는 자세가 고려인들의 전형적인 특성이라는 것이다. 또한 고려인들이 살아 남기 위한 방법은 순응주의와 일정한 민족성이 없는 국제주의적 입장을 취하는 존재형식이라고 말하고 있다. 그러기 위해서는 남을 밀어제치면서 올라서든가 앞서나가는 뛰어난 재간을 가져한 한다. 그러나 '량심의 완강한 장애를 타개할 수 없는 허약한 사람들'이기에 고려인들에게는 많지 않다. 이유는 고려인들은 투쟁이 없이는 항복을 할 줄 모르기 때문이라는 것이다. 끝으로 각 부문 및 국가기관에서 일을 하며 별로 지식과 힘을 들이지 않으면서 헐하게 벌어먹는 방법이 있다고 한다.

따라서 살아남은 많은 웅변가들은 고려인사회를 위해 목소리들을 내지만 그 웅변가들은 "자신이 바로 그 모국어, 문화, 전통이 없어지게 된 장본인의 한 사람이라는 것"을 간과하고 있다는 것이다. 진정 양심적인 사람들은 감옥생활을 하였고 감옥에서 학살되기도 했다는 것이다. 그 결과 예술에서도 로어로 글을 쓰는 작가들을 로씨야인 작가라고 비난하는 경우가 있지만 이것은 지난 시기에 자기의 정체를 거의 잃어버린 몇 세대 고려인들의 의식경련증이라는 것이다.

주제어 기형복합체, 농사일, 순종, 로씨야인 작가, 의식경련증 등.

리길수, 「사랑하는 친구여 위대한 예술이여」, 『고려일보』, 1992.3.18, 4쪽. (평론)

주제 인민배우 김진을 추억하는 글.

내용 배우 김진의 생일(3월 9일)을 맞아 그를 추억하는 글이다. 명예표식훈장 조선국립극장은 창건 60주년을 맞는데, 극장창건 첫날부터 34성상을 한날같이 극장에 몸바쳤던, 살아계셨다면 당년 3월 9일에 79세인 김진 선생을 생각하며, 그가 출연한 100여 작품 가운데 「춘향전」을 비롯해서 몇몇 작품을 회상하고 있다. 그는 1960년부터 당뇨병으로 병원에 입원하면서도 출연을 계속했고 결국 1966년 9월 28일 죽음을 맞았다. 카사흐공화국에서는 민족예술에서 김진이 세운 업적을 기리어 기념비를 세웠다.

강상호, 「남노당 총책 박갑동의 증인 「통곡의 언덕에서」를 읽고서」, 『고려일보』, 1992.5.1, 2쪽 / 5.5, 2쪽. (평론)

주제 역사의 진실.

내용 필자는 박갑동이 보내준 「통곡의 언덕에서」를 읽고 자신의 평가와 함께 책의 내용을 소개하고 있다. 필자는 조선해방투쟁사, 조선공산당 및 노동당 역사와 김일성에 대한 책들을 읽기는 하였으나 어느 것이나 명확하게 사실과 똑같은 설명을 해주는 것이 없었는데, 이청원, 최창익, 허갑동이 쓴 해방투쟁사들이 그러했다는 평가를 내린다. 이후 박갑동의 회상기를 통해서 비로소 역사의 진실성을 엿볼 수가 있었다. 박갑동은 자신이 목격한 사실들에서 과거 독립운동지사 김구, 김규식, 여운형 등의 정체를 똑똑히 밝혔고, 사회주의 및 공산주의 운동에 나선 그들

각 파의 견해, 주장, 운동을 구체적 사실로써 분석하고 있다고 한다. 박 선생은 오로지 관찰자로서, 작가로서만 그 운동의 내면세계를 서술했을 뿐만 아니라 혁명투사로서 그 운동에 뛰어들어 동지들과 같이 사고하고 조직하고 집행하고 지도한 역사이기 때문에 귀중하다는 평가를 내리고 있다. 더불어 필자는 조선통일의 장애물은 북한에서 수립된 김일성 독 재왕조 때문임을 강조하고 있다.

주제어 박갑동, 「통곡의 언덕에서」, 조선해방투쟁사, 조선공산당 및 노동당 역사 등.

리함덕, 「잊지 못할 향단이들: 조선극장창건 60주년을 맞이하여」, 『고려일 보』, 1992.7.22, 4쪽. (연극평)

주제 향단이 역을 했던 잊지 못할 배우들을 회고함.

내용 조선극장 창건 60주년을 맞이하여 필자는 처량하게 그리운 해삼 신한촌을 회상하며 향단이 역을 맡았던 김따냐와 김또냐를 생각한다. 필자는 조선극장 역사에서 처음으로 춘향 역을 맡았으며 이때 김따냐가 첫 향단이었다. 그녀가 세상을 떠난 후에는 김또냐가 그 역을 대신했다. 1930년대만 해도 쏘련한인사회에서는 배우란 천한 존재로 간주되어 광 대나 풍각쟁이로만 인식되었기에 부모들은 자식이 배우가 되는 것을 싫 어했다. 1937년 9월 26일 극장집단은 해삼 신한촌을 떠나 10월 15일에 카사흐쓰딴 크술오르다에 도착했고 집집마다에서 들려오는 울음 속에 서 전등도 없는 벌판에서 공연을 했다. 따냐는 1944년 7월 1일에 폐결 핵으로 사망했으며 묘지는 우스또베시 '원동' 꼴호즈의 공동묘지에 있 다. 또냐는 44세를 일기로 세상을 떴다.

한진, 「민족문학의 진로」, 『고려일보』, 1992.7.24, 3쪽. (평론)

주제 한국과 소련의 관계가 호전되는 데 따른 우리말 재생의 기회.

내용 필자는 고려인이라는 용어는 구소련 동포들이 의식적으로 사용했으며, 로씨야어로 우리 조국을 꼬레야라고 하기 때문에 유래한 것일 수도 있고 조명희의 산문시 「짓밟힌 고려」의 영향일 수도 있으며, 무엇보다 한국과 소련의 교류가 빈번해짐에 따라 조선민주주의인민공화국의 반응도 고려한 중립적인 이름의 선택이다. 현재 로어로 글을 쓰는 작가들이 한글로 글을 쓰는 작가들보다 많은 것이 현실인데, "조선말을 몰라도 성공"했다는 인식과 "조선말은 배워서 어데다 써먹"을 데가 없다는 생각이 팽배한 현실에서 한국과 소련의 관계가 호전되는 데 따라 이때가 우리말을 살릴 수 있는 절호의 기회이다.

주제어 고려인, 꼬레야, 「짓밟힌 고려」, 민족문학 등.

양원식, 「새 잡지 『고려사람』」, 『고려일보』, 1992.10.10, 7쪽. (기사)

주제 민족문화의 보전과 발전.

내용 갈수록 모국어를 모르는 사람이 절대적 다수로 되어 가는 상황에서 상징적으로나마 『레닌기치』와 『고려일보』를 발간하여 왔다. 그리고 이제 고려인들의 두 번째 출판물로서 『고려사람』이 로씨야 문화 중심지인 뻬쩨르부르그에서 발간되고 있다. 잡지의 내용보다는 발간 사실 자체가 더 중요하다. 잡지의 발간은 한국 국민 최성애 씨의 도움이 컸다. 민족문화를 보전·발전시키기 위해서는 잡지의 주문은 물론 물질적 지원을 해야 한다.

주제어 『고려사람』, 뻬쩨르부르그, 민족문화 등.

1993

강상호, 「잡지 "고려사람"에 대한 논평」, 『고려일보』, 1993.2.20, 6쪽. (논평)

주제 『고려사람』이라는 잡지를 읽고 수정이 필요한 부분을 지적하는 글.

내용 논평의 내용으로는 첫 번째, "조선공업의 기본으로 아무르강변에 꼼쏘몰쓰크시를 건설했을 때 원동변강쏘베트 집행위원회는 연해주 고려사람들을 신진스크 「지금 유태인 자치주」에 이주시킬 계획을 결정했다"는 것이다. "변강농업국 직속으로 고려인 이주부를 두고 로혁명가 강상주씨를 책임자로 임명했다. 이주부는 신진쓰크 땅이 좋다는 이민 제조건을 떠들썩하게 선진하여 몇 백호의 이주민이 그곳에 갔으나 기후가 사나워 오랫동안 자기들이 살던 연해주의 따뜻함이 그리워서 하나둘씩 그곳을 떠나 고향으로 돌아오고 말았다"는 것이다. "고려인들이 살던 집을 《판사》라고 한 것도 중국인들이 집을 판사라 했으니 그냥 고려인들의 집이라 쓰는게 좋겠다"라는 것이다. 두 번째, "1930년대 선봉에 단 한번 시를 실었던 최하림씨를 고려말 쏘베트 시문학 창시자로 보기보다는 《선봉》시문에 훌륭한 시를 발표했고 1937년 강제이주 당하기전 그해 초에 시문예지 《로력자 고향》을 발표했던 조명희씨를 쏘베트 시문학 창시자로 보아야 한다"라는 것이다. 세 번째, "원동에서 우리가 강제이주 당할시 미처 걷지 못했던 작물들은 그뒤 국가가 현물세를 받기 위해 허위가 아닌 사실적 기록에 의해 징수되었고 장부기록에 근거하여 이주민들은 이주지에서 세금을 제외한 곡물을 다시 받았다. 가축도 역시 살아 있는 것의 무게를 떠서 바치고 이주지에서 받았으니 이 문제에 있어 《지방 기관의 허위》란 없었다고 본다" 라는 것이다. 끝으로, "우리 성은 김, 이, 박, 정 등 성만으로 종족을 알수 있었지 《가이》나 《가야》 등으로 종족을 알 수 있었던 시대는 없었다고 본인은 생각한다" 라는 것이다. 박일 씨가 《가이》나 《가야》가 붙던 시기를 그는 《쏘련에 이주한 고려인 첫세대부터 자신의 짧은 성에 《가이》란 접미사를 붙이기 시작했다》고 주장하지만 내가 생각하기로는 원동에서 강제이주 당한후 《가》의 함경도 사투리 《개》를 로씨야식 표기로 《가이》라 불렀지 않았는가 생각한다" 라고 한다.

주제어 『고려사람』, 판사, 조명희, 강제이주, 로씨야식 표기 등.

량원식, 「조선극장은 살고 있다」, 『고려일보』, 1993.4.24, 5쪽. (연극평)

주제 고조된 창작열로 살아 있는 조선극장.

내용 「양산백」 초연과 관련하여 원작 소개와 원작과의 내용상의 차이, 배우들의 연기, 관객의 반응, 무대장치, 음악 등의 관점에서 연극을 평하고 있다. 심한 경제난과 간부 부족을 겪고 있는 현실에서도 민족문화와 모극장을 위해 노력하는 현실에 의미를 두고 있다.

와를람 샬라모브, 「꼴르마 이야가」, 『고려일보』, 1993.6.12 / 6.19 16쪽. (소설)

주제 꼴르마 주변에 있었던 수용소에서의 살아 남기 위한 생활들.

인물 나, 자먀찐 신부, 쎄로셔프까(호위병), 르바꼬브, 등.

사건

① 중심사건: 개고기를 양고기로 알고 먹는 신부.

② 주변사건: 월귤열매를 따다가 경계선을 넘어 총살을 당하는 르바꼬브.

배경 꼴르마, 수용소 등.

줄거리 배가 고파서 기도를 올리는 자먀찐 신부는 잡범들이 양고기라고 속인 개고기를 먹고 토하기도 하지만 고기의 맛은 양고기보다 못하지 않았음을 고백한다. 르바꼬브는 작업을 나갔을 때 몰래 월귤열매를 따서 통조림통에 모아서 들어와 취사병에게 주고 빵과 바꾸었는데, 하루는 경계선 너머에 있는 월귤열매를 따다가 총살을 당한다. '나'는 르바꼬브가 떨어트린 통조림통을 챙긴다. '나'를 미워하는 호위병은 '나'가 경계선을 넘지 않았다며 총살을 하지 못해 아쉬워한다.

주제어 꼴르마, 수용소, 개고기, 월귤열매 등.

천따찌야나, 「저자와 만나」, 『고려일보』, 1993.10.23, 4쪽. (인터뷰)

주제 장편소설 「혈연의 고리」의 작가 김블라지미르와의 인터뷰

내용 작가는 작품의 동기를 『쁘라우다』지 기자인 브쎄월로드 옵친니꼬브가 쓴 「싸구라의 가지」라는 책을 읽고 얻었다. 원동에 둘째 전선을 창설하기 위하여 비밀문헌들을 기다리던 일본은 해당 문헌들을 받지 못했는데, 작가는 몇 해 동안 그 문헌들이 없어진 이유를 생각하다가 고려인들이 그 문헌들을 빼앗아 갔을 것이라는 추측하게 되었다는 것이다. 작가는 10년 동안 평양에서 생활하며 전쟁시기에 훈장까지 받았고 당

시에 한글을 배웠다. 이전까지 그는 조선말을 전혀 하지 못했다. 그의 아버지는 학교에서 로어를 가르쳤고 자신의 딸들은 로씨야인들에게 시집을 갔다. 그는 자신이 "민족주의자는 아니지만 그래도 고려인으로 태어났으며 자기민족 언어와 풍습을 알아야 한다고 생각합니다. 그러니 청년들 다문 몇명이라도 이 책을 읽으면서 이런 인식을 갖게 된다면 저자로서 나는 만족을 느낄것"이라고 한다.

주제어 「혈연의 고리」, 「싸구라의 가지」, 원동, 민족주의자 등.

1994

이한표, 「편지」, 『고려일보』, 1994.2.5, 6~7쪽 / 2.12, 6쪽 / 2.19, 7쪽 / 2.26, 6쪽 / 3.5, 16쪽. (단편소설)

주제 변함없는 사랑의 중요성.

인물
　① 중심인물: 일남, 일남의 어머니, 귀자(갈랴) 등.
　② 주변인물: 옆집 아주머니, 정길, 일남의 처, 이리나(일남의 딸) 등.

사건
　① 중심사건: 유부남과 처녀의 만남. 이를 폭로하는 어머니의 편지.
　② 주변사건: 귀자와 정길의 사랑.

배경 도시와 시골. 구체적인 지명은 나오지 않음.

줄거리 일남은 일을 구하기 위해 반년 전에 집을 떠났다. 그의 어머니에게 토요일 아침 아들의 직장 동료라며 귀자라고 자신을 소개하는 한 처녀가 방문을 한다. 그녀는 일남이 자신에 대해서 편지를 썼을 것이라고 한다. 그녀는 관광단원으로 놀러왔던 김에 들렀다는 것이다. 귀자는 어머니는 자신이 어렸을 적에 돌아가셨고 그 후 아버지는 새어머니를 얻자 자신을 고모집에 맡겼다고 한다. 그녀가 직업기술학교를 졸업하고 공장에서 전자공으로 일하기 시작하면서 연락이 끊겼다고 한다. 그녀는 일남이 결혼한 남자임을 모르고 있었다. 그녀는 자신의 주소를 남기고 떠난다. 어머니는 추운 날에 먼 길을 일부러 찾아온 처녀의 마음을 흐리하지 않을 요량을 일남이 유부남임을 말하지 않는다. 대신 밉살스러운 아들을 생각하며 딸을 대하는 심정으로 귀자에게 편지를 쓴다. 귀자는 일남을 공장 식당에서 처음 만났고 자신에게 대담하게 대하는 일남에게 끌렸다. 자신의 속마음도 제대로 전하지 못하고 군대로 떠났던 정길과는 너무도 달랐던 것이다. 그리고 정길의 속시원한 편지를 기다리다가 일남을 만난 것이다. 3·8부녀절에 일남과 귀자는 만나기로 한다. 그러나 일남은 약속 시간에 늦었으며 술까지 마셨고 거기다가 무례한 행동을 취힌 것이다. 일남과의 사이에 벽이 생긴 것이다. 그리고 일남의 어머니가 보낸 편지를 받고 모든 사실, 즉 일남에게 처와 딸이 있다는 사실을 알게 된다. 그녀는 여성에게 대담하게 대하는 남성보다 참을성있게 대하는 남성의 더 크고 변함없는 사랑이 있는 것을 느끼고 일남이의 소행을 낱낱이 폭로하고 그와 영원히 인연을 끊을 것임을 다짐한다.

주제어 편지, 3·8부녀절, 변함없는 사랑 등.

이정희, 「그날」, 『고려일보』, 1994.4.23, 6~7쪽. (단편소설)

주제 강제이주로 인한 이별의 아픔과 삶의 허무함.

인물

　① 중심인물: 김병운, 향순 등.

　② 주변인물: 새기자, 신문사 주필, 어부 부부 등.

사건

　① 중심사건: 취재 차 어촌마을에서 만나 향순과의 사랑과 이별.

　② 주변사건: 새로 입사한 여기자와의 대면.

배경 신문사, 어촌마을. 구체적인 지명은 나오지 않음.

줄거리 출장갔다 돌아오니 신문사 주필이 새로 입사한 기자를 소개한다. '나'는 그녀와 악수를 하는데, 문득 아찔한 느낌을 받는다. 그것은 바대냄새였고 '나'를 과거의 한 때로 이끌고 간다. 그는 한창 덤비던 18세에 신문사에 취직을 했고 한번은 나이가 듬직한 기자가 먼 어촌으로 출장을 가게 되자 자신에게 따라나서라고 한 것이다. 그곳은 통나무집들이 나지막히 몇 채가 있는 어촌이라고 했지만 인가에 불과했다. 주인 영감은 배값은 꼬박꼬박 내는데도 가와사끼(쪽배)를 국가에 바치라고 하는데 그럴 수는 없다는 이야기를 한다. 그 밤에 "도대체 어떻게 국가재산을 개인재산이 되게" 할지를 생각하며 바닷가로 나갔던 '나'는 실오라기 하나 걸치지 않고 밤중에 물고기를 끌어올리는 한 여인을 보고 매료된다. 그녀는 어부의 딸, 향순이었다. 짧은 대화를 나누며 그녀와 교감한 '나'는 돌아오는 날 "그녀에게 하지 못한 말, 마음 속으로만 웨쳐낸 그 말을 못하고 나는 떠날수 없었다. 그러나 사랑을 고백한 시간도 장소도 아니었고 늙은 부부가 기자와 몇마디 말을 주고받는 사이 《돌아오겠어요. 기다려주세요. 제 이름은 김병운, 김병운이에요. 잊지 마세요》"라고 말하고 돌아선다. 그러나 그때가 1937년 가을이었고 그는 돌아갈 수 없었다. 그리고 50년이 지난 지금 허무함을 느낀다.

주제어 신문사, 가와사끼(쪽배), 1937년 가을 등.

원일, 「38년도 봄에…」, 『고려일보』, 1994.6.4, 4쪽 / 6.11, 4쪽. (역사수필)

주제 강제이주 후 『선봉』의 후신이 『레닌기치』 재건 과정.

인물 최호림 주필, 김홍진 부주필, 농업부장 황동훈, 임시 신문사 당세포위원장 염사일 등.

사건 공산당당국의 신문사 건설 반대와 신문사 재건 과정.

배경 우즈베끼쓰딴, 카자흐쓰딴, 크술오르다 등.

줄거리 이 글은 당국의 반대를 극복하고 『레닌기치』를 만든 과정을 기술하고 있다. "원동 고려인들을 어디로 어디로 이주시킨다는것이 확실한 사실임을 알게 되자 그때 주필로 있을 최호림씨는 편집위원회 비상회의를 열고 이런 때 언론인들도 평민들과 마찬가지로 공순히 실려가야 하는가 아니면 이런 민족적 수치와 비극을 면하기 위해 어떤 시도라도 해봐야 하는가하는 의정을 내놓고 의논해보았"으나 비상회의가 있은 이튿날 주필이 체포되고 며칠후에는 부주필 김홍진도 체포되었다. 하나둘 편집위원회 위원들은 다 없어지고 농업부장 황동훈만 남게 된다. 그는 신문사 재건을 위해 노력했으나 우즈베끼쓰딴공산당이 거절하자 카자흐쓰딴공산당 중앙위원회 선동선전부를 찾아가니 거기서는 크술오르다시에 설치하라는 말을 듣는다. 그러나 어느 날 그도 체포되고, 이주당시 임시 신문사 당세포위원장을 맡고 있었던 염사일이 신문사 재건일에 나선다. 그는 로씨야 사람에게 쫓기며 카사흐민족의 도움을 받아 카자흐린들의 두루마기인 차빤을 빌려 입고 그는 카사흐쓰딴공산당 중앙위원회에 들어가 로씨야인 선전부장의 도움으로 재건과 관련한 문건을 제출한다. 그리고 일이 잘 해결되어 그는 문건을 들고 크술오르다 지방 인민위원부에 가서 문건을 제출하고 신문사 복구에 이르게 된다.

주제어 38년도 봄, 우즈베끼쓰딴공산당, 카사흐쓰딴공산당, 『선봉』,

『레닌기치』 등.

양원식, 「생활에 남긴 한진작가의 발자취」, 『고려일보』, 1994.7.16, 3쪽. (평론)

주제 한진 작가 추모.

내용 작가 한대용이 세상을 떠난 지 1년이 되어 작가를 추모하며 작가의 창작경력을 소개한 글이다. 한진은 1931년 8월 17일 평양에서 교육가이며 희곡작가인 한태천 선생의 장남으로 태어났다. 그는 1945년 8·15해방 후 로씨야 문학을 전공하기 위해 김일성종합대학 로문학부에 입학하였다. 1952년도에는 쏘련으로 유학을 떠났으며 1958년에 모쓰크와에 있는 전연맹국립영화대학 씨나리오과를 최우등으로 졸업했다. 대학을 졸업할 당시 정치적 사태에 의해 귀국을 단념하고 정치망명객이 된다. 작품으로는 조국통일의 문제를 다룬 「나무를 흔들지 마라」와 작가에게 카자흐쓰딴 작가동맹 일등상을 안겨준 「시한탄」 등이 있다. 그는 카자흐쓰딴 문화발전과 우리 민족문화에 남긴 훌륭한 업적을 높이 평가하여 공화국 정부는 카자흐쓰딴 공화국 공훈예술활동가라는 높은 칭호를 작가 사망 직전에 부여했다.

주제어 한대용(한진), 「나무를 흔들지 말라」, 「시한탄」 등.

맹동욱, 「기차에서 만난 여인」, 『고려일보』, 1994.7.16, 6~7쪽 / 7.23, 6쪽. (소설)

주제 기차에서 만난 러시아 여인과의 짧은 인연. 전쟁이 남긴 상처.

인물

① 중심인물: 맹동욱, 리자 등.

② 주변인물: 리자의 부모, 정옥, 쎄몬, 다리야, 엠마, 이완 등.

사건

① 중심사건: 기차에서 만난 리자와의 짧은 만남.

② 주변사건: 전쟁으로 인한 쎄몬의 아픈 과거.

배경 모쓰크와, 쓰몰렌쓰크, 예고롭까, 드네쁘르강 등.

줄거리 '나(맹동욱)'는 모쓰크와를 떠난 쓰몰렌쓰크로 향하는 기차에서 러시아 여인 리자를 만난다. '나'는 5년 과정의 모쓰크와국립연극예술대학 연출학과를 1년 앞당겨 졸업하기 위해 학장을 설득하여 쓰몰렌쓰크 시립로씨야극장에 파견되어 졸업작품으로 연극 〈기쁨을 찾아서〉(로조브 작)를 연출할 계획이다. 나는 리자의 상냥함과 친절함 때문에 자신의 지나온 과거의 기구한 사연을 그녀에게 털어놓게 되고, 어느 사이 쓰몰렌쓰크역을 지나쳐 버린다. 그러자 리자는 '나'를 예고롭까에 있는 자신의 집으로 초대를 한다. 그녀는 집으로 가는 도중에 드네쁘르강과 그녀가 쉬어간다는 도토리나무를 소개한다. '나'는 그녀가 소개하는 나무를 보고 전쟁통에 죽었는지 살았는지도 모르는 정옥이를 떠올리며 슬픔에 잠긴다. 리자의 부모는 당시 국가에서 엄금하는 로씨야정교의 신자들이었다. 리자의 부모가 '나'와 그녀의 관계를 몹시 궁금해 하는 가운데 밤중에 화장실에 가려고 일어난 '나'는 어둠 속에서 짖어대는 개소리에 리자의 아버지가 일어나 불을 켜고 '나'는 "어뚱하게도 바깥문 쪽으로 간 게 아니라 바로 리자가 자고 있는 침대 앞에 팬티만 입고 서 있는" 상태가 되어 버린다. 둘이 보통 사이가 아니라고 생각한 리자의 부모, 특히 아버지는 "내가 리자에게 청혼할 것을 기다리는 눈치" 속에서 리자의 집을 나선다. 리자와 '나'는 길에서 "땅에 넘어지면 흙처럼 된다는 뜻"에서 별명이 '흙'인 쎄몬을 보게 된다. 쎄몬은 본래 일찍 결혼해서 아름다운 아내 다리야와 행복하게 살았다. 전쟁이 나서 쎄몬이 전장으로 간 사이 독일군이 점령하여 쎄몬의 아내는 독일군장교의 노리개가 되어 살게 된다. 그녀는 독일군장교에게 부탁하여 사형당할 위기에 놓인 로씨야사람들을 많이 구하지만 마을사람들은 그녀를 "변절자, 매국노, 화냥년"으로 불렀다. 다리야는 독일군장교와의 사이에서 엠마라는 딸을 낳게 되고 1944년 독일군이 퇴각하게 되자 장교는 돌아오겠다는 말을 남기고 떠난다. 쎄몬은 전장에서 돌아와 모든 사실을 알고 다리야을 권총으로 쏜다. 엠마는 차마 죽이지 못하고 기르게 되는데, 엠마를 볼 때마다 독일군과 아내 생각으로 술을 마시기 시작했던 것이다. 엠마는 고등학교를 졸업하고 이완이란 청년이 청혼을 하자 쎄몬은 그제서야 엠마가 자신의 딸이 아님을 밝히자, 엠마는 결혼하지 않고 아버지와 살겠다고 하지만 쎄몬은 결혼을 허락하고 엠마는 이완과 씨베리아로 떠났다는 것이다. '나'는 눈물을 흘리면서 이야기를 하는 리자를 뒤로 하고 "그냥 이렇게 헤여지는 것이 못내 서운했지만 그렇다고 다음을 약속하기엔 지금 내가 처한 상황이 너무도 불투명하고 나의 미래도 예측할 수 없었"기에 돌아선다.

주제어 기차, 로씨야정교, 전쟁, 독일군 등.

안블라지미르, 「작가, 애국자: 조명희선생 출생 100주년에 즈음하여」, 『고려일보』, 1994.7.16, 4쪽. (평론)

주제 작가 조명희의 일생을 요약하는 글.

내용 조명희의 탄생 100주년을 맞이하여 따스껜트시 조명희문학협회

회장인 안블라지미르가 조명희의 삶을 소개하고 있다. 더불어 "따스껜드에서는 우즈베끼쓰딴공화국 정부의 결정에 의하여 소명희기념박불관이 열렸으며 시내 거리중 하나가 작가의 이름을 지니고있다. 작가의 창작 숭배자들은 조명희선생의 문학적 유산을 선전하는 문학협회를 창설하였다. 금년 8월전으로 서울에서 따스껜트 조명희기념박물관 안내서를 발행할것이"라는 내용을 알리고 있다.

주제어 조명희 탄생 100주년, 조명희기념박물관 등.

연성용, 「길엇긴자」, 『고려일보』, 1994.8.27, 6쪽 / 9.17, 7쪽. (실화)

주제 돈을 쫓는 욕심의 허망함과 진실한 우정.

인물

　①중심인물: 광호, 창수 등.

　②주변인물: 창수의 아내, 광호와 창수의 아버지 등.

사건 돈을 쫓던 창수의 참회.

배경 동짓달 중순, 따스껜트, 꾸일류크, 따슬라크, 치르치크강 철교, 벡제미르 등.

줄거리 광호는 따스껜트에 갔다가 꾸일류쿠에 와서 맥주집에 들렀다. 거기서 우정깊은 창수와 만난다. 창수의 안색은 초조하고 의복은 남루하였다. 식솔레 대해서 물었으나 그는 더 묻지 말라고 하고 돈을 빌려달라고 한다. 그는 뼈바지게 번 돈을 투전으로 날렸다고 한다. 광호는 창수와 원동에서 함께 성장했으며 중아아시아로 이주해서도 한 대학에서 공부했다. 부친들로 친우지간이었다. 문학창작에도 상당한 소질이 있었고 교편도 잡았었다. 다음 날 광호는 저금한 돈을 들고 창수를 찾는다.

창수는 돈 욕심으로 이 지경이 되었음을 고백한다. 광호는 돈을 창수에게 건네고 창수는 앞으로는 인간답게 살아갈 것을 친구에게 다짐한다.

　주제어 우정, 투전, 인간다운 삶 등.

최영근 · 이싸윈 · 손이손, 「벼랑길」, 『고려일보』, 1994.10.8, 6쪽 / 10.15, 6쪽 / 10.22, 5쪽 / 10.29, 5쪽 / 11.5, 5쪽 / 11.12, 5쪽 / 11.19, 5쪽. (시나리오)

　주제 집단이주에 따른 조선민족의 수난.

　인물

　　① 중심인물: 유만복, 순희(병철의 딸), 황분옥(만복을 짝사랑함) 등.

　　② 주변인물: 김병철(토호), 김명봉(병철의 아들), 순희의 어머니, 박만수, 박장구(박만수의 아들), 황병섭, 황국녹(황병섭의 아들), 양만수 아바이, 민정룡, 수라, 안료사, 와쌰, 나따사 등.

　사건

　　① 중심사건: 집단이주에 따른 고난.

　　② 주변사건: 만복과 순희의 사랑과 순희의 죽음.

　줄거리 순희는 박만수의 아들 박장구에게 시집을 갈 상황에 놓인다. 순희는 이미 만복이와 백년가약을 맺기로 약속을 했기 때문에 받아들일 수 없었다. 만복은 병석에 누운 아버지와 늙은 어머니, 형님네 식솔을 두고 떠나야 할지를 고민하며 순희와 도망을 치기로 한다. 두 사람은 도망을 치나 순희의 오빠인 명봉에게 발각이 되고 명봉은 총을 겨눈다. 명봉이 쏜 총에 순희가 맞아 죽고 만다. 그리고 10년이 흐른다. 쏘베트정권이 수립되고 김병철 부자는 토호청산을 당하고 동거우촌에서 쫓겨났으며 유만복의 부모는 불행을 견디지 못하고 아들이 감옥생활을 하는 동안 세상을 떠났다. 그리고 유만복이 돌아온다. 만복은 분옥이의 일이 궁금했던 것이다. 만복은 국녹 선생을 찾아가고 그는 양만수 아바이네 집에서 묵으라고 권한다. 양 영감은 분옥이 십 년을 하루같이 만복을 기다렸다고 한다. 비로소 둘의 결혼잔치가 벌어졌으나 온 동네는 이주문제로 어수선하다. 그리고 그 날 밤 이주명령이 떨어진다. 온 동네는 야단이 나고 강제로 열차에 오르며 고난 속에서 이주열차 생활이 시작되고 아이들이 죽어나가기도 한다. 그래도 이주민들을 실은 기차는 기적을 울리며 서쪽으로 서쪽으로 달려갔다.

주제어 쏘베트정권, 토호청산, 집단이주, 인민의 원쑤 등.

1995

연성용, 「피로 물든 강제이주」, 『고려일보』, 1995.2.4, 5쪽 / 2.11, 6쪽 / 2.18, 5쪽 / 2.25, 6쪽 / 3.4, 4쪽. (수기)

주제 강제이주 정책에 따른 현장 고백.

줄거리 필자는 강제이주 전의 있었던 스딸린 강압정책에 따른 몇 가지 억울한 사실을 이야기하는 것부터 글을 시작한다. 하루는 신한촌 의회 그룹에서 이류분자라는 죄명으로 아버지를 불러갔다. 당시 필자의 아버지는 찌베트의원이었으며 약국도 있었다. 이런 사유로 그러한 죄명을 씌었던 것이다. 아버지와 어머니는 필자의 앞날을 걱정하여 필자를 집에서 나가 있으라고 이른다. 그런 어려움을 홍범도 장군의 도움으로 죄명을 벗을 수 있었다 한다. 1932년에 신한촌 원동강변에 고려극장이 조직되었으며 필자는 연출자로 일을 시작했다. 그리고 이어진 고난의 강제이주와 동포들을 위한 극단의 역할을 기술하고 있다. 더불어 "고려사람들은 구쏘련을 두번째 조국으로 알았으며 조국전쟁의 승리를 위하여 있는 힘을 다 바쳤"음에도 불구하고 "고려사람들은 믿을수 없는 민족이라 하여 전선으로 내보내지 않았다. 그러나 고려사람들은 타민족으로 변성명까지 하고 군부대에 편입되어 전선으로 나간 일도 있었으며 구역 군사부에 가서 전선으로 보내달라고 강청하며 단식운동까지 한 고려청년들이" 있었음에도 불구하고 강제이주를 시킨 현실을 개탄하면서 고국의 도움을 받고 고려글을 배울 수 있는 한평생 숙원이 이루어진 사실에 감격하고 있다.

주제어 스딸린 강압정책, 홍범도, 조국전쟁, 강제이주 등.

백한이, 『톈산산맥』, 1995.4.15, 6쪽 ~ 1996.2.24, 5쪽. (장편대하소설)

내용 백한이의 장편대하소설인 『톈산산맥』은 5부작으로써, 제1부 「개화의 늪」, 제2부 「노령의 한」, 제3부 「죽어도 고려인이다」, 제4부 「선봉신문과 레닌기치」, 제5부 「씨베리아 철도」로 되어있다. 『고려일보』에서는 1, 2부의 줄거리를 소개하면서 '제3부 「죽어도 고려인이다」'의 연재를 95년 4월 15일부터 96년 2월 24일까지 하고 있다.

2002

정장길, 「싸이가는 소리없이 죽는다」, 『고려일보』, 2002.1.11, 16쪽 / 1.18, 16쪽 / 1.25, 16쪽 / 2.1, 16쪽 / 2.15, 16쪽. (단편소설)

주제 통속화된 쏘베트 사회에 대한 비판. 인간의 잔인성 폭로.

인물

   ① 중심인물: 털보(돈키호테), 수렵회사 사장 예게린, 무역회사 사장 임올래그, 마라트 이브라예브 세관 부관장, 윤 사장, 알리한 리힘쟈노브 경찰대령 등.

   ② 주변인물: 털보의 아버지 김알렉세이, 어머니 안나 보리쏘브나(러시아 여인) 등.

사건 싸이가 사냥.

배경 8월 중앙아시아 초원.

줄거리 털보는 통속화된 세상을 등지고 가족과도 생이별을 하고 수렵회사의 일원으로 초원에서 생활하고 있음. 그는 기억 속에는 새기 싸이가를 아버지 김알렉세이, 어머니 안나 보리쏘브나(러시아 여인)와 돌보던 추억이 있음. 하루는 수렵회사 사장 예게린, 무역회사 사장 임올래그, 마라트 이브라예브 세관 부관장, 윤 사장, 알리한 리힘쟈노브 경찰대령 등이 경호원과 창녀들을 데리고 초원에 옴. 그들은 싸이가를 이유도 없이 사냥을 하고 싸이가의 피로 목욕을 하고 공중사냥을 하는 등 무차별로 죽임. 싸이가를 동정하여 보다 못한 털보는 그들을 향해 총을 쏘고, 그들에게 붙잡혀 옷이 강제를 벗겨진 상태에 그들은 싸이가의 피를 부음. 털보를 늑대들이 봄.

주제어 수렵회사, 싸이가 등.

양원식, 「봄은 다시 오건만」, 『고려일보』, 2002.3.8, 16쪽 / 3.15, 16쪽 / 3.22, 16쪽 / 3.29, 16쪽. (단편소설)

주제 진실한 사랑의 중요성.

인물

① 중심인물: 마리나, 정안드레, 마리나의 부모 등.

② 주변인물: 안드레의 여자 동창생 등.

사건 결혼과 별거 그리고 후회.

배경 알마타 등.

줄거리 현재 나이가 40이나 마리나는 아직 혼자임. 마리나는 자신의 신세를 한탄함. 사실 그녀도 좋아했던 사람이 있었음. 그녀는 과거 자신도 고려인이면서 고려인을 싫어했음. 그리고 고려인 정안드레를 만난 이후 달라졌음. 부모님이 따스껜트로 나들이를 간 사이 둘은 동침을 함. 부모님이 돌아오고, 둘은 성대하게 러시아식으로 결혼을 함. 결혼식에서 춤을 출 때 안드레의 중학교 동창생이 그에게 춤을 권함. 이에 질투심이 난 마리나는 이후 안드레의 모든 행동에 짜증과 변덕을 부림. 이후 잘 지냈으나 남편이 발령을 받아 지방도시로 가게 되었을 때 마리나는 지방도시로는 갈 수 없다고 하여 별거가 시작됐고, 그것이 영원한 이별이 되었으며, 마리나는 후회하고 있음.

주제어 진실한 사랑 등.

이정희, 「희망은 마지막에 떠난다」, 『고려일보』, 2002.4.5, 16쪽 / 4.12, 16쪽 / 4.19, 16쪽 / 4.26, 16쪽. (단편소설)

주제 고난 속에서의 희망의 다짐.

인물

① 중심인물: 나(김싸냐), 나의 부모 등.

② 주변인물: 교장, 은미, 와냐 등.

사건 조선인의 강제 이주.

배경 원동, 블라지워쓰토크, 시베리아, 강제 이주시기 등.

줄거리 나는 9개월 후 블라지워쓰토크에 가서 공부를 하고 은미를 만날 생각을 하며 등교를 함. 교장이 나를 부름. 학교를 떠나라고 함. 담임 선생은 코레이츠들은 모두 일본 앞잡이라 함. 이웃집 경애도 쫓겨 옴. 집에 오니 부모님은 당이 조선 사람들은 다른 곳에 가서 살아야 한다고 했다 함. 밭을 팔았으나 밤에 밭을 산 아파나씨가 돈을 훔쳐감. 빈손으로 길을 떠남. 블라지워스토크에 당도하여 나는 몰래 은미를 찾아감. 그러나 은미네도 떠나고 없음. 그러나 그 때문에 부모가 탄 열차는 떠나가고 생이별을 함. 저녁 열차를 타고 시베리아로 가면서 나는 희망을 다짐함.

주제어 코레이츠, 일본의 앞삽이, 추방 등.

정세봉, 「운명 교향곡」, 『고려일보』, 2002.5.10, 16쪽 / 5.17, 12쪽 / 5.24, 12쪽 / 05.31, 12쪽. / 6.7, 12쪽. / 6.14, 12쪽. (단편소설)

주제 세상의 통속화와 할아버지에 대한 이해.

인물

① 중심인물: 애화, 아버지, 어머니, 할아버지 등.

② 주변인물: 은옥, 경철 등.

사건 부모의 불륜과 나의 반항. 할아버지에 대한 이해.

배경 집, 학교, 열사비 등.

줄거리 학교 소풍에서 애화는 단짝 은옥이와 우연히 아버지의 불륜의 정사를 목격함. 수업도 안 되고 일찍 조퇴함. 시장 할아버지와 마주치고 항상 국장으로서 비리가 많았던 아버지를 못마땅해 하던 할아버지가 떠오름. 시장 할아버지와 할아버지는 독립투사였음. 할아버지는 다툰 이후에는 심술로 운명 교향곡을 크게 틀었음. 하루는 부모님과 크게 다툰 할아버지는 그날밤 열사비 곁에서 운명 교향곡을 들으며 동사함. 이런 생각을 하며 집에 오니 어머니는 낯선 남자와 정사를 벌이고 있음. 애화는 몰래 자신의방으로 들어가 운명 교향곡을 들음. 애화는 어머니와 다투고 그녀를 불결하다고 생각한 애화는 가출함. 은옥이에게 전화를 했으나 받지 않음. 우연히 경철을 만나 그의 차에 타고 할아버지가 동사한 남산으로 가자고 함. 경철은 자신의 핸드폰 번호를 알려주고 돌아감. 애화는 할아버지처럼 열사비 곁에서 운명 교향곡을 .들음. 추위를 견딜 수 없음. 경철에게 전화함. 경철의 차를 타고 혼자 운명 교향곡을 들음. 차가 멈추고 사냐의 손길이 다가옴. 애화는 부모에 대한 복수심인지 미동도 하지 않고 받아들임.

주제어 불륜, 독립투사, 열사비, 운명 교향곡 등.

정장길, 「양대가리」, 『고려일보』, 2002.07.05, 12쪽. (단편소설)

주제 타민족 풍습 이해의 중요성.

인물 나(블라지크), 나의 타민족 친구 등.

사건 타민족의 풍습을 이해하지 못해 낭패를 봄.

배경 카자흐스탄 등.

줄거리 나는 얼마 전 카자흐인의 생일잔치에 초청되어 갔는데, 그들은 손님 대접으로 양머리를 내놓고 머리를 갈라 내접을 했음. 이때 나는 예전에 친했던 친구를 만나 대접을 받았던 기억을 떠올림. 친구가 자신의 부인과 동침을 시키는가 하면, '이번엔 네 차례다'라고 했을 때, 내가 거부하자 나는 그 다음날로 해직을 당했던 기억을 떠올림. 타민족의 풍습 이해의 중요성을 깨달음.

주제어 양대가리, 풍속 등.

제6장

고려인문학
주요 작품 원문자료

향촌의 불빛

한 상 욱 작

영히는 분조원들이 먼 로력일을 게산하고 있었다. 세번이나 수판알을 튀겨 봤으나 합게는 번번히 달랐다. 영히는 너무나 어이없는 김에 혼자서 웃기까지 하였다.

사실인즉 열마전까지도 영히는 부기원들이 하는 일을 깔보았으며 그래서 수판알 튀기는 일 같은 것은 몰라도 괜찮다고 생각하였다. 그런데 정작 자기가 분조장으로 임명되여 로력 일을 통게하지 않으면 안될 형편을 당하고 보니 자기의 이전 생각이 옳지 못했다는 것을 깨닫게 되였다. 그 후로는 수판알을 틀림없이 빨리 튀겨 보려고 애써봤으나 아직까지는 잘되지 않았다.

그런데 오늘 저녁에는 통게를 빨리 하려고 덤비기까지 하다나니 더구나 잘되지 않았다. 영히가 그렇게 조급히 서둘게 된 리유가 있었다. 오늘 도시 여러 기관에서 사람들이 목화 추수를 도와 주려 왔는데 그 중에는 음악 대학 학생들도 있었다. 이 학생들은 이미 학교에서 준비하여 가지고 온 음악 연주를 오늘 저녁 구락부에서 내 놓기로 되였다. 그래서 영히는 그곳으로 가기를 조급해 하였던 것이다.

이때 열어놓은 창문 앞에 철호가 나타났다.

―네 부기원을 늘 비웃더니 아마 부기원이 되려고 하는 모양이구나. 수판알을 그렇게 부지런히 튀기는 것을 보니―하고 철호는 웃으면서 말하였다.

―부기원인지 무엔지 이 로력일을 통게하다가는 머리가 짝 려―하고 한쪽으로 밀어놓으면서 영히는 대답하였다.

―수판알은 래일 튀길셈하고 구락부에나 가자. 오래지 않아 음악 연주가 시작될 게다.

영히는 곧 구락부로 가고 싶은 생각이 났다. 그러나 원래 착한 일을 끝장 보지 않고는 졸처럼 미루는 성미가 아니고 또 통게를 래일 꼭 가저가야 하겠기에 다시 수판을 끌어맡겨 앞에 놓으면서 말하였다.

―네 먼저 가거라, 나는 밤이 열둘이 돼도 끝을 내고야 가겠다.

―그러면 수판알을 튀겨봐라 ―하고 철호는 끌아서 가버렸다.

철호와 영히는 서로 이웃하여 사는 처지다. 그들은 이곳에서 나서 이곳에서 자랐으며 학교 갈 나이뛰여서부터는 한 학교 한반에서 공부하였다. 부모들이 서로 극진하게 지내다보니 아이들도 자연히 서로 가까워저서 거의 네 것 내 것이 없이 지내였다. 이렇게 되여 철호와 영히 사이는 오누이 간 사이나 별로 다름이 없었다. 그들은 아무 꺼리낌 없이 서로 나돌었고 영히는 밤중이라도 어디 갔다 올 일이 있으면 서슴지 않고 철호를 깨워가지고 같이 갔다 오자고 졸라대군 하였다.

철호는 원래 마음이 몹시 순적하였고 말머리 무거웠다. 보통 동무들끼리 모여 앉아서도 그는 잔잔히 이야기할 줄 몰랐고 기꺼스해야 몇마디를 하면 벌써 그에게는 말이 진하였다. 그 대신 영히는 성질이 쾌활한 편이였고 또 이야기도 차근차근 잘 하였다. 이렇다보니 철호는 어렸을 때 자연 영히가 하자는 거의나 하였고 커서까지도 어지간한 일이면 영히에게 양보하군 하였다.

물론 이들은 말다툼하는 때도 간혹 있었다. 그것은 벌써 그들이 커서 열뎃 살 되던 때부터였다. 영히 보기에는 철호가 차차 나이 먹어 가면서 고집스러워지는 것 같었다. 어떤 때에는 별로 대수롭지 않은 일에 철호가 기여코 고집을 쓰는 것 같이 보였다. 그는 영히가 아무리 만류하고 반대한다 하더라도 하자는 일은 꼭 하고야 말았다. 그러나 이런 말다툼이 있은 후 그 이튿날이면 그 말다툼의 흔적은 사라져 버리고 그들 사이는 마치 평원에서 유유히 흐르는 큰 강물처럼 늘 고요했다. 이렇게 그들은 중학교를 함께 졸업하였으며 함께 꼴호스에 남아 이래째 일하게 되였다. ─철호는 뜨락또리쓰트로, 영히는 분조장으로.

이렇게 이웃하여 자란 철호와 영히는 지금까지 자기들의 관게에 대하여는 생각해 본적이 없었다. 물론 중학을 졸업하고 생활의 길에 들어선 그들은 자기 장래에 대하여 생각하지 않을 수 없었으며 참다운 사랑에 대하여 꿈꾸지 않을 수 없었다. 그들의 심장도 청년 시절에 누구나 다 품고 있는 커다란 희망으로 불타고 있었지만 그러나 그 두 희망은 서로 아무러한 련게도 없이 따로 살아 있었다. 그리고 그들의 관게는 그들의 부모들한테서도 아무런 딴 생각을 자아내지 않았다. 그것은 흔히 여러 부모들에게서 보는 바와 같이 그들의 눈에도 이십 세에 가까운 자기 자식들이 아직 철모르는 어린애로 보였기 때문이였을 것이다.

× × ×

영히가 구락부에 들어섰을 때는 이미 음악 연주가 시작된 때였다. 박수 소리가 요란하게 울려왔다. 막이 닫기고 불이 켜지자 영히는 빈 자리가 어디 있는가고 살피면서 앞을로 나갔다. 그의 분조 처녀애들이 모여 앉은 곳에서 그를 오라고 손질하였다. 그래서 요행 영히는 그들 틈에 끼여 앉았다.

막이 열리였다. 중키나 되는 후리후리한 청년이 음악 연주 쁘로그람마를 소개하였다. 그는 3학년생 박 진순 동무가 출연한다고 광포하고 들어갔다. 인차 키가 작달마하고 얼굴이 가무잡잡한 청년이 바이올린을 들고 나왔다. 영히는 별 호기심이 없이 그를 바라봤다. 키가 작고 보잘 것 없는 그 청년에게 큰 재간이 든것 같지 않았든 것이다.

그가 부르기 좋아하는 노래 곡조가 들려왔다. 그가 즐기는 멜로지야가 바이올린의 청아한 소리를 타고 흘러 차츰 영히의 맘을 끌기 시작하였다. 영히는 속으로 곡조에 맞추어 노래까지 불렀다. 바이올린 소리가 끝나자 요란한 박수 소리가 울렸다. 영히도 힘껏 손벽을 쳤다.

또다시 연주 쁘로그람마를 소개하던 청년이 나왔다. 이번에는 작곡과 4학년생 김 니꼴라이가 손수 작사, 작곡한 《첫 사랑》이란 노래를 부른다고 광포하였다. 그리고 그는 두어 발'자국 물러서더니 청중을 향하여 머리를 숙여 경례하였다. 그의 긴 머리 칼은 축 나려와 앞이마를 가리웠다가 머리를 번쩍 들때 멋있게 뒤으로 올라가 붙었다. 그는 왼손으로 머리를 쓰다듬어서 꾸기꾸기 눌러 놓고는 두손을 마주 쥐였다. 그때에야 영히는 김 니꼴라이라는 청년이 곧 그 사람이라는 것을 깨달았다.

영히는 배우들의 출연을 많이 보았지만 작곡가는 한번도 만나본 일이 없었다. 그는 자기가 즐기는 노래를 부르면서 비상히 재간이 있고 또 열정이 많은 사람이라야만 그런 훌륭한 곡조를 지을 수 있으리라고 늘 생각해 왔다. 그래서 처음 작곡가를 보는 영히는 그를 눈여겨 보지 않을 수 없었다.

그의 행동에서는 어디까지나 직업적 배우들에게서 볼 수 있는 특점을 엿볼 수 있었다. 머

리를 약간 옆으로 기울리고 우 셈 우선한 표정으로 청중을 휘 돌아 보던 그의 시선은 영히가 앉아 있는 곳에 와서 멈춰ㅅ다. 영히는 마치 그가 자기를 내려 다 보는듯 하였다.

노래 쇼리가 들렸다. 그의 목 쇼리는 그리 높지 않았으나 부 드러웠다. 그러나 곡조보다 가사 가 영히의 귀를 더 파고 들어 갔다. 그 청년은 정열이 끌어 넘 치는 듯한 그 시선을 다른 데로 옮기지 않고 바로 그를 내려 다 보는듯 하였고 애정의 말마

더 말마디를 그를 향하여 속삭 이는 것 같앳ㅅ다. 영허는 저도 모르는 새 자기 낮이 붉어질을 감촉했다.

그의 출연이 끝난 후 영히는 공연히 낮이 붉어진 자기가 한 없이 어리석다고 생각하였다. 요 청년은 확실히 그를 내려다 보 면서 노래를 부른 것은 결코 아 닐 것이다. 그러나 그후 그 청 년이 연주 쁘로그람마를 쇼개하 려 나올 때마다 자기가 그를 더 유심히 쳐다본다는 것을 스사로 깨닫았다.   (미완)

단편 소설

한 상욱 작

음악 연주는 끝났다. 나이 지 긋한 측들은 거의나 다 집으로 헤쳐저 가고 젊은 측들만 남았 다. 청년들은 어느새 의자들을 치 우고 넓은 자리를 만들어 놓았 다. 무도곡이 울려왔고 벌써 여 러 쌍이 빙빙 돌고 있었다.

영히는 집으로 갈가, 남아 있 을가 망설거리다가 맞은편 벽에 기대여 서 있는 철호를 봤다. 영히는 그에게로 갔다. 철호는 어 느새 그렇게 자랐는지 영히보다 머리 하나는 더 컸다. 반 쯤 일어선 땟땟한 그의 머리 는 복판에 금을 내고 좌우로 갈 라졌고 그 사이로 힌머리카락이 드믄드믄 보였다. 동작이 늘쩍 늘쩍하고 말이 무거운 데다가 그 렇게 힌 머리카락까지 나서 동 무들은 그를 "아바이" 라고 불렀 다. 그러나 그의 검실검실한 눈 에는 청춘의 정력과 강한 의지 의 표정이 가득 남겨 있었다.

철호에게 가까이 온 영히는 그에게서 풍겨오는 야릇한 벤신 냄새를 감촉하면서 말하였다:

─너는 무도를 안하려늬?

철호는 아무 대답도 없이 기

(제101호속)

름때가 배서 거무스레하고 번질 번질 윤'기가 나는 큰 손으로 그의 손을 쥐었다. 그들은 무도 곡에 맞추어 천천히 돌았다.

그래, 목화 수집기를 다 손질 했늬?─하고 영히는 물었다.

─응.

─어디 잘못됐길래 그리 오래 고쳤늬?

─대수롭지 않은 것을 가지 고 온 하루 애를 먹었다.

─150 톤을 거두겠다고 장담 은 크게 해놓고 그러다가는 100 톤도 못거두겠다─영히는 우선 우 선하면서 비꼬아 말했다.

철호는 아무 대답도 하지않 았다. 그는 어렸을 때부터 기계를 좋아하였다. 그래서 벌써 9학년 에서 공부할 때에 드락또르와 자 동차 운전술을 배웠으며 중학교 를 졸업하고 꼴호스에서 한해 동 안 드락또리쓰트로 일하였다. 철 호는 이전에도 물론 알았지만 자 기가 직접 꼴호스에서 일하기 시 작한 때부터 목화 뜨는 일이 얼마나 품을 많이 잡아먹는 일 이라는 것을 절실히 느꼈다. 그리고 그는 팔구월 무더워 때 사 정없이 내려쪼이는 뜨거운 해'뻘

에서 온종일 목화를 뜨는다 는 것이 얼마나 힘든 일이라 는 겄도 잘 알고 있다. 그는 영 히가 그렇쟤 온종일 목화를 뜨 고는 저녁이면 밥술을 놓기 바 쁘게 돌어눕는 것을 한두번만 보지않았다. 그런겄을 보는 철 호는 자기도 목화 수집기 운 전술을 배우기로 결심하였다. 그 리하여 그는 겨울 동안에 강습 을 하고 금년부터 목화 수집기를 가지고 일하게 되었던 것이다.

그런데 처음에는 능숙하지 못 하여 기계에 고장이 자주 생겼 다. 그럴 때마다 철호는 기계 옆 을 떠나지 않았으며 끼니 먹을 겄조차 다 잊어버리고 자기 손 으로 뜯어 고처놓고야 맘을 놨 다. 하루 이틀 지나갈수록 기계 고장도 차차 적게 났다. 그런데 오늘은 전혀 생각도 하지않던 곳 에 고장이 생겼다. 그것은 수선 공들이 둔하여 바꾸어야 할 부 분품을 바꾸지 않고 못쓸겄을 그 대로 맞춘 까닭이였다. 그래서 그 는 고장이 난 곳을 찾노라고 온종 일 신고했던 것이다. 그렇지만 철 호는 그것을 변명하고 싶지 않 아서 아무 대답도 하지 않았던 것이다.

이으고 음악 소리가 끝났 다. 영히는 자기 분조원 진우이 가 서 있는 데로 갔다.

─야, 래일 아침에 우리 분 조액도 도시에서 온 사람들을 보 내겠다구 하더라 팔뚜크가 모자 랄 겄같으니 래일 아침 국간에 들려서 팔뚜크를 타가지고 나가 겠다. 사람들이 오면 일에 붙여 라─하고 영히는 진우이게 부탁

하였다.

진옥이는 그렇게 하라고 고개를 끄덕이고 더워서 빨가하게 된 낯을 손수건으로 부채질하면서 곁에 있는 의자에 앉았다.

—아, 오늘 저녁에 바이올린을 켜던 남자가 보기와는 다르던데—영히는 진옥이 곁에 앉으면서 소곤거렸다.

—글쎄 말이다. 나두 처음 그가 무대에 나왔을 때에는 어디 재간이 든 데 있겠는가고 생각했더니 실로 잘 켜더라—늘 웃기를 좋아하는 진옥이는 웃음 주머니를 터뜨려 놓으면서 대답하였다.

—그렇길래 사람 재간이란 낯을 보고는 모른다고 하지않니.

—그말이 옳기도 하다.

그들은 이렇게 말을 주고 받으면서 웃어대느라고 새 무도곡이 시작되고 그들의 앞에 어떤 청년이 와서 서 있는 것도 몰랐다.

『실례합니다』하는 소리와 함께 누구의 흰 손이 영히의 눈에 띄운 때에라야 비로소 영히는 머리를 들고 쳐다봤다. 영히의 앞에 서있는 청년인즉 음악 연주 쁘로그람마를 소개하던 청년이였다. 영히는 그 청년을 얼른 아래 우로 뜨더어 보았다. 영히의 눈에 처음 띄우는 것은 그 청년의 머리였다. 약간 굽슬굽슬한 긴 머리를 뒤로 멋있게 빗어 넘겼는데 무대에서 하던것처럼 왼손으로 머리를 쓰다듬어서는 구기구기 누러놓았다. 얼굴은 얄름하고 티없이 말쑥하였고 눈은 지나치게 커서 잘 어울리지 않았다. 반쯤 웃는 얇은 입술 사

이로 불빛에 번쩍 기하는 금'이가 보였다.

그다음 영히가 감촉한 것은 그의 손이였다. 영히가 일어나서 그의 손을 쥐였을 때 남자의 손이라기보다도 힘든 일을 해보지 못한 처녀애의 부드러운 손을 쥐는 것 같았다.

무도하는 사람들 속으로 왈쓰곡에 맞추어 한 구비 돌 때까지 영히의 머리 속에서는 그 청년의 손에 대한 생각이 떠나지 않았다. 원래 장대하고 무슨 일이나 잘해서 꼴호스에 소문이 높은 자기 아버지가 라약한 선비들을 보고 비웃는 말을 어렸을 때부터 들어온 영히도 역시 그런 사람들을 내리켜 봤다. 그러나 영히는 이 청년만은 그렇게 보지 않았다. 그는 음악가가 아닌가 | 음악가들이란 보통 감정이 예민한 사람들일 것이다. 그

리고 영히는 음악가의 손이 다르게 생겼다는 소리도 들었다.

영히가 이런 생각에 잠겨있는 동안 니꼴라이는 자기와 무도하는 그 처녀를 더 뚝뚝히 살펴 볼 수 있었다. 그의 살빛은 해볕에 그슬리어 거무스레하였지만 낯모양은 어디나 빠진데 없이 귀염성이 있었고 어글어글한 눈에서는 부드럽고 인자한 표정이 흘렀다. 녀자들에게 단련이 많은 니꼴라이의 시선은 어느새 쁠라쩨예 기사사이로 들어난 하얀 살빛에 걸렸다. 니꼴라이는 이 처녀와 더 가깝게 면목을 익히려고 작정하였다. 그는 어디 가서나 심심하게 시간을 보낸 적이 없었던 것이다. 그래서 그는 무슨 생각을 하는 듯한 처녀의 낯을 보면서 물었다:

(미 완)

단편 소설

한 상욱 작

—동문 무엇을 그렇게 골똘
하게 생각합니까?

이렇게 문득 묻는 말에 자
기 생각에서 깨여난 영히는 처
음 고개를 들어 니꼴라이를 정
면으로 쳐다봤다.

—별 생각하는 것이 없어요
—하고 얼피시 머리에 떠오른대
로 대답했다.

—동문 아마 공부를 하시
지요?

—아니애요. 꼴호스에서 일합
니다.

—예, 그런가요 그래 꼴호스
에서 무슨 일을 합니까?

영히는 작곡가라고 하는 이
청년의 앞에서 자기가 꼴호스 전
선에서 따일을 한다고 말하기는
좀 거북스러웠다. 그런데 이 청
년은 처음 만나는 낯 모르는 처
녀에게 어째서 그런 것을 다 캐
묻는가? 그것은 무례한 짓이 아
넌가? 그렇지 않으면 농촌 처녀
라고 깔보고 하는 말이 아넌
가?—이런 생각이 돌자 영히
는 뜨스뜨스이 대답했다:

—꼴호스에서 따일을 하지요.

—그것도 물론 나쁜 일이 아
니지요—무슨 기미라도 알아 차
렸는지 니꼴라이는 웃으면서 이
렇게 대답하였다.

음악이 끝났다. 니꼴라이는 영

히를 빈자리가 있는 데까지 바
리워다 앉히고 다음번 무도에 청
한다고 말하였다. 이렇게 이들은
이날 저녁에 여러번 함께 무도
하였다. 그러는 사이에 이들은 통
성명도 하였고 어느 정도 면목
도 익히였다.

영히가 보건대 니꼴라이는 아
주 쾌활한 청년같었다. 그는 자
기 동무들이 모인 곳에서 우스
운 이야기도 잘하였고 그 자
체도 유쾌하게 잘 웃었다. 영히
도 그 이야기를 들으면서 한두
번만 웃지 않았다. 그는 사교성
이 있는 똑똑한 청년임이 틀림
없었다. 그렇고 보니 니꼴라이가
처음 묻던 말에 언짢하던 생각
도 스스로 사라저버리는 것이
였다.

× × ×

영히가 아침에 꼴호스 창'고
에 가서 팔푸크 몇 개를 타가
지고 나온 때는 이미 해가 따
떠였다. 해빛은 아침 때부터
뜨겁게 내려 쪼였다. 그러나 태
양은 대지우에서 선선한 기운을
아직 따는 몰아내지 못하였다.

영히의 마음은 한결 가벼웠
다. 목화밭에 당도하여 힌 꽃으
로 모이운 듯한 밭을 바라료는
영히는 한없이 기뻐스다. 그의 앞
에는 그들이 정성에 정성을 다
하여 가꾸어 놓은 목화밭, 그들

(제101, 103호 계속)

150

의 긴장한 로력의 열매가 펼쳐 지여 있지 않는가!

그가 처음 공청 동맹원—청 년 분조의 분조장으로 임명되였 을 때 그의 마음 한 구석에는 두려운 생각도 있었다 그러다가 다른 분조들보다 수확을 적게 받 으면 어찌겠는가? 더구나 그의 분 조원 다수는 그와 함께 중학교 를 졸업하고 금년 처음 자립적 으로 목화를 짓는 처녀애들이 아 닌가! 그렇다고 해서 물러설 수 는 없었다 그는 자기 동무들을 잘 알고 있으며 그들을 자기자 신처럼 믿었다. 그들은 분조의 명 예를 위하여, 남보다 수확을 적 게 내여 수치를 당하지 않기 위 하여서는 밤낮을 헤아리지 않고 그와 함께 나설 동무들이였다.

모든 고애를 뚫고 근심과 걱정의 나날을 지나 마침내 자 기 로력의 결실을 본다는 것보 다 더 기쁜 일이 있을 수 있 으랴?! 금년 처음 농사를 짓는 영히와 그의 분조원들에게 한해 서는 그것이 곱절이나 더 기쁜 일이였다.

목화 지이에 경험이 많은 사 람들의 말에 의하면 금년에 영 히네 분조는 자기 임무를 너끈 히 실행할 수 있다. 지금와서 오 든 문제는 목화를 제때에 뜨드 느냐, 못 뜨드느냐 하는 데 달 렸다. 그래서 그것은 또 근심이

되였다. 아무리 해도 자기 분조 의 힘만으로는 날이 궂기 전에 목화를 다 뜨들 것 같지 않 았다. 그러던 차에 어제 저녁에 브리가지르가 그의 분조에 도시 에서 온 사람 15 명을 보내겠 다고 말했던 것이다.

이 모든 것으로 하여 기분 이 좋아진 영히는 자기 분조의 밭을 내다보고 목화 뜨드는 사 람의 수효가 많이 붙은 것을 알 았다. 목화 수집을 도우려 온 사 람들이 나온 것이 틀림 없었다. 15 명을 보내겠다고 하였으니 5명 은 팔뚜크가 없어서 목화를 뜨드지 못하리라는 것을 안 영히는 걸 음을 재축하여 빨리 걸어갔다 아니나 다를가 마당에는 몇 사 람이 앉아 있는데 무슨 이야기 를 하는지 웃음 소리가 와그자지 껄 들려왔다.

영히 오는 것을 본 전욱이 가 밭에서 나왔다. 전욱이는 마 당에 앉아 있는 사람들에게 와 서 가까이 오는 영히를 가리키 면서 말하였다.

—분조장 동무가 팔뚜크를 가 저왔습니다.

그때에야 앉아서 웃던 사람 들은 고개를 돌려 영히를 바라 보았다. 그 순간 영히는 그 사 람들 속에 니꼴라이도 끼워있는 것을 보았다. 앉아서 무슨 이야 기를 하는지 손을 내졌던 니꼴

라이는 영히를 보자 얼른 일어나서 영히 앞으로 다가왔다. 영히는 모든 사람들을 향하여 수고하신다고 인사를 하였다. 영히 앞에 온 니꼴라이는 인사차로 영히의 손을 쥐어 흔들면서 말하였다.

—밤사이에 평안하십니까? 오늘은 우리가 벌써 구면이라고 말할 수 있지요? — 그는 영히의 손을 놓지 않고 싱글벙글 웃으면서 계속하였다 — 이렇게 우연히 영히 동무네 분조에 오게 되니 참 다행으로 압니다.

—다행이겠는지, 불행이겠는지는 앞으로 봐야 알 일얘지요 — 하고 영히는 롱담조로 대답하였다.

—왜요?

—왜 그런가요? 우리는 여기서 일 잘하는 사람이면 존경하고 일 못하는 사람은…… — 영히가 머뭇거리는데 니꼴라이가 말을 가로채 스다.

—일 잘못하는 사람은 미움을 받는다는 말이겠습니다?

—물론이지요.

—그러나 무슨 일이든지 례외라는 것은 꼭 있으니까요.

—그러나 우리 분조에는 일에서 례외가 없어요. 그러니 존경을 받으시려면 어서 밭으로 나가세요 — 하고 영히는 팔뚜크를 나누어 주기 시작하였다.

—그리고 보니 분조장 동무에게서 존경을 받을 사람은 나밖에 없군 — 하는 쏘리가 영히의 옆에서 났다.

영히가 고개를 돌리켜 보니 어제 저녁에 바이올린을 켜던 청년이였다. 그는 목화를 한 자루 가득 메고 서있었다.

—아니 동무는 어느새 그리 많이 뜨더셨세요?

—내 혼자 뜨드은 것이 아닙니다. 팔뚜크가 없다고 다른 사람이 다 목화를 뜨드는데 그저 앉아 있을 수도 없고 해서 이 주머니를 가지고 뜨드다가 팔뚜크를 가져온 것을 보고 다른 사람이 뜨드은 것까지 넣어서 메고 온 것입니다 — 하고 자두룩을 저울 우에 갖다 울려 놓았다. — 이것은 죄 영팔의 이름에 적으십시요. 내가 뜨드은 것은 그리 많지않으니까. 분조장 동무, 내게도 팔뚜크 하나 주십

시요. 성명은 박 진순이라고 적으시고.

영히는 그에게 팔뚜크를 주면서 그를 다시 뜨드어 봤다. 가까이서 보니 정작 어제 저녁 무대에서 보던 것처럼 그렇게는 키가 작지 않았다. 살빛은 검었으나 낯 표정은 어디까지나 파단성이 있어 보였다.

—성전 처음 목화를 뜨드는데 어떻게 하면 잘 뜨드는 것을 좀 배워 주십시요. 선전 경험의 힘이란 대단 큰 것이니까요 — 팔뚜크를 손에 쥔 니꼴라이는 영히 앞에 다가서면서 말하였다.

—동무는 진실로 존경을 받으시려고 하는 모양인데요. 그렇다면 나보다도 저 전속 동무에게 말씀하는 것이 낮을 것입니다. 저 애는 목화 뜨드기에 쇼문이 난 애니까요 — 하고 영히는 진옥이를 가리키면서 말하였다.

—그렇습니까? — 하고 팔뚜크를 받던 진순이가 진옥이를 보면서 말하였다. — 그렇다면 나와 경쟁을 해 볼가요? 어느 때나 나도 목화 뜨드기에 남보다 별로 뒤떨어지지 않았지요.

—그것 참 좋습니다 — 하고 영히가 말하였다 — 진옥아 반대 없니? ⁄

—반대는 없는데 적수가 약해보이는구나 — 진옥이는 방긋 웃으면서 대답하였다.

—그렇고 보니 남자의 위신을 보더래도 이제는 물러설 형편이 못됩니다 그려. — 진순이는 웃으면서 대답했다 — 그러면 정식으로 사회주의 경쟁을 체결한 것으로 인정합시다.

—그렇게 합시다. 오늘부터 경쟁이 체결된 것으로 인정합니다. 그러나 동무는 저애를 만만한 적수라고 깔봐서는 안될 것입니다 — 영히는 진순이를 보면서 말하였다.

—물론 그렇게 생각하지 않지요. 그렇길래 나는 탈피 가서 뜨드어야 하겠습니다. —하고 진순이는 팔뚜크를 쥐고 밭으로 내닫었다.

(미완)

152

단편 소설

향촌의 불빛

한 상 욱 작

─우리도 이제는 가 봅시다.
영히는 모든 사람들과 말하고 전
옥이와 함께 밭으로 나갔다.
─야, 전옥아 내 뒤떨어지면
수치다. ─영히는 전옥이의 어깨
에 손을 올려놓으면서 말하였다.
보아하니 일을 많이 해본 사람
같다.
─그런 것 같다. 저렇게 어
린애처럼 내뛰는 것을 봐라. 꼭
이기려구 하는 모양같다─밭으로
내뛰는 전순이를 눈으로 바래우
면서 진옥이는 웃으며 말하였다.
─그런데 분조장 동무, 내 문
제는 어떻게 하려 비니까? ─니꼴
라이는 영히를 딸아 오면서 말하
였다─저 두 동무가 경쟁하는데
구태여 내가 전옥 동무에게 방
해할 필요야 없지 않습니까? 그
러니 할 수 없이 분조장 동무
가 나를 세로로 말아야 하겠습
니다.
─동무는 다른 사람에게 대
한 배려가 참 많은 동무입니다.
그러니까 내가 가르쳐 드릴 수
밖에 없지요. ─영히는 이렇게 대
답하고 목화가 잘 핀 곳에 그
룰 데리고 가서 팔뚜크를 어떻
게 떼며 목화를 어떻게 뜨는
것을 한참 배와 주었다.
이러구저러구 영히는 훗게어

(제101, 103, 104호 속)

목화를 뜨기 시작하였다. 어느
덧 해는 높이 솟았고 땅은 뜨
거운 김을 푸기푸기 내뿜었다.
영히는 일손을 쳤었다. 이마에서
는 구슬땀이 뚝뚝 떨어졌다. 이
렇게 부지런히 목화를 뜨고 있
는 때 그의 등뒤에서 그를 부
르는 소리가 났다.
─분조장 동무, 미안합니다
만 붕대가 없읍니까? 목화를 빨리
뜨자고 덤비다나니 손이 이렇게
상했읍니다. ─니꼴라이는 목화'대
에 긁기워 피가 나는 손가락
을 내 피우면서 말하였다.
영히는 붕대를 꺼내서 니꼴
라이의 손을 싸매기 시작하였다.
─손을 보니 동무는 일을 별
로 해본 것 같지 않습니다 ─하
고 영히는 붕대를 감으면서 말
했다.
─솔직이 말해서 일을 해보
지 못하였지요. 도시에서 나서 도
시에서 자라다보니 할일도 별로
없었지만 외아들이라 해서 어머
니는 일을 할세라 했지요.
─실로 어쩌면 이렇게도 손
이 매츠르할가요, 운동도 별로 하
는 것 같지 않습니다.
─어렸을 때에는 뿔차기를 조
와했지요. 그런데 한 번은 다리
를 채와서 며칠'동안 절고 다닌
일이 있었읍니다. 그후부터는 어

머니도 뿔차는 것을 절대 금지
했지만 나도 역시 더 생각이 없었
습니다. 그것이 다 위험한 일이
니까요. 그리고 그때부터 나는 벌
써 음악에 취미를 부치기 시작
했지요.

—동무는 아마 음악을 퍽 즐
기는 모양입니다.

—나는 나의 앞길을 음악에
서 봅니다. 그리고 내 생각 같
애서는 그 '길을 내가 옳게 택
한 것 같습니다. —니꼴라이는 머
리를 쓸어올리고는 여프차개에서
•까스베크" 갑을 꺼내서는 담배
를 피워 물었다.

—사람마다 다 소질이 따로
잇다고 말들하던데 자기에게 무
슨 소질이 있다는 것과 또 그
소질에 따라 자기 앞길을 택하
기는 퍽 어려운 일이겠지요?

—그렇지만 천재를 가진 사
람이면 그것이 인차 알려지지요.

—물론 천재가 있는 사람이
면 그럴 수 있겠지요—하고 영
히는 팔무크를 바로잡아놓고 목
화를 뜨기 시작하였다.

그제야 니꼴라이는 자기도 목
화를 뜨어야 할 것을 깨달았
는지.

—손을 짜매 주어서 감사합
니다. 나도 가서 목화를 뜨어
야 하겠습니다—말하고 돌아갔다.

니꼴라이가 돌아간 후 목화를
뜨는 영히의 머리 속에는 몇번
이고 그에게 대한 생각이 감돌
아 들었다. 대관절 니꼴라이는 어
떤 청년인가? 그의 말을 들어서
는 어디까지나 솔직한 사람 같
앴다. 그는 자기가 모르는 것,
자기의 부족점을 감추려고 하는
사람 같지 않다. 그리고 그는 자
기 앞에 일정한 목적을 내세운
사람이 아닌가! 자기가 내세운
유일한 목적을 위하여 다른 모
든 것을 희생시킨 위대한 인물
들을 영히는 많이 알고 있다.
작곡가만 해도 저명한 챠이꼽쓰
끼, 글린까… 그러면 니꼴라이도

그런 천재와 강한 의지를 가진
사람인가?

은연중 영히의 생각은 자기
자체에 돌아졌다. 그러면 자기는
어떠한 목적을 내세웠는가? 그는
아직도 자기 전정을 뚜뚝히 판
정하지 못하고 있지 않는가! 누
구에게나 항상 선명한 기억으로
남아 있는, 자기가 나서 자란 그
향촌, 언제나 그의 마음을 기쁘
개하는 넓은 전야와 더불어 자
기 장래를 련결시키는 그 무엇
이 있음을 영히는 마음속 깊은
곳에서 어렴풋이 감촉할 따름.
그러나 그것은 아직 너무나 히
미한 것이였다…

× × ×

닷새가 지났다. 진옥이와 진
순이 사이에 시작된 경쟁은 마
치 높은 산 꼭대기에서 구을러
내리는 눈뎅이와 같앴다. 하루가
지나서는 영히네 분조에 온 사
람들이 거의나 다 이런 경쟁에
들어섰고 그 다음에는 그 운동
이 분조의 범위를 벗어나 온 꼴
호스에 퍼지기 시작하였다.

꼴호스 벽보에는 이 경쟁의
발기자들인 진순이와 진옥의 사
진이 나란이 나붙었다. 청년들에
게서 흔히 보는 바와 같이 그
들은 이 두 사람을 만나면 그
것을 놓고 롱담하기를 조와하였
다. 이겼은 물론 동무들의 허물
없는 롱담이였지만 그래도 순진
한 진옥이와 진순의 낯은 이로
하여 붉어지는 때가 자주 잇었
다. 이 모든 것은 자연히 그들
사이를 가깝게 하지 않을 수 없
었다.

이 동안 영히는 기쁨과 번
민으로 엉클어진 뒤숭숭한 기분
속에 쌔워 있었다. 요즈음 분조
의 목화 수집량이 나날이 높아
갔다. 지금 와서는 그의 분조에
서 자담한 임무가 실행되리라는
것이 조금도 의심 없었다. 때맞
게 날써도 좋았다. 이것은 영히
를 기쁘게 하지 않을 수 없었다.

154

이와 함께 영히의 마음에는 그 어떤 알지 못할 번민이 스며들기 시작했다. 니꼴라이는 마치 고요한 물우에 던진 돌멩이와 같이 평온하던 영히의 마음을 뒤흔들어 놓았다.

니꼴라이는 사실 쾌활한 청년이였다. 그는 가본 데도 많고 아는 것도 많았다. 그는 모쓰크와, 레닌그라드, 끼예브를 비롯하여 여러 큰 도시에 가보았고 크림과 깝까스의 여러 료양소에도 가보았다. 그리고 그는 상냥하게 이야기도 잘 하였다. 유명한 작가나 음악가, 작곡가의 개체 생활에서 누구든지 잘 알지 못하는 세부분을 들어 우습게 이야기를 할때 모든 사람들과 함께 영히도 배를 틀어쥐고 웃은 때가 여러번 있었다.

(제4면에 계속)

향 촌 의 불 빛

(제3면의 계속)

꼴호스에서 5일간 목화 추수 행정을 종화하고 선전자들에게 시상하는 회의가 구락부에 쇼 집되여 그 회의에 온 영히는 바로 자기 앞상에 앉아있는 니끌라이의 뒤'모양을 보면서 이런 뒤숭숭한 생각에 잠겨 있었다.

회의가 열렸다. 꼴호스 관리 위원장은 5일간 추수 행정을 잔단히 쇼개하였다. 그리고 인차 시상하는 데로 넘어갔다. 당 단체 비서는 첫 사람으로 진옥이와 진순의 이름을 불렀다. 영히 곁에 앉았던 진옥이는 귀뿌리까지 새빨개서 연단으로 올라갔다. 두 사람이 다 올라서자 당 단체 비서는 이 두 사람이 시작한 경쟁이 얼마나 훌륭한 결과를 주었다는 것을 말하고 진순이를 비롯하여 목화 수집을 도우러 온 모든 사람들에게 감사를 드렸다. 그리고 두 사람에게 탁상 시계를 하나씩 시상하였다.

진순이는 크지 않은 자기로려을 그렇게 높이 평가한 데 대하여 감사를 드리고 앞으로 돌아가는 날까지 목화를 더 많이 뜨드겠다고 약속하고 내려왔다. 자기 낯이 붉어진 것을 감촉한 진옥이는 모인 사람들을 내려다 볼 생각도 하지 못하고 앞으로 더 잘 일하겠다고 한마디 겨우 말하고는 급급히 내려와 제 자리에 앉았다.

영히는 지금까지도 수줍어하는 기색이 있는 진옥이의 어깨에 손을 올려놓고 그를 끌어 안았다. 그리고 진옥이가 상급 받은 시게를 가져다 보다가 시게를 넣은 갑우에 써 놓은 글을 손'가락으로 가리키면서 진옥이에게 보였다. 그 글을 본 진옥의 낯은 또다시 붉어졌다. 그것은 당 단체 비서가 그만 시게를 엇바꾸어 주었던 까닭이다.

익살 부리기를 좋와하는 영히가 그것을 놓고 진옥이를 한창 놀려주는 때에 철호의 이름을 부르는 쇼리가 들렸다. 영히는 얼른 고개를 돌이켜 처다 보았다. 어디 앉았는지 보이지 않던 철호가 맨 뒷줄에서 연단을 향하여 느직느직 걸어 나왔다. 그를 보는 영히는 구락부에서 음악 연주가 있은 날 저녁 후에는 그를 한번도 만난적이 없었다는 것을 적각적으로 감촉했다.

영히는 그동안 철호가 수집기로 어떻게 목화를 수집하는가 하는 것을 알아볼 생각조차 다 잊어버린 자기를 꾸짖었다. 그러나 그동안 영히에게는 그럴 겨를도 별로 없지 않았는가! 그런 베 철호는 왜 한번도 자기를 찾아와 이야기하지 않았는가? 철호도 물론 그동안 겨를이 없었을 것이다. 영히는 철호의 성질을 너무나 잘 알고 있다. 철호가 자기 약속을 어기는 때를 영히는 모지 못하였다. 그래서 그는 철호가 자기 약속을 실행하려고 밤에 일하러 나가고 밤에 집으로 오는 것이 틀림 없다고 생각하였다.

156

영히는 그동안 철호를 한번도 만나지 못한 것을 이렇게 간단하게 해석하였다. 그러나 그는 자기 마음속 한 구석에서 「리유는 오직 그뿐이였는가?」 하고 묻는 량심의 목쇼리를 엿들었다.

연단에 올라선 철호를 보는 영히는 며칠 동안에 그가 더 장대해진 것 같았다. 늘 보는 바와 같이 거투스레한 적삼 깃을 열어놓고 쇼매를 걸어 올렸는데 등을 약간 굽히고 선것이 질둔해 보였다.

당 단체 비서는 철호의 실적을 간단히 소개하고 잇달아 말하였다:

—동무들이 보다싶이 철호는 소문난 기게공들의 실적에까지는 올라서지 못하였습니다. 그런데 중요한 것은 철호 동무와 기라 기게공 동무들이 앞으로 우리 꼴호스에서 남의 방조가 없이 목화를 제때에 수집할 수 있다는 것을 중명한 데 있습니다. 물론 나는 추수를 방조하려 온 동무들이 나를 량해하시리라고 믿습니다. 우리는 이렇게 남을 믿고 그냥 농사를 지을 수는 없습니다. 앞으로 기게를 더 사용한다면 자기의 힘으로 목화를 다 수집할 수 있으리라고 나는 믿습니다.

장내에서 요란한 박수 소리가 들렸다. 철호가 이렇게 상급받는다는 것은 영히를 한없이 기쁘게 하였다. 그래서 그도 모든 사람들과 같이 힘꺼서 박수를 쳤다.

그후 여러 사람들이 상을 타고 회의는 닫히였다. 이전과 마찬가지로 나이 지긋한 사람들은 거의나 다 집으로 가고 좋은 기회를 만난 젊은이 또래들만이 남았다. 그들은 무도회가 있으리라는 것을 알았기 때문이다.

영히는 남아 있는 사람들 중에서 철호를 찾았다. 그러나 그는 보이지 않았다. 영히에게는 서글픈 생각이 들었다. 좋은 일이나 굳은 일이나 늘 그와 나누던 철호가 오늘 저녁따라 그렇게 훌쩍 가버린 것이 안타까웠다.

영히는 몸도 고단하고 또래일 아침 일찌기 일하러 나가야 하겠기에 곧 집으로 가려고 작정하였다. 그런데 그가 밖으로 나왔을 때 누가 부르는 소리가 들렸다.

—영히 동무, 무도를 안하시고 집으로 가시렵니까?—니꼴라이가 그의 뒤에서 말하는 것이였다.

—고단해서 일찌기 가려고 합니다.

—그런가요? 그러면 동무를 집까지 바래다 주는 데 반대 없는지요?

—집도 그리 멀지 않은데 패니 수고를 끼칠 필요가 없서요.

—그런 것이 아니라 나도 역시 오늘 저녁에는 무도를 하구싶지 않습니다. 선선한 밖에서 산보하는 것이 낫지요—하고 그는 영히 곁에 와서 걸었다. 니꼴라이는 지나가는 절음에 길'가에 심어놓은 어린 나무가지를 꺾어 쥐였다. 이른 가을 머리에 아직도 빛을 잃지 않은 적은 나무잎들은 시름 없는듯이 걸어가는 니꼴라이가 손을 휘기휘기 내두룰 때마다 파르르파르르 소리를 냈다. （미완）

단편 소설

황혼의 불빛

한 상 욱 작

달밝은 고요한 밤이였다. 연한 파도와 같이 천천히 밀리우는 놀이 뜬 구름 속에서 헤염치는 달은 히미한 빛을 던졌고 솔솔 불어오는 선선한 바람은 가을 벌의 그윽한 향기를 실어왔다. 구락부에서 멀어질수록 유쾌한 무도곡도 점점 쌓아져 갔고 그 대신 가을을 맞아 처량히 우는 귀뜨라미의 소리가 력력히 들며 왔다.

—영히 동무, 얼마나 훌륭한 밤입니까! 이럴 때에는 참말 정서가 저절로 흐르지요—하고 니꼴라이는 말을 꺼냈다.

—시인들은 아마 이런 밤에 훌륭한 시를 쓰겠지요?—영히는 웃으면서 물었다.

—시인이나 작곡가나 다 같지요. 그들은 달 밝은 고요한 밤을 즐기지요. 나는 오늘 저녁처럼 이렇게 감정이 무르녹는 때가 없었습니다. 그것은 아마 내가 농촌의 밤 풍경을 처음으로 이렇게 직접 감촉하기 때문일 수도 있지요.

(제101, 103, 104, 105호 속)

—그래 동무는 이번에 처음 농촌에 오셨다는 말씀이세요?

—처음이나 다름없습니다. 이전에 간혹 지나가던 길에 들러다닌 때도 있지만 그러니까 말입니다. 이번에 이렇게 목화 뜨더 오려 온 것을 다행으로 생각합니다. 영히 동무를 알게된 것만 해도.—하고 니꼴라이는 곁눈으로 영히를 힐끔 보았다. 그는 달빛에 비친 영히의 낯이 약간 붉은 빛을 띠는 것을 보았다. 그리고 말을 이었다.

—나는 영히 동무를 만난 때부터 벌써 하고 싶은 말이 있었습니다.

—말씀하세요—영히는 나즉히 대답하였다.

—영히 동무는 자기 전정에 대하여 생각해보신 때가 있습니까? 내가 이렇게 묻는다구 어리석은 놈이라고 생각하지 마십시요.

이렇게 뜻밖에 묻는 말에 당황해진 영히는

—그렇게 생각할 근거는 없지요. 그러나 그것은 왜 물으세

요?—하고 물었다.

—묻는 리유가 있지요—니꼴라이는 어려운 말이나 떼는 듯이 한참 머무ㅅ거리다가 계속하였다.

—나는 이 며칠 동안 영히 동무에게 대하여 생각하고 있습니다. 영히 동무는 중학교를 졸업하셨지요. 그런데 앞으로 공부를 계속하려고 하지 않습니까?

—왜요. 공부를 계속하려고 해요. 그러나 지금 대학에 입학하려면 로동 리력이 요구되지 않아요? 나도 그런 로동 리력이 공부에 꼭 필요하다고 봐요.

—물론 그럴 수도 있지요. 그러나 나는 그 점에 있어서 얼마쯤 딴 견해를 가지고 있습니다. 더구나 녀자들에게 대하여.

—녀자들에게 대하여요?

—네, 중학을 졸업한 처녀들이 어떠한 리유로 대학에 입학하지 못하고 한해나 두해 후에는 형편이 허락하지 않아서 공부를 계속하지 못하는 것을 많이 봤기 때문에 말하는 것입니다.

—다시 말하면 시집을 가게 되면 공부를 못한다는 말이겠지요—영히는 웃으면서 대답하였다.

—솔직히 말해서 그렇습니다. 그렇기 때문에 나는 영히 동무가 금년부터라도 공부를 시작해야 한다고 생각합니다.

—그러나 내게는 이래동안 로동 리력이 부족돼요.

—사실인즉 그렇기 때문에 나는 말을 시작한 것입니다. 내가 전번에 말했지만 나는 금년에 처

158

옴 독화 뜨드으려 왔습니다. 이번에도 생각이 없었으면 오지 않을 수도 있었습니다. 나의 아버지는 의학 대학에서 부종장으로 일합니다. 그러니까 건강 상태에 대한 증명서쯤은 얼마든지 얻을 수 있습니다. 이번에도 어머니가 한사코 말리는 것을 떼ㄷ치고 왔습니다. 새 고장에 와서 새로운 감상을 받는다는 것은 앞으로 창작 사업에 도움이 되리라고 생각하였던 것입니다. ―니꼴라이는 이렇게 단숨에 말을 늘여 놓고 는 숨을 돌리려고 그러는지 한참 말없이 걸었다.

영히도 그가 무슨 말을 하려는 것인지 갈래를 잡을 수 없어서 아무 대답없이 묵묵히 걸었다.

―그런데 영히 동무, 동무는 어떻게 생각하는지 모르지만 내 보기에는 녀자에게 가장 맞는 직업은 의사의 직업이라고 봅니다. 한마디로 말해서 만일 영히 동무가 원하신다면 우리 아버지를 걸쳐서 대학에 입학시킬 수 있다고 단언할 수 있습니다.

―감사해요. 그러나 나는 그렇게 남의 신세에 대학에 입학하는 것을 정당한 일이라고 볼 수 없어요. 더구나 나는 의학 대학에 입학하려는 생각도 없으니까요.

―그것은 오해입니다. 녀자에게 의사가 가장 적합한 직업입니다. 대학을 졸업하고도 아이들이 서넛 되면 일을 하지 못

하는 녀자들을 영히 동무도 봤을 것입니다. 그러나 의사는 다르지요. 의사는 어디가든지 일할 수 있지요. 그리고 또 직엽이 깨끗한 직엽이고.

―내 맘에 들지 않는다 하여 의사의 직엽이 나쁜 직엽이란 말이 아니에요. 그러나 나는 남의 신세에 대학에 입학할 수는 없어요.

―영히 동무, 나는 영히의 장래에 대하여 무관심 할 수 없습니다―니꼴라이는 감격적인 어조로 말하면서 슬쩍 그의 팔을 끼였다―영히 동무, 나는 영히를 만난 때부터 동무에게 마음이 쏠리기 시작했습니다. 이동안 나는 진실한 사랑이란 무엇인 것을 알았습니다.

사랑의 고백을 처음 듣는 영히는 자기 심장이 뛰는 소리가 툭툭 귀에 들리는 것 같앴다. 그는 니꼴라이가 무슨 말을 하리라는 것을 대강 짐작하고 있었다. 이 며칠 동안 니꼴라이가 자기를 만나면 이상한 눈초리로 보기 시작하는 것을 그는 감촉했다. 그러나 진작 오늘 밤 니꼴라이의 고백을 듣는 그에게는 무시 무시한 생각이 문득 떠올랐고 아주 중요한 발자국에 떼야 할 어려운 모멘트에 직면하여 은연중 그는 무거운 책임감을 느껴다. 영히는 결눈으로 니꼴라이를 쳐다보았다. 늘 우선 우선하던 그의 낯을 몰라보게 변했으며 그의 눈에는 여태껏 누구에게서나 보지 못하던 이상함

표정이 나타났다. 그것은 마치 굶주린 개에게 맛있는 고기덩이를 던져 주었을 때 보던 그런 람욕스러운 시선 같기도 하였다. 문득 영히에게는 니꼴라이가 오늘 저녁 처음 만난 낯 모를 사람같이 보여 띄였다. 영히는 자기 팔을 낀 니꼴라이의 손이 더듬 더듬 자기의 손을 틀어쥐는 것을 감촉했다.

영히는 얼른 그의 팔에서 자기 팔을 빼고 그와 마주섰다. 니꼴라이도 멈추어 서서 영히를 마주 보았다. 그는 자기 손에 쥐었던 나무가지에 다른 손을 가져가더니 그것을 주르르 내려 훑으렀다. 어린 나무잎은 영히의 발앞에 포실 포실 떨어졌다. 떨어지는 나무잎들을 보면서 영히는 천천히 말했다:

―나는 아직 거기에 대하여 생각하지 않해요. 그리고 우리는 아지 겨우 다섯재가 되지 않아요!

니꼴라이는 손에 쥐었던 앙상한 나무가지를 던지고 두 손으로 영히의 손을 쥐고 말했다.

―영히, 나에게는 다섯재라는 것이 다섯 해보다 더 하였습니다. 나는 영히를 만난 때부터 어느 시각이나 영히 동무의 생각을 하지 않은 때는 없습니다.

―니꼴라이 동무, 내가 아까 말하지 않해서요. 나는 아직 거기에 대하여 생각하지 않는다구. 그리고 이제는 밤도 깊었는데 가야 하겠서요. ―하고 영히는 걸

(제4면에 계속)

향 촌 의 불 빛

(제3면의 계속)

음을 옮기였다. 그때에야 니꼴라이는 할 수 없이 영히의 손을 놓았다.

—그러나 영히 동무, 나는 몇해를 두고라도 동무의 대답을 기달리겠습니다. —니꼴라이는 영히의 팔을 또다시 끼면서 말하였다.

영히는 아무 대답없이 묵묵히 걸었다. 영히가 아무 대답도 하지 않는 것을 자기에게 좋게 해석한 니꼴라이는 앞으로 그들에게 올 행복한 장래를 말로 그렸다. 그의 속삭임에 따라 영히는 큰 연주실에서 관중의 환영을 받는 니꼴라이를 보기도 하였으며 과실 나무로 둘려 째운 자기들의 살암직한 집과 그들이 유람하는 흑해안의 명승지가 그의 눈에 나타나기도 하였다. 이런 속삭임에 얼마쯤 취한 영히는 누구의 창문에서 나오는 밝은 전등 빛이 자기 발아래 가로 비치는 것이 눈에 띠운 때에야 문뜩 고개를 들고 돌아 보았다. 그때에야 비로소 그는 어느새 철호네 집뒤에 왔다는 것을 깨달았다. 맨 마이까를 입은 철호가 상에 마주앉아 무슨 도안을 열심히 그리고 있는 것이 창문으로 들려다 보이였다. 철호는 중학을 졸업하고 인차 대학 통신

과에 입학하였다. 그래서 짬만 있으면 도안을 그리고 책을 읽고 하는 것이였다.

철호를 들여다 보는 영히는 그의 앞에서 자기가 무슨 죄나 지은 듯한 생각이 문뜩 났다. 그래서 영히는 니꼴라이의 팔을 뿌리치고 :

—이렇게 바래여 주어서 감사합니다—하고 말하고는 그의 대답을 듣지도 않고 자기 집으로 달려 들어갔다.

× × ×

영히는 일찌기 밭으로 나왔지만 흐리터분한 기분은 종래 가서지지 않았다. 날써조차 음침하였다. 하늘은 검은 구름으로 덮였고 이따금 적은 비'방울이 낯에 뿌리였다. 이러다가 비가 오면 어쩌나? 영히는 머리를 들어 하늘을 쳐다 보았다. 사위가 흰-히 트윈 것을 봐서 비는 올 것 같지 않았지만 어쨌든 근심은 놓이지 않았다.

영히는 목화를 뜨기 시작하였다. 그보다 먼저 나온 진순이가 멀지 않은 곳에서 낮옥이 노래를 부르며 목화를 뜨고 있었으며 그곳에서 좀 더 나가서 진옥이가 목화를 뜨는 것이 보였다.

(미 완)

160

단편 소설

청춘의 불빛

한 상욱 작

영히는 자기 머리속에서 빙빙 떠돌고 있는 잡념을 쫓을 양으로 목화 뜨드기에 정신을 다 넣으려고 애썼다. 그러나 이런 생각 저런 생각이 좀처럼 떠나지 않았다. 어제 저녁에 니꼴라이가 하던 말이 새삼스럽게 머리에 올랐다. 니꼴라이는 실로 자기를 그렇게 사랑하는건가? 그렇길래서 그는 자기 아버지를 걸쳐 나를 대학에 입학시켜 주겠다는 그릇된 말까지 내게 했는가? 그가 말하는 것을 봐서는 솔직한 사람 같기도 하였다. 그는 목화 뜨드려 오지 않을 수도 있지 않았는가! 그러나 이렇게 온 것은 창작 사업에 령감을 받으려는 것이라고 한다. 그러면 그는 진실로 음악을 그렇게 사랑하는 것이 아닌가? 그러나 어제 그저께 안 처녀에게 자기 사랑에 대하여 그렇게 내놓고 말하는 것이 어쩐지 영히의 마음에 꺼리껴서다.

이런 생각을 하면서 한섬 목

(제101, 103, 104'105, 106,호 계속)

화를 잘 뜨드었을 때 니꼴라이의 소리가 들렸다. 팔뚝크를 어깨에 걸친 니꼴라이는 이 사람 저 사람에게 들려 인사를 하고는 무슨 우스운 말을 하는지 그가 가는 곳에서마다 웃음 소리가 들렸다. 이렇게 그는 영히 있는 데까지 왔다.

—밤 사이에 평안하십니까?
—니꼴라이는 여전히 웃는 낯을 해가지고 영히에게 손을 내밀었다. 그 손을 보는 영히는 문득 어제'밤 꿈이 생각났다.

…그들은 여럿이 험한 절벽을 오르고 있었다. 먼저 오르던 동무들은 다 올라가고 마지막으로 영히가 올라가다가 발이 미끄러지었다. 영히는 요행 바위 틈에 자라는 적은 나무를 쥐고 심히 달려있었다. 앞에 올라간 동무들은 그런 것을 알지 못하고 걸어 갔다. 겁결에 소리를 치려고 했으나 소리가 도무지 나오지 않았다. 이때 니꼴라이가 바위우에 나타났다. 그는 웃는 낯으로 영히에게 손을 내밀었다. 그 손은 영히가 보던 날선하고

부드러운 손이 아니라 억센 손이였다. 영히가 그 손을 쥐자 니꼴라이는 아무 힘도 들이지 않고 대번에 한 손으로 그를 휘기 당겨 올렸다. 영히는 너무나 고마워서 손을 겹채로 그와 함께 걸었다. 니꼴라이가 아무 말도 하지 않는 것이 이상하여 손을 쥐여 당기니 그가 영히 앞에 돌아섰다. 그런데 영히 앞에 선 사람은 니꼴라이인 것이 아니라 첨호였다. 영히는 너무도 이상하여 ,철호구나!" 하고 소리쳤다. 그 바람에 영히는 소스라쳐 깨여났다. 잠을 깨니 영히는 오래'동안 잠을 이룰 수 없었다. 갈래를 캐르수 없는 여러 가지 생각에 이모 저모 돌아 눕으면서 그는 새르녀ㅋ에야 겨우 잠이 들었든 것이다…

영히는 니꼴라이가 인사하며 내민 손을 쥐지 않을 수 없었다. 그래서

—예, 감사합니다—하고 대답하고는 얼른 돌아서서 목화를 뜨드기 시작하였다. 니꼴라이는 무슨 말을 하려고 망설거리다가 그만 가버렸다.

영히는 가벼웁게 숨을 쉬였다. 만일 니꼴라이가 지금 또다시 그말을 꺼낸다면 무엇이라고 대답하겠는지 알지 못하였다.

해가 점점 높이 떠서다. 하늘을 덮었던 구름은 차차 밀려가고 하늘은 말쑥하게 개였다. 오직 먼 산 마루에 걸려 있는 가는 구름'발만이 아직 꽤 살아지지 않고 히미하게 보였다.

영히의 흐리터분하던 기분도 차차 살아져 갔다. 그의 모든 생

각은 목화를 많이 뜨으려는 데 돌려졌던 것이다. 이렇게 그가 한참 목화를 열심히 뜨는데 브리가지르가 그를 불렀다. 주공청 동맹 위원회에서 전화가 왔는데 오늘 저녁 회의에 청한다는 것이였다. 그는 하루 일을 진옥에게 맡기고 떠나갔다.

주 공청 동맹 위원회에서 공청 동맹원-청년 브리가다와 분조들의 사회주의 경쟁 임무 실행 행정을 토의하는 회의에 참가하고 또 그 이트날 회의 참가자들과 함께 선진 브리가다의 밭에 견학까지 갔다온 영히가 이웃 꼴호스의 자동차에 앉아 자기 꼴호스 근방에 내린 때는 해가 지고 어두운 때였다. 그는 마을로 가는 길에 자기 분조 밭을 께여 지나가면서 견학을 갔던 그 브리가다에 대하여 생각하였다. 우스베크 처녀가 브리가지르였다. 아직도 애티가 나는 그 처녀가 브리가다를 지도한다는 것이 처음에는 좀처럼 믿어지지 않았다. 그 브리가다에서는 금년에 목화를 다 정방형-점파식으로 심었다. 그래서 목화 가꾸는 일에 손로력이 아주 적게 들었다. 그리고 목화를 모두 기계로 수집하였기 때문에 남보다 먼저 임무를 훨씬 넘쳐 실행하였다. 이 브리가다원들은 추수가 끝나면 모두다 뜨락또르와 목화 수집기 강습을 하려고 결정하였다고 브리가지르는 말하였다. 영히는 래년부터는 자기 분조에서도 그렇게 해보려고 결심하였다.

이런 생각을 하면서 자기 분조의 밭을 께여 지나 가는 영히는 사방을 휘 둘아 보았다.

밭에는 사람들이 보이지 않았다. 그런데 그의 발 앞 이랑 사이에 허연 목화 무지들이 여기 저기 흐트러져 있는 것을 봤다. 누가 그랬는지 목화가 가득한 팔뚜크를 바삐 벗어던진 모양이다. 팔뚜크는 '득화'대에 결려 있고 목화는 쏟아져서 땅에 흐트어졌다.

영히는 그것을 보고 그저 지나갈 수 없었다. 밤에 이슬이 많이 오면 땅에 떨어진 목화가 못쓰게 될 수 있는 것이다. 그래서 그는 목화를 주섬주섬 팔뚜크에 주어담기 시작하였다. 목화를 다 모아 담은 후에 팔뚜크를 짜놓으려고 그 두 귀를 쥐어 들자 그 팔뚜크가 니꼴라이의 팔뚜크란 것을 알았다. 니꼴라이는 첫날에 벌써 어깨가 배긴다고 자기 목에 쳤던 비단 목수건을 서슴없이 벗어서 팔뚜크 귀를 맨 매듭에 감는 것을 영히는 보았기 때문이다.

팔뚜크는 틀림없이 니꼴라이의 팔뚜크였다. 『그러면 필경 무슨 급한 일이 생긴 모양이구나. 이렇게 바삐 벗어던진 것을 보니』—영히는 속으로 이렇게 생각하면서 급히 서두는데 저쪽에서 말소리가 났다. 짜짜 둘아보니 니꼴라이의 목소리였다. 영히는 숨소리를 죽이였다. 니꼴라이나 또 다른 사람이 팔뚜크를 짜놓는 영히를 이곳에서 보게 되면 다르게도 생각할 수 있는 것 같았다.

인제는 말소리가 뚝뚝히 들렸다.

—나는 진옥 동무에게 할 말이 있어서 오늘 저녁 이렇게 늦

(제4면에 계속)

162

향 촌 의 불 빛

(제3면의 계속)

게 남아 있었습니다.

—네, 무슨 말인지 하세요.

—나는 전옥 동무를 만난 첫 날부터 동무에게 대하여 그냥 생각합니다. 전옥 동무는 중학을 졸업하였지요. 그래 앞으로 공부를 계속하려고 하지 않습니까?

—공부를 계속하려고 해요.

—만일 전옥 동무가 원하신다면 지금이라도 대학에 입학하도록 주선해 줄 수 있습니다. 우리 아버지는 의학 대학에서 부총장으로 일하고 계시니까.

—감사합니다. 그렇게 걱정해 주셔서. 그러나 저는 의학 대학에 입학하려고 하지 않는데요—

영히가 그렇게도 잘 알고 있는 비소의 음조가 전옥이의 음성에서 들려왔다.

니꼴라이가 자기에게 하던 말을 토하나도 별로 변하지 않고 전옥이에게 되풀이하는 것을 듣는 영히는 니꼴라이가 어떤 사람이라는 것이 속까지 꿰뚫어 드려다 보이는 것 같았다.

니꼴라이의 말소리가 또 들렸다.

—전옥 동무, 나는 전옥 동무를 만난 첫날부터 동무에게 마음이 쏠리기 시작했습니다. 그동안 나는 전옥이를 진정으로 사랑한다는 것을 느껴 오습니다. 그렇기 때문에 나는 전옥 동무의 장래에 대하여 남 보듯 할 수 없습니다.

—흥, 나는 나의 장래에 대하여 걱정할 권리를 동무에게 준 일이 없어요. 나는 동무를 사랑하지 않어요. 그리고 동무 부친의 덕택으로 대학에 입학하려고도 하지 않어요—전옥이의 쟁쟁한 목소리가 들려왔다.

—진옥 동무, 나는 한해 후에 학교를 마칩니다. 그리고 전옥 동무가 의학 대학을 마친다면 우리의 가정은 얼마나 리상적인 가정으로 되겠습니까!

—이 손을 놓으세요. 무례한 것을 그만두세요—전옥이의 분한 목소리였다—나는 동무와 같은 그런 남자를 좋아하지 않어요—홱기 뿌리치고 빨리 걸어가는 전옥이가 목화'대 사이로 어슴프레 보였다.

전옥이의 뒤를 멍하니 바라보던 니꼴라이는:

—흥, 별것들을 다 보겠네. 내가 정말 저들께 반해서 그러는 줄로 아는 모양이군! 멎까지 따는 것을 보니—하고 중얼거리면서 성큼성큼 걸어갔다.

이 말을 듣는 영히에게서는 진땀이 났다. 그는 당장 니꼴라이를 따라가서 낯에 침을 배트고 싶은 생각이 불붙듯 일어났다. 그는 벌떡 일어섰다. 그러나 니꼴라이는 벌써 어디 갔는지 보이지 않았다. 영히는 무의식적으로 발을 옮겨 길역까지 나와 그곳에서 있는 큰 백양 나무에 가서 기대 섰다.

영히는 비렬한 사람의 폐임에 속아서 며칠 동안이나마 그를 믿은 자기가 한없이 가증스러웠다. 가슴속이 아프게 치미는 분을 참기 어려웠다. 자연히 눈물이 났다.

알고 보니 전옥이는 얼마나 똑똑한 애냐! 영히는 여래꺼ㅅ 전옥이를 자기보다 어리게 보았고 셈 들지 않은 천진란만한 애로만 보았다. 그러나 전작 오늘 저녁에 보니 그 애는 자기보다 모든 것을 더 잘 알고 있으며 튼튼한 의지를 가지고 있지 않는가!

지금와서 생각하니 니꼴라이의 행동은 비루한 것이였다. 그런데 자기는 왜 여래꺼ㅅ 그런 것을 보지 못하고 있었는가? 얼마 전까지 자기가 그에게 대하여 생각하던 것을 회상하니 몸이 떨리는 것 같았다. 그의 눈에는 또다시 눈물이 돌았다.

이때 그의 뒤에서 소리가 났다.

—너 여기서 무엇하늬?

영히가 홱기 돌아서니 어깨에 작업복을 걸친 철호가 가까이 오는 것이였다. 영히는 달려가 그의 가슴에 낯을 파묻었다. 영히는 아직도 눈구석에 남아 있던 한 방울의 눈물이 기름 냄새 풍기는 철호의 적삼을 적시는 것을 알았다. 그러나 영히는 자기의 낯을 철호의 가슴에서 얼는 떼고 싶지 않았다. 넓은 그의 가슴은 흔들릴 줄 모르는 큰 바위와 같이 한없이 믿음직하였다.

철호의 손이 그의 어깨에 올려 놓이였다. 그때에야 영히는 철호의 가슴에서 낯을 떼고 어렸을 때 하던 것처럼 그의 손을 쥐었다. 철호의 팻팻하고 거친 커다란 손안에 자기의 손이 다 감추이는 것을 감촉하면서 영히는 그와 함께 마을로 곧게 뻐드친 큰 길에 나섰다. 마을에서 비치는 휘황한 불빛을 바라보면서 두 사람은 말없이 천천히 발길을 옮겼다. (완)

" 어 기 여 차! "

★

리 진

★

정오 경에 가서 역전은 문'자 그대로 인산 인해를 이루었다. 청 진과 함흥을 잇는 큰 길과 철 포가 교차하는 곳에 자리잡은 조 그마한 역이다. 이른 아침부터 손 에 손手 만든 붉은 기를 든 사 람들이 혹은 몇몇씩 혹은 설레 는 강물파도 같은 행렬을 짓고 여기에 모여 들었다. 라진 웅기 에서 일본군을 부시고, 청전에 전 투 청룡을 한 붉은 군대가 들 어 선다는 소식은 밤 새에 선 풍 광산 일대와 그 부근의 농 촌들에 뻘개 같이 퍼졌던 것 이다.

전쟁은 사흘 전에 끝났다. 그러나 어떤 곳에서는 일본이 항 복하였다는 소식과 함께 자유를 찾은 주민들이 자기들의 힘으로 권려 기관들을 무장 해제하여 버 렸지만 어떤 곳에서는 여래 그 들의 무력이 가지는 압력을 느 끼지 않을 수 없었다. 피가 흐 르는 곳도 적지 않았다. 그러니 오늘 농민들의 행렬에서 도리깨 나 괭이를 볼 수 있는 것도, 팔에 붉은 천 쪼각을 동인 로 동자들의 엎구르에 떠 있는 것 이 해방군을 맞는다는 기쁨 하 나만이 아닌 것도 우연한 일이 아니였다…

…아침부터, 벌써 여러 시간 사람들은 기를 쥐는 손을 흔들 며 노래를 부르느니, 춤을 추느

니 혹은 연설을 하면서 붉은 군 대가 나타날 시각을 기다리고 있 었다. 많은 사람들이 아직도 붉 은 군대란 어떤 군대인지 알지 못하였다. 대체로, 나서 서양 사 람을 본 적이 없는 사람들이 대 부분이였다. 그러나 여게 모인 사 람들은 누구나 할 것 없이 한 결 같이 다 이 군대가 근 반 세기에 걸쳐 조국 강산을 더욱 더 사납게 얽어 조여 매여 가 던 쇠사슬을 끊어 버렸다는 것을 잘 알고 있었다. 이날은 해방의 첫 소식을 들은 날처럼 기쁜 날 이였다. 무심히 흘러넘치는, 노린 "아이랑" 까지 오늘은 흥겨운, 환희의 노래로 들렸다. 사람들이 그렇게 불렀다.

그런데 광산 쪽에서 정오를 알리는 고동이 들려온지 얼마 안 지나 역전에는 다시 긴장한 분 위기가 생겼다 사람들의 눈에 역 사 지붕우에 기관총 한대를 버 려 세우고 노려보는 일본 군인 십 여 명이 보였던 것이다. 격앙 한 군중은 총 한 자루 손에 없 었지만 그 자들을 쓸어 없애 버 리려는 의욕에 탔다. 만일 신 풍 광산 로동자들이 밀물처럼 몰

리기 시작한 사람들을 가로막고, 설득하지 않았더라면 일은 어떻 게 끝났을런지 모른다. 일본 군 인들을 남먼지 발견한 갱부들은 소리 없이 제꺼기 역사를 둘러 쌌었다. 적이 발사만 하면 최 소한의 희생으로 그 총화를 막 아 버릴 수 있을 때세를 갖추 었다. 그러나 그들은 일본 군인 들이 이렇게 무기를 걸고 위협 하는 목적이 조선 사람들을 흐ㅌ여 버려 해방군을 환영하지 못하게 하려는 데에서 벗어나지 않는다 는 것을 알고 있었다. 허나, 이 럼에도 불구하고, 그들은 공격만 당하면 패자들의 겁을 초월하여, 분물이 식힌 발팽떡 사격을 시 작함으로써 수ㅅ한 희생자들을 낼 수 있다는 것도 우리 로동자들 은 살 알고 있었다…

갱부들의 말은 설득력이 있 었다. 전 군이, 아니 전 도가, 조국이 자유를 찾은 첫날에 벌 써 자기네 광산 지례를 자기들 손에 완전히 틀어쥔 갱부들의 결 단성과 의지와 힘에 탄복하고, 모범으로 여기고 있었던 것이다…

그러나 이 통에 역전에서는 노래 소리가 멎었다. 사람들은 모두 역사 우를 지켜 보고 있 었다. 기관총수는 엎드려서 방금 발사할 것만 같이 노리고 있었 다. 군도를 짚고 선 장교는 잔 잔해전 사람의 바다를 아주 태

연스레 둘러 살피고 있었다. 이 시각에는 그도 아마 남못지 않게 력사의 무상을 느껴스을 것이다.

다시금 군중의 힘을 보여주는 노래가 필요하였다. 선창하는 사람이 필요하였다.

마침내 선창의 목소리는 울렸다.

그러나 이번 사람들은 귀에 익지 않은 노래를 듣게 되였다. 모두들 역사와 마주 서 있는 야장간의 지붕에 올라 선 사람쪽에 얼굴을 돌렸다.

어기여차, 어기여차!…

머리에 붉은 수건을 동인 한 젊은 청년이 아래 턱을 꽉끌어 당겨 목에 붙이고 굵은 목청으로 노래를 시작하였다. 파리한 얼굴와 연약한 몸 생김과는 달라 믿음직하며, 힘 있게 잘 울리는 목청이였다.

배를 끌어라, 배를 끌어…

그 청년을 둘러 짜고 야장간 주위에 모여 선 제복을 입은 학생들이 따라 제창하였다.

여기에서 노래가 시작되자 다른 쪽들에서도 각기 집단 별로 노래를 부르게 되였다. 역전은 다시금 노래와 환희의 함성에 묻혔스다.

그러나 초췌한 젊은 조청년이 시작한 노래는, 귀에 익지 않은 넋이였지만 점점 더 크게 울려갔다. 얼마 지나지 않아 야장간 주위에 서 있던 사람들이 다 같이 이 노래의 후렴을 소리 높

이 부르게 되였든 것이다.

어기여차, 어기여차!

배를 끌어라, 배를 끌어!

다음에는 젊은 청년과 학생들이 노래를 게속한다.

해 저므는 강에서,

갈대 솟은 강에서…

젊은 청년이 주위 사람들을 돌려보며 제창을 권한다.

열사 당겨, 당겨라

얼싸, 얼싸 당겨라

배를 끌어라 배를 끌어!

처음 조심스레, 자신 없이 울리던 합창 소리는 칠월의 소나기 구름처럼 무럭무럭 자라나서 그 무게와 부피와 빛과 힘은 더하여 갔다.

어기여차, 어기여차!

배를 끌어라, 배를 끌어…

…얼마나 지났는지 역전에 모인 로동자, 농민, 학생, 남자, 녀자 할 것 없이 모두가 다 이 한 노래를 부르게 되였다. 뚜렷

이 「둘린 것은 후렴 뿐이고 가사는 흔히 헛갈렸지만 노래 소리는 웅장히 울려 퍼졌다. 역사 우에 있는 일본 군인들은 얼어붙기라도 한 듯이 움직이지 않았다.

어기여차, 어기여차!

배를 끌어라, 배를 끌어,

(제4면에 게속)

„어 기 여 차 ! "

(제3면의 계속)

바줄 몸인 어깨에
명놓어도 될 솟네
열짜 당겨, 당겨라
열짜, 열짜 당겨라.

배를 끌어라, 배를 끌어!
거의 누구나 다 이 노래를 남생 처음 뜰었다. 이것이 로써야의, 오늘 자기의 장한 아들들을 여기로 보내 오는 그 로써야의 민요라는 말은 제껏 사람들 속에 퍼저 갔지만 이 노래가 고역에 서달린 예선부들의 노래라는 것을 안 사람은 아마 몇이 되지 않았을 겄이다. 그러나 이 노래는 우리 사람들의 마음에 들었다.

그 선률과 률동 속에 깊이 깃들어 있는, 일하는 사람들의 심정에 한없이 중하고 가까운 것이 멀가 강에서 수천 수만리 떨어진 곳에서 설음하던 근로 인민의 가슴에서 공명을 얻었든 겄이다. 이 노래에는 힘이 있었다. 부르는 사람들로 하여금 힘을 느끼게 하였다. 이 노래에는 고통을 초월하고 나온 호방하고 담대한 그 무엇이 있었다. 그리고 그것은 우리 사람들의 마음에 들었다…

야장간 지붕 우에 올라 선 젊은 청년은 역전에 모인 절체 군중의 시선과 호흡을 자기에게 집중시키고, 무 손만 아니라 몸

동이까지 흔들며 노래를 이끌어 갔다. 노래 소리는 팔월의 타는 듯한 하늘에 연막처럼 먼지를 휘감아 올리며 두 대의 땅크가 큰 길을 따라 달려오는 것이 보였을 때에야 멎었다.

„붉은 군대!"—하고 누군지 소리치자 사람들은 손에 쥔 모든 것을 될 수 있는대로 높이 처들어 흔들려고 애쓰며 땅크가 오는 쪽으로 쏠렸다.

어느 새에 두 땅크는 열광적으로 손을 흔들며 „만세! 만세!"—웨치는 사람들 속에 뜰어 있었다. 두 땅크의 웃 뚜껑이 거의 동시에 열렸다. 사람들의 눈에는 아직 몸도 채 내밀지 못하고 벌써 붉깃붉깃하게 탄 얼굴을 환한 웃음으로 풀고, 손을 흔드는, 루구 같은 모자를 쓴 군인들이 보였다. 군중은 더 크게 함성을 올렸다. 땅크 우에 조롱조롱 다선, 기름 옷을 입은 군인들도 역시 무엇인지 웨치며 손을 흔들더니 조선 사람들의 귀에 영원히 남은 „따와리쉬! 따와리쉬!"를 거드버하며 악수의 손을 내여 들었다…

누가 먼저 권하였는지 모른다. 그것이 자기는 노래를 부르지 않고 그저 믿음성 없어진 귀만 기우리고 있던, 한 다감한 늙은 할머니였다고 우겨 얘기할 사람도 있었다 이렇든 저렇든 누군져 소리쳤다. — „그 아라사 타

166

령을 부릅시다!" 하고.

„그 노랠 부릅시다!"

„그 라령 부릅시다!"

이렇게 호응한 군중은 야장
잔 쪽에 머려를 돌렸다. 그러나
거기에는 아무도 없었다. 붉은 수
건을 쓴 젊은 청년은 이미 한
땅크 여프에 서 있었다. 사람들
은 로쎄야 병사의 큼직한 손이
그의 손을 잡아 차 우에 올려
끄는 겄을 보게 되였다.

„그 아라사 노랠 부릅시다!"
—하고 다시 군중은 웨첫ㅅ다.

로쎄야 군인들은 무슨 영문
인지 몰랐다. 그러나 그들은 차
우에 올라 선 허약하게 생긴 청
년의 파려한 얼굴에 빛이 오르
고, 그 눈이 령감에 넘치듯이 반
짝이는 겄을 보고 역시 그 어
떤 훌륭한 겄을 기대하였다.

청년의 소매 짜른 두 팔이
공중에 들렸다. 멋었다. 그렇게 떠
들썩하던 역젼은 순식간에 물뿌
린 듯이 잠잠하여 졌다. 긴장스
런 일각이 흘렀다. 마침내 청년
의 손이 움직였다.

어기여차, 어기여차!

배를 끌어라, 배를 끌어!…
다시 역젼은 노래에 묻혔다.

로쎄야 병사들의 얼굴에 기
쁨이 펴ㅅ다. 푸른 눈들에 만족
의 빛이 떠ㅅ다. 그들도 함께 노
래를 불렀다.

첫 절이 끝났을 때다. 땅크
병들이 자기들 중 한 사람을 앞
에 밀떠 내여 지휘하는 청년 옆
에 세웠다 얼굴에 보야ㅎ게 먼
지라도 오른 협처럼 노란 솜텅이

덮인 병사였는데 처음 수줍음이
라도 타 듯이 머뭇거리머니 곧
기름때 오른 군복을 재빨리 바
로잡아 놓았다.

둘째 절의 후렴이 끝나자 사
람들은 지휘하는 청년의 신호에
따라 목청을 낮추었다. 그들은
순전한 로쎄야석 고음으로 로쎄
야 말로 부르는 예선부의 노래
를 듣게 되였다.

누구도 가사는 알아 듣지 못
하였다. 그러나 모두들 노래를 누
려 들었다. 그 노래를 낳은 로
쎄야 땅을, 이 병사들을 낳은 로
쎄야 땅을 끄려 보았을 수도 있
다. 불과 피를 꿰뚫고 온 소박
한 병사가 도취하다 싶이 하며
높이 부르는 로쎄야의 노래였다…

어기여차, 어기여차!

배를 끌어라, 배를 끌어!…
다시 함께 부르는 후렴은 더
강하게 울리는 것 같았다.

노래는 오래 오래 계속되
였다.

광산 마을의 한 젊은, 폼 앓
는 선생이 붉은 군대 병사들을
맞기 위하여, 그들에게 드리는 뜻
밖의 선물로서, '가까스로 가사를
우리 말로 옮겨 제자들에게 배
워 준 로쎄야의 노래는 이렇게 군
중이 부르는 바로 되였고, 로쎄
야 병사들과의 합창으로 되였다…

…아무도 역사 우를 돌아 보
지 않았다 설사 누가 그 쪽에
서선을 옮겼다고 하여도 자기네
때를 보낸 자들의 군복은 이미
지붕 우에서 발견하지 못하였을
것이다.

단편　탈　주　자　야산

판문점에서 정전 담판이 거의 끝나가고 정전 협정에 조인할 날을 며칠 앞둔, 1953년 7월 하순 어느 날이였다.

남조선 국방군 ×× 사단 한 중대는 철원 북쪽 최전방 강산리 부근에 주둔하고 있었다. 이 중대는 다른 부대들과 마찬가지로 최근에 와서는 전투도 없고 하여 전방 계선에서 보초 근무만 하고 있었다. 중대장 김 병선이와 소대장 세 사람이 날마다 하는 노릇이란 술 마시고 게집질 하는 것 뿐이였다.

특히 김 병선이는 삼년 동안 계속된 치렬한 전쟁이 누구를 위한 전쟁이였으며 또 그 전쟁이 자기에게 무엇을 가저다 주었는가 하는 의문에 해답을 얻지 못하였다. 그리고 전쟁은 끝난다해도 후방에서 들려오는 서러운 소식들은 그로 하여금 점점 더 우울케 하였고 전쟁 초기에 벌써 련락이 끊어진 자기 집과 자기 안해의 운명은 알 길이 바이 없었다. 그리하여 그는 부화 방탕한 생활에서 림시 위안이라도 얻으려 하였다.

오늘도 중대장 김 병선이는 술을 잔뜩 처마시고 땅거미가 내려서야 비틀거리며 제 숙소로 돌아 오는 것이였다. 소대장들이 들어 있는 집 곁을 지나다가 중대장은 문뜩 서서 제일 소대장을 불러내다 세워놓고 명령 겸 반 부탁 절반 섞인 지시를 주었다. 김 병선이는 중심을 바로 잡지 못하여 다리를 벌리고 서서 끄떡-끄떡 하면서 머리카락으로 앞 이마를 가리우고 모자를 비뚜러지게 쓰고 눈은 반쯤 감고 침을 펀펀 련방 탁탁 배트으며 허꾸부랑 소리로 말하였다.

《대대 본부에서 자동차를 갖고 색씨들 실으려 갔어…오면 말이야, 예쁜 거로 하나 골라서 내 방에 데려다 줘!…이거는 화대문 표지야…》

하고 중대장은 푸른 종이쪽을 바지 주머니에서 끄집어 내여 소대장의 코앞에 붐쑥 내밀었다.

소대장은 그 종이 쪽을 받아 적삼 왼쪽 웃 주머니에 밀어 넣고 구두 뒤축을 절카닥 마주 치며 정식으로 《차렷》 자세를 하면서

《예쓰!》

하고 미국 군대식으로 대답하였다.

김 병선이는 물러서서 두어 걸음 건다가 다시 멈춰서서 소대장이 있는 쪽으로 머리도 돌리지 않고 입속 말 비슷이 중얼거렸다.

《이걸 봐! 내 색씨 내가 만저 다쳐선 안돼…》

소대장은 벌써 집으로 들어가 버렸다.

중대장은 허둥지둥 자기 숙소까지 겨우 찾아 와서 문을 메고 방안에 들어 서자마자 구들에 쓸어졌다. 주방에 있던 련락병이 들어 와서 신발과 모자를 벗기고 담요를 깔리고 호트'이불을 덮어 주었다. 중대장은 헛소리를 몇 번 치다가 그만 쿨쿨 잠들어 버렸다.

밤중이 훨씬 넘어서야 소대장이 양갈보 하나를 데리고 와서 중대장의 숙소 방문을 뚝떼고

《이것이 중대장 나으리의 방이야, 어서 들어가 모시라!》

하고 녀자의 등을 밀어 방안으로 돌여 보내고 가 버렸다.

게집은 새까마케 어두운 방에 들어 서자 썩은 술냄새가 코를 둑 지르는 것을 느껴스다. 어두움 속에 잠간 서있던 게집은 손'가방에서 성냥을 끄집어 내여 켜 들고 방안을 얼른 휘 돌아 보았다. 오늘 밤에 자기가 위로해야 할 중대장이란 작자가 맨탕이 되도록 술에 취하여 정신 없이 쓸어저 자는 꼬락서니를 본 게집년은 《흥》 하고 코웃음을 하며 획 돌아 서서 자기 판단을 내리웠다. 화대는 이미 제자리에서 받았으니 중대장이 너 그러워서 아침에 갈 때에 몇 환이라도 쥐여 주면 고마운 일이고 한 푼도 안 준대도 무방한

일이다. 그리하여 갈보년은 화장품을 넣은 손'가방에 봉대로 만든 손수건을 덮어 베고 레인코트를 입은 채로 중대장이 발을 보낸 쪽에 머리를 보내고 그와 등을 지고 들어 누었다. 백여리 밤길을 자동차에 뒤흔들며 왔고 또 오는 도중에 차 우에서 위스끼 나발술을 몇 목음 한 일이 있는지라 곤하여 졸음이 오지 않는 것도 아니였다. 게집은 들어 누어 얼마 되지 않아 잠이 들어 버렸다.

아침 다섯 시 즈음 되여 중대장은 깨여 났다. 방안은 훤히 밝았다. 김 병선이는 자기 곁에 녀자가 누어 있는 것을 발견하였다. 이것이 어제 밤에 실어 온 게집들 중에서 자기에게 차례진 게집이란 것을 그는 곧 깨달았다. 그는 허리를 반쯤 일으키고 머리를 쳐들어 녀자의 낯을 들여다 보았다.

빠마를 한 길다란 머리에는 황등개 꼬리 빛과 같은 누런 칠을 하였고 눈'섭을 그린 검은 칠은 무엇에 문질리워 이마에까지 발리웠고 입술에 바른 진분홍 연지는 입술 밖으로 흘러서 볼타구니에까지 짓 발리웠다. 두껍디 두껍게 분 매질을 하여 놓은 게집의 얼굴은 본래의 모습을 거의나 잃어 버렸다.

김 병선이는 벌쩍기 일어나 서서 자는 녀자의 얼굴을 뚫어지게 들여다 보았다. 그 녀자의 양갈보 식 화장 딱지 틈으로 낯

익은 본래 미인의 곡선미가 알릴락말락 흘러 나와 병선이의 가슴에 분노가 뭉클 치밀게 하였다. 그 녀자의 끌막서니에서 그는 자기의 고향 마을과 나아가서는 전 남조선 사회의 참담한 몰골을 뚜렷이 들여다 보았다. 병선이는 이를 악물고 두 주먹을 부르르 떨며 무슨 결심을 하였다. 그는 맨 버선발로 모자도 쓰지 않고 슬그머니 방문을 열고 밖으로 나가 버렸다.

이윽하여 병선이의 방에서 자던 갈보년은 깨여났다. 방안을 살펴보니 중대장은 간데 온데 없었다. 게집은 중대장이 소변 보려 나간 줄로만 알고 얼른 일어나 대강대강 매무시를 한 다음 손'가방을 열어놓고 거울을 들고 앉아 화장을 하였다. 화장을 다 하고 중대장이 들어 오기를 기다렸다. 이젠가 저젠가 하고 조바심을 하였으나 중대장은 좀처럼 들어 오지 않았다. 웬 일인가 하고 빈 방에 홀로 우두커니 앉아 있던 게집은 너무도 답답하고 궁금하여 권연을 한대 부쳐 물고 곰곰 피웠다. 권연 한 대를 다 피우고 나도 중대장은 종시 들어오지 않았다.

아침 여덟 시 즈음 되여 밖에서 말소리 중얼-중얼 나고 구두'발 소리가 덜커그덜커그 가까워 오더니 불시에 방문을 확 열어 자키며 《손 들엇!》하는 호통 소리가 서리 같았다. 게집은 화닥닥 놀라 손을

들고 발딱 일어나 서서 내다 보니 퇴마루엔 권총을 빼여 든 헌병 두 놈이 서 있었다. 헌병 하나는 그대로 권총을 빼여 든채 퇴마루에 서 있고 하나는 방에 뛰여 들어와 녀자의 몸을 꼼꼼히 수색한 다음 방안을 함부로 뒤졌다. 헌병들은 중대장의 시시한 소지품들과 읽다가 팽겨친 잡지 몇 권과 신문 몇 장을 거더 가지고 게집을 앞세우고 가 버렸다.

게집년을 붙잡아간 후 조금 있다가 중대에는 김 병선 중대장이 탈주 월북했다는 소문이 짝 퍼지였다. 김 병선은 본래 이북으로부터 사명을 받은 대짜 빨갱이 스파인데 어제 밤에 그의 방에 왔던 게집은 양갈보로 변장한 김 병선의 련락원이라는 것이다. 지난 밤에 김 병선이는 그 게집에게서 곧 월북하라는 련락을 받고 중대한 군사 비밀을 지니고 탈주하였다는 것이다. 그런데 괴이한 것은 김 병선이가 탈주할 때 전방 게선에 서 있는 자기 중대 보초병을 그의 보총으로 쏴 죽이고 탈주했다는 것이다.

김 병선이는 자기 방에서 나와 두 주먹을 부르쥐고 산기슭까지 한 달음에 뛰여 올라갔다. 그는 사람들이 보지 못하도록 나무 숲 속을 뻬여 뒤'산 마루턱에까지 빨리 걸어 올라갔다. 여기에서 북쪽에 건너다 보이는

(제4면에 계속)

탈 주 자

(제3면의 계속)

산 마루는 북조선 인민 군대가 차지하고 있는 진지이다. 이 남쪽 산 마루와 북쪽 산 마루 사이로는 동쪽으로부터 서쪽으로 좁다란 골자기가 길게 뻗어져 내려 갔다. 이 골자기 맨 밑바닥으로는 실오리 같은 샘물이 흘러 내렸다. 이 실개천이 말하자면 남북 조선 간의 분계선이였다.

병선이는 자기 중대의 초소 지'점들을 잘 알고 있었다. 그리하여 그는 초병의 눈을 피하여 숲 속으로 허리를 굽히고 거의나 기다싶이 하면서 골자기로 내려 갔다. 골자기 밑바닥까지 다 내려 가서 그는 술포기 밑에 누어서 샘물을 랑커 돌이켜고 숨을 돌리고 있었다.

북쪽 산 마루에 자리 잡고 있는 인민 군대 초병들은 벌써 김 병선이가 남쪽 산 마루에 올라 섰을 때 그를 발견하고 그의 일거 일동을 명심하여 살피고 있었다. 병선이가 술포기 밑에 누은 채 바지 주머니에서 흰 손 수건을 끄집어 내여 머리 말에서 꺾은 싸리 가지에 비끌어 매였다. 김 병선의 이 거동을 살피던 북쪽 산 마루의 인민 군대 초병들은 그것이 확실히 탈주병이란 것을 알아 마치고 제 깍 벌써 그를 맞이할 준비 태세를 갖추었다. 상부의 지시에 의하여 따발총 멘 전사 두 사람은 산 중턱까지 탈주병을 마중하여 내려오게 되여 있고 최전방에 감쪽같이 위장하고 숨어 있는 이 구역 담당 저격수는 두 전사가 탈주병을 호송하여 올때 만약 적측에서 불을 걸게 되면 명중탄으로 적의 초병을 쓸어 눕힘으로써 탈주병과 호소병들을 엄호하라는 명령을 받았다.

이윽고 김 병선이는 손수건으로 만든 흰 기를 들고 북쪽 산 마루를 향하여 그리 강파르지 않은 산 비랄로 올리 달았다. 그가 산 중턱에나 당도했을 때 거기에 벌써 내려와 매복하고 있던 인민군 전사 두 명은 따발총을 피여들고

《누구야? 섯! 손 들엇!》

명령과 함께 탈주 장교의 몸을 제각 수색하고 권총을 떼여 낸 다음 그를 앞세우고 호송하기 시작하였다. 그때에야 비로소 남쪽 초소에서 이들을 발견한 적측 초병은 그들에게 보총으로 단발 사격을 하였다. 그 순간 곧 《엎드렷!》 구령과 함께 세 사람은 나무 숲 속에 사라져 버렸다. 건너 편에서 보낸 탄환은 휘파람 소리를 내면서 꾸두넘어로 높이 날아 지나갔다.

이때에 이쪽 산 마루 맨 앞 끝에서 마치 땅속 깊은 곳에서 들리는듯한 보총 소리 한 방이 산울림을 하며 들렸다. 이것은 인민 군대 저격수가 놓은 총 소리였다. 건너 편에서는 대응 사격이 없이 잠잠하였다. 아까 보총으로 한 방 사격한 국방군 보초병은 이쪽 저격수의 단방 사격에 명중되었다. 사실은 이렇게 된 것을 가지고 김 병선 중대장이 탈주할 때에 자기 보초병의 총으로 보초병을 쏴 죽이고 도망쳤다고 저쪽에서는 헛 소문을 퍼뜨려 놓았던 것이다.

김 병선 중대장은 인민 군 련대 본부에 호송되여 왔다. 정치 부련대장 앞에서 김 병선이는 남조선 인민들의 참혹상과 국방군 장교들의 부패상과 국방군 병사들의 염전 사상에 대하여 일일이 이야기하였다. 그는 어느 때부터 벌써 치욕스러운 국군 살이를 그만 두고 탈주하여 월북하려는 생각이 있었다고 말하였다.

그런데 이번 탈주 월북하게 된 직접적 동기는 무엇이였는가 라는 정치 부련대장의 무름에 김 병선이는 이렇게 대답하였다:

《어제 밤에 내 방에 왔던 그 녀자는 내가 고향에 두고 온 내 안해였습니다. 이것이 내가 탈주 월북하게 된 직접적 동기입니다》.

170

| 단편 소설 | # 보통 사람들 | 한 상욱 |

복순이가 어린애를 돌아 보니 그 애는 그때까지 그 곳에 그냥 서서 어글어글한 새까만 눈으로 복순이를 바라 보고 있었다. 복순이는 그 애의 손을 쥐며

─그래, 까쨔, 몇 살이늬?─하고 물으니.

─네 살─하고 야무지게 대답하였다.

─네 살? | 참 훌륭한 아이구나 | 나와 같이 들어 가쟈─하고 복순이는 까쨔의 손을 이끌고 유치원으로 들어 갔다.

복순이는 아이들을 무척 귀여워하였다. 아이들도 그들을 잘 생각해 주고 늘 인자한 복순이를 몹시 따르었다. 그가 잔혹 방학 때 륙촌 형네 집에 가면 그 집 아이들은 복순이 곁을 떠날세라 늘 따라 다녀ㅅ다.

집 안에 들어 가니 벌써 아이들이 많이 모여서 버쩍버쩍하였다. 놀음'감을 가지고 노는 아이들도 있었고 서로 부닥질 하는 아이들도 있었다. 그런데 복순이가 데리고 들어 간 까쨔는 장난쑬 생각도 하지 않고 한 쪽 구석에 있는 낮은 상에 가서 마주 앉아서 그림책을 뒤적뒤적 번지고 있었다. 그 애는 별로 화기가 없어 보였다.

복순이는 어쩐지 까쨔에게 자기가 차연히 주목을 더 돌리는 것을 감촉했다. 그것은 자기를 실어다 준 그 운전수에게 대한 고

(제 118 호 계속)

마운 마음으로 해서 그럴 수도 있을 것이다.

복순이는 까쨔가 앉아 있는 곳으로 갔다. 그 애는 복순이가 자기에게로 오는 것을 새까만 눈을 깜박거리면서 바라보고 있었다. 복순이는 그 애를 자세히 살펴보았다. 그의 눈에 처음 더운 것은 그 애가 입은 뿔라찌예 허리춤이 따쳐 내려진 것이었다. 그리고 웃깃은 구기여 젔는데 써ㅅ은 다음 다림질 한 것 같지 않았다. 어쨌든지 어머니의 손길이 가지 않는 것이 알렸다.

복순이는 아이 곁에 쪼ㅇ구리고 앉으면서 물었다:

─까쨔, 너의 마마 어듸갔늬?

─마마, 없어.

─없어?

─먼데 갔대요.

─웅…간지 오래늬?

─몰라.

─그래, 너는 마마를 못 봤늬?

─못 봤어─좀 있다가 까쨔는 나직이 대답하였다.

복순이는 부질없이 이 어린애의 마음을 조금이라도 설레게 한 것이 후회났다. 그래서 그는 아이의 머리를 쓰다듬어 주면서 말하였다:

─까쨔, 일없다. 마마 꼭 올게다.

까쨔는 아무 대답도 없이 책장만 번지고 있었다. 아마도 그 애는 그런 말을 여러 번 들어서 그런지 이제는 그 말을 믿지 않는 것 같았다.

복순이는 조용한 틈을 타서 유치원 주임 아주머니에게 까쨔네 사연을 물었다. 그것은 보통 호기심이라기보다도 어린애게 대한 동정심으로부터 나오는 물음이였다.

—벌써 두 해가 됐는가? 그래, 두 해가 됐지, 그애 어머니는 병으로 세상을 떠났수다—열른 보아도 말을 즐기는 것이 알리는 나이 지긋한 이 아주머니는 단숨에 까쨔네 이야기를 느려 놓았다.

—그애 아버지 창수는 원래 참하고 일도 잘하는 청년이우다. 그런데 상처한 후부터 속이 타서 그런지 술을 붙이기 시작해서 걱정이우다. 속인들 어쎄 타지 않겠수? 그렇게 얌전하고 무던한 처를 잃었으니 물론 속두 타겠지. —그는 마치 자기에게 그런 일이 떠우기나 한듯이 후—하고 한숨을 내 쉬였다.

—글쎄, 술을 마신다 해서 남처럼 우렁부렁 싸움이나 주정을 한대서 그러는 게 아니라, 보아하니 버는 돈 절반은 술에 다 나가는 것 같수다. 사람이 마음이 곱지, 제 게라고는 애낄줄 모르지, 잔소리할 사람이 없지 하니 술'군들이 거의 저녁마다 모여들지 않겠수?! 우리야 바로 앞뒤집에 사다나니 쩍 잘 알지—남의 사연을 다른 사람들 보다 더 잘 아는 것을 자랑삼아 이야기하였다.

—마땅한 자리가 있어서 빨리 장가를 가야 하겠는데 당자가 아무 기척이 없으니 곁에선들 어찌겠수—복순이를 쳐다 보면서 그는 말 끝을 맺았다.

그 아주머니의 군심섞인 이야기를 아무 대답도 없이 듣던 복순이는 그의 마지막 말이 마치 자기에게나 관게되는 듯이 듣기가 거북스러웠다. 그래서 그는

—글세요—하고 대답하고는 아이들에게 약을 먹일 차비를 하였다.

아이들에게 약을 다 먹이고 병원으로 돌아 온 복순의 머리에서는 까쨔와 창수에게 대한 생각이 좀처럼 떠나지 않았다. 길가에서 만나 그를 실어다 주던 일, 자기가 지금까지 감사하다는 인사의 말 한마디도 하지 못한 일, 그리고 다른 아이들처럼 별로 장난도 하지 않고 화기 없이 앉아 있던 어린애의 모양이 눈에 나타날 때 어쩐지 측은한 생각이 났다. 아이들에게 약을 다 먹이고 바늘과 실을 빌어 까쨔의 뺄라찌예 떠진 곳을 깁을 때 자기를 쳐다 보던 그 애의 표정. 이상히 여긴다고 할가, 고맙아 한다고 할가, 어쩌든지 말로는 정확히 표현할 수 없는 한없이 부드러운 그 애의 표정!

복순이는 그가 다니는 바로 길 역에 있는 유치원에 어슬여크에 다시 들렸다. 그 때는 일하러 갔던 어머니들이 한창 아이들을 데리려 오는 때였다. 문창으로 내다 보던 아이들은 어머니가 오는 것을 보고는 《마마 온다!》하고 기쁜 소리를 지르면서 어머니가 문을 열고 들어 서면 곧 그에게 달려가 안기였다. 어머니들은 하루 동안 그립던 자기 아이들을 글어 안고 입도 맞

(제 4면에 계속)

172

보통 사람들

(제 3면의 계속)

추고 머리도 쓰다듬어 주면서 데리고 갔다.

그런데 어린 까쟈는 벽에 기대여 서서 무심한 듯한 표정으로 그 광경을 물끄러미 바라 보고만 있었다. 그러나 어린애의 동정을 눈여겨 살펴 보는 복순이는 무심한 듯한 그 표정 속에서 부러워하는 기색을 보지 못할 수 없었다.

어머니의 다정한 손'길, 어머니의 따뜻한 품속을 모르고 자라는 어린이! 그 애는 어머니의 사랑이란 얼마나 귀중한 것이라는 것을 의식적으로는 모를 수도 있을 것이다. 그러나 기뻐서 날뛰며 어머니 품속에 안기우는 아이들과 그렇게도 살뜰하게 자기 아이의 머리를 쓰다듬어 주는 어머니들을 보는 그의 가슴 속에서는 무의식적으로나마 본능에 의하여 어머니를 그리는 생각이 나지 않을 수 있으랴?! 멀리 갔다는 어머니를 기다리고 기다리는 그 어린이의 마음 속에는 안타까움과 함께 절망이 깃들지 않았을까?

그 형상을 보는 복순이는 까쟈가 눈물 날 지경 가긍하였다. 복순이는 와락 달려 가서 어린애를 자기 품에 글어 안았다. 금방 만난 쪼쨔지만 자기를 진정으로 생각해 주는 것을 어린이의 예민한 감각으로 이미 감촉하였음인지 그렇지 않으면 자기를 힘껏 껴 안는 그 순간 그렇듯 그립던 마마의 품 속에 안기우기나 하는 듯한 충동을 받았음인지 까쟈도 복순의 가슴에 머리를 파묻고 두 팔로 그를 안았다.

—까쟈, 너 빠빠를 기다리치?—복순이는 까쟈를 안고 일어나면서 물었다.

—아니…

—그래 혼자 갈만하늬?

—가지않구.

—무섭지 않늬?

—무섭기는 무스게 무서워.

—내 너를 데려다 줄까?

—응 하고 까쟈는 반가운 듯이 대답했다.

그들이 밖에 나오니 벌써 어두어지여 마을에는 전등이 켜졌다. 인제는 까쟈가 복순이의 손을 이끌고 제법 길을 잘 인도하여 갔다. 한 골목을 지나 한참 가더니 집 마당으로 그를 이끌었다.

—이게 우리 집이애요

—응, 까쟈 나는 인제 가겠다 하고 복순이는 말하였다.

그러나 까쟈는 그의 손을 놓지 않고 끌어 당기였다. 복순이는 어색하였다. 면목도 잘 모르는 집으로 까닭 없이 들어 가기는 무례한 것 같았다. 그렇다고 어린애가 그렇게 끌어 당기는 것을 억지로 뿌리치고 오기도 거북스러웠다.

이러는 새 까쟈는 어느덧 문을 열고 《들어 가, 들어 가》하면서 그를 이끌었다. 복순이는 문턱을 넘어 섰다. 집에 들어 서자 그의 눈에 처음 띄운 것은 구들 우에 놓인 석상 주위에 빙둘러 앉은 사람들과 그들이 든 술'잔이였다. 복순이가 들어 서자 술'잔을 들었던 손들은 공중에 한참 머물었다가 다시 상우에 내려진다. 집 안은 잠시 조용하였다. 서로 물끄러미 처다만 보고 있었다.

상 주위에는 다섯 사람이 둘러 앉아 있었다. 얼른 보아도 모두다 창수보다 쩍 이상이 되는 중년들이였다.

창수의 낯에는 당황한 기색이 나타났다. 어느 한때 우연히 길에서 만나 실어다 준 이 처녀가 방정맞게도 이런 술 좌석에서 자기를 보는 것도 그렇거니와 날이 저물었는데 술을 마시느라고 아이 데리려 가지 않아서 그가 데리고 온 것이 더 미안하였던 것이다.

—이 사람 창수, 어째 먼히 앉아 있는가? 손님이 왔는데. 어서 와 앉으시요—술 기운이 올라 낯이 붉엉게 된 키가 자그마한 사람이 몇 초 동안 계속된 거북스러운 침묵을 처음 깨뜨렸다.

복순이는 그 사람을 알아 보았다. 그는 상점 판매원이였다. 이틀 전에 복순이가 상점에 갔을 때 본 일이 생각났다. 판매원도 이 처녀가 간호부로 온 처녀이라는 것을 이미 알고 있었다. 이 판매원은 어디서 아는지 동네 일은 누구보다도 늘 먼저 알고 있었다.

—감사해요. 이제는 가야 하겠어요—복순이는 대답하고 창수를 보며 말을 계속하였다—날이 저물었는데 아무도 어린애를 데리려 오지 않기에 데려왔더니 이 애가 어찌 집으로 들어 오자구 하는지.

창수는 복순이의 태연스러운 듯한 말소리에서 자기를 나두라는 어조를 감촉하였는지

—내 지금 그 애를 데리려 가려 했는데……—변명이나 하듯이 말하였다. —하여튼 감사합니다. 앉으십시요. 까쨔, 쪼쨔에게 상을 가져 오지 응.

—가겠어요. 까쨔, 잘 있어라—하고 복순이는 까쨔의 머리를 쓰다듬어 주고는 돌아서려 했다.

—아니, 가다니요? 그런 법이 없지요—판매원은 취하여 거슴츠레한 눈으로 복순이를 보면서 수선을 떨었다. —우리와 함께 한 잔 꼭 들어야 하지요—나이는 삼십이 별로 넘지 않은 것 같은데 벌써 살이 질둔하게 쩌서 배가 나오고 아래 턱에 군살이 내드리운 그는 부시시 일어나 복순이에게로 다가 왔다.

까쨔는 거의 저녁마다 자기네 집에 와서 술을 마시는 그를 아니꼽은 기색으로 보면서 그에게서 복순이를 보호나 하려는 듯이 복순이의 앞을 막아 섰다.

판매원은 히죽이 웃음을 벌여 놓으면서 또 수작을 꺼냈다.

—아니, 그러지 말구 와 앉으시요—하고 그는 복순이의 손목을 쥐여 담기였다.

(미완)

174

단편소설 보통 사람들

한 상 욱

—무례한 짓을 마세요—복순이는 싸늘한 목소리로 쥐ㄴ 손을 뿌리치며 말하였다. 그러나 판매원은 좀처럼 손목을 놓지 않았다.

이 때 창수가 벌떡 일어나더니

—주정을 좀 작작하오—성난 어조로 말하면서 판매원의 어깨를 쥐여 뒤으로 탁 닥치였다. 판매원은 뒷걸음질하다가 구들에 철썩 주저 앉았다.

이러는 새 복순이는 인사도 더 하지 않고 홱ㄱ 돌아서 밖으로 나왔다.

× × ×

날씨조차 흐렸다. 눈이 푸실푸실 내린다. 자동차 앞 창에 떨어지는 눈송이는 인차 녹아 물이 되여 흘러 내린다. 자동차를 모는 창수는 몸이 지긋지긋하고 오한이 났다. 마치 찬 물을 잔등에 껴 얹는 듯하다. 빨리 집에 가서 땀을 좀 내야 하겠다고 생각한다.

날씨가 궂어서 그런지 길에는 다니는 사람이 별로 없다. 한 주일 전 일이 새삼스럽게 머리에 떠 오른다.

…공청 동맹 단체 회의. 그에게 쏠린 사람들의 시선. 그가 연단에 나서 고개를 들었을 때 그의 눈에 처음 떠운 복순이의 낯 표정. 증오심? 멸시? 무관

심? 아니였다. 복순이의 낯에는 어디까지나 안타까워하는 표정이 어리워 있었다.

그 날 저녁 창수는 집에 돌아 와서 이모 처모 돌아 눕으면서 자기가 회의에서 한 말을 다시 회상해 보았다. 그러나 그 말은 마치 꿈 속에서 한 말처럼 어슴푸레 중간 중간이 생각났다. 그러던 것이 지금은 마치 누가 귀에다 그 말을 속삭이기나 하는 듯 문득 다 기억났다.

《아닙니다, 몇 동무가 말한 것이 근거 없는 말이 아닙니다. 나는 실로 그 안 날 저녁 동무네 집에 갔다가 술에 취하여 그 이튿날까지 일하려 나오지 못하였습니다. 그렇게 바쁜 때 자동차까지 가지고 가서 주정하며 일하려 나오지 않았으니 얼마나 큰 죄를 지었다는 것을 나도 알고 있습니다. 가장 엄한 책벌을 받아야 할 것입니다. 이것은 술때문에 있은 일입니다. 앞으로는 술을 더 마시지 않을 것입니다》.

그 때 복순의 얼굴이 다시 보이는 듯하다. 그의 낯에서는 안타까워하는 표정이 사라지고 자기가 기다리던 말이나 드드는 듯이 만족한 기색과 함께 엄숙한 표정이 보이였다.

창수는 마지막 시기에 자기의 생각이 복순이에게로 자주 돌아짐을 느끼지 않을 수 없었다. 그것은 그 처녀가 자기의 어린

(6월 17일호 계속)

딸을 그렇게도 살뜰하게 생각해 주는 까닭인가? 그럴 수도 있다. 복순이가 까쨔를 처음 집으로 데려 오던 날 저녁으로부터 두 달이 지나 갔다. 그 후부터 까쨔가 집에 와서 하는 말이면 그 《쪼쨔》에게 대한 말이였다. 병원에서 멀지 않게 있는 유치원에 복순이는 자주 들려 다니였다. 그래서 복순이와 까쨔 사이는 아주 친숙해 졌다. 까쨔는 자기를 그렇듯 생각해 주는 복순이를 무척 딸았다.

그러면 단지 그 때문에 복순이에게 대하여 자주 생각하는 것인가? 복순이가 자기 어린 딸에게 어머니로, 자기에게 안해로 된다면? 그렇게 된다면 안해가 세상을 떠난 후 지금까지 그의 가슴에 서리워 있는 애달프ㅁ과 허전한 마음은 저절로 사라질 것 같았다. 그러나 그것은 너무나 어럼 없는 생각이였다. 복순이는 꽃 피는 쳐녀, 자기는 아이까지 있는 홀아비, 소위 《검정이》라고 부르는 운전수, 게다가 주정배ㅇ이ㅣ 주정배ㅇ이ㅣ…그 자체는 한 주일 전부터 자기에게서 이 말을 영영 쩻어 버렸다는 것을 알고 있다. 그러나 그것은 아직까지 자기 하나만이 아는 일, 세상은 아직 그를 주정배ㅇ이로 알고 있지 않는가!

…문득 그의 앞에 푸른 물이 내다 보이였다. 챵수는 또르모스를 누르면서 대돌 역에 자동차를 세웠다. 벌써 석달 전에 물을 막았던 대돌에 눈섞인 푸른 물이 늠실늠실 흘러 내렸다. 필경 막았던 것이 터진 모양이다. 다리가 마사진 후에 새 다리를 놓을 말은 있은지 오랬으나 물을 막아서 대돌을 건너 다닐 수 있는 한 누구든지 바빠하지 않았다. 이럭저럭 봄까지 밀리울 것은 뻐ㄴ한 일이였다. 그는 차라리 잘 되였다고 생각하였다. 이제는 할 수 없이 다리를 놓을 것이다. 운전수에게 있어서 좋은 길, 좋은 다리보다 더 중요한 것이 있는가? !

그러나 오늘은 건너 갈 길이 없었다. 할 수 없이 길 역에 있는 아는 집에 가서 자는 수 밖에 없었다.

이때 그의 곁에서

—어이 바야이—하는 녀자의 목소리가 들렸다.

돌아다 보니 한 사십 가량 되는 카사흐 녀자가 어린 애를 안고 물을 보면서 하는 말이였다. 그는 불안과 근심이 실린 얼굴로 챵수를 보면서

—발라 아울, 독또르가 바람— 절망에 빠진 목소리로 말하였다.

—발라 아울?—챵수는 자동차에서 내려 그 녀자 곁으로 가면서 말하였다. 챵수는 카사흐 말을 잘 하였다. 그가 아이의 낯을 덮었던 이불을 비스듬히 들고 들여다 보니 한 살 반쯤되는 어린애는 숨을 할딱할딱 바쁘게 쉬였고 그 애에게서는 화기가 확확 나왔다. 병이 대단 위급한 것이 알렸다.

그 녀자의 말에서 챵수는 그가 바로 이웃 꼴흐스에 있는 녀자라는 것을 알았다. 아이 병이 위급하니 챵수네 꼴흐스 병원으

(제 4면에 계속)

176

보통 사람들

(제 3 면의 계속)

로 찾아 오는 길이였다. 진창 길에 아이를 안고 빨리 걸어 오다나니 맥이 진한 모양이다. 그도 숨을 바삐 쉰다.

《어떻게 해야 할가?》—창수는 속으로 생각했다. 그 녀자를 자동차에 시느고 도시 병원으로 갈 수도 있다. 그러자면 세 시는 잘 걸려야 할 것이다. 그리고 자동차에 휘발신이 모자랐다. 유일한 출구는 물을 건느는 것이였다. 원래 기운이 세고 장대한 창수이 자그마한 녀자를 돌고 물을 건너 간다는 것쯤은 문제가 아니였다. 대돌 넘이는 대여섯 비또르 되자만 이 곳은 마침 자동차가 건너 다니게 파 메꿔 놓아서 물 깊이는 허리에서 더 되지 않았다. 그런데 걱정은 오늘 별로 몸이 으슬으슬한 것이였다. 병에 걸린 것이 완연하였다. 그렇다고 해서 이렇게 어려운 형면에 처한 녀자를 보고 모르는 체하고 갈 수도 없다. 창수는 물을 건너 가기로 결정하였다.

—여기 좀 서 있읍소. 내 얼른 자동차를 저기 갔다 두고 올테니—하고 창수는 말하였다.

그 녀자는 영문을 몰라 의아한 눈으로 그를 바라 보고 있였다.

—내 저 물을 건네워 낳지요. —하고 창수는 확신 있게 말하였다. 그 녀자는 어떻게 물을 건네워 주겠는지 알지는 못하지만 어쨌든 그의 말을 믿는 기색이다. 창수는 얼른 자동차를 몰아 아는 집 곁에 세우고 바삐 돌아 왔다. 그리고 그는 신발과 바지를 벗기 시작했다. 그 때에야 그 녀자는 어떻게 물을 건네우자는 것을 알았다.

—아니, 이 추운 날에 그 찬 물에 어떻게 들어 서자구 그러우?—하고 놀라는 표정으로 물었다.

—걱정 마십시오. 나는 겨울에도 날마다 이런 물에서 목욕을 하는 사람이요—창수는 웃으면서 대답하였다.

—물이 깊지 않소?

—여기서 더 되지 않아요—창수는 자기 허리에 손을 대며 대답했다.

그 녀자는 희망과 두려움이 뒤섞인 시선으로 늠실거리는 푸른 물과 창수를 번갈아 보고 있였다. 창수는 바지와 신발을 묶어서 어깨에 걸치고

—아여. 무서워하지 마시요—웃으면서 활기 있게 말하였다.

그 녀자는 그러라는 뜻으로 고개를 끄덕끄덕하였다. 창수는 녀자를 안아 들고 물에 들어 섰다. 물은 뼈저리게 찼다. 온 몸에 소름이 쪽 끼쳤다. 창수는 자동차가 다녀서 호박진 곳에 미끄러 빠지지 말려고 조심조심 걸었다. 찬 기운은 오장으로 꿰뚫고 들어 가는 듯 하였다. 녀자는 겁에 질려 둥글해진 눈으로 창수를 올려다 보면서 몸을 쪼으그리며 어린애를 더욱 힘 있게 글어 안았다. 창수는 그 녀자의 몸이 오스스 떠는 것을 감축하면서 한 자국 두 자국 간신히 발을 옮겨 디디였다. 끝없는 듯하던 물은 마침내 끝났다. 땅에 내려 선 녀자는 그 때에야 후—하고 안도의 숨을 쉰다. 우들우들 떨면서 바지를 입는 창수를 한 없이 감사한 표정으로 보는 그 녀자의 눈에는 어느덧 눈물이 어린다.

—어서 걸으시요. 내 곧 따라 갈테니—창수는 얼른 고개를 숙이면서 말하였다.

창수가 신발을 신고 일어나 보니 그 녀자는 몇 발자국 나가지 못하였다. 원래 약해 보이는 녀자는 이제는 영 맥이 진한 모양이다. 겨우 발을 옮겨 놓는다. 창수는 대뜸 그를 따라 갔다.

(미완)

보 통 사 람 들

—아이를 여기 주시오—하고 창수는 말하였다.

—아니, 일 없소. 멀지도 않은데

—그러지 말구 이리 보내시요. 빨리 가야 하지요—하고 창수는 거의 여지나 다름 없이 아이를 기켜다 안았다. 병원에까지 가자면 세 길로메트르는 잘 걸어야 했다. 창수는 아이를 부지런히 걸었다. 이전 같으면 몸이 나겠는데 오히려 몸은 그대로 웅그러물고 오한은 더 하였다. 팟팟 다리 맥이 풀리고 숨이 찼났다. 체온이 올라 가는 것이 알렸다. 병원에 거의 갔을때 창수는 마지 술 취한 때처럼 비틀 걸음을 하며 거의나 무의식적으로 발을 옮겨 놓았다.

낮은 어느덧 저물었다. 눈이 여전히 푸실푸실 내렸다. 창수는 병원 마당에 가서야 어린애를 어머니에게 넘겨 주었다.

—참, 감사하오. 그런데 이름은 무엇이요?—하고 녀자는 물었다.

—이름은 알아 무엇하시오? 빨리 들어 가시오. —창수는 녀자의 팔을 미다싰이 문 옆가지 같다. 그 녀자가 병원으로 들어 간 다음 창수는 좀 숨을 돌려 역시 병원으로 돌어 갔다.

병원에는 마침 복순이가 있었다. 그 아이 어머니를 진단실로 인도하던 복순이는 창수가 들어 오는 것을 유심히 보더니 아무 말도 없이 그 녀자와 함께 들어 가 버렸다.

창수는 문 역에 있는 걸상에 거의 무의식적으로 앉았다. 오한은 점점 더 심하여 갔다.

아이 어머니를 진단실에 안내한 복순이는 그 아이의 병이 위급한 것임을 인차 깨달았다. 의사 아주머니는, 당금 청해 와야 혰다. 복순이는 의사를 정해 오겠으니 좀 앉아 기달려라고 그에게 말하고 복도에 나왔다. 창수는 걸상에 그냥 앉아 있었다.

복순이는 아까 창수가 들어 올 때 벌써 그가 술에 취하였다는 것을 알았다. 외투에는 여기 저기 흙이 뭐여 붙어 있었고 머 낯에는 술기가 올랐고 눈은 충혈되였다. 그리고 지금 보니 왼쪽 가슴이 뿔룩하게 나온 것이 틀림 없이 술 병을을 저고리 안 까르만에 넣은 것이였다.

복순이는 분이 확 올리밀었다. 그는 창수가 자기 약속을 지키지 못하는 그렇게까지 의지가 약한 사람인 줄 몰랐다. 그리고 이렇게 술을 마시고 병원에까지 오리라고는 전혀 짐작도 하지 않았다.

—왜, 여기 앉아 있어요? 여기는 술집이 아니예요—싸눌하게 말하고는 밖으로 쩍 나가 버렸다.

…어린애의 병은 셀여케가 서야 고개가 좀 눌리였다. 그때서 아이도 잠들고 아이 어머니도 잠이 들었다. 온 밤 녀시중을 하노라고 폭한잠 못 잔 복순이도 의자에 앉은채 상 우에 골을 떨어트리고 잠이 들었다.

(제 120호 게속)

178

복순이가 눈을 떠스을 때엔 날이 다 밝았다. 그가 주사를 놓자고 준비할 때 아이 어머니도 깨여났다. 아이는 쎼기쎼기 자고 있었다.

자는 아이의 이마에 손을 살그머니 올려 놓던 아이 어머니는 병세가 멀린 것을 알았는지 휘 하고 숨을 쉬고 복순이게로 조용 조용 걸어 왔다. 그는 복순이의 어깨에 손을 올려 놓으며

—니치워?—하고 물었다. 그는 좀 더듬지만 그래도 로써야 말로 의사는 표하였다.

—많이 났어요.

—어제 저녁에 나와 같이 왔던 청년이 끌호스 청년이요?

—그는 이제야 어제 일이 다시 생각났던 것이다.

—청년이라니?—복순이는 의아한 기색으로 물었다.

—어제 저녁에 내가 들어 온 다음 조곰 있다가 들어 온 청년말이요.

—그 사람이 무슨 나쁜 짓을 했어요? 보니 술에 취한 것 같더군요.

—색씨, 그런 말을 어찌하우? 술은 무슨 술?

—그래 어쩨 그래요?

—아니 그런 고마운 사람이 세상에 어디 더 있겠소—하며 그 녀자는 어제 사연을 죽 이야기하였다.

복순이는 자기가 잘못 알고 창수에게 옳지 못하게 대우한 것이 후회났다. 그와 함께 그는 그 녀자의 칭찬을 들으면서 저도 모르게 창수에 대한 긍지감을 느끼지 않을 수 없었다.

《그런데 이렇게 추운 겨울에 찬물을 건넜스으니 병에나 걸리지 않았을가?》—갑자기 이런 생각이 들었다. 그래서 그는 가는 길에 창수네 집에 들기로 작정했다.

복순이가 문을 열고 정주에 들어 서니 집안은 싸눌했다. 부어크에는 불을 집혀 놓았으나 불지 않고 꺼져서 거머흐게 그슬은 나무들이 보이였다. 그 다음 복순이의 시선은 기둥에 걸어 놓은 창수의 웃저고리에 멈췄다. 어제 저녁에 입였던 그 저고리 안까르만에서는 자그마한 인형이 복순이를 보며 해죽이 웃고 있었다.

방에서는 《빠빠! 빠빠!》하는 까짜의 목소리가 들려왔다. 복순이는 그 어떤 무거운 예감에 얼른 문을 열고 방에 들어 섰다. 까짜가 두 손으로 자기 아버지의 손을 쥐여 흔들면서 목 멘 소리로 《빠빠! 빠빠!》하며 애처럼 웨치고 있었다. 방에 들어 선 복순이를 쳐다 보는 애의 눈은 겁에 질려 새'동그랗게 되였고 입술은 파들 파들 떨었다. 두 눈에서는 눈물이 뚝 뚝 떨어져 내렸다. 복순이는 얼른 달려 올라가 어린애를 글어 안고 창수를 내려다 보았다. 창수는 혼수 상태에 빠져 있었다.

× × ×

창수는 사흘 후에야 비로소 혼수 상태에서 벗어져 나왔다. 그의 튼튼한 체질은 끝끝내 병을 이기고야 말았던 것이다. 그 후부터 그의 병은 하루가 달리 낮아져서 지금은 마치 몹시 힘든 일을 하고 난 뒤에 감촉하는 피로만을 감촉하고 있다.

창수는 지금 병원 창문으로 밖을 내다 보고 있다. 하늘은 구름 한 점 없이 맑았고 연한 바람은 아직 움은 트지 않았으나 그래도 벌써 탄력이 있는 나무 가지들을 조용 조용 흔들고 있다. 창문 턱에서 해'빛이 아롱 아롱 뛰놀고 있다. 창수의 생각은 또다시 복순에게 돌아졌다.

…창수가 눈을 떠스을 때 처음 어슴프레 보이는 것은 복순의 얼굴이였다. 창수는 그것이 꿈속이라고 생각하였다. 번듯한 이

마, 당실한 코'마루, 인자한 표
정이 서린 억실 억실한 눈! 그
렇게도 항상 창수의 마음을 끌
던 부드러운 그의 모습이였다.
그런데 어찌하여 그의 낯에서는
그렇게도 피곤한 기색이 보이는
가? 그리고 자기를 유심히 들
여다 보던 그의 눈에 기쁜 표
정과 함께 눈물이 어리우는가?
창수는 그 낯을 힘껴서 자기 가
슴에 그러 안고 싶었다. 그래서
그는 두 손을 내밀었다. 그러나
그의 팔은 몹시 무거웠고 맥 없
이 제 자리에 다시 떨어졌다.
그러자 복순이는 그의 손을 쥐며

—가만히 누워 게서요. 예—
하고 조용히 말하였다.

그 소리에 창수는 소스라쳤
다. 그는 사방을 두리번 두리번
살펴 보았다. 틀림 없이 그는 병
원에 누워 있었다. 그리고 그의
앞에는 복순이가 앉아 있는 것
이였다. 그것은 꿈이 아니였다.
그 때에야 그는 지난 모든 일
이 생각났다.

—언제 내 병원에 왔습니까?
—벌써 사흘이 됐어요!
—사흘이라? 그런데 까짜는?
—까짜는 나와 함께 있어요.
근심마세요—복순이는 이불을 당
기어 다시 덮어 주면서 말하였다.

맥이 진한 창수는 또다시 꿈
속에 빠져 들어 가고 말았다.
잠이 들면서 그는 누구의 부드
러운 손이 그의 이마에 허클어
진 머리카락을 슬며서 쓰다듬어
올려 주는 것을 꿈 속에서처럼
어슴프레 감촉했다…

창수는 지금도 복순이의 눈
에 어리였던 눈물, 그의 이마의
머리갈을 쓰다듬어 올리던 그 부
드러운 손—이것이 꿈이였던지 생
시였던지 분간하지 못한다. 그러
나 그 후 의사 아주머니에게서
들은 바이지만 그가 혼수 상태
에 있은 사흘 동안 복순이는 거
의나 그의 곁을 떠나지 않고 병
시중을 하였다는 것은 물론 생
시였다.

그러면 복순이는 얼마나 참
하고 동정심이 많은 처녀인가!
그리고 또 복순이는 까짜를 얼
마나 따뜻하게 생각해 주는가!
복순이와 함께 있는 한 달 동
안 까짜는 전혀 다른 아이로 되
였다. 창수의 병이 좀 쾌하자 날
마다 복순이와 함께 오는 까짜
는 이 전에 활기 없고 알존하
던 애가 아니였고 그 애는 지
금 쾌활하였고 또 그 애의 얼
굴에는 늘 명랑한 웃음이 떠돌
고 있었다.

문 밖에서 까짜의 종알거리
는 소리와 명랑한 웃음 소리가
들려 온다.

—조용해, 병원에서 분주를 써
서는 못쓴다고 말하지 않더냐—
복순이의 인자한 목소리였다.

문이 열리자 복순이가 까짜
의 손을 쥐고 들어 온다. 복순
이는 이전처럼 새하얀 위생복을
입었고 까짜는 전에 입지않던 새
뽈라쩌예를 입었다.

—빠빠, 이제는 아프지 않지,
응?—까짜는 그에게 달려와 안
기우며 물었다.

—응, 인제는 다 낳았다. 그
런데 까짜, 네 어디서 그런 새
뽈라쩌예를 입었느냐?

까짜는 웃는 낯으로 복순에
게 돌아 서더니 입에다 손을 대
고 말하지 말라는 가고 눈 표
정으로 묻고 있다. 창수의 시선
과 복순이의 시선은 마주친다.
복순의 낯은 약간 붉어진다.

복순이는 얼른 두모보츠가 우
에 놓인 약병을 들며

—약을 잡수셋어요?—하고 묻
는다.

창수는 대답 없이 웃는 낯
으로 복순이를 바라 보다가 까
짜를 글어안고 입을 맞춘다. 창
수의 낯에는 끝없이 행복한 표
정이 담겨 있다.

함 예브게니

의부' 어미

선희는 편지를 기다리였다. 명길이한테서 편지가 올 때가 되였는데…

마침 배달부가 편지 한 장을 가져 왔다.

«어머니, 어떻게 보내십니까? 평안히 게십니까? —늘 보던 명길의 굵다란 글씨이다—나는 무사히 공부합니다. 대학생 생활은 열흘이나 한 달이 하루같이 지나 갑니다. 강연, 학교, 도서관, 운동장, 물론 식당도 빼여 놓아서는 안 될 것입니다. 이 모든 것이 아직은 우리 활동 무대입니다…»

편지를 보아도 선희는 명길의 성격을 틀림 없이 알 수 있었다. 항상 유모르를 좋아하고 민감하며 온순하는 사내심이 많은 品의 마음써는 글 줄마다에 풍겨 있었다. 이 번에는 어느 때보다 특별히 어머니에게 항상 배려하는 그 감정을 룩 털어 놓지 않고 간명한 웃음'거리 말로 숨기려는 것이 편지 어느 대목에선지 알려지고 있다.

«그리고 어머니 놀라지 마십시오— 나는 장가 들려고 합니다! 누구에게 장가 들려는 것을 어머니 아십니까?—이 글을 읽는 선희는 웬일인지 가슴이 울렁 거리였다—내가 집에 갔을 때 한 녀자의 사진을 어머니에게 보내여 드렸지요. 사진보다 어머니가 그 처녀를 직접 보시면 어머니의 마음에도 꽉 들리라고 나는 믿습니다. 어머니가 반대하시지 않는다면 우리 둘이 집으로 함께 가겠습니다. 어머님의 축복을 받기 위하여—» 마지막 줄림에는 굵은 선으로 두 줄을 그어 놓았다.

—명길이가 벌써 장가를 가게 됐어, 세월이 빠르기도 하지— 하고 선희는 명길아, 명길아, 하고 부르던 구 애들이 어제 갈은 데 지금은 꾸 애를 학교에서 무엇이라고 부른다던가? 하고 며칠 후이면 농업 대학을 졸업하고 농업 기사가 될 명길이를 상상해 보았다—그래 블라지미르 보리쓰위츠라고 한다지—그 애 나이가 벌써 스물 일곱 살이니 장가 갈 때도 되였지—하고 선희는 벽에 걸린 사진을 쳐다 보았다.

벽에서는 남자답게 꽉 담은 입술, 커다란 눈을 가진 소년이 선희를 찬찬히 내려다 보고 있었다. 그 소년의 입에서는 방금 말이 나올듯 싶었다:—어머니, 명길이 생각지 마십시오. 어머니, 노엽게 생각지 마십시오.

선희는 다른 사진을 꺼내여 명길이와 대조하여 보고 싶은 마음이 불불듯 일어 났다…

상 우에는 두 청년 남자의 사진이 나라니 놓여 있다. 두 사람은 서로 모습이 비슷하였다. 툭 패둔지 코'마루둔지 비슷하였다. 그런데 보리쓰의 입가에는 어딘지 결단심이 없고 의지가 강하지 않고 한 약한 마음을 그리여 놓은 것 같다—왜 내가 이전에 저것을 못 보았던가?! 오, 보리쓰, 보리쓰!—당신도 오늘 이 기쁨을 나와 같이 나누었을 것을!—글쎄 당신의 아들이 장가간다는 거요! 아니, 인제는 당신의 아들이 아니고 내 아들이지요, 비록 내가 낳은 아들은 아니지만…—하고 선희는 입속으로 중얼 거리였다.

사진 두 장은 상 우에 나라니 놓여 있다. 창문으로 바람이 들어 와 겸손하게 깨끗이 차려 놓은 방에서 돌아 치면서 상 우에 놓은 편지를 방 바닥에 내려 뜨리였다. 그러나 선희는 그것을 아랑곳 하지 않고 멍해서 서 있었다. 지난 날에 대한 생각이 회오리 바람처럼 머리에 휩쓸어 들어 왔기 때문이다.

…어희는 자기가 공부하던 사범 전문 학교 학생들의 한 야회에서 보리쓰와 면목을 알게 되였다. 보리쓰는 선희와 춤추자고 청을 들었다. 그들은 몇 번 춤을 같이 추면서 서로 친하게 되였다. 보리쓰는 겸손했고 이야기를 잔잔히 잘 하였다.

두 사람은 잠든 도시의 거리로 다니면서 장래에 대하여 속삭이였다. 가을 철이다. 그들이 걸어 다니는 발 밑에서는 마른 나무 잎들이 바스락 거리였다. 밤 거리 희미한 전등 밑에서 환상적인 그림자가 가리키였다. 그들은 이야기에 밤 가는 줄 몰랐다.

지금도 선희의 머리에 얼른 떠오르는 것은 밤 어느 때나 되여 합숙에 오니 문이 잠궈져 있던 일이다. 부끄럽고 미안한 생각으로 문을 조용조용, 두드리니 잠을 '채 깨지 못 한 녀 수직원이 문을 벗겨 주면서 벽에 걸린 시계바늘 쇠속으로 가리키기에 몹시 부끄럽던 일이 생각났다.

—선희가 이렇게 늦게 놀고 오기는 첫 번인데…—하고 녀 수직원은 선희 낯을 들여다 볼 때 선희는 아무 대답도 못 하고 고개를 푹 숙이고 자기 방으로 달려 올라 갔다.

그 후 그들은 시집 장가를 갔다. 선희는 행복하였다. 선희 동무들은 남편의 어린 애를 기르기 적극스럽지 않은가고 선희에게 묻기도 하였다.

그러나 명길이 있는 것이 선희에게는 아무렇지도 낳다. 그것은 선희가 이미 보리쓰에게 선처에게서 난 아들 명길이가 있다는

것을 앓았으며 명철의 어머니를 죽
고 보리쓰가 홀아비로 있다는
것도 약혼 전에 이미 알고 있은
때문이다. 그러나 선희는 명길의
어머니가 살아 있다는 것은 꿈
에도 생각지 못 하였다.

그리하여 그들 세 사람이—
선희, 보리쓰 또 명길이는 의좋
게 살고 있었다. 그 때에 선희
는 스물살, 명길이는 여섯 살이
였다. 명길이는 자주 앓았고 응
석을 부리였으며 투정이 많았다.
그래도 세 사람은 화목하게 살
았다. 그들은 카사흐쓰딴 크슬-오
르다 시에 이주하여 와서 보리
쓰는 부기원으로, 선희는 교원으
로 일하면서 살고 있었다. 공일
날 세 사람이 거리에 나가 다
닐 때면 지나가는 이런 말들이
선희의 귀에 이따금 들리기도 하
였다.

—아직 나이는 퍽 젊어 보이
는데 저렇게 큰 아들이 있구려!…
어린 애가 났다. 그 애를 선
희는 명길의 이름을 따라 명철
이라고 불렀다. 그런데 명길이가
어머니의 젖을 먹는 명철에게 대
한 심술이 나서 떼를 쓰는 때
가 종종하였다. 그러나 어린 애
를 내여 놓구 명길이만 돌볼 수
는 없었다. 그리고 누구한테 정
이 더 돌아 갔는가?고 묻는다
면 명철이한테 정이 더 돌아 갔
다고 선희는 솔직히 말해야 할
것이였다. 그것은 명길이가 의
부 아들이라고 해서 그런 것도
아니였다. 그랬는데 어린 명길이
는 그 눈치를 알아 차린 셈인
지 차츰 이전처럼 어머니를 그
렇게 따르지 않기 시작하였다.

불행이도 명철이는 오래 못
살고 일찍이 죽었다. 의사들은
선희에게 더는 잉태가 없으리라
고 말하였다.

전쟁이 시작되였다. 설회네 세
식구는 꼴호스로 이사하여 갔
다. 명길이는 학교로 다니였다.
어려운 때였다. 아침을 먹고 점
심거리에 대하여 걱정하는 때였
다. 그러니 전선에서는 더 어려
웠기 때문에 모든 것을 참고 견
디였다. 세간 살이는 점점 구차
하였지만 이 가정은 이전보다 더
화목하게 지내였다. 보리쓰는 일
하고 집으로 돌아 오면 살림에
시달린 안해를 보고 무슨 우수
운 이야기를 꾸며 내려고 애썼
다. 사람에게 웃음이란 소젓 기
름보다 못 하지 않게 필요한 것
이라고 보리쓰는 말하면서 웃어
댔다.

얼마 후에 보리쓰는 돌연히
딴 사람이 된듯 싶었다. 저녁이
면 늦게 집으로 돌아 오기도 하
고 술에 취해 오는 때도 있었
다. 그리하여 그들 사이에는 첫
말다툼이 시작되였다.

—동무들과 놀다가 좀 늦게
왔는데 무슨 잔소리야…!
—지금 어느 때라고, 그렇게
술 주럽만 하고 다니요?

살림 살이는 돌연히 풍족해
지였다. 보리쓰는 어디선지 자주
주머니에 식료품을 넣어 가져오
왔다. 밤이면 낯 모를 사람들이
곡물도 실어 왔다. 한 번은 보
리쓰가 돼지 다리 한 개를 가져
왔을 때 선희는 정중하게 이렇
게 말하였다:

—무슨 돈을 가지고 돼지 다
리 한 개씩 단거번에 사물이요?
—어전 사람들이 준거요. 걸
나 마오, 도적해 온 줄 아오?!
—하고 빗곳이 웃으면서 보리쓰
는 대답하였다.
—바른 대로 말하지 않으면
나는 고기를 삶지 않을테요.
—꾸여 온 거오, 다음 돈이 생
기면 주자구…거 정말 너무 꼬
꼬한데. 어서 점심이나 갖추
오!…

—며칠 후 보리쓰를 체포하
여 갔다. 선희에게 있어서 큰 날
밤이 얼마나 고통스러웠던가! 풀
이 죽어진 보리쓰의 모습이란든
지… 아버지를 체포하여 가는 광
경을 보는 명길의 눈에는 형연
할 수 없는 공포가 어려여 있
었다. (미완)

체환에서 판형된바 꼴호스 관리 위현장 또 누구 누구와 그리고 루기원씰 보리쓰가 한량이 되여 꼴호스 재산을 횡령한 것이였다.

보리쓰는 10 년 감금 형을 받았다.

—선회, 기다리오. 나는 꼭 돌아 올 것이오. 아들을 잘 키워 주오. 내가 나쁜 놈이였소—하고 내무원에게 풀려 가는 보리쓰의 낯은 그만 비뚜려지는 것만 같았다.

세월은 흘러 갔다. 어려울 전쟁 시기가 아직 끝나지 않았다. 그리고 가정에 있은 비꾸은 어린 명길에게 매우 무거운 인상을 주었다. 그는 열네 살이 되였다. 한 번은 명길이가 집을 뛰쳐 난 것이 나흘이나 되여도 집으로 돌아 오지 않았다. 선회는 명길이를 찾아 다니다가 그만 맥이 풀리였다. 사람들이 어느 렬차에 차표 없이 가는 애를 이끌어다가 집까지 데려 왔다. 며칠 만에 선회는 명길이와 마주 앉아 묵묵히 말 없이 있었다. 고통스러운 침묵이 두 사람 사이로 흐르고 있었다. 돌연히 소년의 기막힌 목소리가 그 침묵을 깨뜨리였다. 《나는 여기서 살 수 없어요. 다른 애 아버지들은 전선에 나가 싸우는데 나의 아버지는 감옥 살이를 하다니…》—하고 명길이는 흑흑 느끼면서 울었다…

보리쓰는 자주 편지를 썼다. 편지에마다 선회에게 사죄하여 달라는 것, 기어코 기다려 달라는 것이였다. 《선회, 내가 선회 일생을 괴롭게 한 것을 뼈저리게 느끼고 있소. 모든 것을 참고 견디여 주오. 내가 꼭 집으로 돌아 갈 것이오. 지은 죄를 진정한 로동으로 깨끗이 씻고 집으로 돌아 갈 때까지 기다려 주오!》

…한 번은 명길이가 또 집에서 뛰쳐 났을 때 선회는 그 사연을 보리쓰에게 보내는 편지에 썼다. 그 편지의 회답은 실로 뜻밖에 선회를 몹시 당황케 하였다.

《이전에 내가 거짓 말 한 것을 어찌 할 수 없는 사정이 나로 하여금 선회에게 말하게 하오. 명길에게는 그를 낳은 어머니가 살아 있소. 명길이가 선회에게 너무 애를 먹이면 그 어머니에게 명길이를 보내오》. 그리고 편지에는 명길이 어머니의 주소까지 적어 보내였다.

선회는 이 무서운 타격도 참고 견디여 내였다.

5 년이 지나 갔다. 명길이는 벌써 크술-오르다 농협 전문 학교에 다니였다. 그의 장학금은 별로 많지 않았지만 그래도 소박한 살림 살이에 보태미이 되였다. 그리고 국내에서는 차츰 생활이 정돈되였다.

그런데 선회는 가까운 사람들이 시가를 가라는 충고가 많이 있었는 데도 어째서 그런 말

(전 호 속)

은 귀 밖으로 돌렸던가? 청혼하는 끼끗한 남자들도 사실 없은 것이 아니였다.

—그리다가 청춘 과부로 늙고 말겠다. 십 년이란 세월이 적지 않은 세월이다—하고 친척까지도 선회의 고집에 꾸지람이나 하는듯이 말한 때도 있었다.

그러나 선회에게는 보리쓰 외에 다른 사람은 필요하지 않았다. 보리쓰가 이전에 자기를 속이였다고 하여도, 또 지금 자기의 죄행으로 하여 처벌을 받고 있다고 하여도 보리쓰가 자기 남편이니 그가 석방되여 나오기를 기다려야 한다고 굳게 마음을 먹었다. 그리고 보리쓰는 명길이의 친 아버지가 아닌가!

그런데 보리쓰에게는 무슨 일이 생겼는지 그에게로부터 오는 편지가 점점 더 드물어졌다. 그러던 것이 마지막 시기에는 전부 소식이 끊어지였다. 그리하여 류형살이 하는 보리쓰가 있는 곳으로 선회는 찾아 갔다.

보리쓰는 어느 한 건축장에서 일하였는데 거기에서는 호송병이 없이 비교적 자유롭게 살고 있었다. 선회가 자기 남편을 만났을 때 그 남편의 낯에는 이전보다 그 어떤 어수선한 그림자가 비끼였다가 사라지는 것을 보았지만 거기에 대하여 선회는 별로 마음을 돌리지 않았다. 보리쓰에게는 기쁜 소식이 있었다. 건축장에서 열심히 일하였기 때문에 형벌 기한이 축소되였다는 것이다.

—이제는 얼마 남지 않았으니 속히 석방되여 나갈 것이오—하고 그 때에 보리쓰는 말하였다.

그러나 보리쓰는 석방된 후에도 첩으로 돌아 오지 않았다.

선회에게 보낸 보리쓰의 마지막 편지에는 다음과 같은 구절이 있다:

《선회가 나를 무정한 나쁜 놈이라고 말할 것도 나는 잘 아오. 그러나 더 다른 출구를 언지 못 하였소. 나에게는 새 가정이 있으며 한해가 있고 또 어린 해도 있소. 지금 한해도 선회와 비슷하게 생기였소. 그렇기 때문에 내가 그 녀자를 사랑하게 되였는지 나로서도 잘 모르겠소! 그리고 선회는 어린애를 더 낳지 못 하게 됐으니 어린애가 없는 가정을 나는 상상할 수 없소!》

─그러나 우리한테는 아들이 있지 않소?! 당신 아들인 나의 아들─하고 선회는 소리 치고 싶었다─그러나 선회에게서는 소리도, 말도 나오지 않았다. 무엇인지 목을 꽉 틀어 쥐는 것 같았고 가슴이 거저 탐탐하기만 하였다.

그러면 명길이는 어찌해야 좋을 것인가? 우선 그 애의 말을 들어 보아야지─하고 선회는 명길이를 청해 놓고 사연을 말했다.

─어머니가 나를 쫓지 않는다면 나는 언제든지 어머니와 갈

이 있겠어요. 나는 그 사람같은 사람이 아니애요─이 때로부터 명길이는 보리쓰를 아버지라고 루르지 않고 거처 그 사람이라고 불렀다.

─너에게는 어머니 셋이 있다. 너를 낳은 어머니, 지금 너의 아버지의 안해인 어머니, 그리고 이부'어머니인 내가 있다 그 어머니들 중에서 지금은 내가 혈족으로 보아 가창 먼 이부'어머니이다.

─어머니는 내게 있어서 이부'어머니가 아니애요, 내게는 단 하나 밖에 없는 어머니애요─하고 명길은 말하였다.

하루 저녁 선회는 몹시 심난하였다. 머리도 아플 뿐더러 고통스럽던 지난 날의 회상이 검은 구름처럼 자꾸만 떠올랐다. 명길이는 유쾌한 기분으로 루손 도안을 그리면서 휘파람을 불고 있었다. 명길이는 집에서 휘파람 부는 버릇이 예전부터 있었다. 그런데 선회에게는 오늘 따라 명길이의 그 휘파람 소리가 몹시 시끄럽게 귀에 귀슬러 들리였다. 그리하여 선회는 좀 성을 내여 휘파람을 불지 말라고 목성을 높여 말했다. 명길이는 놀랜 표정으로 눈을 둥글게 뜨고 선회를 보기만 하였다. 웬일인지 명길의 그 행동이 선회의 가슴을 그만 뒤집어 놓는듯 하였다. 선회는 화김에 《너는 내 자식이 아니니 첩에서 나가라!》고 소리쳤다.

명길이 합숙에 류숙하고 있은치 벌써 한 추일이 지났다. 이 한 주일이 선회에게 있어서는 가장 고통스러운 나날이였다. 보리쓰를 검거하여 가던 때보다도, 그의 마지막 편지를 받았을 때보다도 더 쓰라리고 고통스러운 한 주일이였다. 명길이의 유쾌한 눈, 우선 우선하는 입술,

한국 수도에 가서 농업 대학에 무시험으로 입학하였다. 방학이면 꼭 집에 와서 쉬군하였다. 한 번은 선회의 까근한 권고에 의하여 명길이는 학스젠트에서 사는 차기 친 어머니를 찾아가 보았다. 거기 갔다가 웬일인지 명길이는 인차 집으로 돌아 왔다 《어째서 그렇게 인차 돌아 왔느냐?》하고 물으니 명길이는 이렇게 대답하였다:

─손님으로 가 있는 것은 하루 이틀이 좋구, 집에 있는 것은 늘상 좋지요!

명길이…그는 퀴스는데도 선회에게는 항상 어린애 같이 되여 보이였다. 한 번은 선회가 병원에 누웠을 때 명길이 기차에서 내리던 김에 병원으로 뛰여 와서 환자실로 막 몸부림 치며 뛰여 들어 가서 간호원들을 혼란케 하던 일이 지금도 선회에게 어제 일 같이 생각난다. 그 때에 명길이의 턱이 막 떨리였고 낯색 까지 창백하여지여─어머니 어떻소?!─하던 그 목멘 소리가 선회의 귀에 들리는듯 하다.

명길이…선회에게는 명길이 있는 것이 무한한 행복이다. 그 명길이 벌써 장가를 든다지…

…지금 선회네 식구는 모두 네 사람이다. 농업 대학을 졸업하고 토지 개량 탐사대에서 일하는 명길, 중학교 외국어 교원으로 일하는 명길의 안해, 아직 겨우 걸음발을 타는 명길이의 딸 나따샤, 선회 이 네 사람을 크슬·오르다 거리에서 종종 대해 볼 수 있다…

× × ×

이야기는 여기에서 끝났다. 그러나 독자들에게 마지막으로 알리려는 것은 이 나의 이야기의 어느 장면에서나 필자가 꾸며낸 허구는 하나도 없다는 것이다. 다만 주인공들의 성명을 달리했을 뿐이다. 」

단편 소설

· 웨. 보차르니ㅍ브

니끌라이 웨르빈은 병원에서 일요일을 매우 갑갑하고도 지리한 날이라고 생각하였다. 일요일이 되면 걸을 수 있는 모든 환자들은 전부 병원 현관으로 쓸려 나가던가 혹은 유리창에 다가 붙고는 한다. 그 중 어떤 사람들은 집 사람들을 기다리고 있으며, 다른 사람들은 안면 있는 사람들을 보고는 글쪽지를 집에 보내기도 하고, 세 번째 사람들은 이 모든 사람들의 상봉, 전송 등을 흥미 있게 살피고 있다. 이런 일요일 날의 혼잡성은 그래도 병원의 평범하고도 답답한 날들의 흐름을 흔들어 놓는다. 일요일이면 아침 식사 후 또 미눈 놀음도 안 되거니와 니끌라이와 사흐마트 전투를 하고 있는 기선의 기계수 가브류스낀은 어느 때나 산만하다. 사흐마트를 놀면서도 그의 생각은 다른 데가 있고는 한다. 병실 내에서 사십이 되는 키다리 선원이 장가 든지 일 년이 될랑 말랑하며 젊은 부인 앞에서 떨고 있다는 것을 다 알고 있는 바이다.

일요일이 되면 책도 읽지 않으며 라지오 방송도 환자들에게는 흥미를 물지 못한다. 기다릴 사람도 없고 또는 그 어떤 원인으로 올 사람이 오지 않아 궁금해 하는 환자들이 외로이 명

해서 있게 되면 병실에서는 헤아릴 수 없는 침묵이 환자들을 휩싸는 것이다.

니끌라이 웨르빈은 아무도 기다리지 않았다. 그는 공학 대학을 졸업한 이후 월가 강렬 모서로 파견되여 아직 한 해도 되지 못 하는 동안에 벌써 세 번이나 이 제흐로부터 저 제흐로 이동되였다. 그는 거절도 해 보았고, 싸움도 해 보았으나 생산을 위하여는 이렇게 해야 된다느니, 젊은 기술자는 어려운 분야에서 일하는 것이 더 흥미 있다느니 하고 그에게 말하군 하였다. 마치도 그가 이런 진리를 모르고 있는가 하는 모양인지! 마지막 사고가 있기 한 주일 전에 제2 기계 제흐의 주축선에서 일하던 은급자로 나간 마쓰쩨로를 교체하라고 그에게 권고하였다. 그래서 그 권고도 접수하게 되였다. 그는 아직 개인 집에서 살고 있었다.

그를 《구급 차》에 실어 병원에 가져 온 후 《누렁이》(이렇게 환자들은 불쑥나는 머리칼과 눈섭을 가진 엄격한 간호원을 불렀다)는 그에게 두 번 의학 문제와는 인연 없는 사연으로 와서 말하였다.

─환자 웨르빈, 당신한테로 누가 왔어요.

처음으로 그를 찾아 온 사람은 검사였다. 니끌라이는 그 때 아직도 쇠약하여 침대에서 일지를 하였다. 묻구하는 대로 간단 간단히 별로 성의 없이 대답하였다. 그 다음 피해 당한 처녀가 위문하러 왔었다. 그의 눈섭도 입술도 손톱도 다 칠을 낸 것이였다. 그들은 월가 강 쪽에 달린 복도 창문 곁에 서서 이야기하였다. 처녀가 계속 그에게 감사를 드리였다. 그러면서 처녀는 그에게 몹시 아픈가고 묻는 것이였다. 물론 그는 별로 아프지 않다고 대답하였다.

처녀는 그와 작별할 때 가방 속에서 무엇을 끄집어 내여 그에게 주면서 말하였다.

─이것을 당신께 드리려고 가져 왔어요.

─구만 두셔요. 그렇지 않아도 병원에는 모든 것이 넉넉해요.

─별 것이 아니애요…삐로그 뿐희…빠빠가 구웠어요. 받으세요.

(삘령구라야! …처럼 범령구라프른…! 짜신이 구웠다구 거짓말이나 했으뜸…) 이렇게 니끌라이는 유람스럽게 생각하였다.

─나는 또 올래요─라고 처녀는 약속하는 것이였다.

─왜요? 오지 마셔요. 아무 소도 필요 없어요.

그 후 병실에서 환자들을 그

처녀가 그의 애인이 아니라고 믿
지 않는 수가 없었다. 니꼴라이
는 공원 한 구석에서 그 어떤
강도놈이 그 처녀의 시계를 빼
앗으려 할 때 그가 처녀의 시
계 대'가로 칼을 맞게 되였다는
것을 하는 수 없이 이야기하게
되였다…

삼처는 아물기 시작하면서 가
려웠다.

니꼴라이가 침대 머리에 등
을 대고 비비려고 할 때 «누렁
이» 간호원이 들어 왔다. 이 번
에는 아주 특별히 생기 발발해
졌다. 그는 병실로 키가 훨씬 큰
낯 모를 사람을 데리고 들어 왔
다. 그 사나이는 위생복을 펼쳐
입었으나 키가 큰 까닭에 어린
애의 위생복을 입은 것 같이 보
였다.

—이 사람이오…이 사람이 당
신들의 영웅이오…

—그렇군…알만하오…위까, 감
사하오. 이제는 내 자신이 길없
이 찾을 수 있소. —이렇게 말
하면서 그는 웃었다. 그리고는
침대 사이로 들어 와 니꼴라이
의 손을 조심히 쥐여 흔들었다.

—친한 녀석이오. 위까는 우
리 위생 부대에서 복무하였소,
참말 용감한 간호원이오! 불속
에서 사람들을 구원했다니까 «누
렁이» 간호원의 나간 다음 사방
을 휘 둘러 보고는 말하였
다. —그래 어떻게 살고 있는가?
건강은 어때, 의용 대원 동무?
지금 와서야 니꼴라이는 어
느 한 때 키가 큰 이 역원 사
람을 제호장 실에서 본 기억이
났다. 그의 턱 밑에는 삼처의 흔
적이 있었다. 그래 옳지, 그는
바로 제 ?오 미게 배후에서 일하
고 있다, 옳게 알아 맞혀시지!

그가 바로 사회 보험 대표이지,
그러자 방문자에 대한 흥미가 사
라지기 시작하였다. 그는 적맹
간부의 임무를 가지고 그에게만
온 것이 아니라 다른 사람들에게도
왔을 것이다. 적임감 때문에…
—자네가 살고 있는 아꿀리
나 모친 다락 집에도 가 보았
네. 니꼴라이 뻬뜨로위츠, 자네는
어렵게 살고 있네 그려. 우리
전체 집단이 자네가 기숙사로 오
게끔 주선해 보겠네.
—괜찮아요…
—자네게 편지들을 가져 왔네.
하나는 우글리츠 시에 계신 웨
르비나 나딸리야 쎄묘노브나에게
서 오는 게구 아마 어머니지?
그럼 알아 마쳤군…삼처가 가려
운가?=손님은 니꼴라이가 침대
머리에 등을 대고 비비려 하는
것을 보고는 짐작하였다. —내가
긁어 주지. 알탉 하네. 내 자신
이 세 번 입원해 보았으니까.
때로는 집쓰에 사인 삼처 결에
다 가는 나무 쪼각을 깎아 넣
어 놓으면 참 훌륭했네. —이렇
게 그가 이야기할 때면 그의 생
기로운 두 눈은 따뜻한 열정으
로 빛나고 있었다. —야니 자네
가 부끄러워 할 겆 뭐나? 역
기를 긁으라는가? 가만 있게. 음
…지 역…기록…구만. 그는 조심
스럽게 빈트로 동인 니꼴라이의 등
을 긁는 멎의탁=가려운가?
—그만두서오, 일 없어요! —
웨르빈은 부끄러워 했다.
—둘째 편지는…약주 저녀의
글썩란 말이야…알만하네. 그러나
말하지 않겠네…읽어 보라니. 그
사이에 나는 과려 음 것이나 내
놓지. ?미뽀뜨짜에 놓와도 괜나
잖은가?

손님은 재바르게 붉은 돌가

방 속에 손을 넣어 꿀바짜니,
사과니, 닭알이니, 보끄또로니,
소금에 담군 물외니 또는 종이
봉지에 둑 그 무엇을 놓기 시
작하였다.

니꼴라이는 참말로 부끄러웠
다. 자기에게 대하여 이렇듯 걱
정하고 있는데 그는 그가 누구
인지도, 그의 성명도 모르고 있
다. 그러나 그 사나이는 천연스
럽게 아무 말도 하지 않고 돌
가방 속에서 무엇인지 계속 꼼
집어 내고 있었다. 그러면서 그
는 이따금 착한 어조로 말을 하
는 것이였다.

—보라니…이것은 아꿀리나 로
파가 보낸 겆이네. 검은 쓰므로
저나네…한 개 협액 집어 넣고
보면 참말 과수원에 앉아 있는
것 같니. 몹시 향기롭네. 보라니,
아직도 이슬도 가시지 않았네!

그들은 앉아서 국제 정세와
침리에서의 축구 경기에 대한 이
야기를 하면서도 공장에 대해서
는 한 마디도 말하지 않았다.
니꼴라이는 너무 미안해서 그가
누구인가를 알아 보지못 하
였다. 때문에 자기의 제호에 대
해서 한 마디도 묻지 않았다.

갈 차비를 하면서 손님은
수첩을 꼬집어 내여 물목 통담
삼아 말하였다.

—니꼴라이, 의용대원 동무,
무슨 소원이든 말해 주게, 전체 제
후가 힘껏ㅅ 해 줄 터이니, 안 되
면 전체 공잠을 뒤집어 놓을테니
이 때에 맞춘 편 림대에 누
워 있는 환자가 몹시 쿤통소런
은 소리를 내 질렀다.

손님은 그 환자에게 달려 가
서 …멸어진 호딱ㅡ이불을 홀려 덥

어 주고는 허리를 굽혀 동정스
럽게 들어 보는 것이다.
─어디 아픈가? 물을 마시려
는가?
환자는 백발이 된 머리를 겨
우 흔들면서 무엇인지 중얼거리
고는 눈을 잠아 버리는 것이
였다.
─더운 모양이군…헛소리를 하
는군…이 사람은 건설 뜨레쓰트 부
기원이오. 사흘 전에 신장 수술
을 했소─하고 침대에서 일어 나
면서 니꼴라이가 말하였다.
손님은 부기원 곁에 잠간 섰
다가 니꼴라이한테로 발끝으로
걸어와 속삭였다.
─그럼 속히 회복하라니 또
오겠네, 나도 또 제흐의 동무들
도…꼭 올거네…아이 참 하마트
면 잊을번 했네. 자네게 대해 신
문에 기사가 났네. 읽지 못 했
는가? 가져 오지.
그는 손을 내 밀었다. 그의
손바닥은 썩썩했다. 소년 시절
부터 이런 손'길은 강철을 많이
다루었는 모양이다.
병실로 돌아 오는 환자마다
제 소식을 갖고 들어 온다. 마
지막으로 기계수 가브류스껜이
들어 오자 병원의 침묵은 죄다
들어 겼다. 그는 건강한 왼 손
에 무엇이 가득 담긴 광주리를
안고 들어 왔다.
─항행 법칙이란 말이야, 어
저는 더 항행할 수 있단 말
이야.
─아니 그런 화물선을 자네
안악네가 끌고 왔단 말인가?─
하고 니꼴라이는 놀랐다.
셋이 끌고 왔어, 안악네, 장

인하고 장모가 말이네…
그날 가져 온 것을 서로 나
누어 먹고는 마치 구령이나 있
은 듯이 모두 제각기 들어 누
어 자기도 하고 또는 어떤 환
자들은 그 어떤 생각에 잠기기
도 한다. 니꼴라이는 복도에 나
가 창문 곁에 섰다. 휴식처로 가
는 기선들이 서 있는 부두에는 아
직도 휴식하려 가는 사람들로
들어 찼다. 바얀의 아름다운 소
리도 들려 왔다. 기선들은 교외
로 휴식하려 가는 사람들을 가득
싣고는 떠나 가고는 한다.
─나도 저렇게 갔으면! 해수
욕도 하고 배구도 좀 해보고!…
이런 생각을 하고 보니 답
답하기 그저 얼기에 병실로 그
만 들어 오고 말았다. 침대에 누
으려고 호트'이불을 들었을 때
그 어떤 수첩이 떨어지는 것을
니꼴라이는 보았다. 누구의 수첩
인가? 아·아 사회 보험 대표가
잊고 갔고나! 그는 누워서 수첩
을 쥐었다, 어머니의 생각도, 야
흔녀에 대한 생각도 떠 올랐다.
《나나는 훌륭한 처녀이다. 통신
사범 대학을 졸업하고 있다》 이
렇게 그는 눈을 감고 근 반시
나 누워 있는데 케계수 카브
류스껜의 목소리가 그의 공상을
깨트려 버렸다
─미꼴라, 《누령이》가 자네
한데로 누구를 대려 왔던? 그
남자가 《누령이》이 하고 팔을 끼
고 다니더구만 아주 홍거워 하
던데…내가 봤어
─누군지 나는 몰라 웍뚜러
나 레온지예브나가 그를 안다
네, 물어 보지, 그 남자를 한번

제흐에서 본 기억이 나오. 그들
은 같이 접쩸에 참가했다더구만…
─누가 전쟁에 참가했다구?
─글쎄 웍또리나 레온지예브나
나하고 그 사람 말이오, 나한테
로 왔던 손님말이오.
니꼴라이는 호트'이불 속에서
손을 빼 낸 후 자기가 쥐고 있
는 수첩을 보고 있었다. 그는
수첩을 열고 《선동원 치차 제
작공 아. 게. 뻬레뷸료쓰낀의 수
첩》이라 쓰인 글을 속으로 읽
였다.
─선동원? 물론 여기에는 거
저 수'자들 뿐이겠지! 철의 결
약, 생산 능률의 제고… 7 개년
계획의 돌격대원들의 명단과 그
들의 실력…
니꼴라이는 명목적으로 미소
하고는 뚜마보츠까에 수첩을 놓
으려고 손을 내 밀었다가 그만
뻬레뷸료쓰낀이 자기의 등을 긁
던 일, 그리꼬 또 검은 쓰모로
지나에 대하여 맛나게 이야기하
던 일을 생각하고 수첩을 다시
꺽 들고 읽기 시작했다.
수첩의 중간을 열고 보니
연필로 갈겨 썼으나 글써는 똑
똑하였다.
《공산주의 하에서의 남녀 관
계에 대하여 철곰 오보로지쓰또
브에게 해답할 것, 엥겔쓰와 레
닌의 저서를 참작할 것…》
그리꼬 인차 자기 의견을
썼다. 공산주의 사회 사람들은
높은 의식성으로 특징될 것이다.
그리꼬 자기의 감정에 대하여
깊이 분석해야 될 것이며 동시
에 사랑에 대해서도 고려해야

186

할 것이다…

니꼴라이는 수첩을 놓을 수가 없었다. 아주 흥미가 있었다.

《우리의 미녀 쏘냐가 꼬모와를 보았다. 쎄르게이하고 다닌다지. 다음 날에는 쏘냐가 하천 선박 전문 학교 학생과 상봉했다. 그 다음 또 다시 쎄르게이하고, 또 그 다음에는 그 학생하고 만나고. 프레쎄르 녀공이 작란질 하는데, 말해 보아야 하지. 그러뇌 조심스럽게, 몹시 조심스럽게…사랑이란 외인들을 인정하지 않는 것인데…

이번 주엘에는 오쎄쓰띠세브 할아버지를 방문할 것, 그의 집에 나무는 있는지, 나무를 실어 오고, 흙질하고 꽤로 사람은 있는지, 령감은 열응이야. 봄과 여름 동안에 한 톤의 파철을 수집하고 주택 판리손에 철꿉 크루쓰크를 조적했다!》

이쩨부터 니꼴라이는 한 줄도 빼 놓지 않고 차례로 다 읽기 시작했다.

《월급을 받으면 클라와에게 오또만까에 쌀을 아마천 19 매 드뢱을 사 줄 것이며, 뜔랴에게는 제모 기구와 재목을 사 줄 것. 월급 우짜쓰또크 마쓰쩨르의 신쑈 쩨르쩨이 이끄나쩬뽀가 자격 향샹 강습 시간에 세 법이나 결석하였다. 생각만 해도 끔찌하지. 저를 위한 일도 하지 않다니!

주해.

형과 같이 살고 있다 둘이 함께 발동기가 달린 배를 사 가지고 저녁마다 특기 잡이를 다…》

녀∧다, 다시는 강습에 결석하지 않겠다고 쎄르게이가 단언하였다…

…기대하지 않던 일이지, 글쎄 월로쟈에게서 편지를 받았는데…군대에서 라쩨따 부대에서 복무하여 전투 훈련에서 모범이라지. 주축선 우차쓰또크에서 일이 어떻게 되여 가는가 고 묻겠지…》

니꼴라이는 불연간 생각하였다:

《나는 마쓰쩨로로서 자기의 우차쓰또크에 대하여 왜 물어보지도 못 하였는가? 그래 나는 외인이가? 왜 이런가…주운 모양인가?—하고 니꼴라이는 자기의 가슴을 주먹으로 때리면서 속으로 말하였다—상처가 다 무엇이냐? 아…참…!》

그리고 니꼴라이는 또 다시 계속 읽기 시작하였다.

《꼬대원 꼬리쩬이 휴가에서 돌아 오면 그에게 자기의 새 방법을 배워 주어야 하겠다. 그 방법에 의하면 두 개의 치차 대신에 6 개의 치차를 단번에 해낼 수 있다. 제품의 정밀성과 정확성도 똑 같다…잊기 전에 반드시 해명해야 할 일이 있다. 오보로끼쓰뽀브에게 왜 3월에 지불해야 될 참의 고깐 도입비를 지금도 주지 않았는가…누가 이와 같이 판토주의적 사엽 작품을 가지고 있는가?…

문화 회관에 열린 공장 화가들의 미술 전람회를 보았다. 좋은 작품들이 있다 특히는 꼴로꼴쩨브의 《야장》이 좋다…

이상한 일이지 니꼴라이 웬

르빈도 이 전람회를 보았다. 전람회가 그의 마음에 들지 않았다. 왜 그런지 말할 수는 없다. 독창적인 것이 적었다. 전부가 다 공장에 대한 것이고…매일 보는 것인데—신기로운 것이라고는 없지 않는가…

니꼴라이는 계속 읽었다.

《꼴로꼴쩨브는 인간을 사랑하고 있다. 그의 필치가 다른 화가들의 것보다 더 용감하며 색채도 생기롭다. 야장의 땁시—정말 정열적이거든! 꼴로꼴쩨브와 좀 다투었다. 그는 구상 방면에서 좀 서투럽다.》

—이것이 선동원이란 말이야! 이런 사람인 줄은 몰랐구나! 사람이 착한 마음을 앉고 위안품까지 가져 왔는데 나는 마음 놓고 그와 이야기도 못 해 봤단 말이야—하고 니꼴라이는 중얼거리였다.

—자네 거기서 무얼 중얼거리고 있는가?—기계공 가브류스낀이 물었다—이 사람들, 저 사람을 좀 보라니, 우리 의용 대원이 시를 따로 내는 모양이야!…누가 너한테 왔다 갔느 음?

—좋은 사람이야, —하고 니꼴라이는 평범하게 대답하였다.

—이 사람, 지금 좋은 사람들로서 우리를 놀래지 못 하네, 내가 좀 알고 싶네, 그래 그가 자네와 어떻게 되는가?

—선동원이야…왜 놀라는 거야? 선동원이란 말이야! 앓아 들었는가?

（《아기따또르》 잡지에서 역재）

검 마리야는 최우등의 성적
으로 기계공 강습을 마치고 돌
아 온 이튿날 아침 전과 마찬
가지로 작업복을 입고 집을 나
섰다. 밤 새도록 기승을 부리던
눈비는 멎고 흙물이 괴인 길'섶
에는 싸늘한 바람이 솔솔 불어
오고 있었다. 아침 해'살이 대
지에 퍼진다. 마리야는 석 달이
나 보지 못한 자기 뜨락또르
를 다시 볼 생각을 하며 걸었
다. 금년에 새로 지은 이삼층 주
택들을 볼 때 그의 마음은 몹
시 기뻤다.

드디여 마리야는 기계사의 사
무실에 들어 섰다. 거기에는 낯
익은 사람들이 많이 앉아 있었다.

《여러분 안녕하십니까 ? 》 ―하
고 마리야는 인사를 했다.

《아, 우리 대학생이 왔군 ! 》

그들은 마치 약속이나 한듯
이 일제히 대답을 하고 히죽히
죽 웃어 보였다.

기계공들은 당일 과제를 받
아 가지고 나갔다. 《강습을 잘
하고 왔다지만 파종 전에 뜨락
또르를 수리하느라면 적어도 눈물
개나 흘릴 걸… 》―누군지 나가
면서 빈정댔다.

사람들이 다 나가자 마리야
는 기계사에게 물었다. 《기계사
동무, 내 뜨락또르는 어떤 상태
에 있습니까 ? 》

《그 뜨락또르는 못 쓰게 됐
소. 마리야에겐 새로 받는 뜨락
또르를 줄 게요. 》 기계사는 새
것을 준다면 그가 좋아 하리라는
생각으로 《새로 받는 뜨락또
르》 탄 말에 힘을 주며 처녀
의 동정을 살폈다.

《내 뜨락또르는 아직 새 것
만 못 하지 않았는데 못 쓰게
됐다니 무슨 말이요 ? 》―마리야
는 따지고 들었다.

《그 뜨락또르가 본래는 좋
았소. 헌데 마리야가 강습을 간
후 나무 운반에 뜨락또르를 다
내세우라는 벼락 같은 구역의 지
시가 있었소. 운전수 부족으로 견
습생을 그 뜨락또르에 앉혔더니
그렇게 만들었소》. 이 말을 듣
자 마리야는 그 무엇이 갑자기
숨통을 꽉 막는 것만 같았다 .
뜨락또르를 사랑하여 님들이 쉬
는 때에도 기름을 치고 먼지를
훔치며 어루만지던 일이 생각 나
서 멜이 치밀어 올라 견딜 수
가 없었다.

《기계사 동무 ! 내가 영 돌
아 오지 않을 줄 알았소 ? 그 뜨
락또르의 주인은 나요 ! 그리고 동
무도 아다 싶이 뭐여 대 뜨라
또르 중에서 어느 것이 내 것
보다 낮게 일했소 ? 그런 기계를
못 쓰게 했으니 당신의 책임도
있다고 보우. 뜨락또르를 잘 관
리하는 것은 당신의 책임이라고
나는 생각해요》. 마리야는 이렇
게 쏘아 붙이고는 말문이 막혀
픽 돌아 앉아 흐느끼기 시작
했다.

《더 좋은 뜨락또르를 주겠
다는데 울기는 왜 우오 ? 》

《싫소. 난 내 뜨락또르를 수
리하겠소 ! 》 마리야는 기계사의
말을 곧이 듣지 않고 버티였다.
마리야가 새 뜨락또르를 거절하
는 데는 리유가 있었다. 자기의
몸처럼 사랑하는 12 호 뜨락또
르가 대오에서 영영 떨어진다는
것이 가슴 아프고 언제 올지 모
르는 뜨락또르를 기다린다는 것
도 믿음성이 없고 또 온다 하
여도 시운전을 하느라면 적지 않
은 시일이 걸릴테니 제때에 파
종에 나설 수 없기 때문이였다.

《뜨락또르가 어디 있는지 가
보기라도 합시다》.

《가 봐두 그것은 버린 거라
는데두 … 》

새 뜨락또르를 준다면 막 넘
어 설 줄 안 기계사는 마리야
가 딱 잡아 떼는 바람에 저으
기 당황해 하면서도 자기 의견
을 세우려고 들었다. 마리야는 듣
는 척도 않고 그를 앞 세우고
뜨락또르 있는 데로 갔다. 흙 루
성이, 먼지투성이가 된 뜨락또르
는 모양이 훌딱 변하여 자기의
것 같지 않았다. 마리야는 뜨락
또르를 자세히 살펴 보더니 단
호하게 말하였다.

《기계사 동무 ! 나는 이 뜨락
또르를 그 대로 가지겠어요》.

《정 소원이라면 반대하지 않
소. 허나 많이 생각해야 하오.
이 뜨락또르를 수리하자면 수리
비가 새 것을 사는 것만큼 들
것이요. 부속품들도 얻기 힘들
거요》.

단편 소설　　　　리 와실리

뜨락또르 운전수

«어떻게 하던지 파종 전에 수리하면 될 게 아니요?»

«못 한다는대두 공연히 말썩을 부리지 않소?»

기계사는 할 대로 하라고 성을 내고 갔다. 마리야는 뜨락또르를 또 눈여겨 살펴 봤다. 수리가 힘들 것은 사실이지만 못할 일은 아니다. «어쨌든 내 뜨락또르는 전과 같이 일할 것이다». 마리야는 이렇게 결심을 다지며 곧 공구들을 찾아 보았다. 공구들이 어디로 가 버렸는지 한 개도 없었다. 그래 마리야는 기계사를 얼마나 원망했는지 모른다.

기계사 김 뾰뜨르는 술을 즐기는 사람이었다. 더우기 달아 맨 술병이라도 떼여 마시려고 성미였다. 농기계를 잘 알고 경험도 많은 일'군이였지만 또한 녀자가 뜨락또르를 운전하는 것을 못 마땅하게 생각하는 편견도 가지고 있었다.

마리야가 강습을 간 후 길남이라는 견습생이 뾰뜨르를 졸라댔다. «녀자들이 다 타는 뜨락또르를 못 타겠소» 하며 장담을 했다. 기계공들은 그가 아직 자립적으로 운전하기에는 준비되지 못 했다고 반대하였으나 뾰뜨르는 그에게서 술을 한턱 얻어 먹고 «사람은 써 봐야 한다»고 우기여 마리야의 뜨락또르에 올려 앉혔다. 그리고는 감시와 방조가 없었기 때문에 얼마 지나지 않아서 뜨락또르는 못 쓰게 되고 말았다. 길남이는 일을 저질러 놓고는 간다온다 말이 없이 자취를 감추고 말았다. 사람들은 애당초 김남에게 뜨락또르를 맡긴 것이 잘못 되였다고 떠들었다. 뾰뜨르는 뜨락또르가 못 쓰게 된 것이 길남이가 기술이 부족한 탓이 아니였고 기계 간호를 잘 못하고 운전에 부주의한 까닭이였다고 우기였다. 그는 모든 적임을 길남에게 넘겨 씌우기로 하고 이틈을 타서 뜨락또르 발동기를 벼와 바꿀 약속까지 어떤 사람들과 하였다.

이런 때에 문득 마리야가 나타나서 고집을 부리는 바람에 그의 «계획»은 돌에 부디지친 물거품이 피고 말았다.

마리야는 인차 뜨락또르 수리에 착수하지 못 하였다. 수리에 요구되는 공구와 부속품들이 없기 때문이였다. 그는 기계공들 있는 데로 돌아 다니며 희롱의 말도 하고 시시덕 거리기도 하면서 은근히 무엇인지 살피였다. 그래 기계공들을 속에는 «저것이 뜨락또르를 수리한다고 큰 소리를 치고서 할 수 없어서 저러고 다닌다»고 입을 비죽거리는 사람도 없지 않았다.

지배인이 불러서 마리야는 사무실로 왔다. 거기에는 여러 사람이 앉아 있었다.

지배인은 마리야를 주의 깊게 보더니 엄하게 물었다.

«왜 기계사의 말을 듣지 않고 못 쓰게 된 뜨락또르를 기어이 수리하려고 하니?»

«그 뜨락또르는 못 쓰게 되지 않았습니다. 수리만 바로 하면 새 것보다 못 하지 않을 것입니다.»

마리야가 이렇게 대답하자 뾰뜨르가 반문했다.

«전일에도 말했지만 부속품들이 없는데 무엇으로 수리한단 말이요?»

«그 뜨락또르 수리엔 부속품이 별로 요구되는 것 같지 않습니다.»

그러자 지배인이 다시 물었다: «그럼 네가 그 뜨락또르를 파종 전에 다 수리할만 하나?»

«네, 꼭 내세워야 하겠습니다. 그리고 또 꼭 내세워야 합니다. 한 해 부린 뜨락또르를 못 쓴다면 해마다 백여 대의 뜨락또르를 받아야 할 게 아닙니까?»

마리야는 지배인 앞에서 자기 의견을 강경하게 내세웠다. 지배인은 마리야의 말이 옳다는 뜻으로 날카로운 시선을 뾰뜨르에게로 돌렸다.

«수리는 왜 아직 시작도 안 하고 남들이 일하는 대로 돌아 다니며 방해를 놓소?» 하며 뾰뜨르는 대들었다.

«옷을 짓자면 바늘, 실이 있어야 하고 기계를 수리하자면 공구가 있어야 합니다. 나는 공구들이 누구에게 가 있나 찾아 다녔습니다.» 마리야는 호주머니에서 작은 수첩을 꺼내 펴들었다.

«나는 내 공구에 표식을 해 두었습니다.» 하고 그는 자기 공구가 누구에게 가 있다는 것을 들어 말했다.

이튿날 마리야에게는 공구들이 기대 이상 더 많이 생겼다. 슬그머니 갖다 놓는 사람도 있고 용서를 비는 사람도 있고 자기의 예비품을 선사하는 사람도 있었다. 마리야는 신바람이 나서 기계 해체에 착수했다. 그러나 녀자의 힘에 무거운 쇠'덩이들을 다룬다는 것은 헐한 일이 아니였다.

《마리야 동무!》 하는 부드러운 목소리가 귀'전에서 울렸다. 깜짝 놀라 돌아다 보니 뜻밖에 용남이가 와 있었다.

《지배인의 지시로 도와 주러 왔소》.

두 사람은 쉬지도 않고 일을 계속했다. 용남이의 이마에도 마리야의 코'등에도 구슬땀이 송알송알 돋았다.

그러던 어느 날 휴식을 하다가 《왜 용남이는 혼자 사오?》 하고 마리야는 물었다.

용남이의 말에서 마리야는 다음과 같은 것을 알게 되였다. 용남이는 어렸을 때 부모를 여의고 고아로 자랐다. 드락또르 강습을 필하고 이 쏩호스로 온 지 석달이 되였지만 기계사는 그를 드락또르에 고착 시키지 않고 수리하는 일이나 술 심부름만 시켰다. 그러니 용남이는 기계사가 술을 어떻게 마시며 누구하구 무슨 약속을 하는 것까지 다 알고 있었다. 지어 쌀과 발동기를 바꾸려고 약속한 것도 알게 되였다.

그 날부터 며칠이 더 지났다. 이 날 아침에도 직장으로 가는 마리야의 걸음은 빨랐다. 머리칼이 하얀 뉘집 늙은이가 터전에서 일하는 것을 보자 파종할 때가 눈 앞에 다가 왔다는 생각이 마리야의 머리를 스쳐 지나 갔다.

마리야와 용남이는 부속품들을 닦기 시작했다.

《하! 이거 참 낯익은 거야》 용남이는 걸레로 닦던 부속품을 이모저모 들여다 보면서 말을 계속했다. 《37 호 드락또르 부속품이 왜 12 호 드락또르에 와 있을까?》

마리야는 37 호 드락또르를 조사해 봤다. 틀림 없이 거기에는 자기가 《十一》표식을 해 놓은 부속품이 있었다.

마리야는 곧장 지배인을 찾아 갔다.

《선생님, 나는 드락또르를 다 수리했습니다. 그런데 내 부속품을 하나 찾아 줘야 발동을 시키겠습니다》.

이렇게 말하자 마리야 맞은 편에 앉아 있던 뾰뜨르가 말을 받았다. 《백여 대의 드락또르에서 그것을 어떻게 찾소. 다 같은 것인데…》

《기계사가 모르게 누가 바꿔 넜겠소? 당신은 꼭 알 것입니다》.

두 사람의 말을 듣고 있던 지배인이 말을 뗐다. 《말을 들으니 무슨 일이 있는데 시원스레 말해 봐라!》

《그런데 한 마디 묻고 말하겠습니다. 석 달 동안이나 일하는 용남이에게는 왜 드락또르를 주지 않았습니까?》

《그거야 드락또르가 없으니 그랬지…》하며 뾰뜨르가 말을 하다 말았다.

《알만 합니다. 용남이도 길남이처럼 술을 사다 먹여야 드락또르를 탄단 말이지요? 또 발동기를 팔아 먹으려고 했지요?》 마리야는 더 참지 못하여 아는 것을 몽땅 들어 내 놨다.

《그래 내 것을 찾자면 어떻게 하면 되겠니?》 지배인이 마리야에게 물었다.

《내 부속품에는 《十一》표식이 있습니다. 그것은 37 호 드락또르에 있습니다》.

마리야는 자기 부속품을 찾았다. 그리고 37 호 드락또르는 3 일 간에 완전히 수리하고 용남이에게 주라는 지시를 지배인이 내렸다. 협잡을 하던 뾰뜨르는 쏩호스 회의에서 조사하기로 하고 그 바람에 기계공들이 눈을 떴다.

쏩호스 벌판은 들끓고 있었다. 날씨는 따사하고 아지랑이가 피는 땅 우를 드락또르들이 쉴새 없이 달리고 있었다. 승냥이 무리도, 이리 떼도, 또 발쥐 사냥을 하던 여우도 기계 소리에 놀라 도망치고 있었다.

끝

190

손'수 건

한 상 욱

단편 소설

채옥이가 학교에서 집으로 돌아 와 보니 집은 비여 있었다. 오늘은 병원으로 음식울 가지고 가지 않았다. 채옥이는 책가방을 상 우에 올려 놓고 점심 먹을 생각도 없이 상 앞에 마주 앉아 멍히 밖을 내다 보고 있었다.

채옥이는 요즈음 설레는 마음을 저로도 억제할 수 없었다. 때로는 기뻐서 끝없이 노래라도 부르고 싶었고 때로는 비애라고 할가, 번민이라고 할가, 저도 모를 그 무엇을 느끼고 있다. 그 럴 때면 저 하늘에서 밀리우고 있는 흰구름덩이처럼 어디로나 정처 없이 멀리멀리 떠나 가고도 싶고 이따금 그 무슨 부드러운 것을 품'속에 힘껏 안아 주고 싶기도 하였다.

그러다가도 자기 앞날의 먼 그림이 눈 앞에 히미하게 안겨 오기도 한다. 그는 앞으로 무슨 일을 하겠는가?

여태껏 그는 건설 기사가 되고 싶었다. 그리하여 화려한 극장, 아담한 주택을 짓고 싶었다. 그러나 요 며칠 사이에는 의사가 되고 싶었다. 그럴 때마다 그

는 요새 날마다 다녀 오는 그 병원의 의사 아주머니로 자기를 상상하고 있다. 그러면 그 의사 아주머니가 아니라 마치 자기가 서슴 없이 그 이의 손목을 쥐고 맥박을 들으며 그 이의 넙죽한 이마를 짚어 보는 것만 같았다. 생각이 여기까지 이르면 저도 모르게 얼굴이 화끈 붉어짐을 느끼군 한다.

멀리서 지나 가는 기차의 애처로운 기적의 여운이 울려 들어 창유리를 살며시 울리는 바람에 마치 깊은 잠에서 깨여 난 듯한 채옥이는 비로소 오늘이야 처음 창 앞에 서 있는 백양나무를 보는듯 하였다. 어느 새 연흥색 단풍이 든 백양나무잎들은 바람 한 점 없는 듯한 이 날씨에도 이 가지에서 하늘하늘하면서 저 가지에서 오소소 대구하다가도 부드러운 미풍이 슬렁불어 지날 때면 온 나무잎들이 일시에 와시시 떨고 있다. 작은 종달새와도 같은 노란 단풍잎 하나가 가지에서 떨어져 마치 작별의 손'길을 젓듯 공중에서 흔들거리다가 맥없이 땅 우에 살며시 내려 앉는다.

은연중 채옥이의 머리에는 노래 하나가 떠 올랐다.

《전일 네가 나에게
보낸 손'수건—
붉은 단풍잎사귀
내 맘에 안들었다.》
《왜 붉은 단풍잎사귀
네 맘에 안들었나?》
《단풍잎이 떨어지면 가을이
잔단다.》

단풍잎 떨어지는 가을이 왔연하다. 채옥이는 웬 일인지 땅에 홀로 떨어진 단풍잎이 불쌍해 보였다.

나무잎의 일생은 왜 그렇게도 짧은가? 어찌 그제 갈이 파란움이 터서 야릇야릇 하게 피였던 저 나무잎들은 어느덧 단풍이 들었고 또 땅 우에 떨어졌다가도 세찬 가을 바람이 불어치면 이 곳 저 곳으로 정처 없이 밀려 갈 것이 아닌가!

바람이 좍 지나 가자 나무잎 몇 개가 우수수 떨어진다.

노래는 무심히 계속 흘렀다.
《전일 네가 나에게
보낸 손'수건—
푸른 솔잎사귀가
내 맘에 들였다.》
《왜 푸른 솔잎사귀가
네 맘에 들였나?》
《솔잎사귀 떨어지면
둘 함께 떨어져》
《손'수건…솔잎사귀…바로 이
것이 아닌가!》

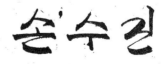

손'수 건

한 상 욱

「손"수건…졸업사귀…—이것이야말로 얼마나 뜻 짙고 상징적인 선물인가!」

재옥이는 마치 며칠 동안 신고하던 수학 문제를 푼듯이 가벼비게 숨을 내 쉬였다.

이 때 마침 어머니가 집에 들어 오시였다.

—오늘, 너 더 일찍이 왔구나—어머니는 상 앞에 앉아 있는 딸을 보고 말하였다.

—물리학 선생이 앓아서 한 시간 더 일찍이 왔어요.

—점심 먹었니?

—어쩐지 먹구싶지 않아요.

—요새 어디 아프지나 않니? 해쓱하게 됐구나.

—아픈 데는 없어요.

—기로 했다지?

—오늘은 가지 않기로 했어요—하고 재옥이는 일어나 어머니와 함께 점심을 갖추어 놓고 식상에 맞우 앉았다. 재옥이는 수다까락을 들고 한참 망설이다가 입을 열었다.

—어머니, 돈 오 원만 주세요.

—오 원이나 해서는 어디 쓰자구?

—글쎄, 쓸 데 있어요.

—쓸 데란 게, 무슨 쓸 데냐? 말해야 알지.

—이담 말하지요.

—이담이란 게 어느 때냐?

—몇 해 후에…

—몇 해 후에?—무심코 말을 주고 받던 어머니는 《몇 해 후에》란 곡절 있는 대답에 딸의 얼굴을 떠다 보았다. 재옥이는 아무 말도 없이 머리를 숙이고 빨찌에 앞섶만 만지작거리고 있었다.

어머니는 열 여섯 살을 먹고 금년에 십학년에서 공부하는 딸을 지금까지 어린애로만 보아왔다. 사실 상 그 애는 아직 천진란만한 어린애였다. 좋은 일이나 궂은 일이나 할 것 없이 어머니 앞에서는 무엇이나 실토정하였고 때로는 응석까지 부리군 하였다. 더구나 돈에 들어 가서는 어머니 모르게 한 푼도 쓰지 않았다. 그런데 갑자기 《몇 해 후에》란 곡절 있는 말을 들은 어머니는 어느 정도 당황해 하지 않을 수 없었다. 이와 함께 이따금 행동에서나 몸매에서 완연히 쩌녀의 자태가 나타나는 딸의 속을 어머니로서 어찌 리해하지 못하랴?! 그 애에게는 어머니에게도 말하기 어려운 그 어떤 감정, 비밀이 있을 수 있지 않은가!

어머니는 아무 말 없이 돈 오 원을 내여 딸에게 주었다. 그 후 점심 식사를 하면서도 손에 대하여서는 아무 말도 하지 않았다.

재옥이는 돈을 어디 쓰겠는가구 캐여 묻지 않는 어머니가 고마왔다. 만일 어머니가 물었다면 그는 어떻게 대답하였을런지 몰랐다.

어머니가 일하려 가자 재옥이는 상점으로 갔다. 거기에서 손수'건을 짚으로 한 주를 사고 푸른 색 실을 사가지고 돌아 왔다.

그 날 밤 재옥의 방에서는 밤 늦도록 전등불이 꺼지지 않았다. 전등불 앞에서 재옥이가 흰 명주 손수'건에 푸른 수를 놓을을 열심히 수놓고 있었다.

× × × ×

보통 건이였다.

재옥이가 학교에서 집으로 돌아 와 문을 열고 들어 서니 집안은 전에 없이 술렁거렸고 모두들 어디로 떠날 차비를 하고 있었다. 페트로바에 가시 게시던 아버지도 오시였고 유치원에 가 있던 위짜도 집에 와 있었다. 어머니는 위짜에게 새 옷을 갈아 히 입히고 있었다. 얼른 보아도 어머니의 얼굴에는 눈물 흔적이 남아 있었다. 영문을 몰라 눈이 둥글해진 재옥이는 말 없이 그만 문설'주에 붙어 서서 어머니만 쳐다 보고 있었다.

재옥이를 본 어머니는 딸려 와서:

—아, 재옥아, 오늘 글쎄 큰 일 날번 했다—하며 재옥이의 어깨를 껴안았다.

—큰 일이라니요?—재옥이는 놀란 목소리로 물었다.

—저, 위짜가 죽을번 한 것을 살과스구나—아직도 공포의 흔색이 남아 있는 눈으로 재옥이를 보며 어머니는 급한 말씨로 이야기를 시작하였다.

사연은 이러하였다.

유치원에서 일하는 어머니는 세 살 되는 위짜를 유치원에 두고 점심 시간에 집으로 왔다. 그 때 마침 보모들도 어디로 나갔댔고 위짜는 빈틈을 타서 어머니를 찾아 떠났다. 철없는 아이는 자동차가 가까이 오는 것도 보지 못하고 길을 달음질하여 건너기 시작하였다. 어린애가 그렇게 불시에 뛰어 나올 것을 기다리지 않은 운전수는 갑자기 자동차를 멈출 수 없었다. 이 때 마침 길'가에는 젊은 청년 하나가 자동차를 기다리고 서 있었다. 이 위기 일발의 시각 길'가에 서 있던 그 청년이 뛰여 나가며 아이를 네 름 쥐여 들고 넘어 뛰였는데 끝내 자동차는 청년의 다리를 치고야 말았다. 청년이 넘어지며 어린애도 땅에 뿌리웠으나 아이는 먼지판에 두어 번 뒤'굴었을뿐 다행이도 상한 데가 없으나 청년은 몹시 상한 모양이였다. 가던 한 녀자가 위짜를 알아 보고 유치원으로 안아 오고 그 청년은 인차 병원으로 실어 갔다는 것이였다.

어머니의 이야기를 숨을 죽여 가며 듣던 채옥이는 곁에 서 있는 위짜를 얼른 쥐여 안으며
—그래, 그 사람은 몹시 상했대요?—하고 급히 물었다.
—글쎄, 모르겠다. 말을 듣고 달아 나가니 벌써 병원으로 실어 갔더구나. 사람들의 말을 들어서는 사경에까지 이른 것 같지는 않더라—어머니는 외투의 단추를 채우며 말을 계속하였다.
—자동차에 치웠다는 곳에 가 보니, 끔즈기하기두, 길바닥에 피가 질벅히 흘렀더구나—낯색이 새파래진 어머니는 이런 비참한 이야기를 할 때마다 늘 하듯이 눈을 살며시 감았다. 외투의 단추를 걸던 손이 약간 멸리는 것이 보이였다.
채옥이도 어린애를 힘껏 끌어 안으며 무의식적으로 몸을 으쓰기했다.
—그래 모래를 한 치마앞 담아다가 깊숙이 덮어 놨다. 짐승개들이 발아다니는데—어머니는 얼굴을 찡그리며 말끝을 채 맺지 않았다.
—그럼 구역 병원으로 실어 갔겠구만?—채옥이는 물었다.

—응, 우리 지금 거기로 갈 차비를 하는 중이다.
—나두 가겠어요—채옥이는 그제야 위짜를 내려 놓고 분주히 서둘기 시작하였다.
—가겠으면 가자—지금까지 아무 말 없이 앉아 있던 아버지가 대답하였다. 페르마에서 일하는 아버지는 급히 오느라구 장화에 수두룩이 올라 앉은 먼지도 털지 않고 모자를 쓴 채 걸상에 앉아 담배를 풀썩풀썩 피우고 있었다. 아버지는 어려운 일이 생길 때마다 더욱 정중하였고 말이 무거운 것을 채옥이는 알고 있었다.
이렇게 급급히 길을 떠난 네 식구가 네 낄로메뜨르나 되는 곳에 있는 구역 병원에 당도한 것은 해가 이미 기울어진 때였다.

(다음 호에 계속)

1965년 1월 20일

명자들이 많지 않아서 이 때 즘은 보통 종용한 이 병원 안에서는 위급한 명자를 실어 올 때마다 일어 나는 소란이 아직 채 갈아 앉지 않아서 잔호원들이 어디론지 분주히 쏘아 다녔고 명자들은 모여 서서 수군수군 무슨 이야기를 하고 있었다.

—원장 동무를 만날 수 있습니까?—병원 안에 들어 서자 때마침 그들을 마주 나오는 잔호원을 보고 아버지가 물었다.

—우리가 아까 자동차에 치운 그 청년이 구원할 어린애의 부모요.

—예, 잠간 계십시오—그 말을 믿자 잔호원은 이렇게 대답하고 옆에 있는 한 방으로 돌어 가더니 조금 후에 곧 나와서 그들을 원장실로 안내하였다.

원장실에 들어 서자 안경을 걸고 책상을 마주 앉아서 무슨 글을 쓰고 있던 오십이 될락말락한 녀성이 일어 나서 그들을 마주 나왔다. 아버지와 인사하는 원장 아주머니를 쳐다 보는 채옥이는 《그렇게 늙어 보이지는 않는데 머리는 저렇게 다 세였구나. 그 많은 사람들의 병을 고치느라고 얼마나 신고를 했길래…》 하고 동정심을 가지고 속으로 생각했다.

—그 어린애의 부친이겠습니다?—원장 아주머니는 안경을 벗어 위생복 웃주머니에 넣고 어머니가 안고 서 있는 어린애를 보더니 그 애에게 다가 와서 웃으며

—웅, 이 애군요. 오늘 큰 일 날 번 했구나—하며 아이의 볼을 부드럽게 살살 다치였다.

—그런데 그이는 어떠하우? 몹시 상하지나 않았는지요.?—아버지가 원장 아주머니를 보며 근심 어린 목소리로 물었다.

—여기 와 앉으십시오—원장은 곁에 있는 지왈을 가리키며 그들을 앉으라고 청하고는 자기 상 앞에 가 앉았다.

—요행 일이 잘 됐습니다. 장'단지에 깊은 상처를 입였지만 다행히 절골은 되지 않았습니다. 피를 좀 많이 흘렸는데 그건 별일 없구. 아주 건장한 청년이니까.

—아주 대담한 청년이우다—아버지는 대구하였다.

—그렇지요. 하여튼 수술할 때 땀은 죽죽 흘리면서도 아이고 소리 한 마디도 치지 않더군요. 우리 시대 청년들의 로만 찌까지요. 빠쎌 꼴차긴, 올레그 코셰위이…옳소, 석씨?—하고 원장

(전 호 속)

아주머니는 채옥이를 보며 눈웃음을 치으며 말하였다.

호기심에 잔 눈으로 원장을 바라보며 그 이야기를 듣던 채옥이도 약간 웃으며 고개를 숙이였다.

—그것이 진심에 뿌리 박은 로만찌까이면 그렇게 훌륭한 법이니까—원장 아주머니는 흡족한 어조로 말하였다.

—그래, 다리를 걸지나 않겠어요?—어머니가 걱정스러운 어조로 물었다.

—걸기는 왜 걸겠습니까? 이제 한 달 후에 그 청년이 그런 일을 당하면 자동차 앞에 또 다시 서슴 없이 뛰여 들'겝니다 하여튼 근심을 놓으시오.

—병자와 면회할 수 없을가요?—어머니는 어려운 청을 드는듯이 물어 보았다.

—글쎄, 수술을 끝낸지 한 시도 되나 마나 하니까요. 그런데 내, 참, 침대에 갔다 눕히니 병실에 있는 병자들과 인차 롱담을 시작하지 않겠어요! 하여튼, 꽤 웃기를 좋와 하는 쾌활한 청년이더군요—그렇게 대담한 행동을 한 청년이 그리 큰 상처를 입지 않아서 다행으로 녀기는 마음으로 해서, 수술이 잘 된 후 어느 의사나 다 느끼는 그 흡족한 마음으로 해서 기분이 좋와진 원장 아주머니는 청듣는 말에 대답을 주기 전에 그 청년에 대한 자랑을 남김 없이 털어 놓고 있었다.

—하여튼 이렇게 모두들 찾아 오시였는데 면회를 거절할 수는 없는 일이지요—원장 아주머니는 웃는 얼굴로 이제야 그들의 청에 대답하며 일어 섰다. —잠간 여기 계십시오—하고 그는 문을 열고 나가더니 조금 있다가 위생복 세 벌을 들고 들어 왔다.

—이것을 입으시요. 그리고 나와 같이 갑시다—하고 원장은 그들이 위생복을 제각기 어깨에다 걸치자 문을 열고 나섰다.

이들이 병실에 들어 서니 그 안은 종용하였다. 침대 하나에 누운 사람만이 잠이 들었는지 홑이불을 머리에까지 푹 쓰고 있고 나머지 병자들은 다 밖에 나갔다가 그들이 들어 오는 것을 보고 하나 둘씩 슬금슬금 들어 와 자기 침대에 가서 앉아 있었다.

원장 아주머니는 침대 곁에 가서 이불을 조용히 벗기며
　— 병수, 병수, 자오? 병수를 찾아 왔소—하고 곁에 놓인 상에 앉았다.

선잠을 깨여 나서 잠꼬대인지, 아픔 때문에 나오는 신음 소리인지 나직이 《응—》 소리를 내고 손'등으로 눈을 비비더니 자던 사람 같지 않게 움직 일어 났 앉았다. 그는 영문을 몰라 당황한 표정으로 자기 침대 앞에 둘러 선 사람들을 두리번 두리번 살피고 있었다.

　— 병수, 그 어린애 부모들이 찾아 왔소—원장 아주머니가 말하였다.

　— 예?

　— 우리 애들 구원하다가 이렇게 상하기까지 했으니 참 미안하게 됐소다—아버지가 병수의 두 손을 쥐며 거의 웨치다 싶이 이렇게 말하였다.

그제야 영문을 알아챈 병수는:

　— 그 애의 부친이겠습니다? 그런데 이렇게 찾아 오기까지야 ‥
　— 아니, 이런 기막힌 일이 어디 있어요? 남의 애를 살리려다가 이렇게 됐으니—어머니가 침대 곁에 다가 서며 근심 어린 어조로 말하였다.

　— 무슨 큰 일이라구, 그럽니까? 이제는 아예 그 말일랑 더 하지 마십시오—병수는 이렇게 찾아 와서 걱정하는 것이 도리여 미안하게 된듯이 손을 내 저으고는 침대에 앉아 있는 병자들을 삥 돌아 보며 웃음 섞인 목소리로 말을 이었다:

　— 그런데, 병자 동무들, 우리 집을 찾아 온 나그네들을 박대하는 것 같구만 않을 상이 없어 이렇게 서 있으니…

그러자 병자들이 와 하고 일어 나서 제각기 자기 침대 옆에 놓였던 상을 가져다 놓고 친절히 앉으라고 청하는 바람에 채욱이네 세 식구는 앉았다.

　— 저 애랍니다—어머니는 저의 누이 채욱의 곁에 붙어 서 있는 위자를 가리키며 말하였다.

　— 야, 위자, 이리 오너라, 이 자자, 오늘 너를 살와ㅅ다—자기 곁에 와 멍하니 서서 병수를 눈여겨 살피고 있는 아들의 머리를 쓰다듬으면서 어머니는 계속하였다.

　— 언제 자라서 고맙다는 말이나 할 줄 알겠늬?
　— 아—, 이 앤가요? 위짜라지요?—병수는 자기가 오늘 구원한 그 어린애를 호기심에 찬 눈으로 내려다 보다가 웃으며 말하였다. —말들 하다싶이 내가 오늘 큰 선수 때므을 한 셈이다. 그러니 앞으로는 무고히 잘 자랄게다.

　— 그 애도 그렇지만 청년도 큰 선수 때므을 했어요. 그러니 앞으로는 늘 무고할 것이요.—어머니는 축원 삼아 이렇게 말하였다.

어머니 말의 뜻을 알아챈 병수는 웃으면서 화제를 돌리였다.
　— 그런데 오늘 보니 확실히 내가 겁쟁이란 말입니다.
　— 걱정이라니? 그런 것 같지 않던데—병자 중에 나이 한 오십 되여 보이는 사람이 롱수로 받았다.

　— 아니, 확실히 겁을 먹였지요—병수는 정색하고 대답하였다—글쎄, 쏜살 같이 달려 오는 자동차 앞에 어린애가 달려 나가는 것을 척 보니 어쩔 생각이 나지 않습데다. 그 때 만일 내가 겁이 나서 머뭇거리지 않고 막 뛰여 나갔더라면 이런 일도 없었을 것입니다. 그래도 어린애가 무사하니 다행입니다.

　— 그런데 부모들은 어디 계시우? 이 소식을 들으면 얼마나 놀라겠소—아버지가 물었다.
　— 부모들은 없습니다
　— 부인도 없소?
　— 아직 장가도 들지 못했답니다.

　— H 시 대학에서 공부하는데 졸업 론문에 요구되는 자료를 구하려 왔다 가는 길이랍니다—이 번에는 원장 아주머니가 대답하였다. 그리고 시계를 보더니
　— 자, 이제는 면회를 끝냅시다. 병자도 쉬고 동무들도 집으로 돌아 가야 하지 않겠습니까—하고 일어 났다.

— 예, 갑시다. 차차 또 오지요—아버지도 일어 서면서 말하였다.

— 어서 빨리 나오시요. 야, 채옥아, 너두 인사나 하구 가자—어머니는 지금까지 아무 말 없이 앉아 있는 자기 딸을 보며 말하였다.

어머니가 부르는 바람에 귀밑이 약간 붉어진 채옥이가 일어 나서 침대 곁에 왔다.

— 빨리 나오세요—하고 그는 나직이 말하였다.

— 이 어린 처녀 동무가 딸이겠습니다? 가만 있자, 어디서 꼭 본 생각이 나는데. 그렇지 영화에서 봤군—병수는 잠간 있다가 웃으면서 말하였다—유명한 인도 영화 《방랑객》을 봤지요. 그 영화의 리따와 똑 같이 그렇게 예쁘구만 수줍어 하는 기색이 폭 어리였고 몸매에나 얼굴에 애리가 함뿍 담긴 채옥이를 보며 병수는 롱수로 말하였다.

— 그래, 어린 동무, 몇 학년에서 공부하우?

— 글은 십 학년에서 읽는다는게, 철은 둘 넘이 멀었답니다. —딸 대신에 어머니가 웃으며 대답하였다.

아직까지도 자기를 늘 어린 애로만 보는 어머니가 이렇게 사람들이 많이 모인 데서 하지않아도 좋을 말을 해서 채옥의 얼굴은 안타까움과 부끄러움으로 해서 더욱 홍조로 타고 있었다. 그 눈치를 챈 아버지는 《허-허》 웃고 안해를 나무라는 어조로

— 쓸데 없는 소리는—하고 병수와 작별 인사를 나누고 모두다 병실을 나왔다.

× × ×

이 날 저녁 집으로 돌아 온 채옥이는 밤이 늦도록 잠을 이루지 못하였다. 몽롱한 달 빛이 흘러 드는 창을 내다 보는 채옥이의 눈에는 오늘 병실에서 본 모든 것이 다시금 떠 왔다.

(다음호에 계속)

레닌기치 ③면

1965년 1월 22일

단편 소설

　그 청년은 아름답다기보다도 남자답게 생긴 청년이였다. 시원하게 열린 이마 아래 늘 웃음기가 담겨 있는 듯한 여실여실한 눈이라든가, 명실한 코라든가, 비교적 크다고 해야 할 입이라든가 어디로 보든지 사내다운 늠름한 청년이였다. 그리고 넓죽한 두 어깨와 패른 두 손도 채옥의 마음에 들었다.

　그런데 병수가 오른 손으로 머리를 쓰다듬을 때 그 손바닥에 난 상처를 채옥이는 발견하고 그 어떤 측은한 마음을 걷잡을 수 없었다. 그는 깨끗한 붕대로 그 상처를 고이고이 싸매 주고 싶었고 지어 그 상처를 보지 못 하는 의사 아주머니가 원망스럽기도 했다.

　그리고 또 병수의 쾌철한 성격, 유순한 마음씨를 그대로 들어 내는 부드러운 웃음 소리, 자기가 한 일을 누구나 다 할 수 있는 일로 여기여 거기 대하여 말하는 것까지 싫여 하는 그의 소박성이 더구나 채옥의 마음을 끌었다.

　그들이 떠나 을 때 병수가 그들 보고 롱담인지 정말인지 웃으며 하던 말도 잊어지지 않고 귀에 다시금 들려 왔다.

　어느 한때 한 동무가 영화 구경을 갔다 와서 《너는 정말 《방랑객》의 리마와 뚝 같구나》하던 말이 그 때는 귀'전으로 흘러 갔지만 지금은 새삼스럽게 기억에 떠올랐다.

　《그러면 정말 내가 그 영화의 리마와 같이 그렇게 예쁘게 생겼단 말인가?》—채옥이는 자기 얼굴을 다시 보고 싶였다. 그는 침대에서 일어 나 전등을 켜고 벽에 걸린 거울 앞으로 가서 거울에 비친 자기 얼굴을 들여다 보았다. 이제야 보니 어디나 비슷한 것 같았다. 이마도, 좀 가는 눈도, 그리고 또 입도…

　그러는 새 조금 흘러 내린 속치마 웃깃 우에 불룩이 내민

13 호, 14 호 계속

두 가슴이 거울에 비치자 마치 큰 잘못이나 저지른듯 얼굴이 뜨거워진 채옥이는 두 손으로 가슴을 옴켜 쥐고 돌아 서서 열른 전등을 끄고 침대에 달려와 누워 버렸다.

　× × ×

　그 때로부터 보름이 지나 갔다. 채옥이가 학교에서 돌아 오니 집에는 이미 아버지와 어머니가 와 계시였고 위짜도 와 있었다. 이들은 모두 오늘 퇴원하여 세시 차에 떠나 가는 병수를 전송하려 갈 차비를 하고 있었다.

　채옥이도 물론 이들과 함께 전송하려 가기로 약속되여 있었으며 두시 반에 병원에 당도하기로 되였던 것이다.

　그러나 채옥이는 한 반 시쯤 먼저 가려고 결심하였다. 그것은 지난 밤에 정성껏 갖춘 선물—푸른 솔잎을 수 놓은 손'수건을 그 이에게 드릴 기회를 얻으려는 것이였다. 그리하여 채옥이는 열른 점심을 먹고 자기 방에 들어 가서 책 속에 넣어 두었던 그 손'수건을 공책장에 싸서 혁랑에 넣고 구역 공청 동맹 위원회에 볼 일이 있어서 먼저 간다고 말하고는 길을 떠났다.

　이 보름 동안 채옥이네 부모도 몇 번간 병원에 갔다 왔지만 채옥이는 날마다 이 길을 걸었다. 어머니는 《부모도 없는 사람이 원 곳에 홀로 가서 공부를 하노라니 밥이랑, 김치랑 얼마나 그립겠는가》고 걱정하며 채옥이가 날마다 학교에서 돌아 오면 밥을 짓고 여러 가지 반찬을 갖추어 두었다가는 채옥이를 주어 병원으로 보내는 것이였다. 채옥이도 어머니가 주는 그 음식을 가지고 병원으로 가기가 늘 기뻤다. 그것은 병수가 그 음식을 즐겨 해서 뿐만 아닐 수도 있다.

사실 상 병수는 밥과 김치를 즐겨했다. 채옥이가 음식을 가지고 병실에 들어 서면 병수는 늘 허물 없이 웃으며 《우리 인지안까 왔구나》 라는 롱수로 그를 대하군 하였다. 그럴 때마다 채옥이는 저도 모르게 얼굴이 붉어짐을 감촉하군 하였다. 그 다음 음식을 내놓고는 병실에 있는 두서넛 되는 모든 병자들을 다 청하여 함께 음식을 먹었으며 먹는 사이에 병수는 채옥에게 여러 가지 집일에 대하여 물어 보군 하였다. 그 대수롭지 않은 물음에 채옥이는 얼른 대답을 얻지 못 하고 늘 망설이였다. 그리고 그 동안 병수는 채옥이와의 대화에서 어느새 《야, 자》 라는 말루로 넘어 간 것도 채옥이는 알지 못 하였다.

그저께 일이 새삼스럽게 기억에 떠 올랐다. 병수가 오늘 퇴원하는 것을 아는 채옥이의 부모들은 이미 갖추었던 선물—병수의 양복을 가지고 네 식구가 다 병원으로 갔였다. 그러나 병수는 그 선물을 받지 않았다. 그것은 어린애를 구원한 대'가를 받는 것 같아서 량심이 허락하지 않는다는 것이였다. 그리고 꼭 그 선물을 자기에게 줄 마음이 있으면 한 일 년 후에 그런 기회가 있으리라는 것이였다.

일 년 후이라 말을 들은 채옥이는 속으로 생각해 보았다. 《일 년 후이면 어느 때겠는가? 채옥이도 중학을 마치고 병수도 대학을 마치고 취직한 때일 수도 있다》. 생각이 여기까지 이르니 채옥이는 가슴이 두근두근 뛰는 것을 감촉하였다.

이런 생각, 저런 생각에 잠겨서 걸어 가는 채옥이는 어느

새 병원 마당에 당도한 것도 잘 몰랐다.

보니 병수는 이미 퇴원하여 병원 마당에 있는 걸상에 앉아 있고 그의 곁에는 어떤 낯모를 처녀가 서 있었다.

채옥이는 너무나 의외여서 가던 걸음을 문득 멈추고 섰다. 그가 오는 것을 본 병수는 일어 나서 채옥에게로 왔다.

—채옥이 왔나? 하고 그는 문안하고 그는 말을 계속하였다.

—이 녀자인즉 나와 약혼한 계순이라는 분이다. 내가 전보를 쳤더니 이렇게 때마침 왔구나— 하고 그 녀자를 소개하는 것이였다.

그러자 그 계순이라는 녀자가 방긋이 웃으며 그에게로 다가 왔다. 그 때에야 채옥이가 찬찬히 보니 계순이는 체격으로나 얼굴 생김새로나 어디나 빠짐 없는 미인이였다.

계순이는 채옥이에게 와서 손을 내 밀어 인사를 청하였다. 채옥이도 손을 내 밀어 그와 악수하였다. 그리고 땀 난 왼 손으로는 자기 협랑에 들어 있는 손'수건을 싼 종이를 힘껏 흙여 쥐였다. 종이에서 바짝하고 나는 소리에 담긴 비밀을 마치 이 계순이도, 병수도 아는듯 하여 채옥이는 소름이 쩌쩍 끼쳤다.

채옥이는 자기의 낯색이 변하지 않도록 하려고 자기에게 있는 자제력을 다하였다. 그는 병수가 인도하는 대로 걸상에 가서 앉았다.

—나는 이런 줄은 전혀 모르고 있었어요. 편지도 쓰지 않았으니까—계순이가 말하는 것이다—그런데 문득 어느 날 이곳에 당도하라는 전보를 받고 왔지요. 여기 와서야 비로소 모든 사연을 알게 됐어요. 참, 병수가 병원에 있는 동안 채옥 동무의 신세를 많이 겼다고 말하더구만. 미안하게 됐어요.

그래도 채옥이는 얼른 무엇이라 대답할 줄 몰랐다.

—신세는, 무슨 신세애요, 도리여 우리가 병수 동무의 신세를 많이 겼지요—하고 채옥이는 짤막하게 대답하고 말았다.

이렇게 이야기하는 새 채옥이의 아버지와 어머니도 위짜를 안고 병원에 당도했다.

병수는 자기와 약혼한 그 처녀를 그들에게 소개하고는 이렇게 말하는 것이였다.

—우리 아직 약혼은 했지만 결혼식은 하지 못 했지요. 그래 둘이 공론하고 명년 이때쯤 결혼식을 하려 하지요. 그런데 저 계순에게도 부모가 없고 내게도 부모가 없다보니 만일 채옥이의 부모가 명년 우리 결혼식에 오신다면 친부모처럼 맞을 것입니다.

일 년 후에 선물을 줄 기회가 있으리라던 것은 곧 이 때였다.

어머니는 광주리에 들고 온 것을 계순에게 넘겨 주었다. 거기에는 그들이 길에 가며 먹을 밥도, 김치도 있을 것이다.

이럭저럭 차 올 시간이 림박하여 이들은 모두다 철도 역으로 나갔다. 병원의 간호원 몇명도 그들을 전송하려 나갔다. 이 철도 역은 원래 작은 역이길래 기차는 몇 분 동안 멈추지 않았다.

채옥이는 그들이 차에 앉자 인차 돌아져 나왔다. 이제야 보니 병수는 채옥이의 눈치를 알아 채운지 이미 오래였다. 그리하여 퇴원하면 채옥이네 집에 와서 며칠 간 쉬여 가라는 채옥이 부친의 요청도 병수는 가까스로 거절하고 이렇게 퇴원하는 날로 가는 것이였다.

그리고 보니 채옥이는 자기 생각, 자기가 한 일이 너무나 안타까웠고 비루한 것 같았다. 이 모든 것을 하소연할 사람이라고는 아무도 없었다.

그리하여 채옥이는 먼저 나와 큰 길에 나섰다. 그 때 어린애 하나가 물길러 가는 자기 어머니를 따라 가려다가 길바닥에 엎어지는 것이 뵈였다. 채옥이는 얼는 달아 가서 그 애를 일구어 세웠다. 먼지 투성이 된 그의 얼굴에서는 눈물이 방울방울 흘러 내렸다.

채옥이는 얼른 손'수건을 내였다. 수건을 쌌던 공짝장은 바람에 날려 갔다. 채옥이는 그 손'수건으로 어린애의 얼굴을 깨끗이 씻어 주고 달래였다. 그러는 사이 명주 손'수건에 수놓은 푸른 솔잎에는 채옥이의 뜨거운 눈물 두 방울도 떨어졌다.

어린 처녀의 가슴에 깃들였던 그 설레임을 깨끗이 씻어 낸 눈물일 수도 있다.   (끝)

1965년 1월 23일

뼈자루칼

단편 소설

전 동혁

나에게는 칼 한 자루가 있었다. 노루뿔로 자루를 만든, 접치는 칼이였다. 자루 끝에 쇠고리가 있어서 허리띠에 차고 다닐 수 있었다. 나는 그 칼을 여러 해 동안 차고 다녔다. 룩히 사냥이나 고기잡이, 그리고 먼 길을 출장 갈 때 그 칼은 나에게 있어서 없지 못 할 길'동무였다.

그 칼은 쓸모가 많았다. 나는 원동에서 꼴호스 마당질 할 때 그 칼로 도리깨아들도 깎았고 로동 학원에서 공부할 때 연필도 깎았고 붉은 군대에서 복무할 때 홀레보도 벳''고 종아 사냥에 와서 새 땅을 던지고 눈을 줄 때 케트''''칼을 다루었다. 위대한 조국 전쟁 때 그 칼은 나와 함께 로력 전선에서 복무하였다.

그 칼자루의 한 모서리에는 그 칼의 본래 임자의 성명이 새겨져 있다. 그 세 글'자는 새겨진 지 그렇게 오랬음에도 불구하고 지금도 또렷하게 나타나고 있다. 나는 그 칼 임자를 수십 년이나 두고 내려 오면서 찾았으나 종래 찾아 내지 못 하였다.

조선 사람들에게는 얻은 칼을 가지지 않는다는 미신''''은 말이 있다. 하기야 그 칼은 얻은 것이 아니라, 임자가 두고 간 것을 건사한 셈이다. 그 칼을 내가 가두게 된 유래는 대략 다음과 같다.

1921년 경, 내 나이 여나무 살 되였을 때였다. 그 때 우리 집은 원동 K 요구의 바다'가에 있었다. 우리 집 곁, 바다 쪽에는 빈 벽돌집 한 채가 서 있었다. 이 벽돌집은 로씨야 지주네 것이였는데, 봄 청어잡이 철이면 계절 로동자들의 합숙으로 썼다. 이 벽돌집 앞으로는 신작로가 지나 갔는데, 그 길을 따라 동남 쪽으로 한 이십 리쯤 가면 고개를 넘어 큰 로씨야 촌에 다닫고 서북 쪽으로 한오리 를 가면 삼림 속을 뚫고 지나 로씨야 지주의 전장에 나가 떨어진다. 우리 마을 조선 사람들은 이 로씨야 지주의 땅을 소작 맡아 부치였다.

이 때 우리 마을에는 아니씨모브 부대의 빠르찌산들이 와 있었다. 모두 한 섬에 명 되였는데, 그들 중에는 조선 사람 한 분도 있었다. 그의 성명은 김 우철이였다. 그러나 그의 로씨야 동무들은 그를 그저 《김》이라고 불렀다. 우리는 그 때 빠르찌산들을 모두 《신당》이라고 불렀다.

우철 아주머니는 그 때 나에게 있어서 더 없는 큰 사람이였다. 말하자면 나의 처다 보이는 권위자였다. 조선 사람으로서 신당에 다닌다는 그 하나의 사실만 하여도 나는 그에게 심장과 정신을 몽땅 빼앗길 정도였다. 게다가 또 로씨야 말을 잘 하는 것 같지, 수류탄을 여고푸레에 찼지, 오연발총을 멧''지…

그들은 종종 낮이면 어디 가서 자취를 감추고 있다가도 해가 넘어 가서 땅거미가 겆들 때면 불시에 나타나군 하였다. 그러다가도 어떤 낮은 우철 아주머니가 자기 동무들과 함께 우리 집 터밭 김도 매 주고 나무도 패 주고 물도 길어다 주었다. 그들은 우리 집하고 아주 친하게 지냈다. 그리고 나하고는 룩별히 친절하였고 나를 몹시 귀여워 하였다. 그럴수록 나도 또한 그들을 존경했고 그들의 말을 잘 들었다.

저녁이면 그들은 빈 벽돌집에서 횃''불을 끓여 저녁 식사를 하였다. 그럴 때마다 나는 그들에게 김치도 갖다 주고 소금도 갖다 주면서 잔 심부름을 들어 주었다. 나는 그들이 들어 있는 벽돌집으로 제 집처럼 드나들었다.

저녁 식사가 끝난 다음 그들은 탐 흔도록 담배를 피우며 이야기를 주고 받았다. 어떤 때엔 노래도 나직이 불렀다. 그러다가는 갈지도 않고 덮지도 않고 입은 채 장판에 드러 누어 잤다. 그러나 그들 중 한 사람은 꼭 밖에 나와서 집 주위를 돌면서 수직을 섰다. 그도 그럴 수 밖에 없는 것이 고개넘에 로씨야 큰 촌에는 까뗄례브의 떽과 기형 부대가 주둔하고 있었다.

우리는 그 때 떽과 군대를 그저 《구당》이라고 불렀다. 나는 그 때 아직 구당들을 직접 제눈으로 본 적은 없었지만 어쨌든 나쁜 놈들 이리고만 단정하였다. 그리고 신당들은 좋은 사람들이며 언제까지나 우리 편이라고 인정하였다. 아니 그렇래, 우리 형도 어딘지 멀리 가서 신당에 다녔으니까…신당은 구당과 짜와야 하며 그 짜움에서 결국엔 신당이 꼭 이긴다는 신념을

갖고 있었다. 그래서 우리 마을에서 나의 또래들이 «신구당 놀음»을 놀게 되면 나는 의례이 신당 노릇을 맡았고 결국은 우리 편이 꼭 이기었다.

하루는 아침 해 뜰 무렵에 나는 낚시'대를 메고 지렁이 미끼 통을 들고 바다'가로 낚시질을 나갔다. 바로 바다'가에 서 있는 벽돌집 곁을 지나면서 살펴 보니 로초는 보이지 않았다집 아마 날이 다 밝았기에 들어 가 자는 모양이었다. 내가 벽돌. 모퉁이를 갓 지났을 때 신작로를 달리는 말발'굽 소리가 요란히 들려 왔다. 신작로 저 쪽을 내다 보니 아닌게 아니라, 기병들이 막 달려 들어 오고 있었다. 한 삼십 명 되는 것 같았다. 나누 깜짝 놀랐다. 군복을 입은 것이라든가, 어깨에 견장을 붙인 것이라든가 길다란 칼을 찬 젓이라던가 구랑들인 것은 틀림 없었다.

이 때 내 머리에 버쩍 떠 오른 첫 근심은 저 벽돌집에서 세상도 모르고 잠자고 있는 저 사람들을 어떻게 하느냐 하는 것이었다. 내가 바다'가로 더 나가지도 못 하고 집으로 도로 들어 오지도 못 하고 어쩔 줄 몰라 망서리고 있는 동안 벌써 말란 구랑들은 벽돌집 마당에 막 들어 섰다. 그들은 모두 다 얼굴이나 복장이나 꼭 그저 한 사람 같았다. 그러나 맨 앞에 좀 외따로 나선 구랑만은 그 복장이 암람의 무리에 수람 같았고 상판대기는 개와 짜우는 고양이처럼 독살스러웠다. 그의 곁에는 사복을 하고 안장도 아니 친 말을 란 조선 사람 한 분이 있었다. 그는 나를 보고 오라고 불렀다. 나는 너무 무서워서 부들부들 떨면서 조심조심 그한데로 갔다. 다가 가서 쳐다 보니 그는 내가 잘 아는 분이였다. 저 건너 고개 밑 로써야 집에서 머슴을 사는, 이돌이네 아버지였다. 이전에는 그렇게 싱낭하던 그이가 웬 일인지 아주 통명스럽게 목청을 높여

«신당돌이 여기는 없지!» 하고 묻는다기보다 확인하는 편이였다. 나는 무어라고 대답했으면 좋을지 몰라서 우물쭈물할 때 그는 재차 아주 위엄스럽게

«이 넘에 지주네 전장에 있겠지!» 하고 확실히 내게 귀뜸을 하는 것 같았다. 나는 그제야 눈치를 채고

«예, 예...신당돌이...저...저 넘에"» 하고 얼버무리면서 지주네 전장 쪽을 손으로 가리켰다. 그랬더니 이돌이네 아버지는 골로 쩌야 말로 앞에 따로 나서 있는 그 장교에게 무어라고 중얼중 얼하면서 지주네 전장으로 가는 길을 가리키니 장교는 그에게 무슨 막인지 몇 마디 집어 던지고 그 쪽으로 말 머리를 돌리며 묵덴 소리로 무어라고 구령을 주고 말을 달렸다. 그의 뒤를 따라 모두다 촌살 같이 말을 달렸다.

나는 별 다른 생각을 할 사이도 없이 벽돌집 안으로 막 뛰여 들어 갔다. 신당돌은 벌써 다 일어 나서 장홍도 괴여들고 수류란도 걸머 쥐고 권총도 빼여 들고 만반의 전투 테세를 갖추고 있었다. 구랑들이 와서 신당돌을 찾기에 지주네 전장에 있다고 속였더니 모두 그 쪽으로 넘어 갔다고 하니, 그들은 더 묻지도 않고 급급히 집을 나왔다.

(다음 호에 계속)

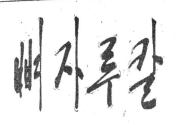

뼈자루칼

단편 소설

전 동혁

그들이 나간 다음 나는 그들이 자던 자리와 식상 우를 한 번 둬 살펴 보았다. 장판엔 아무 것도 없었고 식상 우에는 내가 어제 저녁에 김치를 담아 온 바가지와 칼 한 자루가 남아 있었다. 나는 그 빈 바가지와 칼을 집어 가지고 밖으로 나왔다. 나와 보니 신당들은 벌써 뒤'산 수렵 속에 사라졌고 이둘이네 아버지는 오면 길을 저만큼 술렁술렁 달려 갔다.

나는 집에 와서 어른들 하고 금방 있은 사연을 이야기하였더니, 어른들은 이거 큰 일 났다고 백짝 고면서 구당들이 도로 넘어 오기 전에 집을 비우고 당장 앞 마을로 피남을 가자고 하였다. 나는 우철 아주버니가 두고 간 그 뼈자루칼을 꼭 들어 쥐고 어른들 따라 앞 마을로 나왔다. 어머니는 나를 뒤 집 감자'굴에 감추어 놓았다. 반나절이나 나는 그 감자'굴 안에 숨어 있었다.

구당들이 지나 간 다음 집에 돌아 와 보니 집 형편은 불성 모양이였다. 문짝들이 떨어졌고, 독들이 깨여졌고, 궤짝돌이 뒤집혀졌고, 빨'대에 걸려 있던 이부자리와 웃들이 구들 바닥에 너저분하게 널렸지…

좌금 알고 보니 구당들이 저주의 건장에 가서 신당들을 찾으니 신당들의 숙사는 금방 지나 온 벽돌집이라고 하였다. 분이 머리끝까지 올라 간 백파 장교는 그 길로 다시 벽돌집에 돌아와 보니 신당들은 간 데 없고 꿩 구어 먹은 자리였다. 구당들은 잠자는 신당들을 몽땅 잡지 못 하고 속이운 것이 너무 뱅탕하여 노발 대발하면서 나를 잡아 드리라고 호통을 치다가 필경 우리 집에까지 찾아 와서 수색을 하였다. 집에 불을 질러 놓으려고 서두는 순간 뒤'산에서 '총'소리가 나니, 그만 눈이 뒤집혀 만행을 더 부리지 못 하고 뚱무니를 뺐였다.

이 날 이 빽파 기병 부대는 로씨야 큰 돔으로 넘어 가는 고개 밑에서 매복하여 있던 빨찌산둘의 불의의 공격을 받아 거의 몰살하다 싶이 되였다. 이것은 벽돌집에서 자던 우철 아주버니네 친구둘의 ‹장난›이였다.

이 사변이 있은 후 다시는 우철 아주버니가 우리 마을에 나타나지 않았다. 이 때부터 내게는 그 뼈자루칼이 남아 있게 되였다.

(전 호 속)

되였다. 그 후 언제 한 번 그 칼 임자를 만나기만 하면 그것을 돌려 주려고 하였으나 종내 만나지 못 하였다. 나는 그 칼을 소중히 여겨 알뜰히 건사하였다. 여러 번 잃어 버렸다가도 예를 써 기어이 찾군하였다. 한 번은 저수지에서 고기잡이를 하다가 그 칼을 물에 떨궈 버렸다. 그러나 동무들과 함께 나 자신이 십여 번이나 물'속에 자맥질하여 들어 가 끝끝내 건지고야 말았다.

그 칼은 사십여 년 간이나 나하고 동무를 하면서 원동에서 쏘베트 주권을 위하여 목숨 바쳐 싸운 빨찌산들, 특히 김 우철 아주버니를 빈번이 회상케 하였다. 그리고 또 그 칼은 그들의 위업에 기여한 나의 작은 몫을 말해 주는 표적이기도 하였다.

× × ×

토지 개량 기사란 직업은 나로 하여금 원근 꼴호스와 쏩호스로 종종 다니게 한다. 내가 가가린 명칭 쏩호스로 온 것은 토요일 오후였다. 나는 쏩호스의 려관에서 려장을 풀고 지완에 앉아 신문을 읽었다. 이윽하여 쏩호스 지배인 김 인수 동무가 찾아 왔다. 나는 구역으로부터 그의 자동차에 앉아 왔기에 그는 내가 이 쏩호스로 온 사연을 이미 아는 터이다. 나는 지배인과 안면이 있은 지 그리 오래지 않다. 그러나 그는 내가 이 쏩호스로 오는 때마다 사업 상의 온갖 편의를 보아 주었으며 어떻게 해서든지 나의 마음에 흠족할 그 무엇을 마련하기 위하여 늘 서둘고 있었다. 그가 비단 내게 대해서만 이렇게 하는 것이 아니라, 누구나 찾아 오는 손님에겐 다 이렇게 한다고 한다. 이것은 아마 그의 타고난 천성인듯도 싶었다.

인수 동무는 나더러 래일은 일요일인데 호수'가로 천렵을 가사고 하였다. 하기는 이른 봄이라, 쏩호스에서는 벼 파종 준비를 빈틈 없이 최다 해 놓고 파종을 시작하라는 신호만 기다리고 있는, 말하자면 폭풍우를 앞둔 명은 서기였다. 그리고 내가 볼려 온 일도 래일 시작할 수 없는 일이였기에 나는 지배인의 제의에 쾌히 동의하였다.

이튿날 아침에 우리는 자동차를 타고 호수'가로 나갔다. 여기는 워낙 개척한 지 몇 해 되지 않은 곳인지라, 나무밭 속엔 꿩이 많고 호수들에 고기가 많고 가을, 봄으로 오리, 기러기가 많이 날아 온다고 하였다. 우리가 호수'가에 왔을 때 거기에서는 벌써 로인 한 분이 열두어 살 먹어 보이는 소년을 데리고 걸그물을 느리고 있었다. 나는 지배인더러 저들이 누구인가고 물었다. 자기 아버지와 아들애라고 하였다.

로인과 소년이 그물을 다 놓고 무트로 나왔을 때 인수는 자기 아버지와 아들을 내게 소개하여 인사를 시켰다. 이 로인은 지금 륙십이 훨씬 넘었지만 기골이 장대하고 생기 발발해 보였다. 인수의 말에 의하면 그는 지금 은급을 받으며 로친과 따로 살면서 과수업과 고기잡이에 열중한다고 하였다.

우리가 자리잡은 호수'가 풀섶에 놓여 있는 웨드로 안에는 벌써 잡아 낸, 커다란 잉어 세 마리나 있었다. 인수는 싣고 온 남비, 그릇, 칼도마 등 식사 도구들을 끄러 내리우고 로인은 웨드로를 들어다 놓고 잉어를 고집어 내여 비눌을 치고 소년은 화로'불을 피우고 있었다. 할아버지, 아버지, 손자—이 삼 세대의 사람들은 마치 약속이나 한듯이 말 없이 일제히 제각기 제 할일을 하고 있었다. 남들이 다 일하는데, 나만이 덩하니 서 있기가 저으기 미안하여 나도 허리띠에서 뻐자루칼을 들어 내여 퍼 쥐고 잉어 따기에 정어 들어 로인의 일을 도와 주었다. 한편 인수 부자는 남비를 화로'불 우에 걸어 놓고 물을 끓였다.

얼마 지나지 않아서 생선국은 남비에서 먹음직하게 끓었고 양념 냄새가 코를 찌르는 어회가 보기 좋게 데야에 수북이 담기여 우리의 야외 《식탁》을 장식하였다. 우리는 《식탁》에 둘러 앉아 늦은 아침 겸 이른 점심 식사를 하기 시작하였다. 물른 이른들은 술도 한 잔씩 들었다. 이렇게 봄날 호수'가의 화로'불 결에 둘러 앉아 어회와 생선국을 먹는 쾌감이란 실로 그것을 체험한 사람들 밖에 모를듯도 싶다.

우리 좌석은 실로 단란하였다. 나는 이 사람들하고 이렇게 한 자리에 앉아 본 것은 처음이였지만 조금도 어색한 생각이 없었다. 우리는 여러 가지 이야기로 꽃을 피웠다. 로인과 인수는 주로 새로 개척한 이 고장의 풍부한 자연 부원에 대하여 이야기하였다.

식사도 거의 끝나 갔을 때였다. 나는 로인이 문득 정생하고 시선을 한 곳으로 쏘아 보내고 있는 것을 발견하였다. 그래서 나는 좀 이상하게 생각되여 그의 시선이 떨어지는 곳을 찾았다. 그것은 틀림 없는, 칼도마 우에 놓여 있는 나의 뻐자루칼이였다. 로인은 몸을 약간 기우려 그 칼을 집어다가 이모 저모 유심히 뜯어 보았다.

(제 4 면에 계속)

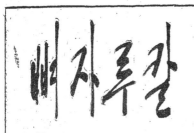

〖제 3 면의 계속〗

로인의 이 수상한 동정은 그와 나의 칼과의 그 어떤 인연으로 하여서가 아닌가 하고 나는 의아하게 여겼다. 실상 한 섬 년 전만 하여도 나는 칼 임자를 찾으려고 기회만 있으면 낯선 사람에도 자진하여 성명도 묻고 경력도 알아 보고 하였지만, 지금은 칼임자를 찾으려는 희망을 거의나 포기하다 싶이 하였다. 그러나 오늘 이 로인의 태도를 보고 너무나 이상하여 행여나 하고 인수더러 귀'속말로 아버지의 명함을 어떻게 쓰느냐고 물었다. 인수는 부친의 앞에서 그의 이름을 부르기 무엇해서인지 로인의 얼굴을 건너다 보고 빙그레 미소를 띠우고 나직이 《우철》이라고 하였다. 나는 속으로 《옳구나!》하면서도 조금히 덤비지 않았다. 그것은 그 쓰느 때 한 번 《김 우철》이란 성명 가진 사람을 의외에 만나서 조급히 서둘다가 창피를 당한 일이 있었기 때문이였다.

그러는 사이에 로인은 칼자루에 새긴 성명까지 발견하여 확인한 다음 내 쪽에 돌아 앉아 내 얼굴을 뚫어지게 들여다 보았다. 나도 그제야 다시 그의 낯을 매기 뜯어 보니 옛날에 보던 우철 아주버니의 얼굴과 약간 비슷한 데가 있었다.

《김 우철 아주버니가 아닙니까?》 하고 나는 로인에게 물었다. 로인은 이 말에 우뚤 놀라면서

《옹, 그래 자네가 룡택이란 말인가?!》 하고 눈물 어린 눈으로 물었다. 《룡택》은 나의 아명이다. 그렇다고 대답하자 그는 나를 마구 그러 안고 말 대신에 입술을 떨면서 눈물을 주루룩 흘렸다. 나도 역시 목구멍이 꾸기 메면서 눈시울이 뜨끔하였다. 이 광경을 보고 있던 인수네 부자도 눈에 눈물이 핑 돌았다.

《당신은 내 어렸을 때 이름을 지금도 기억하고 있습니다그려.》

《그럼 은인의 이름은 잊어지지 않는 법인데.》

《우리는 아버지에게서 룡택이 이야기를 여러 번 들었습니다.

그러나 당신이 바로 그 소년이였다는 것은 실로 뜻밖입니다》 하고 인수가 말참견을 하였다.

우철 로인은 자기 맞은 편에 앉아 있는 손자에를 가르키며 《저 애가 났을 때 나하고 이름을 지으라고 하기에 더 길게 생각지 않고 그저 자네 이름을 따라 《룡석》 이라고 지었네》

호수'가 아의 《식탁》 앞에서의 우리 이야기는 끝이 없었다. 우철 아주버니는 탈자산 투쟁이 끝날 다음 한 번 나의 고향 마을에 찾아 와 본 일이 있었으나 그 때는 벌써 우리 집이 다른 곳으로 이주하여 간 때였었다고 하였다.

사람이란 살아만 있으면 어떻게나 서로 만나고야 마는 법인가부다. 이렇게 나는 오래 동안 찾아 오던 칼 임자를 만났다. 그 날 저녁에 나는 우철 로인의 초청을 받아 그의 집에 가서 저녁 식사도 함께 하고 탐재도록 옛날을 회상하였다.

원동에 쏘베트 주권이 수립되자 우철 아주버니는 촌 쏘베트 위원장으로도 일했고 농업 집단화 초기에 꼴호스 관리 위원장으로도 있었고 당학교를 졸업하고 당 사업도 해 보았고 종 아시야에 와서는 꼴호스에서 벼 농사도 하고 목화 농사도 해 보았다.

이튿날 아침에 나는 그 로인네 집에서 나올 때 그 인연 깊은 뼈자루칼을 그 임자에게 드리였다. 처음에 로인은 굳이 사절하였다. 그러나 칼을 받지 않으면 오래 동안 칼 임자를 구준히 찾아 오던 나의 노력이 보람 없지 않으냐고 하면서 기어이 받아 주기를 바란다고 하니

《그러면 이 칼을 볼 때마다 자네를 생각하겠네》 하면서 칼을 받아 두었다.

이틀만에 나는 볼 일을 다 보고 이 꼴호스를 떠나 구역 소재지로 도로 나오게 되였다. 이 번에도 거냉인 인수의 자동차에 앉아 나왔다. 인수는 앞 자리에 앉았고 나는 뒤'자리에 앉았었다. 나오는 도중에 자동차가 호박길을 지날 때 인수의 몸이 움직이면서 들려 올라가는 양복 저고리 밑으로 허리띠에 매달린 낯익은 뼈자루칼이 내 눈에 뛰였다. 나는 그것을 보면서 이제 한 설여 년 지나면 저 칼이 인수의 아들 룡석이에게로 넘어 가지 않겠는가고 생각하였다.

〖1965년 5월〗

네 번째는 빠져도 든든
히 빠졌다.

세 번이나 내 바퀴 밑
에서만 아니라 온 차체 밑
에서도 살을 베는 찬 령기
가 습기를 깡그리 앉아 가
가라도 한 것 같이 푸석푸
석해진 메마른 눈을 솜옷소
매까지 써 가면서 그러내였
다. 땀과 눈이 목구멍까지 찬
바람에 어렸지만 등은 매번
축축히 땀에 젖었다. 그러다
가 차가 다대게나마 다시 앞
으로 움직이기 시작하여, 운
전수 곁에 앉아 손잡이를 틀
어 잡고 앞길을 살피느라면
어디로 재여 들어 오는지 모
를 령기에 등의 땀이 식기
시작하는 것이 당장 그 싫
아 보지 못한 페염에라도
걸릴 것만 같았다.

이렇게 세 번 거듭되였
다. 그러나 네 번째는 빠져
도 정말 든든히 빠졌다.

벌써 며칠째 눈은 거의
내려지 않았지만 저녁 녘에
불기 시작한 바람이 주변 언
덕의 눈을 차 바퀴로 다져
졌던 길에 모아 넣어 모조
리 메워 버렸다. 루랑기가 어
둠 속에서 골라 내는 길은
그 량 족에 펼쳐진 밭보다
오히려 더 높아 보였다. 그
러니 더 나뻤다. 본래 고르
지 못한 시골 길에 가을의
비물 웅덩이 자리가 적은
가? 눈 속에 함정 같이 숨
은 그런 웅덩이에 한 바퀴
만이라도 빠지면 차체가 눈
우에 풀썩 내려 앉고 만다…

그러나 아무리 어둡고 추
운 밤에 생긴 일이라고 하
여도 목적지 쓰따리 뽀고쓰
트까지는 온 짐작으로 보아,

쩌 결로 메드로도 남지 않
았을 테니 큰 근심은 없을
것이였다. 제일 나쁜 경우라
도 쓰따리 뽀고쓰트에 걸어
가서, 밤은 꽤 깊었지만, 뜨
락또르 운전수의 집을 물어
사정을 이야기하면 거절은 없
을 것이였다. 그러나 자기 손
으로 할 수 있는 일을 이
런 밤에 무슨 체면으로 남
의 패로 떰 하겠는가? 그래
우리는 파고 또 팠다…

그러나 네 번째는 빠져
도 정말 든든히 빠졌다. 차
체 밑의 눈을 언 땅이 드
러날 때까지 그러내였는데도
차는 한 치도 앞으로 움직
이지 않았다. 엥엥 소리를 내
며 돌아 가는 바퀴가 그마
찰열로 흙을 녹여, 어느 새
깊은 흠이 파이고 말았다.
보니 바퀴가 돌면 돌수록 흠
로는 더 막혀 갔다…

자기 차는 어떤 사나운
길에서도 빠져 나간다고 하
면서 락심의 기색을 보이지
않을 뿐더러 이따금 롱까지
제법 섞던 운전수가 두 팔
을 길게 드리우고 주위를 돌
러 보았다. 인촌들이 멀지 않
은 곳이지만 어두워 그림차
조차 보이지 않았다. 일찌기
자리에들 눕는 철이라, 초저
녁이면 몰라도, 불'빛 하나

찾아 볼 수 없었다. 그러나
후에 알고 보니, 그 인기척
비슷한 것조차 느껴지지 않
는 어둠 속에도 한 자리에
서 불을 켜고 헐떡이는 우
리 차를 본 사람이 있었다…

네 번째는 빠져도 정말
든든히 빠졌다.

─좀 쉴가요? …─이렇게
모진 바람에 젖어져 날려 가
는듯 한 말을 흘리듯이 하
고는 운전수가 벙어리장갑을
벗었다.

무릎을 툭툭 치는 벙어

리장갑의 소리에 기운이 없
는 것은 바람 소리 때문만
이 아니였다. 이 때에야 나
는 그가 열마나 몹시 지쳤
는지 알 수 있었다. 길에서
자동차가 고장 날 때면 아
무 때나, 그리고 승객이 열
마나 되든 운전수의 고생이
제일 큰 법이다. 자기가 할
수 있는 일은 누구한테도 밀
려고 하지 않는다. 이것은 이
를테면 운전수들의 불문율이
다, 철칙이다.

우리는 차에 들어가 앉
았다. 방수포 틈 사이로 불
어 드는 바람은 그래도 한
디의 바람이 아니였다. 우리
는 잘 놓지 않는 손가락으
로 담배를 붙여 물었다. 그
리고는 묵묵히 빨았다. 속으
로는 이런 경우에도 웃을 줄
알아야 한다고 다짐하면서도
좀체 말이 나오지 않았다…
우리는 퍽 지쳤다…

그런데 권연의 첫 대도
채 피우기 전에 느닷없이 우
리 둘의 그림자가 바람에 날
리는 싸라눈이 먼저 같이 덮
은 앞 유리에 얼른거렸다.
본능적으로 휘기 낯을 돌린
운전수가 바삐 담배를 부벼
끄면서 말하였다.

─뒤에서 뜨락또르가 옵
니다! 쓰따릭 쁘고쓰뜨로로 가
는 뜨락또르가 옵니다!

그는 잘 열리지 않는 문
을 밀어 젖히고 눈 우에 뛰
여 내렸다. 나도 목깃을 다
시 세우고 차에서 내렸다.

…눈부시게 밝은 불이 한
20 메뜨르 밖에까지 온 다음
에야 비로소 운전수가 한 손
으로 이마 앞을 가리우고 한
손을 흔들었다. 그러자 뜨락
또르는 산 존재 같이 두번
눈을 깜박거려 보였다. 뜨락
또르라고 하지만 뜨락또르가
보인 것은 아니였다. 그저 점
점 커지고 밝아지는 한 쌍
의 불눈과, 바람과 다투며 들
려 오는 발동기 소리가 특
정적이였을 뿐이다…

가까이 보니 꽤 낡은 뜨
락또르였다. 특히 운전대가 그
랬다. 파네르판이 물러 나고
터지고 해서 그 안은 방수
포를 덮은 우리 차보다 더

주울 것이였다…

뜨락또르는 속력을 늦추
지 않은 채 정신을 오른 쪽
으로 몹시 젖혀 눕히고 우
리 차 곁을 달려 나가더니
약 10 메뜨르 앞에 가서 우
리 차의 불빛 속으로 쑥 들
어 섰다. 그리자 눈에 폭폭
빠지면서 따라 단던 운전수
가 뜨락뜨르 뒤에 감겨 있
던 쇠바스줄을 풀기 시작하
였다. 우리는 필요 이상으로
서물면서 쇠바스줄을 끌어다
가 역시 필요 이상 서물면

서 우리 차의 앞 갈고리에
얽어 동였다…

…우리 차는 불눈으로 앞
에 솟은 뜨락또르의 무슨 빛
인지도 알기 어려운 낡은 운
전대를 지켜 보면서 한참이
나 끌려 갔다.

─인젠 제 바퀴로 갈 수
있을 것 같습니다─하고 혼
자 소리 같이 말하면서 운전
수는 불을 몇 번 껐다 켰
다 하였다.

아닌게 아니라 길이 평
평한 등성이의 반대 면으로
내려 빋기 시작하자 바퀴가
굳은 눈길 우에 바로 올라
섰다는 것이 느껴졌다. 팽팽
하게 늘였던 쇠바줄이 눈길
우에 끌리기 시작하였다. 그
러나 뜨락또르는 멎지 않았
다. 운전수는 차를 뜨락또르
뒤에 바짝 다가 몰며 다시
신호를 보냈다. 그래도 뜨락
또르는 멎지 않았다.

─저 사람은 쓰따릭 쁘
고쓰뜨까지 이렇게 거북의 걸
음으로 길동무를 하잔 말이
군─하면서 운전수는 쓴 웃
음을 웃었다.

나는 그래도 다행이라고
생각하였다. 기대하지도 않았
던, 한 방향으로 가는 뜨락
또르만 오지 않았던들 겨울
밤의 눈길에서의 고생은 열
마나 더 계속되였을런지 모
를 터이였던 것이다…

그런데 열마 더 안 가
서 나는 불의에 그 하루 밤
에 네 번이나 체험한 차체
의 경사를 감쪽하고 손잡이

를 쥔 손에 바짝 힘을 주
었다. 이어 오른 쪽 뒤'바퀴
가 공전하기 시작한 모양이
여서 차가 한 자리에서 오
른 쪽으로 쏠리려 들었다.
그러나 다음 순간 쇠바'줄이
불빛 속에서 살아 나기라도
한듯이 날아 오르는 것이 보
였다. 쇠바'줄이 금선 같이
팽팽해진 것과 우리 차가 갑
중 뛰고 앞으로 굴린 것이
거의 동시였다…

　이렇게 차가 다시 굳은
눈'길에 올라 서자 이 쪽의
신호도 없이 뜨락또르가 멎
었다. 그 뒤'창에 루팡기 빛
에 허연, 사람의 얼굴이 얼
른거리더니 곧 장갑을 낀 손
이 아래 우로 흔들렸다. 그
것은 이제 금방 빠졌던 응
덩이가 쓰따릐 뽀고쓰르로 가
는 길에 있는 마지막 장애
라는 말과 마찬가지일 것이
였다.

　운전수는 차를 세우고 뛰
여 내려서 갈고리에서 쇠바'
줄을 풀어 멎겼다. 그러자 뜨
락또르는 섰던 자리에서 다
시 고불고불해진 쇠바'줄을
끌면서 왼 쪽으로 돌기 시
작하였다. 그리고는 얼마 크
지 않은 반원을 그려, 오던
길로 돌아 서서 우리 차의
곁을 덜렁거리며 성급히 달
려 지나 갔다. 우리는 손을
흔들었다. 그러나 뜨락또르는
멎지 않았다. 일순, 추운듯이
등을 구부리고 앉아, 앞길을

살피는 운전수의 거먼 반신
이 장유리 속에 보인듯 하
였을 뿐이였다…

　우리는 새카만 어둠 속
에 보채 모양으로 번우 불'빛
속으로 빨려 들어 가듯이 사
라져 가는 뜨락또르의 뒤'그
림자를 한참이나 말없이 바
랬다.

　―나는 쓰따릐 뽀고쓰르
로 가는 뜨락또른 줄 알았군…

　나의 운전수가 마침내 혼
자'소리 하듯이 이렇게 중얼
거렸다.

단편소설　양갚음　김상철

차'바퀴 구우는 단조로운
소리가 들린다. 나는 이렇게
차'창'가에 앉아서 푸른 비단
모전 같은 논'벌과 밀밭들이
나의 눈 앞을 스쳐 가며 종
잔역들과 꼴호스 마을들과 전
주들이 번적번적 지나가면서
자연 풍경이 련달아 바뀌여
지는 것을 몇 시간이라도 구
경할 수 있다. 그리하여 차
에 앉아 다니는 것이 언제
나 늘 나의 마음을 즐겁게
하는 것이다. 그러나 여기에
서 나의 주목을 끌게 한 것
은 차실에서 격렬하게 벌어
진 론쟁이였다.

—그래, 청년, 당신의 할
아버지와 아버지들은 당신네
보다 아주 쉽게 살았다고 믿
는 거지요. 말하자면 젊은
종, 기판종, 수유란 말만이
혁명적 량만이 있었다는 말
이지요. 그리고 그들은 ”우
라“ 소리를 왜치며 짜리 궁
전과 지주들의 장원을 파괴
하고 자본가들의 면상을 후
려 갈기면 그만이였다는 말
이지요. 그러나 그렇지 않아
요. 사실인즉 그들의 생활은
당신이 생각하는 것보다는 아
주 복잡했어요. 그들은 빈궁
에서 허덕이며 학대와 천대
를 받아 왔고 피를 흘리면
서 자기의 권리와 행운을 위
하여 싸워 왔던 거요. 그들
은 혁명을 하면서, 당신이 생
각하는 것처럼, 란탄대로로 걸
어 간 것이 아니라, 착잡한
로를 뚫으며 어려운 탐색
의 길을 걷게 되였던 거지요.
이렇게 말하고 나서 로
인은 원동 어느 궁벽한 농

촌에 살던 한 처녀의 운명
에 대한 다음과 같은 이야
기를 하여 주었다.

×　×　×

동지'달 초생이였다. 황량
한 전원에도, 벌거숭이 산비
탈에도 솜털 같이 폭신폭신
한 눈이 내리였다. 랍수룩한
깨암나무 꼭대기들에는 눈
어 덮여 흰 모자를 방불케
하였으며 하늘을 꿰 뚫을듯
한 소나무 가지들에서는 흰
눈이 전주알처럼 반짝이였다.
사방은 침묵에 잠겼다. 사람
들도, 땅도 할것 없이 모든
것을 죄다 침묵이 삼켜 버
런듯 섰었다. 이른 아침해'빛
은 잠든 자연을 깨울가 머
안해나 하는듯이 조심스레 나
무 가지들의 우두머리를 건
드리는 것이였다. 이 산골짜
기에 있는 자그마한 조선 마
을도 아직 잠을 자고 있었
다. 벽이 기울어지고 여기저
기 흙이 떨어져 나간 조선
사람들의 초가집들은 개울
의 좌우 량편에 이리저리 벌
는 대로 자리잡고 있었다.
갑자기 침묵이 깨뜨려졌
다. 쟁쟁 울리는 방울 소리
에 차디찬 공기는 떨고 있
었다. 마을도 놀라서 잠을 깼
다. 여기저기에서 문'소리가
요란스러웠고 사람들이 둘악
에서 분주히 서들며 거닐고
있었다. 잠자던 어린이들까지
도 깨여나 때묻은 손'등으로
눈을 비비며 밖으로 나왔다.
이곳 저곳에서는 황겁해 하
는 말 소리가 들려 왔다.
—온다, 온다. 얼듀까자

촌장 김 병일네 집 마
당에는 말 세 마리를 매운
뜨로이까가 멎춰 섰다. 살찐
말들은 자개를 접으며 거품
을 흘리면서 루베질하였다.
—노-노, 그만해— 하며
말들을 달래며 욱하는 소리
가 들려 왔다.
일리야는 몸'집이 뚱뚱
하고 나어 없음애도 불구하
고 파리에서 가볍게 살작 뛰
여 내려서 승냥이털 가웃
에서 눈을 터는 것이였다.
그는 찌프린 희끗희끗한 눈
섭 밑에서 깜박거리는 동그
란 눈으로 사람들을 뚫어지
도록 보기도 하였고 자기의
육중한 몸'집을 내흔들면서
위압도 하면서 『너희네는 벌
래돌이야! 『하고 누구와든지
엄격하고 자신만만하게 말하
는 것이였다. 사람들은 그래
도 그의 비위를 맞추느라고
그 앞에 허리를 굽실거리는
것이였다. 일리야에게는 로색
한 기운이라곤 전혀 없었
다. 그의 육중한 몸에서는
그 어떤 사나운 기운이 내
뿜겼다.
그리고는 다 해진 짧은
갖옷을 얹은 늙정이가 추위
서 몸을 웅크리고 그와 같
이 내려서 저즙'대 같은 가
느다란 다리를 바삐 놀리면
서 종종걸음으로 그 뒤를
따라 걸어 갔다. 일리야는
모인 사람들을 향하여 몸을
돌리면서 멎춰 섰다.
—그래, 너희들은 이 일
듀까를 무역으로 기쁘게 하
려느냐? —하고 그는 소리
쳤다.

촌장을 비롯하여 마을 사람들은 일제히 이마가 땅에 닿을 정도로 허리를 굽혀 인사를 하였다. 일리야는 가지 각색의 헌옷을 입고 해여진 신발들을 신은 촌민들의 꼴을 밉살스레 보았다. 그는 소가죽 오리로 꼬아서 만든 채찍을 돌리며 서 있었다.

—예림, 이 놈들의 빚이 얼마인가 봐!

늙정이는 얄미운 걸음으로 파리에 가서 장부를 들고 와서 안경을 쓰고 애수탉처럼 소리쳤다:

—당신네 촌은 금년 봄에 약담배밭 열 내 채싸전을 소작 맡았는데, 소작료는 한 채싸전에 백원씩이오. 그려고 또 당신네 촌에서 한 채싸전에 십 원씩 주기로 하고 열 다섯 채싸전의 땅을 더 가졌으니 당신들이 당신네 은인인 일리야 이그나찌으에게 진 빚이 도합…

이 말을 듣자 일류까의 둥근 얼굴에는 희색이 만면하였다.

—으음, 이려고 보니 당신들이 주인에게 갚을 빚어일화로 1550 원이오. 그 돈을 약속한 대로 1920년 동지달 초 3일 날에 갚아야 하오—하고 늙정이는 하던 말을 계속하였다.

병열은 서슴거리며 앞에 나서서 손짓을 하며 서투른 로씨야 말로

—우리는 아직 곡석을 팔지 못해 돈이 없어요. 우리 요새 쓰빠쓰크 서장에 가서 곡석을 팔아 돈을 만들어 가지고 오면 우리가 책접 그 땟을 가져다 물겠어요.—하고 말하였다.

일리야의 찡그린 눈에는 파독이 올랐다. 그는 분이 어쩌나 치밀었던지 그의 얼굴에 떠올랐던 어진 표정은 삽시간에 사라져 버렸다.

—너희들이 만일 요 며칠 동안에 돈을 안 가져왔다간 경을 치울 줄 알라…

—하고 일리야는 채찍으로 위협하고 나서 파리에 가 앉는 것이였다. 늙정이는 주인이 소작인들에게 그렇게 말한 것을 만족스레 여기면서 열었던 장부 책을 덮어 놓은 다음

—이 하느님을 배반하는 놈들아, 마음에 안 든단 말이지?—하고 거기 모여 선 사람들을 욕질하고 나서 주연을 향하여—일리야 이그나찌으, 당신이 나에게 권리만 준다면 내 이놈들을 혼'내울 테야요—하고 말하였다.

일리야는 향기로운 냄새 풍기는 건조를 깔고 파리 우에 평안히 앉으면서

—왜 약이 올라 그러는 거야 어서 돌아져 오라구, 늦겠는데—하고 소리쳤다.

예림까는 놀라서 눈을 깜박거리며 종종걸음으로 파리 곁으로 다가갔다. 소작인들은 예림까의 꼬락서니를 우습게 보고 있었다.

말들은 푸실푸실한 눈안개를 보야하게 일구며 첫 자리에서부터 내굼을 치며 달리였다. 삼두 말파리는 마저막 비탈"길에 나타났다가 산굽연돌이를 돌아지며 사라졌다. 사람들은 서로 말 없이 집집어 해여져 갔다.

땅거며 들였을 때 촌장은 최 동칠 령감네 접으로 찾아 갔다. 최 령감은 나지막 한 초가집 방 구석에 멀적이 없어서 마처 독한 담배 연기에 취하여 모든 고면을 죄다 엿어버리려는듯 이 담배'대 물뿌리만 거를 쩌 삐기삐기 빨고 있었다. 그러다가

—참 거막힌 '열여야, 돈을 데러니 네여지 돈을 (고)

런데 이 돈을 어디서 구해
내는가! —하고 말하면서 길
게 한숨을 쉬였다.
　—이 일은 어찌면 좋아
요? 그런데 그 일류까란 놈은
요…—하고 병일이도 낯을 씽
그리며 목구멍에 무슨 거칠
은 덩어리가 걸리기나 한듯
이 겨우 억지로 말하였다.
　—념려 마오. 내게 대
한 책임은 내가 질터요—하
고 최 령감은 말하였다.
　아침에 최 령감은 병일
이와 함께 일류까한데로 갔
다. 최 령감의 안해는 불행
을 예감했든지 온 종일 한
숨만 쉬면서 먼 산 뒤에서
나오는 길을 눈이 아푸도록
내다 보았다. 그러다가 그는
석양 무렵에 저녁을 젓느라
고 서둘었다. 그의 열 일곱
을 되는 금순어는 아궁이에
불을 때였다. 처녀는 성격 성
으로 어머니를 달므았다. 처
녀는 소심하고 겁어 많았으
며 언제든거 불평을 말하거
않았다. 그는 무엇이든거 불
가피한 것으로, 당연한 것으
로 생각하여 말 없이 참어
왔다. 그러하여 아버지는 자
기 말하고 "나는 우려 집에
서 훌륭한 애다. 참울 줄 아
는 것은 농민의 생활에서 거
례로 알아야 한다"는 말을
한 때거 한두 번이 아녀
였다. 처녀는 웃는 때거 드
물었다. 그의 장백한 얼굴애
서와 슬픔애 잠긴 커다란 눈
애서는 늘 애수거 머 돌고
있었다. 심지어 그의 생활애
서 재일 거쁜 열어 생각겼
을 때애도 그의 머루알 같
은 새까만 눈은 야간한 회
가마면 멸 머굼어였다.
　—일류까는 때깔 현관애
나섰다. 그는 목도리 검은 공
단 적삼을 업었고 두루마거
같은 푸른 잠옷을 업었다. 그
의 장화는 걸을 때마다 뼈
작거 려였고 썩란 기롭 냄새
자 풍겨였다. 그는 물그스래

한 수염에 묻은 홀레브 부
스러기들을 멸어 버러고 술
에 취해 희미해진 눈을 찌
프리면서
　—그래 어떻게 뙸어? —
하고 물어 보았다.
　병일은 헝겊에 싼 돈을
그에게 내밀었다. 일리야는 그
돈을 손바닥에 놓고 무게나
알아 보려는듯이 한참 들고
있었다.
　—다 가져 왔는가? —하
고 그는 물었다.
　촌장은 말없이 묵묵히 서
있었다. 그는 특히 일리야가
술에 취하면 성미가 아주 포
악해지는 것을 잘 아는지라
그에게 어떻게도 어떤 말
부터 해야 할지 몰라서 그
렜던 것이다.
　—왜 망설어는 거야? 훔
쳐 뙸지? 무슨 일 있을 줄
아니? —일리야는 커다란 자
기 손가락으로 목을 때는
시뉵을 하면서—직-직 하면 그
만여다—하고 소려쳤다. 그러
고 애쁨까를 불렀다.
　그러자 문어 열려며 갸
쳐움어 걸은 머러가 죽 내
멸었다. 병일어는 손을 내흔
들면서 무엇얼거 일류까하고
아려 져하느라고 약단업석 아였
다. 어 때 때거 당도한 애
쁨까는 빙긋 하고 고웃음을 껴
면서 자거의 모족한 매크를
썰룩 거라고 떠럭
　—일리야 어그어어으, 그
눈에 수설하려는 꼬략 서리울
보겨요. 당선을 속여느라고 그
러는 거야요—하고 말하였다.
　—거먼 뙸으란 말이야!
—하고 주얌은 그의 말을 중
단 서켰다. —나는 어 사람
의 말마닥만도 못해, 련할
수만 있었어면 빨쩌 너를 펴
러뚜 껑잘자럼 다 멋겨 멸
고 너를 멸어 때개 햇을 꺼
다. 어 망한 놈, 내 너를 잘
알고 있다. 내 마음어란 겅
쩌거 검댐어 갈애. (계속)

예핌까는 그런 모욕을 당하고 코만 훌쩍거리며 말없이 서 있었다.

―왜 씩씩거리는거야? 그래 내가 거짓말 한단 말이냐?

―난 성낼 일이 없어요, 이그나찌트…세상이 본시 그렇게 돼 먹은거니까요. 사람들이란 마음을 들여다 보는게 아니라 돈 주머니부터 들여다 보게 된단 말이야요.

―건 옳은 말이다. 옳은 건 옳다고 해야지. 우리한텐 하느님 같은 돈을 싫여 하는 사람이라곤 없는거야―이런 말을 하고 다서 좀 온순해진 일리야는 예핌까에게 돈 뭉치를 던져 주었다.

뼝일이는 드디여 최 령감이 아직 빚을 물 수 없는 형편이란 것을 말하게 되였는데 말을 들은 일리야의 눈에서는 갑짜기 성난 불꽃이 튀여 올랐다. 예핌까는 곁에 서서 붙는 불에 키질하였다.

―당신은 그 놈들을 그렇게도 사를 봐 주지만 내 심장은 벌써 그 놈들이 천사가 아니라는 것을 알아챈지 오래요.

일리야는 잠자코 말이 없었다. 그의 큼직한 가슴만이 자주 부풀어 오를 따름이였다. 그의 눈'섭들은 보기무섭게 량미간에 가서 서로 마주 붙어 있었다.

―이리 와!―하고 주인은 최 령감을 오라고 손짓하였다.

어전에는 흰 빛이였지만 겨금 와서는 다 해여져고 낡아서 부여홓게 된 한복 저고리와 여기저저 헝겊 쪼각들을 대이고 기운 너르다란 한복 바지를 엽고 헌 초신을 선은 최 령감을 일리야는 눈이 뚜드려지게 아래우

로 훌어 보았다. 그리다가 갑짜기 일리야의 얼굴에서는 부드러운 빛이 떠오르면서.

―가만 있어, 릐씨야 산기슭, 강'가에 있는 밭어 내가 다루는 거냐?―하고 물었다.

최 령감은 그렇다고 머리를 끄덕이였다. 그러나 그는 그의 태도가 그렇게 갑짜기 달라지는 것이 저기에게 기쁜 일을 거져 오겠는지 나쁜 일을 가져 오겠는지를 몰라 위구해도 하고 궁금해도 하였다.

―네게 아마 딸이 있지? 그애를 우리 집에 보내서 우려 거사를 돕게 해라. 그려면 우리 회계가 다 될꺼다.

최 령감은 이런 말을 듣고 처를 떨었다. 그는 그것이 무엇을 의미하는지 잘 알고 있었기 때문이였다. 최 령감은 일류까의 앞에 무릎을 꿇고 그의 잠옷깃을 두손으로 붙잡고 엎디여 자기가 직접 무슨 일이나 다 해줄 테니 딸만은 건드리지 말아 달라고 애걸하였다. 그러나 일류까는 고집불통이였다. 그리자 최 령감은

―당신이 아무려 노여워해도 무관해요. 어쨌든 나는 나 자신과 내 딸이 수치를 당하게는 못 할 테요―하고 말하였다. 그리자 일류까는 머리 끝까저 약이 치바쳤던 것이다.

―아니, 나와 허튼 수작을 하는 거야!―하고 일류까는 업속 말로 중얼대고 나서 최 령감을 사정 없이 후려 갈겼다. 로인은 정신을 잃어 버리고 하마트면 나가 쏠어질번' 하였다. 로인의 모자는 벗어져 떨어졌고 그의 흰 머리'카락은 바람에 날리였으며 그의 얼굴에서는 선

(전 호 속)

저피가 흘러 내렸다. 일류까는 흔드적거리며 최 령감한테 다가와서 쥐눈 같은 눈으로 뚫어지게 쏘아 보면서

—그래, 맛이 어떻니?— 하고 물었다.

최 령감은 머리를 번쩍 추켜 들고, 개기름이 번질번질하게 떠돌고 역한 술냄새가 풍기는 커다란 일류까의 얼굴에 침을 배트았다. 일류까는 짐승처럼 비명을 울리며 얼굴에서 피 섞인 침도 씻지 않고 장화 신은 발로 로인의 배를 되는 대로 마구 차 놓았다. 로인은 펄쩍 눈 우에 주저 앉았다. 그의 낯은 새파래졌고 입술에서는 피 섞인 거품이 버글거리였다. 성난 일류까는 그래도 흡족처 않아 또 달려 들어 그 로인을 짓밟기 시작하였다. 불시에 누구의 억센 손이 그의 목덜미를 잡아 당기여 옆으로 밀어 놓았다. 어것은 하늘색 눈어 켜다랗고 얼굴어 어질게 생기고 체격이 장대한 이집 머슴 안드레이까였다.

—너 무슨 버르쟁이냐?— 하고 일리야는 안드레이까에게 덤벼들었다.

—버르쟁이구 뭐구 그만 두오—하고 안드레이까는 침착하게 대답하였다—너머전 사람을 당신은 좋아라고 달려 들어 밟는단 말이오…그런 법이 어디 있소? 참 한심한 세상이야!

그러나 얼류까는 아랑곳 하지 않고 그냥 안드레이까에게 대들었다. 안드레이까는 쓴 웃음을 웃고 나서

—이그나찌츠, 좀 조심하오. 그리다간 간 치우려다—하고 말하였다.

…이튿날 아침에야 비로소 정신을 차린 최 령감은 자기 곁에 앉아 흐느껴 우는 금순의 얼굴에서 흘러 내리는 눈물을 닦아 주면서

—이애, 근심 말아라 좀 있으면 그 악마 일류까의 빚도 다 갚아 주고 모든 일이 다 무사히 될 것이다—하고 달래였다.

며칠이 지나 촌장 병일이 최 령감한테 문병하려 찾아 갔댔는데, 그의 안해와 딸은 그의 곁에 앉아서 조용히 한란하며 울고 있었다. 금순이는 머리채를 풀어 헤치고 울었다. 병일이는 최 령감이 자기 자신과 자기 가정에 하나의 불행만 가져 온 어 무정한 세상과 영원히 하직하게 되였다는 것을 알게 되였다.

남편의 장사를 지내고 나

212

금순의 어머니도 고민하던 끝에 병환에 걸리게 되였다. 금순이는 날마다 어머니의 병세가 점점 더 위급해 가는 참상을 차마 볼 수 없었다. 금순이는 마을에 있는 무당을 데려다 놓고 그에게 집에 있는 물건이란 전부 다 내여 주면서 어떻게 하던지 자기 집에 불행을 가져 오는 악귀들을 몰아내 달라고 청들였다. 밤이 깊어지면 금순이는 한 쪽 방구석에 진지밥과 맑은 물을 떠 놓은 상을 가져다 놓고 치성을 드리면서

—신령이시여, 내 어머니를 구원해 주서요. 내 어머니는 매우 어지신 분이야요, 만일 우리가 일류까의 빚을 물지 못한 죄로 내 어머니에게 죄를 준다면 내가 어떻게 하던지 그것을 갚아 드리겠어요. 내가 밤낮 벌어서 그 빚을 물테니 내 어머니만은 나한테서 빼앗아 가지 마서요—하고 떨리는 목소리로 빌었다.

금순이는 이렇게 밤을 새우다가도 새벽이 되면 어머니 곁에 쓸어져 불안한 잠을 자곤 하였다.

그러나 무당도, 그의 밤 치성도 처녀를 도와 주지 못했다. 금순이는 혼자 남게 되였다. 그는 유령처럼 자기의 빈 집 주위를 거닐고 있었다. 그가 고독하게 지내는 것을 보고 동정하지 않는 사람이라곤 없었다. 그러나 누구든지 그를 자기 집으로 데려 갈 생각은 감히 하지 못 하였던 것이다. 그것은 그리다가 일류까가 금순이네 빚을 자기에게 넘겨 써을까 봐 두려워 하였기 때문이었다. 그들은 극상해야 금순이를 데려다가 음식을 먹이고 집에서 재워 보내는 것으로만 그치게 되였다.

한 편은 금순어 마을에서 잃어졌다. 그 후 며칠이 지나 촌장 병일은 어듬 해 농사를 지을 밭들을 소작 맡을 때 대해 상논하려고 일류까를 찾아 갔댔는데 그는 그 집에서 금순이를 만나 보았다.

—너 어째서 여기 와 있늬? —하고 병일은 물었다.

—빚을 갚아 주려고 왔어요—하고 금순이는 태연스레 대답하였다. 그러자 촌장은 몹시 격분하여

—이 철없는 애야, 네가 어떻게 어 집에 와 있는단 말이니? 일류까는 내 부모를 죽인 살인자란 말이다. 어서 마을로 가거라…그래도 아마 별일어 없을 꺼다—하고 말해 주었다.

금순이는 애트ㅅ해하며 쓴 웃음을 웃었다.

—빚을 갚으면 가겠어요.

(계속)

이리하여 금순이는 일류까네 집에서 머슴 노릇을 하게 되였다. 한 번은 금순이 구정물을 내다 던지려고 밖으로 나갔댔는데 안드레이까는 집 한 쪽 옆에 서서 그를 거기로 오라고 불러다 놓고

—여기 와 앉아 좀 쉬여라. 네가 바로 주인놈이 적 숨으로 보낸 그 로인의 딸 이란 말이지? 들을라니, 네가 빚을 갚느라고 머슴살이를 한다더구나? —하고 말하였다. 금순이 그렇게 하는 데 대해 비난하는 말인지 찬성하는 말인지 도무지 분간하기 어려웠다. 안드레이까의 못 박힌 커다란 손이 어느새 처녀의 머리채에 와 닿았다. 금순은 놀랐다. 안드레이까는 점직하여 얼굴이 빨개졌다. 처녀는 그가 그 때 아버지를 편들어 준 것을 안다. 술이 많은 벌건 머리 거인인 안드레이까는 거트으로는 루박해 보이지만 그래도 그에게서 매우 인자하고 친절한 그 어떤 것을 발견할 수 있였다. 그리하여 금순이에게서는 그에 대한 그 어떤 존경심이 저절로 생겨지는 것이였다.

한 번은 깊은 밤중이였는데 일류까는 금순이를 자기 방으로 들어 오라고 불렀다. 일류까는 기껏 술을 퍼먹고 털이 부시시한 손을 내려 드리우고 혼자 상 곁에 앉아 있였다.

—여기 와 앉아라! —하고 그는 금순이에게 말하였다.

금순이는 조심스레 그의 앞에 가서 그를 마주 앉았

(제 240 호 계속)

다. 그는 비틀거리며 금순이 곁에 다가 와서 그의 잔약한 어깨 우에 철퇴 같은 무거운 손을 올려 놓았다. 그러나 처녀는 홱기 뿌리치며 물러 앉았다.

—너 이 집 안'주인 노릇하고 싶지 않니? 모든 것이 다 네해가 될 것이다. 자 어서 말해라, 그리고 싶니? 내가 살 날이 얼마 남지 않았다. 내가 죽으면 내가 이 집 주인이 될꺼다.

금순이는 웃음으로 대답을 대신하고 일류까에게 술을 쓰머깐이 넘어나게 부어 주었다. 일류까는 처녀가 부어 준 술을 마셔야 하는가 안 마셔야 하는가 하고 생각하기나 하는듯 한참 묵묵히 서 있었다.

—그럼 좋아, 마셔 보지! 시간이 아직 있으니까…

이리하여 금순이는 주인에게 한 잔 두 잔…술을 부지런히 부어 주었다. 일류까는 저녀가 주는 술을 받아 게걸스레 쭉쭉 들여 마시고 나서는 역하게 게트림을 하고 있었다. 그리다가 그는 전부 몽땅 토해 버렸다. 그리고 나서 그는 갑짜기 이를 빠득빠득 갈면서 술 부은 쓰마깐을 메여 쳐서 산산히 부스러뜨렸다.

—우-우—하고 승냥이처럼 소리치다가 머리를 쥐여 뜯으면서—오, 내 아들 쎄료스까, 쎄료스까…어쨌든 놈들이 너를 죽였구나, 죽였어……하는 그의 얼굴에서는 눈물이 흘러 내렸다. 이 지방에서 누구나 다 겁나 별별 떨게 하던 그런 무서운 강자이던 일류까가 그렇게 보잘 것 없

는 불행한 연잔에 되였다는 것은 지금 금순이에게 참으로 믿어지지 않았던 것이다.

일류까는 아마도 금순이 자기에게 대하여 이런 생각을 하고 있다는 것을 알아채린 것 같았다.

—안 된다, 안 돼! 아직은 내 세상이야. 모든 것이 내 소원대로 될 것이다.

그의 눈에서는 악의에 찬 불꽃이 튀여 오르는 것이였다. 그러나 이것은 꺼져 가는 화토'불의 마지막 불꽃과 같은 것이였다. 일류까는 금순이를 그러 안으려고 하였다. 그러나 저녀는 몸을 비끼며 피하였다. 그는 균형을 잃어 버리고 몸을 건잡을 수 없이 장판에 나가 쓰러졌다. 그리고 중얼거리다가 잠들어 버렸다.

금순이는 사랑에 나가서 석유통을 들고 들어와 장판, 벽, 침대들에 온통 석유를 뿌린 다음 밖에 나와 빗장을 질러 문을 잠그었다. 그리고 건초를 한아름 안아다 놓았다. 그리고 금순이는 허리를 구부리고 거기에 성냥을 켜 대려고 서들었다.

—네가 뭘 하니? —라는 소리가 등 뒤에서 들려 왔다.

금순이는 불을 달지 못하고 일어 섰다. 그는 안드레이까였다.

—뭘 어쩌는 거니! 내 너를 붙잡아 법관에 가져가면 어쩔 셈이니?

금순이는 너무나 의외의 일이여서 얼굴이 창백해지며 묵묵히 서 있었다.

—누가 그렇게 집에 불을 단다더냐? —하고 안드레이까는 유감스러운 뜻을 표한 다음—좀 가만히 있어라—하고 덧붙여 말하였다.

그는 석유통에 남아 있는 석유를 건초 무더기에 뿌려 놓고

—자, 여재는 불을 달아라! —하고 말하였다.

석유를 쳐 놓은 나무점은 홰'불처럼 붙어 확 타올랐다.

여 날 밤에 여 근방 마을 사람들은 큰 화재를 구경하게 되였다. 여 저방에서 제일 큰 부자인 토호 일려아 오를로브의 장원이 타버렸던 것이다.

이튿날 아침에 일본 군인들이 와서 재'더미 속에서 재까마홍게 타버린 일류까의 시체를 파내였다. 금순이와 안드레이까는 어디론지 자취를 감춰 버렸다.

거차는 정거하였다. 모두들 긴 한숨을 쉬였다.

—나는 아마 다 온 것 같은데 내려야 하겠소.

이야기하던 로인은 짐'가방을 들고 서둘러 출구로 나가는 것이였다.

—실례합니다. 금순이와 안드레이까의 운명은 어떻게 되였습니까? —하고 내 곁에 앉았던 사람이 물었다.

—그 이야기는 참 기오. 그 후 그들은 빠르찌산 부대에 참가하여 블라고웨쩬스크로부터 블라지위쓰또크에까지 나가면서 1922년 말 일본 침략군들을 우리 땅에서 내 몬 다음 사랑하는 두 사람은 가정을 이루고 지금까지 재미 있게 살고 있다는 것만은 간단히 말해 줄 수 있소. 그들은 지금 마스껜트에서 사는데 내가 지금 그돌한테로 찾아 가 놀다가 오는 길이요. 우리는 우리의 청년 시절을, 즉 빠르찌산 생활을 하던 시절을 회상하였소. 어찌 그 때를 회상하지 않겠소. 그 시절이 오늘을 낳아 주었으니까요…

길이길이 굽이지어 흐르는 까라말 강 좌우 편에 그물처럼 덮인 판개망에 새 봄이 왔다.

산'더미 같이 거름을 싣고 논'둑 길을 달리는 뜨락또르에도, 거먼 물'결을 이루어 오락가락하는 철마들에도 재 봄은 왔다.

농부들의 어깨 우로 번개 같이 번쩍이며 오르내리는 께르멘 날에도 봄빛이 안기였다. 마치도 솟구치는 농부들의 기세를 더 한층 북돋우는양 자동차들이 벼씨를 싣고 꼬리에 꼬리를 물고 들어온다. 파종기들은 더욱 숭벽을 내여 달리고 있다.

가물도 장마도 모르는 이 땅에서 기계로 씨를 심고 기계로 가을하는 농민들. 그들에게는 나라 앞에서 명세를 다진 중산 임무가 있다. 그리하여 그들은 온갖 준비를 빈틈 없이 다 해 놓고 짧은 시일 내로 각각 자기 브리가다 논에 물을 먹이려고 서둘고 있다. 논'둑 우에 걸너 놓인 수통들은 물 오기를 기다리는양 아구리들을 쩍 벌리고 있다. 하지만 그처럼 기다리는 물은 끝내 오지 않고 있다.

오늘도 물이 없다. 그러나 수감은 왔다.

—웬 일이오? 수감 동무, 왜 아직도 물을 보내지 않소?

—하, 말을 마우. 물이 없다우.

—물이 없다니? 거 참 들다 첫 소리요. 그럼 벼농산 롵렸지. 벼를 하나의 유기체에 비한다면 물은 그 유기체를 이루는 세포와 같은 것이오. 그런데 물이 없다니? 군말을 말고 논에 물이 기준량 대로 오게 하오.

브리가지르는 제법 과학적 론거를 들면서 따지고 들었다. 수감은 말문이 막혀서 명하니 섰다가 ,,또 수문에나 올라 가 보지" 하고 농막을 나섰다.

벼씨를 심은 지도 어느덧 열홀이 지나 갔다. 물보기'군들은 당황해서 물 오기를 기다리며 핥은듯이 빤빤한 대둘만 지켜 보고들 있었다. 가슴이 불에 타 이글거리는듯 하여 견딜 수가 없다. 수감의 말은 매양 그말이 그 말이다. 그 사람을 조르고 나무린다고 했자 시원한 일이 생길 기미란 조금도 보이지 않는다.

브리가지르는 말등에 앉아 쉴새 없이 채찍질을 하며 대돌'둑을 달리였다. 드디어 푸럼푸럼한 수림 속에 당도했다. 거기에는 수문들이 대둘을 막아 서 있었다. 버들 가지들도 나른한 것이 물 기다림이 틀림 없다. 수문 곁에 자그마한 수직실 하나가 서 있다. 브리가지르는 말등에서 내려 나무에 말을 매고 가보니 수직실은 텅 비여 있다. 거기서 한 백 메뜨르 거리에 흰 집 한채가 보였다. 그것은 수문 기술자가 사는 집이였다. 그 집을 찾아가니 수문 기술자는 물이 언제나 오겠는가를 알아보려 제156호 지점으로 가고 없었다. 한 30세 되여 보이는 수문 기술자의 안해는 브리가지르가 찾아 온 사연을 듣고 근심겨운 어조로 이렇게 말했다.

—금년은 참 이상해요. 산에서 물이 조금씩 밖에 내려 오지 않는대요. 매일 다녀야 그 상이 장상이래요. 례년 같으면 물이 막 밀려와서 요구되는 대로 보냈을 터인데…

—구역 수리 관리 일'군들이 다닙데까?

—요새는 그들 뿐 아니라 구역 지도자들와 쏩호스 직임자들까지 밤낮 찾아 다닙데다. 그들도 그 물 때문에 속이 타서 다니는 모양입데다. 우리 집에서도 그 물 때문에 밤'잠을 바로 자지 못하고 분주히 보내는데요.

이런 말을 들은 브리가지르의 머리 속에서는 오만 가지 생각이 매암돌이치는 것이였다. 그는 생각 끝에 쏩호스 지배인을 찾아 갔다. 그는 사무실에 들어 가 지배인에게 인사를 드리고 나서 다짜고짜로 자기의 아픈 가슴을 털어 놓았다.

—지배인 동무, 어쩌면 좋습니까? 물이 없어 심은 벼씨가 다 말라 죽습니다.

지배인은 슬그머니 자리에서 일어 나 그의 곁에 와 서며 역시 안타까운 어조로 말하였다.

—아오, 아오, 다 알고 있소. 날씨가 차서 산에 눈과 얼음이 잘 녹지 않는다오. 자연이란 아직도 나쁜 장난을 꽤 많이 하거든요. 그런데 우리에겐 아직 그 장난을 이겨낼 힘이 부족된단 말이오. 어쨌든 우리가 자연을 이겨내야 하는 거요. 좀 늦을 수는 있어도 물은 꼭 있게 될꺼요. 좀 기다리요.

사정이 이런데 더 할 말이 없지 않은가. 그래도 브리가지르는 지배인에게 또 한 마디 따졌다.

—어떻게 하든지 속히 물이 오도록 해야 합니다. 그렇지 않으면 금년 농사는 틀려집니다.

지배인은 브리가지르가 물 때문에 그렇게 애를 태우는

것이 일변으로는 기록도 하
고 일변으로는 안타깝기도 하
여 대답 대신 전화통을 들
고 해당한 상부 기관들에 물
문제 해결이 어떻게 되는가
를 물어 보는 것이였다. 그
러나 그도 아마 시원한 대
답을 받지 못한 모양이다.
그는 전화통을 떠 없이 살
그머니 놓으며

—그렇게 락심할꺼ㄴ 없
소. 지금 구역과 주 지도자
들이 그 물 때문에 밤'잠을
바로 자지 못하고 애를 쓰
오. 속히 해결이 있을테니 좀
더 기다리오. 그리고 브리가
다원들을 잘 단속시키오. 물
이 늦게 와서 써를 다시 심
그는 수가 있더라도 농사는
꼭 해야 할 것이 아니오—하
고 말하였다.

지배인은 자기 사무실에
서 돌아쳐 나가는 브리가지
르를 문까지 바래 주면서 그
와 굳은 악수를 서로 나누
였다.

„정말 금년 농사가 이렇
게 틀려지고 만단 말인가!"
이런 생각에 잠겨서 말등에
앉아 농장으로 돌아 오는 브
리가지르는 안락까워 어찌할
바를 몰랐다.

벼를 심은 지 15 일이
지났을 때다. 어디에서인지 불
시에 부연 물이 검불들을 거

뭐 안고 대돌이 터질 지경
짜 차서 훌러 온다. 이미 준
비된 수통들과 수준계들은 내
가 왔다는듯이 쏵 하고 소
리치며 흐르는 물을 반가히
맞아 들인다. 얼굴에 웃음이
차 넘치는 물보기'군들은 활
기를 띠였다. 그러나 너무도
의외의 일이라 일변 당황하
기도 했다. 주먹을 부르쥐고
달음박질하지 않으면 안 되
였다. 그것은 물이 너무 많
아서 도랑둑돌이 터지기 때
문이였다. 농부들은 한 방울

218

의 물이랴도 헛되이 잃어 버리지 않기 위해 달려 다니며 온갖 조치를 다 취하였다.

이렇게 미친듯 오던 물이 세 번째 날 새벽에 또 뚝 끊어지고 대돌이 말라 들기 시작했다. 농부들의 가슴도 말라 들였다. 150 겍따르의 논이 이 번에도 물맛을 보지 못 한 것도 가슴이 아프고 염분이 많은 땅에 숨은 벼쎄가 쩔을가도 근심이 였다.

브리가지르는 수감을 찾아 가 또 떠들었다.

— 수감 동무, 왜 또 물이 없소?

— 나두 알 수 없소.

— 물을 주관하는 수감이 모르면 누가 아오?

— 수감도 물이 있어야 주관하나 어쩌나 하지. 괜히 나와 걸고 들지 말고 큰 수문 있는 데 가서 알아 보오.

수감의 말이 옳다. 없는 물을 수감인들 어찌 하랴. 물'줄기를 따라 올라 가 보는 것 밖엔 다른 도리가 없다. 브리가지르는 „C-2“ 우셀로 말을 달려 갔다. 거기도 물이 없었다. 86 호 지점에 가도 물이 보이지 않았다. 다

음엔 156 호 지점으로 갔다. 내려 오는 물은 거기 와서 간히고 말았다. 브리가지

르는 초소에 들어가 수문 기술자를 찾아서 질문을 들여 댔다.

— 왜, 아래는 물을 보내지 않소?

— 단번 아래까지 갈라 보낼 물이 없으므로 한 차례에 사흘씩 대게 한다오.

— 그래도 사람의 먹을 물이나 보내 줘야 할게 아니오?

— 워낙 물이 적다니까… 내 말을 못 믿으면 감아 나가 보게오…

두 사람은 초소를 나와

수문으로 갔다. 수문틀에 낯선 사람 셋이 서 있었다. 물과 수문에서 눈을 떼지 않고 서성거리는 품이 그들도 물 때문에 온 것이 분명하다. 브리가지르는 그 중 한 사람에게 물었다.

―당신들도 물 때문에 왔소?

―네, 저 수통에서 물이 새서 짬을 막으려고 방수포를 가지고 왔는데 어떻게 하면 되겠는가를 궁리하는 중이오.

―수통 짬으로 새는 물이 얼마나 된다구 그것까지 막으려구 든단 말이오. 물이 귀하다니 사람까지 잡으려고 드오. 아래 사람들이 목 축일 물이나 보내 줘야지.

―벼가 다 마르는데 누구의 사정을 보겠소.

그의 곁에 섰던 사나이가 룩명스레 보태는 말이다.

―벼 농사도 사람이 하오. 벼도 벼거니와 우선 사람이 살아야지. 물 없이는 사람이 못 사오―브리가지르는 그들 앞에 한 걸음 다가 섰다.

―먹을 물이 없으면 우물을 파서 먹던지 자동차에 실어다 먹던지 하지요. 우리는 단 한 배미라도 논을 더 살려야 하겠소.

그 사나이는 이렇게 무뚝뚝히 대꾸를 하고 같이 온 사람들과 함께 방수포로 물을 막으려고 덤벼쳤다.

―그건 안 되요. 당신네는 사흘 동안 수통으로 흐르는 물만 대일 권리가 있소.―수문 기사가 그들을 저지 시켰다.

―우리는 우리 지배인의 명령 대로 할 것 뿐이오.

―누가 당신네 지배인에게 수문의 물을 처리할 권리를 주었답데까. 펀히 말썽이을 부리지 말고 돌아들 가오.

―한 차례에 사흘씩이니 오늘까지는 우리가 물을 댈 권리가 있소.

그들은 지려고 하지 않았다. 브리가지르는 더 참을을 수 없어서 한참 서서 망설이다가 말을 타고 „C-1" 우셀로 달렸다. 거기엔 물이 얼마나 되는가를 알아 보려는 것이였다. 우셀에 당도하자 그는 이외에 여러 개의 승용차들이 거기 서 있는 것을 보게 되였다. „무슨 일일까?!" 생각하며 그 곁에 말을 매여 놓고 거기서 걸어 수문을 넘어 초소로 들어 가려 했다. 그런데 이상하게도 초소엔 아무도 없었다. 그때 거기서 돌아져 나오려는데 그 부근 흰 집 앞에서 웬 사람이 소리치며 오라고 손질한다. 알고 보니 그가 바로 이 우셀을 관리하는 수리 기수 였다.

(계속)

220

단편소설 리와씰리작
물ㅅ싸움
정태홍 그림

—그런데 지금 이 우셀
로 대체 물이 몇 꾸보나 옵
니까? —하고 브리가지르는 그
와 인사를 나누고 나서 인
차 물었다. 브리가지르는 몹
시 흥분된 사람인지라 그의
목소리는 볼멘 소리처럼 대
단히 높았다.
—쉬! 쉬! 조용히 말하시
오—이렇게 주의시키고 나서
수리 기수는 계속하여 말하였
다—지금 두 쏩호스 지배인
들이 마주 서서 물 때문에
한장 싸우는 중이외다.
브리가지르는 제꺽 목소
리를 낮추었다. 그는 수리 기
수한테서 자기의 물음에 대
 대답을 받지 못 하였지
만 그가 대답 대신 말하여
준 것이 그보다도 자기를 더
유혹시키기 때문에 그런 것
도 아랑곳하지 않고 이번에
는 이런 질문을 하였다.
—그리고 또 누구 누구
거기 있습니까?
—거긴 또 구역 당 위
원회 비서, 주 당 위원회 위
원 두 동무, 수리 관리국 국
장, 수리 기사장이 있어요.
이런 말을 듣고 브리가
지르는 ,,좋은 기회가 생겼구
나 !" 생각하면서 그 집안으
로 들어 가려고 서둘렀다.
이 때 마침 그 집안에 있
던 사람들이 밖으로 와르르
나왔다. 이런 틈을 타서 그
는 수리 관리국 국장 앞에
다가 가서 인사를 드린 다음

(전호속)

—여보서요, 왜 우리한테
로 물을 보내지 않습니까?
—하고 물었다. 그리자 그 곁
에 섰던 구역 당 위원회 비서
가 그를 대신하여 말하였다.
—당신들이 물 멜 차례
가 지났소. 지금은 이 쏩호
스에서 멜 차례오. 당신네는
사흘 후에 또 대게 될 꺼오.
—비서 동무, 어느 쏩호
스의 벼든지 다 국가의 벼
가 아닙니까? 이 쏩호스의 논
들은 물 우에 있기 때문에
내려가는 물을 잡아서 논을
다 삶았습니다. 우리 쏩호스
에서도 내 브리가다 논은 맨
마지막 끝에 있기 때문에 아
직 150 껙따르의 논을 삶지 못
하고 있습니다. 그리고 또 논
도 논이거니와 우리는 사람
들까지도 물을 마시지 못 해
죽을 지경입니다. 아무리 물
이 귀한 세월이기론 수문 쯤
으로 흐르는 물까지 브레센
트로 막아 놓고 사람은 고
사하고 새 찍어 먹을 물도
없게 하려고 드니 이게 어디
된 일입니까? 그 쏩호스에서
논을 다 삶지 못했다면. 또
별 문제입니다.
브리가지르의 말을 듣고
사람들은 놀라는 표정으로 그
쏩호스 지배인을 바라 보
았다.
—지배인 동무, 저 동무
의 말이 옳소? 당신이 브레
센트로 수문 쯤을 막으라는

지시를 줬소? —하고 주 당 위
원회 위원 한 사람이 물었다.
지배인은 좀 당황해 하는 표
정으로
—그 동무 거짓말을 합
니다. 난 그런 지시를 준 일
이 없습니다—하고 지배인은
대답하였다.
—거짓말이라면 거기 가봅
시다. 거기서 온 사람들이 지
배인이 그렇게 하라고 했답
디다—하고 브리가지르는 자
기 한 말을 반복하였다.
—그러지 않아도 지금 우
리가 거기로 갈려고 했소—
수리 관리국 국장은 브리가
지르에게 이렇게 말하고 나
서—자, 갑시다—하며 맨 앞
에 서서 갈 차비를 하였다.
모두들 그의 뒤를 따라 나
섰다.
이윽고 그들은 156 호
지점에 왔다. 수문 쯤을 막
으려고 덮었던 커다란 브레
센트가 물'살에 밀려 수문 아
래 깊은 웅덩이에서 자기를
끄집어 내리는 세 사람을 안
고 한 몸이 되여 딩굴고 있
었다. 그 사람들은 마치 물
에 빠진 병아리를 방불케 하
였다.
사람들은 그들을 보고 웃
기도 하고 지배인을 속으로
은근히 나무라기도 하였다.
그러나 판명된바 그것은 지
배인의 명령이 아니였고 지
배인 부장의 지시였던 것이다. 어

졌든 그것은 거기 모여 온 사람들의 마음에 거슬리였다.

주 당 위원회 위원인 한 사람이 그 광경을 보다가 못마땅하다는듯이 눈을 찌푸리고 수리 관리국 국장에게 손'가락으로 브리가지르를 가리키면서

—저 사람의 브리가다에 논을 다 삶을 때까지 물을 주는 것이 좋겠소—하고 말하였다.

국장은 그 즉석에서 수리 기수에게 수문을 열어 놓으라는 명령을 내리였다. 브리가지르는 그런 말을 듣자 어깨에 날개가 돋친양 섰었다. 그가 탄 말도 나는듯이 브리가다 논으로 달리고 있었다.

아직 물맛을 보지 못한 논들에서도 생은 움직이고 있다. 논바닥은 거북의 등처럼 쭉쭉 갈라지기 시작했지만 땅누게에 벼짝들이 송곳 글인양 쑥쑥 올려 민다. 저녁에 브리가다원들을 모여 놓고 래일 물을 어떻게 댈 것을 이야기해 주었다.

이튿날 동틀 무렵부터 물이 오기 시작했다. 물보기'군은 누구를 물론하고 자기 논에 물을 더 넣으려고 맹렬히 서둘고들 있었다. 밤에도 낮에도 그들은 자기 논을 떠나지 않고 돌아쳤다.

브리가지르는 일정한 차례에 의하여 절차 있게 물 대기를 조직하였다. 배수'돌로 물 한 방울도 흘러 나가지 않게 하였다.

그런데 딱한 일이 또 하나 생겼다. 큰 수문이나 작은 수문을 물론하고 주인이 흘해 생기게 되였다. 그것은 수문 열'쇠를 대장간에서마다 만들 수 있은 까닭이였다.

그래서 웃 논들에는 물이 지나치게 들어 가고 아래 논들은 물 맛을 보지 못하게 되였다. 드디여 각 수문에는 특별한 자물쇠를 갈아 거는 데까지 이르렀다. 그러나 이 번에도 논을 다 젓히지 못하였다. 새 차례가 올 때까지 또 기다려야 하는 것이였다.

그 이튿날 브리가지르는 자동차를 타고 제 1 호 수문으로 찾아 갔다. 옛친구가 그 수문 시설을 관리한다는 말을 듣고 단 한 림방메뜨르의 물이라도 보내 달라고 청들려는 것이였다. 브리가지르는 옛친구를 만나 수인사를 하고 이내 말을 꺼냈다.

—이 사람, 그래 일하는 재미가 어떤가?

—하, 말을 말게. 재미가 다 뭔가? 곤난이 막심하네. 금년 같이 귀찮아서는 이 일도 못 해 먹겠네. 그래 자네는 지금 뭘 하는가?

—한 브리가다를 말아서 벼 농사를 하네. 거북한 녀편네가 가루 팔라 가면 광풍이 분다고 내가 벼 농사를 하자니 물이 없어서 벼가 다 죽기 차비네. 그래 백사 불계하고 자네를 찾아 왔네. 좀 위반이 될지라도 오랜 면목과 친구의 정으로 봐서 오른 쪽 돍에 물을 좀 보태 주게.

—친구의 정분으로 보아 무엇인들 못 하겠나? 그러나 이 부탁만은 못 들겠네. 내게로 어린것들이 자라고 있지 않는가. 막 무가내네. 섭섭해 딸게.

그 친구가 딱 잡아 떼였다. 브리가지르는 마음 속

으로 믿던 나무가 꺼꾸러진
듯한 서운한 잠을 느끼며 빈
입만 다시였다. 그러다가 자
기도 그의 처지에 있으면 그
이상 달리는 처리할 수 없
다는 것을 깨닫자 곧 그와
작별하고 그 곳을 나왔다.
담배만 피우고 섰던 그는 자
동차 운전수에게 „골로브노예"
(까라딸 강을 건너막은 맨 머
리 수문 시설)로 가 보게
오" 하고 자동차에 올라 앉
았다.

멀리 검은 빛으로 물든
아쓰팔트로 줄음 잡아 달리
던 자동차는 오른 쪽 비탈
진 산허리에서 사납게 구비
지어 가파른 내리막 길을 조

래 편은 물에 씻긴 자갈이
재'빛으로 윤기를 내고 있
다. 강'가 좌우에 널리 깔린
자갈판에서 아이와 어른들이
3-4 명씩 패를 지어 다니며
군데군데 널려서 무엇인지
두드리고 있다.

—브리가지르 동무, 저 사
람들어 뭘 하나 가 봅시다
—하고 운전수는 자동차를 강
바닥 자갈판으로 몰았다. —저
사람들이 고기를 잡습니다.

—뭐, 고기를? ……제 생
각에 잠겨 멀리를 바라 보
던 브리가지르는 운전실 문
을 반쯤 열고 상반신을 밖으
로 쑥 내밀고 바라 보았다.

—참 고길 잡는군.

심조심 내려 갔다. 그 아래
가 바로 „골로브노예"다. 높
다란 쩬멘트 성벽이 강을 가
로 타고 웅장하게 서 있다.
땅을 디디고 선 가달 사이
에 간마다 커다란 철문들이
줄을 지어 일자로 닫겨져 서
있다. 우편은 저수지 물이
잔잔한 파도를 이루었고 아

—좀 구경합시다.
운전수가 내리는 바람에 브
리가지르도 운전실을 나왔다.
(계속)

레닌기치 3면
1967년 4월 11일

레닌기치, 1967.04.12, 3면.

단편소설 리와씰리 작

울는 싸움

청태홍 그림

군데군데 고인 물웅덩이 들에 고기 떼들이 재'물가 마 끓듯 한다. 아이 어른 할 것 없이 빨래 방망이질 하 듯 몽둥이로 두드리는데 단 번에 굵은 잉어, 농어, 마린 까가 5-6 마리씩 희뜩희뜩 던져진다. 이것은 신기한 일 이라기보다 차라리 징그러운 일이였다. 낚시에 걸리거나 그물에 든 고기는 아주 회 한하다. 그러나 철을 따라 풍 산을 하자고 물 우에 오른 고기들이 이렇게 몰살 당하 는 비참한 처지에 대하여 눈을 찡그리지 않을 수 없 었다.

골로브노예에서 방울방울 떨어지는 물이 모여 큰 머리 채 만큼 줄 지어 흐른다. 고 기들은 그 물'줄기를 따라 오르려고 코를 박고 몸부림 친다. 》물 없는 내 논에서 시들어 가는 벼나 물 없는 강에서 죽어 가는 고기나 다 같이 애처럽고 가련하구 나《 하고 브리가지르는 우울 한 기분으로 》후《 숨을 길게 내뿜었다.

눈 앞에서 죽어 가는 고 기나 벼를 살리자면 물이 있 어야 한다. 그런데 물은 어 디서 어떻게 얻는가? 브리가 지르는 갑갑증이 나서 미치 는듯이 》골로브노예《 수문 꼭 대기 조절원들이 오르내리는 사다리로 올라 갔다.

(제 72 호 속)

까라딸 강곬이 멀리 바라 보였다. 뿌여흐게 마른 강 언덕 이 주름지어 벋어 내려 갔고 솔솔 부는 바람은 모래를 끌 고 강'바닥을 핥으며 돌아 치고 있다.

까라딸! 5백 리를 길 게 흐르는 물. 중가리야 산 맥 눈산들에서 얼음과 눈이 녹아 방울방울 떨어져 실개 천으로 수천 골짜기를 흘러 흘러 한 몸에 뭉치련이 두 언덕에 가득 차 발하스 호 로 들어 가는 이 강. 이 강 을 중심으로 하고 바둑판 같 은 벌판이 좌우에 아득히 벋 어 있으며 이 넓은 벌판에 옹기종기 건물들이 솟은 쏩호스, 꼴호스 마을이 곳곳 에 널려 있다.

강물도 길이길이 흘렀고 인간도 오래오래 살아 왔다. 몇 백 몇 천 년을 이 땅에 젖을 주는 생명수로 흐르던 이 강, 그러던 까라딸아 왜 이렇게 가련하게 되였는가? 네가 그래 지난 날들을 잊 였단 말이냐? 그냥 그렇게 맥 을 버리고 말테냐? 브리가 지르는 이렇게 애달픈 속말 을 하며 아득하게 보이는 자 기 농지에서 시선을 떼지 않 고 거의나 의식을 잃은듯이 덩하니 서 있었다.

—웬 사람이 여기로 올 라 왔소? 여기는 잡인이 오 르내리는 것을 금하는데…이 서 내려 가오, 어서!

브리가지르를 발견한 수 리 기사는 째기 소리를 칠 렀다.

—네, 안녕하시오. 곧 내 려 가치요. 그런데 당신은 누 구요?

—수리 기사요.

—찾아 뵈려던 차에 마 침 잘 만났습니다. 난 물을 얻 으려 다니는 사람이오.

이 말은 수리 기사로 하 여금 저 사람이 농업 기사 가 아니면 어느 꼴호스 관 리 위원장이나 쏩호스 지배 인으로 알게 했던지 너무 떠 베게 말한 것을 도리여 미 안히 여기는듯 하다. 그는 빙 그레 웃으며 나직이 입을 떼 였다.

—금년 같이 물이 귀 해 는 드무ㅂ니다. 년년이 이 때면 50 립방 메뜨르의 물 이 왔지요. 그래서 30 립방 메뜨르는 관개수로 쓰고 나 머지 물은 발하스로 내려 보 냈지요. 그랬는데 금년엔 제일 물이 많은 때에 16 립방 메 뜨르에 불과한데 파종 면적 은 지난해보다 배나 불었습 니다. 벼만 하여도 4천 객 따르가 되니 이 물을 가지 고는 어림도 없지요.

—그래 언제나 물이 부 를 것 같습니까?

—그거야 하늘에 달렸지 요. 오늘이라도 날씨가 더우 면 산의 눈과 얼음이 녹아 내릴 것입니다.

—인공적으로 그 눈화 얼음을 녹이는 수는 없을가요?

브리가지르는 물 없는 것이 마치 수리 기사의 잘못이기나 한듯이 그를 쏘아 보며 그의 앞에 한 걸음 다가 섰다. 그는 씩 웃고 시선을 먼 지평선에 던지며 외면하고 대답을 피해 버렸다. 그가 취하는 동작과 표정으로 보아 „수천 수만 립방 메뜨르의 그 많은 눈을 인공적으로 녹이다니, 되지도 않을 소리를 하오" 하고 코웃음을 하는 것만 같다.

대답을 기다리던 브리가치르는 저으기 불쾌하였다.

—그래 내 질문이 마음에 들지 않으시오?

—리론적으로는 가능합니다. 그러나 실제에 있어서는 잘 되는 것 같지 않습니다. 태양열이 아니고야 그 많은 눈을 어떻게? …

—현대 과학의 힘으로는 눈이 아니라 산도 녹일 수 있을 것인데요.

—동무 뿐만 아니라 알마아따에도 그런 공상가들이 있는가 봅데다. 요새 산으로 쏠어 다니며 쑤그덕 공론이 다사하지만…보시오 강'바닥엔 저렇게 모래가 날리고 있지 않아요. 그만큼 차 가물으니 인젠 날씨가 더워지겠지요. 날씨가 …

수리 기사는 하늘이 하는 일을 어찌할 수 없다는 듯이 „날씨" 란 말에 힘을 주며 브리가지르에게 괜히 돌아 다니지 말고 돌아 가 날씨가 덥기를 기다리라고 은근히 권고하는듯 하다. 브리가지르는 좀 어성을 높여서 말했다.

—나는 한 떼기 논에서

돌아 치는 작은 사람이지만 동무는 이 넓은 벌판에 물을 보장할 책임을 맡은 큰 인물이 아닙니까? 산의 눈을 녹여 내리기라도 해야지요. 화학품과 원자력은 뒀다가 뭣에 쓰려는 겁니까?

—허, 참 그 동무가…— 하고 수리 기사는 어이 없어서인지 입을 쩍 다시고 한참 멍멍다가 말을 이었다.

—전 구역, 전 주, 전 공화국이 물 문제 때문에 걱정하고 있습니다. 그러나 자연의 힘을 이겨 낸다는 것은 식은 죽 먹기가 아니랍니다. 돌아 다닌대야 별 용빼는 수가 없으니 돌아 가 차례에 오는 물이나 바로 대이오.

„인간의 힘이란 이렇게도 약한가? 갸륵한 자연의 장난에 아직도 얼마나 롱락을 당해야 하는가? " 브리가지르는 그 곳을 떠나면서 이런 안타까운 생각에 잠겼다. 그는 오던 길에 쏩호스 지배인을 찾아 갔다. 그는 지배인을 만나서 산의 눈을 인공적으로 녹일 문제와 차기 논 곁에서 흐르는 퇴수를 나쏘쓰로 자아 올릴 문제를 세웠다. 지배인은 첫 문제에 대해서는 이미 학자들이 연구에 착수했다는 것을 알려 주고 두 번째 문제에 대해서는 그러지 못한다고 타일렀다. 웃물이 밎지 못 하며 그 퇴수에 매달린 경리들도 있으니 그 물은 건드리지 못 한다는 것이었다.

—인체는 모든 것이 끝장 났구만—하고 브리가지르는 머리를 숙였다.

—아직은 끝장 나지 않았소. 세월은 앞에 있소. 사

람들을 더욱 단속시켜 물대는 규정을 어김 없이 지키면서 어떻게 벼를 살리게 하오. 앞서도 말했지만 일부 논에는 재경을 할 수도 있으니 준비하고 있소.

지배인의 말은 신중하고 엄숙하였다.

브러가지르는 농장에 돌아 와서 브러가다원들에게 물 형편을 이야기한 후 한 방울의 물이라도 유실하지 말고 절약해야 한다는 것을 당부했다. 그러나 워낙 뒤'물이 부족하다 보니 시시각각으로 벼는 시들어 가기 마련이였다. 사람들의 용기도 벼와 같이 시들어 갔다.

원래 가난한 집에 말썽이 많은 법이다. 물 가난이 든 브러가다에도 말썽ㅇ이 끊임 없이 일어 나고 있다. 어떤 사람은 덮어 놓고 자기 밭에 물을 더 대려고 허욕을 썼고 어떤 사람은 벼가 나은 자기 분조 논에만 물을 대게 하고 희망 없는 다른 분조 논은 막아 버리라고 주장했고 어떤 사람은 보따리를 싸놓고 줄행랑 칠 준비를 갖추고 있었다.

그러나 어느 분조를 두고 어느 분조를 그만 두게 하겠는가 하는 질문에는 아무도 정확한 대답을 줄 수 없었다. „6월이 채 가지 않았으니 재경을 하더라도 끝까지 논에서 물러 서지 말아야 하오" 하고 브러가지르는 여전히 자기의 주견을 굳게 내세웠다.

••••••••••••

요새 당과 정부 요인들이란 승용 자동차들이 꼬리에 꼬리를 물고 농장으로 돌아 다니고 있었다. 눈산 우로 직승 비행기들이 날아 다녔다. 폭발 소리에 산이 떠갈듯 우렁우렁 울렸다. 눈산의 부서진 얼음 기둥들이 연신 솟아 올랐다. 멘데크 강도 까라말 강도 한 몸으로 흐르지 않고는 못 견디였다. 굶주리던 관개망들이 터질 지경 부연 물이 거품을 이루며 가득차 흘렀다. 농부들의 얼굴에는 환희가 넘쳐 흘렀다. 사람들은 마치도 그 물과 말하는듯한 감을 가슴 속 깊이 느꼈다. 그 물 속에는 그들의 희망, 그들의 호흡이 깃들어 있다. 이 물은 여직껏 물을 위해 싸우던 그들의 가슴을 힘껏 굴어 안았으며 물'길은 그들의 마음을 따랐다.

요새 물보기'군들은 밤낮 논판을 감돌며 수 많은 물'고를 조절하고 있다.

며칠 지나 논판에는 검은 빛이 사라지고 흰 물결이 일렁거리고 있다. 늦은 것이 유감이였지만 어쨌든 인간은 자연을 이기고야 말았다.

어느덧 칠월이 돌아 왔다. 논의 푸른 가슴은 커다란 전망을 약속하며 부플어 오르고 있다. 전체 브러가다원들은 기분 좋게 증산 열의로 일하고 있다.

오래 끌어 오던 물싸움은 화창한 노래로 변하였다. 싸움 끝에 벼차게 울리는 노래는 언제나 승리의 노래인 것이다

레닌기치 3면

1967년 4월 12일

추풍 육성에는 일본 수비대가 있다. 거기서 멀지 않은 술밭관에는 한인 사회당이 편성한 조선 적위군 부대가 있다.

누른 나무잎이 부실부실 떨어진다. 날씨는 음울하고 차다. 두 사람이 묵묵히 걸어간다. 삼림 속 오솔길은 잘 알리지 않는다. 나무잎에 파묻히였다. 둘이 다 로씨야 오면밭 장총을 어깨에 멧스다. 란띠를 또 어깨에 메고 허리에 띠였다.

—소대장 동무…

—소대장은 무슨 제길할 소대장. 이 구속 없는 산속으로 단 둘이 가면서 죽어두 같이 죽고 살아두 같이 살자는 사정인데, 그따위 소대장은 필요 없어—하고 소대장은 진심을 툭 털어 놨다.

—그럼, 이 사람 경모—하고 군인은 말을 이었다—소무거우에도 일본'개들이 있다는데 물리우지 않을가?

—물기 전에 잡아 치워야지.

소대장 전 경모와 군인 김 형준이는 소무거우 촌으로 식량 얻으려 가는 길이다. 적위군 부대에 식량이 떨어졌다.

경모와 형준이는 김 종순 로인의 집으로 들어 갔다.

—아야, 아저씨들이 또 오섰구만!—하고 옥순이가 기뻐서 날뛰였다—총은 나무밭 속에 감췄나요?

김 종순이는 당년 칠십이다. 바깥 출입이나 간신히 하는 형편이다. 로파는 십년 이하이다. 안해가 마흔 여섯에 낳은 딸인즉 옥순이다. 무남 독녀 외딸이다.

—그런데, 경모—하고 옥순의 아버지가 말을 했다—뒤 집에서 무얼 얼마씩 내놔야 할 것을 내 벌써 옥순이를 내녀서 다 알려 줬네. 그러나 단꺼번에는 못 내겠다고들 집집에서 말하더라데. 그럴세 옳네. 마당질을 못 했지. 방아를 찧지 못 했다. 뉘집이나 끼니'거리나 겨우 있을 거네. 그러나 걷어 봐야하지.

—거둘 수 있는 대로 먼저 얼마라도 거둬서 군대로 보내야 하겠어요. 식량이 다 떨어져서…—하고 경모는 말하였다.

밤이면 김 옥순어가 은근히 마을로 돌아 다니며 쌀과 장을 거둬 온다. 그것을 경모와 형준이는 산'속에 가져다가 파묻어 둔다. 다음에 적위군들이 와서 그 식료를 술밭관 군대로 가져 간다.

사흘 밤을 옥순이가 거둔 조쌀과 피쌀이 열 뿌드나 되고 장이 두어 동이 되였다.

—이젠 더 거둘 수 없어요—하고 옥순이는 아버지한테 여쭈었다—나도 먹이진 했어요.

—하루 밤만 더 돌아 다니고는 좀 쉬라—하고 아버지는 간청하다 싶이 말했다—내 가라는 집들에만 돌아다녀라. 쌀을 어디서 얻으나 밥 부대씩만 얻어 내라구 아

버지가 말하더라구 해라.

…쌀 열 네 뿌드와 장을 양철통 두 개에 넣어 산'속에 가져다 두었다. 그 곁에는 전 경모와 김 형준이가 앉아 있다. 빠르찌산 운반대 원들을 기다리는 것이다. 석양녘이다.

뜻밖에 옥순이가 나타났다. 숨이 차서 겨우 말한다:

―일본…일본 군사들이 기 경모의 머리 속에 떠올랐다.

둘은 쌀 마대를 메여 옮기였다. 우묵스레한 구멍으로 옮겨 갔다. 거리는 한 량백 보 된다. 큰 바위'돌 밑이다…

해 질 무렵에야 비로소 종'소리가 시작되였다. 사격이 멎었다가는 또 시작되군 했다. 일본놈들은 적을 보지는 못 하고 종'소리가 나는 다―네 형준 아저씨를 도와 주면서 솔밭관까지 가야지. 어떻게나 가야지.

―그런 말씀은 아예 입 밖에 내지두 마세요―하고 형준이는 단호이 뚝 잡아 뗐다―내 혼자 갈테요. 죽어두 혼자 죽구. 죽을 사람을 따라 살 사람이 죽을 필요가 없소.

„나는 죽는다. 죽을 사

실화 김 옥 순 리동건

이 산에 둘어…들어 섰어요… 저기…저쪽으로 들어 섰어요― 하고는 전작 옥순이는 나무 숲에 사라졌다.

―왜놈들을 또 잡아 보게 됐구나―하고 소대장은 빙그레 웃었다.

„내한테서 총소리 오래 끊거던 잘못 된 줄 알아라" ―이렇게 둘은 언약했다.

경모와 형준이는 쌀 결을 떠났다. 쌀을 가려 놓은 고장에서 반대 방향으로 한 삼백 보씩 나가서 큰 나무를 의지해 앉았다. 산'속은 고요하다. 마을의 굴뚝들에서 저녁 연기가 곧추 하늘에 솟아 오른다. 드물게 보는 노란 사람들한테 놀란 개들은 상금도 드문드문 짓는다.

„쌀을 저렇게 내버리다니? 옥순이가 그렇게도 애써 거둔 쌀'―이런 생각이 잠작 데를 사격했다.

…경모는 죽었다. 형준이는 밤중에나 돼서 옥순이네 집으로 들어 왔다. 총을 끌고 기어 들어 왔다. 다리를 총에 맞았다. 이것은 세 식구를 그리 놀랍게 하지 않았다: 총에 맞아 죽으나 상하는 것은 피치 못 할 일이라고 옥순이까지도 짐작하였던 것이다.

―자네 그래도 죽지 않은 것이 다행이네―하고 말하는 종순 로인의 눈에는 눈물이 그렁그렁했다. ―자네 날 밝기 전에 이 집을 떠나야 하네. 날이 밝으면 일본놈들이 이 마을에 쓸어 들게네.

―아저씨가 어떻게 혼자 가요? ―옥순이가 근심하여 하는 말이다.

―혼자는 왜 혼자? ―하고 아버지는 엄숙하게 말했 람을 따라 살 사람이 죽을 필요는 없다. 빠져 가거라. 살아라"―이것은 경모의 마지막 말이였다.

이미 피가 식은 경모를 왜놈들은 칼랑을 치였다. 저 희들의 피'값을 하노라고.

…하늘에 별이 드문드문 나타나기 시작했다. 울창한 산림'속. 날새들도 둥지에 들어 자취를 감추었다. 엄숙한 침묵. 이따금이따금 나직한 기도 소리는 이 신기로운 침묵 앞에서 어떤 죄를 짓는 듯하다. 시내'물을 곱 꺼다 바위'돌 결. 모닥불에 걸 놓은 자그마한 솥에서 밥 끓고 있다…

날이 밝아 온다. 모닥'불, 솥, 밥.

김 옥순이는 다시 솥과 쌀 보따리를 걸머지였다. 그 리고 종을 또 어깨에 메였다.

—아저씨, 내 어깨에 꽉 지대서요—하고 옥순이는 자기의 어깨에 형준의 오른팔을 걸쳐 놓았다.

형준이는 옥순이의 어깨에 몸을 실었다. 소녀의 두 다리는 또 떨리였다. 땀은 또 옷에 스며 든다…

—이애, 옥순아, 좀 쉬여 가자—하고 형준이는 땅에 막 쓸어졌다.

옥순이는 길게 숨을 내쉬고 그 곁에 두 다리를 활 벌어 버리고 앉았다…

—아저씨, 일어 나세요. 갑시다. 오라지 않아 또 해지겠는데. 일어 나세요. 갑시다.

형준이는 길게 한숨을 쉬고 나서

—이애, 옥순아, 너는 집으로 돌아 가거라. 내 혼자 갈 수 있다. 정말이다.

옥순이는 부상자의 팔을 쥐여 일쿠려고 애를 쓰면서 울었다.

소녀의 두 다리는 또 떨리였다.

—솔밭관. 적위군들이 전 경모의 시체 앞에 모여 서서 그를 추도했다. 옥순이도 눈물을 흘리였다. 형준이는 소리쳐 울었다.

—…용감한 전사여, 의무 다한 자랑으로 영예 높으라!…

—옥순의 일이 참 감사하구나—하고 대장 리 중집이는 소녀의 가느다란 몸을 부서져라하고 껴 안았다.

적위병 장 억수와 허 선이가 김 옥순이를 데리고 떠났다.

—마당질을 못 해서 방아찔 곡석이 아직 뉘 집에나 없소—하고 김 종순 로인이 두 빠르찌산과 말하였다—내 집 조이를 당신들어 먼저 두드려오. 그래서 이 동리 집집에서 내는 몫으로 선대를 하기오. 그래야 열른 식량을 가져 갈 수 있소. 그만한 쌀을 다음에 천천히 동리에서 받아 가질 수 있소.

장 억수와 허 선이는 잔'군 모양을 하고 탈곡했다.

일본 병정 세 놈이 와서 두 적위군을 붙잡았다.

김 옥순이는 솔밭관으로 가는 길에 또 들어 섰다. 달았다. 자주 엎어지기도 했다.

뒤'결박을 당한 장 억수와 허 선이를 앞세우고 세 놈이 뒤에 서서 총을 메고 갔다. 육성 수비대로 가는 길이다. 좁은 골짜기에 들어 섰다. 일시에 제 방의 총소리가 났다…드디여 적위군 두 사람은 구원되여 솔밭관으로 돌아 왔다. 그들은 옥순이를 봤다. 서로 부둥켜 안았다.

＊ ＊ ＊

1930년에 김 옥순이는 쏘련 공산당 당원증을 받아 손에 들고 빠르찌산 오솔길을 상상하였다. 그러면서 빙그레 웃었다.

1967년 9월 13일

이 단편 »쌍기미«는 모쓰크와에서 로어로 출판되는 작가 김준의 중편소설 »조선소나무«에서 발취한 것이다.

1

오막살이집둘악에서 셰사람어 조선도리깨로 조마당질을 하였다. 누런 북만주조이다. 조를 헐어서는 나무가래로 바람에 지어서 무저였다. 조금한 원주형 무지를 이루었다.

—아버지, 올해에두 우리 어조를 또 절반두 더 왕가게 주오? —하고 아들이 울음석인 목소리로 물었다. 조무지 곁에 앉아서 한손으로 조알을 만지면서 말하는것이였다.

—그럼, 세민아, 쥐야지. 그건 북간도천지에 다 있는 법어란다—하고 대구하는 윤진구도 조무지에서 눈을 떼지 않았다.

—난 또 배를 곯지 못하겠소! 햇강낭이 날때까지—세민어 결단적으로 말하였다.

—금년에는 이 조를 좀 감쥐보게오.

—감쥐보게오—하고 쌍기미는 천연스럽게 오빠를 지지하였다.

—얘들아, 차라리 굶어죽는편이 낫다. 도적질하는것보다—아버지는 중얼거리였다— 우리네 할아버지들도, 증조할아버지들도 »도적질«이란 말조차 알지 못하고 살아갔다. 알아듣겠니?

세민이와 쌍기미도 처음 »도적질«이란 말을 들었다.

»잠쥐보게오«—어전 도적질어란 말이구마 —이렇게 세민이는 혼자 중얼거렸다.

—어쨌든 난 도적질하겠소! 살구싶소! —하고 새된 소리를 친 아들은 목놓아 울었다.

아버지는 속깊은 한숨을 쉬었다.

—제 나라, 제 땅이 없는 사람은 길에 나바는 개만도 못해—진구가 혼잣말 비슷이 하는 말이다.

아버지가 관습된 어 말을 세민이도 일곱살부터 따로 외우었다.

밤에 아버지몰래 세민어

김준

는 조를 한가마니도 더 뭐져 감쳤다. 오막살이집뒤 자그마한 구덩어에 감쳤다. 그리고는 누런 나무잎을 덮어놨다. 그러면서 세민이는 이 조가 이튿날 아침에 아버지한테 켜나서 그 조알무지로 돌아갈것은 생각지도 못하였든지다.

네해전에 윤진구의 부언이 세상을 버리었다. 아들파 딸을 남겨놨다. 아들이 첫애이였다. 세해가 지나서 게집애가 또 났던거다. 어머니는 딸을 더 귀엽게 여기였다. 이마 한복판에 작은 완두알만한 점은 기미 있는 고운 게집애. 어머니는 딸을 »쌍기미«라고 불렀다. 자기의 오른쪽 뺨에 있는 그런 기미를 합하다나니 환쌍 기미여서 »쌍기미«라고 한것이였다.

어둑어둑해졌다. 쌍마수레가 오막살이집에 다가섰다. 중국사람 둘이 앉아온것이다. 한사람이 오막살이집으로 들어왔다. 구들에 앉아서 저녁음식을 먹고있던 세사람이 일시에 일어서서 합장하고 허리를 굽혀 인사하였다. 땅주인이 온것이다.

—왕가선생, 어서 구들로 올라오시기오—하고 나직이 윤진구가 말하였다.

아무런 응답도 없이 바당에 서있는 왕가는 쌍기미만 노려봤다. 그러다가

—오늘은 내가 쌍기미를 데려갈테여—하는 왕가의 음성이 심상치 않었다.

쌍기미는 베놓은 풀대치럼 구들에 쓰러졌다. 그러면서 손으로 자기의 음식사발을 쳤다. 죽이 구들에 짝 흩어졌다. 당콩을 넣고 쑨 옥수수죽.

»쌍기미를 내집으로 데려갈테여«하는 말에서 쌍기미는 자기의 동무 분옥이를 피득 봤다. 몸부림치며 기절하게 울던 분옥. 이웃 땅주언 주가가 그렇게 »데려간« 분옥.

세민의 두눈에서는 눈물이 말없이 흘렀다. 아버지는 숨을 자주, 그리고 바쁘게 쉴 뿐이였다. 그러다가 겨우 말을 떼였다:

—그애가 아적은 어린애올시다. 열한살…명년에는 내 어떻게 하나 빚을 다 갚겠으니…

—명년에 자네가 어떻게 빚을 다 갚는단말인가? —빚이 해마다 점점 더 자라나는데…

—어떻게든지 갚겠으니…—하는 진구는 누구의 말하는지 저도 알지 못하였다.

—갚을 힘이 자네겐 없네. 쌍기미를 내 가져가면 자네와 내 빚회계를 다하네.

»네 어미 살았더면 네 어미를 앗아갔을건데……하고 진구는 속으로 말했다. —네가 어미를 대신하는구나. 네 어미 아무리 측었다할지라도 너를 건져낼것을.

윤진구는 농사를 지어서는 소홀의 »썰류«(십분지륙)를 소작료로 왕가에게 준다. 나머지 곡식은 탕식도 뭐지 못한다. 의복감도 곡식을 팔아야 산다. 그러다나니 해마다 진구는 왕가한테서 곡물과 돈을 »태일랑«으로 맡게 된다. »태일랑« 빚을 당해에 갚지 못하면 이듬해에 가서는 원래 두곱 빚이였던 이 »태일랑«이 또 두곱으로 불어난다.

…쌍기미는 제정신없이 울었다. 몸부럼을 치였다. 기절했다. 암만해도 게집애를 진정시킬수 없었다. 여러가지 사랑도, 미리 가추어 놨던 비단옷도, 하얀 중국대양도 달랠수 없었다.

—네 내 말을 듣는다면—
하고 왕가는 딴 묘계로 달
래기 시작했다—낼 아침에 내
너를 제집으로 돌려보내겠다.
이 돈과 의복과 사랑도 죄
다 네게 줘보내겠다. 그리고
또 다른것도 주마.

쌍기머는 방그레 웃었다.

—정말 낼아침에 나를 제
집으로 보내주겠소? 어 돈
과 입성과 사랑을 주겠소?
정말?…

—정말이다. 내 데 말만
잘 들어라—왕가가 그럴듯하
게 말하는것어다.

—크라배, 내 말을 잘 듣
겠소!—쌍기머는 기뻐서 날
뛰였다—정말 낼아침에 내 집
으로 가오? 분옥어는 한번두
집으로 못갔소. 주가는 못된
늙으대기—쌍기머는 오른손바
닥으로 왕가의 뺨을 쓰다듬
었다.

—주가는 못된 늙으대기
아니다—하고 왕가는 저를 변
명하였다—좋은 늙으대기다.

—크라배처럼 좋은 늙으
대기오?

—그래, 그래 나처럼.

—그러문 분옥이두 집으로
돌아가겠구나! 좋아라! 우리
같이 놀게 됐구나! 이 입성
은 내 입구, 이 돈은 아버
지에게 주구, 여 사랑은 셰민
어게 주구, 얘구, 좋아라! 크
라배 또 다른것도 주마 했지?
그다른게 무스게오?

(계속)

—별 아침에 와라, 집으로
잘적에.
—저금 팼으문—
—쌍기미, 얼쩌겨 누워자
거라. 그래야 별아침 얼쩍얼
어나 집으로 가자—하는 왕
가의 음성과 기색은 매우 살
뜰했다.
—애구, 크라배, 난 자구
싶지 않소—하고 쌍기미는 다
시 왕가의 목을 꼭 안았다.
—자야 한다. 이러지 말
구 어서 자거라—왕가가 좀
엄하게 말하는것이다.
—그러문 자겠소—쌍기미
는 슬며시 왕가의 목을 놓
았다.
—네 혼자 자겠냐?
—난 혼자 뭇자겠소. 무
섭소. 크라배곁에서 자겠소.
—쌍기미는 숨이 막히였
다. 기절하게 소리를 쳤다.
왕가가 깔아 죽이는것 같았
다. 마침내 쌍기미는 잠잠했
다. 더는 엿셜 험도, 소리칠
험도 없었다. 온 몸덩이는 땀
에 잠기였다.

　　· · ·
오막살이집에 불이 붙었
다. 화광은 적적한 검은 밤
을 헤치며 쌍기미가 있는 그
쪽에 멀리 비치였다. 딸의 모
습이 아버지의 눈속에 떠올
랐다. 운전구는 쌍기미가 신
던 낡은 집세기를 배낭에 넣
었다. 다음에는 불타는 오막
살이의 주위를 몇번 돌아다
니였다. 죽은 안해와 잃어버
린 딸을 찾는듯 했다. 그리
고나서는 옅은 우물결 조금
한 방석돌에 앉아서 가만이
울었다. 쌍기미가 빨래하던
방석돌.

제각기 등에 배낭 하나
씩 지고 전구와 세민이는 어
두움속에서 발을 옮겨났다.
향방을 모르고 발을 옮겨
났다.

Ⅱ

여섯 해가 지나갔다. 조
선독립운동에 나선 윤
세민이는 권총으로 무장
했다.

—나와 함께 한곳 갔다오
자—하고 세민이는 신중한 기
색을 띠고 림국정이와 말하
였다.
—어디로?
—가보면 알지.
—머냐?
—마음어 꼭발되면 멀단
건 일순간이다—하고 세민어
는 휘바람으로 노래곡조를 불
렀다. 독립선언시위운동 때에
부르던 그 노래어다.
다음에 세민이는 동무에
게 쌍기미의 력력을 어여겨
했다.

—그게 무슨 소리냐?！—

　　（전호의 계속）

하고 국정어는 역문되였다—
그런데 상구도 내 너동생을
건져낼수 없었더란말어냐?
—오늘에 끝 건쳐낼 날
어다.
여틀이 지나 밤에 그들은
왕가의 집곁에 나타났다. 사
방에 온통 고요하다. 직적한
안개가 집을 휩싸고있다. 집
주위에는 한길반이나 되는 두
터운 토성이 돌려서있다. 토
성주위에는 나무 한그루도 없
다. 토성대문은 튼튼히 잠기
였다. 어떻게 어 토성을 넘
어가겠는가? 갑자기 응글은 기
침소리가 집에서 전해왔다.
—저게 왕가구나—하고 세
민어가 나적이 말했다.
—저 자식한테 좋어 있
나?—역시 나적어 국정어가
물어보는것이다.
—모르겠다.
토성벽곁에 리국정어가 쫀
그리고 앉았다. 세민이는 량
손으로 토성벽을 짚고 국정
어의 어깨에 올라섰다. 다음
에 국정어는 머리를 토성벽
에 기대고 량손으로 제무릎
을 누르면서 일어섰다. 세민
이는 토성둥마루에 올라가 그
것을 가로타고앉아서 국정어
의 손을 잡아당기였다. 국정
이도 울라왔다. 둘은 조용히
마당안에 내려섰다. 대문을 잠
근 긴 빗장을 빼였다. 문어
열릴수 있게 되였다.

집안에는 불빛이 없다. 고요하다. 집앞뜰 북판에 출입문이 있고 어 문 좌우편에는 작은 문이 하나씩 있다.

—들어가보자—국정이가 나직이 말했다.

세민이가 출입문고리를 슬그머니 잡아당기였다. 잠겨져였다. 문을 두드릴가? 열어주지 않을것이다.

집에서 사람이 나오기를 기다리기로 하였다. 그래서 마당옆에 있는 무슨 짚무지뒤에 숨었다.

—만약 왕자가 나온다면 어쩔가?—하고 세민이는 동무 문견했다.

—잡아야 하지.

—총소리에 사람들아…

—그건 개뿔만한거다. 우리한데는 란환이 넉넉하니까.

그들은 권총 두자루씩 가졌다. 왕자는 힘있는 대적이였기때문이다. 어 왕자를 위해서는 수많은 자지방 중국사람들이 죽는 걸에라도 들어설수 있다.

—뜸말 쌍기머가 하깔으로 나오지 않는가?—세민이는 중얼거리였다—언젠 밤중이 넘었는데. 어쩌야 할가?

—쌍기머가 여기 없는지도 모르지—하고 국정이는 의심을 품었다.

—여기 있다, 여긔 었어, 갈데 없다.

국정어는 출입문 왼쪽에 있는 작은 문에 기여가서 문고리를 천천히 당기였다. 그러다가 제 자리에 돌아와서:

—문을 마스자. 다른 수는 없다—하고 결단적으로 말하였다.

어 서각에 큰 문이 삐국하더니 사람이 나왔다. 호리호리한 남자의 몸매이다. „왕가가 아니군“—세민이는 짐작하였다. 두청년은 숨결을 죽여가면서 그 사람의 동정을 살피였다. 그는 집 오른쪽모서리로 돌아지였다. 그를 국정어와 세민이는 변소결에서 만났다. 이 중국사람은, 언제나 양순한 조선사람을 보고서 심지어 놀라지도 않았다.

—왕가가 집에 있나?—하고 세민이는 위혁하는 어조로 물었다.

—집에 있어—그는 대수럽지 않게 대답했다.

—조선녀자는 집에 있나?

—없어.

—그 녀자 어디 있나?

—몰라. 도망했으니까.

—언제 도망했나?

—오래젼흐아.

—이 자식, 바른대로 말해—하며 세민이는 권총을 번쩍 들었다—바른대로 말하지 않으면 … 케라.

—쏘긴 왜 쏴? 죄없는 사람을. 집에 들어가 제 눈으로 보라구.

그럴듯한 대답이다. 그러나…

눈부시는 일본회중전등 불빛이 집안을 밝히였다. 국정어는 나간을 손에 쥐고있었다. 왕가는 집에 없었다. 무슨 영문언지 모르고 놀란 쌍기머는 자리에서 벌칵 일어났다. 자리에는 베개 둘이 나란이 놓여있었다. 오빠를 알아본 쌍기머는 전작 기겁하여 그 자리에 쓸어졌다. 세민어와 국정어는 졸도한 쌍기머곁에서 분주히 서들렀다…

쌍기머가 정신을 차린 때 중국사람은 온뎨간데 없었다. 그는 왕가의 친동생이다. 왕가가 손님으로 떠나가면서 자기 아우에게 쌍기머와 집을 보살떠달라고 말겼던것이다. 아우는 이웃 전토에 사는 사람이다.

어우고 아우는 집으로 다시 들어왔다.

—아주머니—하고 샤동생여 말을 떼였다—만일 아주머니가 형님한테 붙잡혀게 뒤거던 어렇계 말하오:내 저쪽방에서 세상을 모르고 자는때에 도망했노라고. 그러겠소?　　(계속)

—붙잡히우면 내 어떻게 말하겠소—하고 쌍기미는 침착하게 대구했다 :—당선어 나를 도망하라구 충동하더라구. 당신어 나와 오늘밤에 무슨 짓을 한것을 형님과 내 말할가바 무서워서 나를 도망하라구 충동하더라구.

시동생은 벙글 웃었다.

—어 더러운 자식을 없애버리자—하고 국정이는 중어로 말했다.

중국사람은 두려운 기색을 조금치도 나타내지 않았다.

—살려두자. 그 자식어 속대 실하고 궁리있다—세민이가 조선말로 대답하는것이다.

…궤짝에서 쌍기미는 무늬있는 중국비단쪼각을 고집어냈다.

—그걸 가져가지 마오. 그 값을 형님이 나한테서 받아내오—하며 시동생은 그 비단을 빼앗아 도로 궤짝에 넣었다.

—그 자식이 정말 대장이 실하구나—국정이는 찬성겨으로 말했다.

쌍기미는 여늬때와 마찬가지로 검은 중국녀자바지와 길다란 저고리를 입었다. 그리고 전과 같이 머리채를 드리웠다.

세 사람은 바깥에 나섰다. 의란거우쪽으로 걸었다. 컴컴한 밤안개는 더욱 짙어졌다. 얼마간 걷고나니 쌍기미는 발을 옮겨놓기 매우 힘들었다. 좀 걸치면 엎어만지였다. 두청년은 좌우옆에서서 쌍기미의 팔을 끼였다.

—네 애기설이를 하는것 같구나?—하고 오빠는 놀랍게 물었다.

—애기설이를 하오—하는 누이동생은 울라울라했다.

—원쑤를 서는구나!—세민이의 울분한 말이다.

—원쑤를 서오—하고 쌍기미는 모진 한숨을 쉬였다.

—그렇지만 내 걷기 바쁜건 애기설이를 해서 그런게 아니오. 걷는법을 내 다 잊어버렸소, 여섯해나 집에 앉아 있었소, 다리 없는 사람처럼—쌍기미는 흐느꼈다.

세민이도 눈물이 솟았다.

실로 여섯해동안 쌍기미는 집에서 마당으로 나오고 마당에서 집으로 들어가군 할뿐이였다. 심지어 음식을 끓이는 일도 왕가가 손수 다 하였다. 이것은 중국풍습이니까.

—걷는법을 잊어버린것도 큰 일이아니다. 애기설이를 하는것도 큰 일이아니다—오빠는 누이동생을 위로했다.

세민이는 장차 로씨야로 갈 벗녀들과 그들의 가는 목적을 쌍기미에게 이야기했다.

—오빠, 나두 가겠소! 진작 쌍기미는 기운을 내였다.

—물론 너도 가야 한다! —하고 오빠는 진정을 털어놓았다—인젠 네 다시 살아났다!

III

의란거우. 좁은 산골짜기. 소나무가 혹시 끼여있는 활엽수림은 마치 푸른 안개가, 식어버린 웅장한 파도우에 덮인듯하다. 이러 첩첩산중이다. 이 골짜기의 남쪽 산기

(천호의 계속)

숲에 거무스레한 귀틀집—오막살이가 서있다. 어 지방에 오직 하나뿐언 집이다. 이 집에서 젊은 부부가 살아간다.

기다리지 않던 나그네들을 주인부부는 반갑게 맞이했다. 두남자는 서로 부둥켜안고 한참이나 묵묵히 있었다. 일본은행돈이 상상되는 것이였다.

—이건 누구냐?—하고 마침내 주인은 중국의복을 입은 녀자를 보면서 동무와 물었다.

—나의 녀동생이다. —하고 윤세민이는 자랑겨웁게 대답했다.

—아니, 내게 저런 녀동생이 있었단말이냐?—하고 묻는 주인은 놀랐다.

—있단다!

»오, 인간사람은 아니고 선녀같이 곱구나《하고 안주인은 녀손님의 인물에 혹치였다.

갈로점을 깐 구들에 모두 앉았다. 세민어는 쌍기미의 래력을 이야기했다. 안주인의 눈에는 눈물이 피였다.

—멫살이오?—하고 안주인은 쌍기미의 손을 살그머니 쥐면서 물었다.

—열일곱살이요—쌍기미는 쓰라린 미소를 떠였다.

»내보다 네살이 지하구만《하고 순옥이는 속으로 말하였다.

어내 저녁식사를 하였다. 채 여물지 않은 옥수수이삭을 삶은것과 장이다. 이 옥수수이삭과 장에서 쌍기미는 상쾌한 조선의 향기를 느끼였다. 왕가의 집에서도 이런 옥수수와 장을 먹지 않은것은 아니였다.

—세민아—하고 김승규는 말을 시작했다—이 고장 땅이 여간 걸지 않어! 옥수수가 이렇게 잘 됐단말이다. 이 고장 나무처럼 자라났다. 이런 땅을, 재땅을 반일경만 가져도 대번에 부자가 될것같다. 부자가…

—의안귀우 옥수수와 함께 부자가 하나 생겨났구나— 하고 세민이는 비웃어댔다.

—그래 너는 돈을 싫여한단말이냐?—승규는 정색하고 말하였다—만약 우리한테 돈이 있었드면 나와 순옥이가 이 고장 모기밥이 되지 않을것이다. 일본은행돈을 엿보고 여기 와서…

—그건 옳은 말이다—하고 동정하는 세민이는 그제야 이 부부의 낯과 목과 손에 무수히 있는 모기 문자리에 주목을 돌리였다.

김승규는 철혈광복단 단원이다. 룡정사람이다. 일본은행돈을 탈취할 제교를 궁리해낼 때에 벌써 승규를 이 산림속으로 이사시켰던것이다. 순옥어까지 여섯사람이 금히 서둘러 이 귀틀집을 지었다. 그리 굵지 않은 통나무로 귀틀을 자서 너벅을 한길 되게 세웠다. 그리고 룽마루대를 놓고 연목을 걸었다. 다음에는 잔잔한 나무가지와 풀로 이영을 덮었다. 그 우에는 흙을 올렸다. 통나무와 통나무사이 벽틈은 진흙으로 막아버리였다. 앞벽에는 출입문 하나와 되창문 하나를 내였다. 출입문은 도끼로 나무를 깎아서 만들어대고 되창문은 종이를 붙이였다. 나중으로 돌을 모여 구들을 놓다.

어 오막살이집 뒤남쪽 비탈, 나무가 드물게 선데를 승규와 순옥이는 설거지어내고 삽으로 땅을 뚜뒤여 옥수수와 감자를 심었다. 량식감이다.

김승규는 벌써 삼림속길을 알아내였다. 간도와 린접한 쏘예트구역 저신허촌으로 가는 길이다. 로써야땅에 있는 촌이다.

—승규—하고 세민이는 저녁음식을 먹은다음에 말을 시작했다—쌍기미가 너의 집에 같이 있게 됐다. 그러다가 쌍기미도 로써야로 간다. 간호원공부를 할것이다. 우리 지금 모집하는 그 처녀들과 함께 공부할것이다.

승규와 순옥이는 어떤 의심을 품고 쌍기미를 흘금흘금 쳐다보군했다. 쌍기미는 술이나 한잔 마신듯이 얼굴이 빨가하게 되였다. 》저런 형편에 쌍기미는 아무데도 못가. 물물기전에는 못가고 물물뒤에도 못가《—이렇게 순옥이는 생각했다.

—쌍기미를 내 곧추 여기로 데려왔다—하고 세민이는 말을 계속했다. —아버지도 만나보지 못했다. 저애가 룡정관으로 다니기는 위태하다. 왕가와 저애를 아는 중국사람들이 술해 있을수 있다. 그래서 집에 들어 아버지를 보지 못했다. 아버지는 이 쌍기미때문에 그냥 속을 태우며 자리에 누워있다. 가련하다. 내 저애를 찾으러 갔적에 벌써 아버지와 말했다. 집으로 데리고 오지 못하게 된다고. 의란귀우 승규네집에서 살게 될거라고.

—밤에 룡정에 가서 아버지를 만나볼수 있지—하고 승규는 의견을 냈다.

—그러지 못하오!—하고 순옥이는 반대하였다. —더군다나 밤에 어떻게 팔십리를 걸어가오? 저런 형편에, 남자들은 모두 철부지라니.

—철부지는 무슨 철부지?—승규는 자기 의견을 고집하였다. —지난밤에 쌍기미가 거의 백리나 걸었는데 이제 팔십리를 더 못가겠는가? 가서 아버지를 만나보고 여기로 돌아오지, 무슨…

—하느님이시여, 이런 남자들을 죄다 녀자로 변하게 해주십시요. 애기를 섬어보게 해주십시요. 애기를 낳아보게 해주십시요—어것은 순옥어가 룽담삼아 하는 말이였다.

쌍기미는 슬그머니 돌아 앉아서 은근히 울었다…

이른 아침에 세민이는 어제 저녁에 삶은 옥수수를 먹고 룡정길을 떠났다.

—내 꼼꼼히 생각해가지고 로써야로 갈 준비를 해라—하고 오빠는 누이동생에게 귀띔했다.

》꼼꼼히 생각해가지고《를 쌍기미는 깨달았다.

—꼼꼼히 생각해 볼게 없소. 조처하겠소—하고 쌍기미는 굳게 대답했다. 그리고 속으로 중얼거리였다: 》원쑤…《

순옥이는 달음박질해서 세민이를 쫓아갔다.

—이걸 가지고 갑소, 예!—하고 순옥이는 숨이 차서 헐덕이며 소리쳤다.

세민에게 순옥이는 하얀 헝겊뭉치를 주었다. 그 속에는 삶은 옥수수이삭 네개와 황지조각에 싼 닭알만한 장덩어리가 있다.   (계속)

IV

—쌍기마, 내 내 말을 명심해 들어라—하고 순옥이는 정중하게 말을 시작했다.

—무슨 말이오?

순옥이는 이점을 지을 적에 어떤 일을 하고서 락태한 이야기를 자세히 하였다.

—그렇게 나는 락태를 하고 다 죽었다가 어떻게 돼서 되살아났단다. 알아들었냐?

—알아들겠소—하는 쌍기마는 방긋 웃었다.

—나는 벌써 정신을 다 잃었더란다—순옥이는 죽다가 살아난 이야기를 했다—그렇게 되니 남편은 나를 혼자 집에 두고 밤에 저 외룡동으로 의사 데리러 갔단다. 가서 어떤 초약을 가지고 이튿날 점심때나 돼서 집으로 돌아오니 내 숨이 붙어있더란다. 그 초약을 저 지단지에, 장짜귀에 바삐 달여서 그 약물을 내게 먹였단다. 그러니 차점차점 내 살아나더란다. 그렇길래 너무 명심하라는거다. 알아들었냐?

—알아들겠소—하고 쌍기마는 또 방긋 웃었다.

순옥이의 첫아이는 나서 석달만에 죽었다. 순옥이는 몸 풀앓음을 할적에 어떻게 아프던 이야기, 몸풀 때에 어머니와 남편이 어떻게 도와주던 이야기를 하고나서 아주 신중하게 말했다:

—몸풀적에 곁에 사람이 꼭 있어야 한다. 혼자는 아이를 못낳는다. 죽는다!

…남몰래 쌍기마는 힘겨운 돌장을 들고 기진할 때까지 이리저리로 다니였다. 높은 나무그루에 올라서서 땅으로 뛰여내리기도 했다. 막 뛰여다니기도 했다. 그러나 헛일이였다. 어째야 되겠는가?…

배속에서 굼실거리거나 룩탁거리는 때면 거기를 주먹으로 탁탁 치기도 하고 두손으로 움켜쥐고 꽉 내려누르기도 했다. 그러는 때면 쌍기마는 온몸 땀에 잠기였고 이가 저절로 갈리였다. 『원수, 내 어기고야 말겠다』.

하루, 이틀, 사흘… 쌍기마의 얼굴은 점점 더 정푸른 빛을 띤다. 『원수, 내 어기고야 말겠다』.

V

깊은 밤. 순옥이와 승규는 세상을 모르고 잣스다. 번갈아 코를 곯았다. 마치 쌍기마의 자취를 밟갈아 엿듣는듯했다. 어두음속에서 쌍기마는 신음소리를 내지 않으려고 애를 썼다. 참았다. 그러면서 일어나 앉기도 하고 력을 짚고 일어서서 자취없이 벽에 의지해 걷기도 했다. 『아이 낳을 없음이구나—쌍기마는 짐작했다—순옥이는 내가 이 원수를 죽이지 못하게 할게다. 내 혼자 낳겠다』.

가만이 쌍기마는 집에서 나왔다. 하늘에는 별하나 보이지 않았다. 검어직직하게 흐려였다. 사방은 고요하다. 무슨 산짐승이 우는 소리가 앞산에서 들려왔다. 그리고, 연한 바람이 또한 거기서 불어왔다. 진작 모기떼가 콱써 위서 물었다. 그러나 쌍기마는 무는것도 감각하지 못하고 빨리 걸었다. 미러봐든 그 자리로 갔다. 발이 돌 무엇에 걸치면 엎어지군했다. 일어날적마다 모진 한숨을 내쉬였다. 앓음소리를 대신하는 한숨이였다. 가다가도 저도 모르게 땅에 콱 주저앉기도 했다, 이 모양으로 마침내 백녀묵은 소나무밑으로 왔다. 그다지도 향기롭던 이 소나무냄새도 쌍기마는 느끼지 못하였다. 무수한 바늘쌈같은 모기침이 젖은 적삼도 께고 들어와서 살을 찌르는것도 감각하지 못하였다. 쌍기마는 소나무에 등을 기대고 앉았다. 조선식으로 얹은 머리는 어느새 산산히 풀려서 낯과 어깨에 내려덮였다. 잠시 않았다가 무릎을 꿇고 땅에 엎디였다. 다음에는 나무그루의 주위로 기였다. 기다가는 일어나서 나무대를 막 틀어안았다. 또다시 앉고, 기고, 일어서고, 눕고 했다. 『나오기만 하면 목을 틀어줘』—하고 쌍기마는 떨리는 음성으로 나직히 말했다…

울창한 산림. 컴컴한 밤. 무에나 다 죽은듯한 침묵. 문뜩 갓난애기의 첫울음소리가 이 산림, 이 밤, 이 침묵속에 광채를 뿜은 한줄기의 생으로 울리였다. 어 울음소리가 쌍기마에게는 어머니를 부르는 소리로, 살았다는 소리로 되여 들렸다. 『나오기만 하면 목을 틀어줘』하던 어머니의 그 손은 딸애의 주먹만한 몸덩이를 움켜쥐여 자기의 가슴에 품었다. 그리고는 한쪽 모으로 쓰러졌다. 정신을 잃은것이다. 아이도 가슴에서 떨어졌다. 그러나 쌍기마는 곧 정신어 들었다. 숨쉬는 아이를 치마앞에 담아쥐고 일어섰다. 걸었다. 이리 비청, 저리 비청 걸었다. 집으로 돌아가는 길이다. 몇걸음걷다가 땅에 주저앉았다. 그제야 모진 신음소리를 하였다. 그리고는 알지 못할 풀잎을 마구뜯어서 입에 넣고 정신없이 씹었다. 즙을 삼키였다. 그러면서 아이를 만져봤다. 숨이 있는것이 알리였다…

쌍기마는 두손으로 치마자락을 꼭 틀어쥐고 다시 일어나 허둥지둥 걸었다. 풀어진 머리카락이 낯을 덮어 앞을 잘 볼수 없었다…

VI

누른 나무잎이 떨어졌다.
산새들도 날아다니기 쉽게 되
였다. 나무사이로 다니는 사
람도 숨이 막히지 않게 되
였다. 제일 속시원한 일은 모
기떼가 없어진것이다. 모기불
내굴이 없으니 샛별이도 보
채지 않고 잘 잔다. 먹여만
놓으면 밤낮 잔다. 귀여운 애
기. 어머니처럼 얼굴이 도리
도리하고 눈이 새까맣고…

—좋은 계집애!

—좋긴 좋소. 그런데…—
하고는 쌍기미가 더 말은 하지
않고 길게 한숨만 쉬였다.

—그건 늘 어쩐 한숨이
냐?—하고 순욱이는 꾸저람
비슷히 말했다.

—누나!—순욱이를 쌍기
미는 이렇게 부른다—어째서
내 한숨을 쉬는걸 모르오?

—잘 안다…

—그러면 말해주오. 내 어
쩌야 되오?—하고 쌍기미는
애라는 음성으로 물었다.

—어째야 되겠는가구?…
로씨야로 가거라. 간호부가 되
라. 일본놈들과 싸워라. 난 이
심부름이 아니면 백번두 더 가
겠다.

—샛별이를 내 어떻게 하
겠소?

—내게 둬라. 너만 못하
지 않게 기르겠다!

(계속)

—어 애를 언니자 무엇을 먹여 거르겠소?

—젖을 먹여 기르겠.

쌍기매는 딱 웃었다.

—웃기는 왜 웃늬?—하고 순옥에는 정중하게 말했다—너희패를 로써야로 떠내보내구서는 우리 다시 통정에 가서 또 어런 심부름을 한다. 거기서 젖어머들 못얻는단말이냐? 돈만 있으면 그만이다. 알만하냐?

—누나! 알만하오—하는 쌍기미는 순옥의 말을 진정으로 믿었다—누나게 말 기겠소. 친어머노롯을 하오.

—내 말만은 나를 친어머를 만들지 못한다—하고 순옥이는 빙그레 웃고나서 계집애를 여느때와 마찬가지로 가슴에 안으면서—언젠 내가 네 어머니다. 샛별아, 안아들었냐?

웬일언지 갑자기 쌍기미는 마음이 쓸쓸했다. 막 치미는 한숨을 겨우 참았다.

—샛별아—하고 승규가 어린데 다가서면서 말했다—네 새 어머니한테 물어봐라. 승규아저씨가 너를 양말로 만들 생각이 있는가구—양말도 만들지. 어머니를 보내자. 어머니는 독립군이 되라구 버려두자. 우리가 너의 어머니, 아버지도 된테다. 낳은 사람어 부모인것이 아니라 먹여 기른사람이 부모란다. 그렇지, 응, 샛별아?

—그렇다구 얼른 말해라—하며 순옥이는 자기의 가슴에 아이를 더 꼭 껴안았다.

계집애의 이름을 순옥이가 "샛별"이라고 저었다. 샛별이 돈때에 난곳갖아서.

…둥근 달을 쌍기미는 처다봤다. 아버지의 용모가 달에 나타났다. 《오, 아버지, 아버지두 이 달을 보십니까? 나를 보십니까?"—쌍기미는 울었다. 다음에는 저를 회상했다. 열한살때, 그날 저녁, 그날 저녁에 송장같이 되였던 아버지, 왕가의 집에서 그 첫날밤. 《내가 그 얼마나 아매, 아배를 불렀던가? 아매, 아배는 언제나 내 대신에 죽자구 들었지".

한번은 쌍기미가 오막살어집 구들에서 낮잠을 잤다.

(114, 115, 116, 117호계속)

238

어머니는 바깥 탈방아에서 조이를 찧었다. 그러다가 몸을 마 사려, 집안으로 들어왔다. 바 당에 들어서자 할 놀랐다. 쌍기미의 가슴에 큰 땐어 따 마리처럼 서러우고 누어서 부 연 대가리를 쌍기미의 턱에 벨랑말랑한것이다. 어머니는 소리없이 땜한테 다가가서 얼른 오른손으로 땜의 목을 어 쳐졌다. 그러는 때에 땜은 어느새 쌍기미의 턱을 물었다. 삽시간에 땜은 기다랗고 둔한 제 몸뚱이로 쌍기미 어머니의 벗은 팔을 칭칭돌려 감았다. 그리고 조이였다. 어머니는 땜의 목을 꼭 켠채 이빨로 땜의 몸뚱이 충동이를 섞어 끊었다. 끊어진 몸뚱이의 꼬리부분은 요란스럽게 구들에 탁 떨어졌다. 땜어져서 꼬리를 올리조리 내저었다. 대가리부분은 어머니가 불는는 부엌에 집어넣었다. 다음에는 지체없이 쌍기미의 턱을 빨기 시작했다. 땜이 문 자리다. 오래 빨았다. 나중에는 땜의 독이 어머니한테로 넘어갔다. 어머니의 입술과 혀가 둥둥부었다. 그래서 오래 말하지 못하였다. 《나의 어머니는 그랬단다!—하고 쌍기미는 혼자 소려쳤다—나는?".

달은 서켜 L 하늘에 기울어졌다. 쌍기미는 딸애곁에 누웠다. 샛별이는 철모르고 잔다. 친어머니가 내버리고 로써야로 가려는것도 모르고 잔다. 불상하다. 그러나 《독립과 재땅이 아이보다 더 귀중하다"—이렇게 쌍기미는 또 다시 결심했다.

VII

집안에서 등잔불어 까물거리였다. 세사람은 저녁식사를 하고있었다. 삶은 감자와 토끼고기다 (승규가 올가미를 놓아서 토끼를 잡았다).

뜻밖에 출입문이 활 열려였다.

—애구, 아버지! 세민!

—하고 승규가 외치며 구들에서 벌떡 일어섰다.

쌍기미는 잠시간 어쩔줄 모르고 싶다가 《으악!" 소리를 치고 아버지에게 매달렸다. 다음에는 아무런 말도 없었다. 흐느낄뿐이였다. 아버지도 말이 없었다. 다른 사람

들도 묵묵히 서있었다.

—왔지 않늬?—하고 마침내 아버지가 나직이 말을 시작했다. 다음에는 딸과 함께 구들로 올라갔다.

구들에 앉자마자 할아버지는 손녀를 가슴에 안았다.

—젖이 푼푼하냐?—하고 묻는 아버지는 소매로 눈을 어린 자기 눈을 썻었다. 쌍기미는 잠잠했다.

—강냉이와 감자에 젖어 많을수 없지—하는 아버지는 한숨을 쉬었다—보채지 않늬?

—아니—하고 딸은 들릴랑말랑하게 응답했다.

오고가고 하는 이 말이 세민의 마음에 거슬렸다. 《원쑤"—이렇게 세민이는 속으로 말했다. 그러나 기색에는 나라내지 않았다. 아버지가 두려웠던것이다.

검은 형겊배낭에서 아버지는 이것저것을 구들에 끄집어내났다: 입쌀을 넣은 자그마한 주머니, 주먹보다 좀 더 큰 지단기를 넣은 고추장, 떠뭄음, 마른가제미 몇개…

—인젠 네 어쩔셈이냐?—하고 아버지는 저녁식사후 유하게 딸과 물었다—로써야길은 막혔것갈구나. 아이를 어쩌겠나.

세민이는 아버지가 밉살스럽게 보이였다. 그러나 아무말도 입밖에 내지 못했다.

—아이를 순옥언니에게 뒤두겠습니다.

—그게 과연 옳은 처리다!—하고 세민이는 기뻐했다.

—순옥언니에게 어떻게 뒤둔단 말이냐?—아버지는 갈래를 잘 캐지 못하였다.

아이를 맡는 이야기를 순옥이가 차근차근했다.

—우리 순옥이와 둘이 아이를 잘 기를것입니다—하고 승규는 처의 말을 받들었다—아이는 우리 길러내고 어머니는 독립군이 되게 버려둡시다.

—그게 과연 옳은 처리다!—하고 세민이는 또 외쳤다.

—너희 소원대로 해라—아버지는 반대하지 않았나. 쌍기미는 빙그레 웃었다. 한 번 본적도 없는 해삼의 형상이 눈앞에 떠올랐던것이다.

(끝)

나의 성명은 김엘랴입니다. 지금 나는 ×××× 시제×× 호중학교 졸업시험을 치르는 중입니다. 나는 나의 어머니의 말마따나 팽이새끼처럼 조금씩 음식을 먹어서 그런지 아니면 선천적으로 그런 채질을 타고나서 그런지 혹 불면 날아날듯한 말라쟁이랍니다. 그래도 나는 동뚱해지면 어쩌나하고 가끔 근심하는 때도 있답니다.

나는 무병한 편이여서 여직껏 한번도 치료받아본 일이 없습니다. 그러고 공부성격이 좋아서 선생님들의 사랑을 받아옵니다.

나는 손수 꼼마며 블라찌예 같은것을 각색 털실로 곱게 떠서 입으며 나의 녀동무에게도 어 면에서의 나의 경험을 남김없이 알려줍니다. 그래서언지 나의 또래의 처녀애들은 물론이고 그의 부모들도 나에게 친절히 대합니다.

집에 들면 나는 틈을 타서 어머니를 도와 취사실에서 서성거리기도 합니다. 나는 민족료리도 또는 몇가지 서양료리도 곧잘 만든답니다. 나는 나의 소질에 따라 경공업계통의 어느 한 대학에 입학시험을 치러볼 작정입니다…

자녀교양에 있어서 부모들은 다 그러하겠지만 나의 부모는 매우 엄한 분들입니다. 오늘 아침에 나는 재봉틀을 마주앉아, 어제 일요일날 언니가 놀러왔다가 재단해준 블라찌예를 박고있었습니다. 나의 랑친은 또 나에게 훈계의 말을 하는것이였습니다.

—…특히 녀자의 손이 가 닿는데서는 윤기가 반드르르 돌아야 하느니라…너두 인제 멀모레문 중학을 나오겠는데 글만 알것이 아니라 무엇이나 다 제손으로 제머리로 할 줄 알아야 한다. 자기 한몸을 잘 가꾼다는것도 중대한 일이지만 집안살림을 알뜰히 해나가는것이 으뜸이니라…— 하고 어머니가 타일렀습니다.

* 도노르는 수혈용으로 자기 피를 주는 사람.

—그러구 너는 류행에 열마친 그런 녀자들처럼 머리에는 새빨간칠을 내고 눈섭과 속눈섭에는 새까만칠을 낼 생각은 아예 하지두 말어라! 나는 그게 딱 질색이더라! 너는 그만큼 얼굴이며 몸매가 곱게 생겼으니 자연의 혜력이 큰 출로 알어라! 왜 멀쩡0한 얼굴에 색칠을 해놓아 자연미를 망그뜨리겠느냐 말이다. 녀배우들이 화장을 한다는것은 만문제지만 보통녀자들에게야 그게 어디 어울리는것이냐? 그러구 또 치마라는것두 말어지 허벅다리가 보일 정도로 짧게 지어입은 녀자들은 징그러워 못 보겠더라! 옷도 알맞게, 보기좋게 지어입고 째때때 몸도 씻고 좋은 머얀수, 향수, 비누, 치약같은것으로 산뜻하게 몸을 가꾸면 그게 얼마나 리상적이겠느냐 옛글에도 이런 말은 명답이더라! 산은 높아서 귀한게 아니라 나무가 있어서 귀하고 사람은 살어 져서 귀한것이 아니라 지혜가 있어서 귀하다는 글귀 말이다…그런데 더 고와보이려고 화학의 힘을 빌어 얼굴에 색칠을 한댔자 그 얼굴이 고와질수 있거나 사람자체가 현철해질수 있겠느냐? 도리여 그런 얼굴임자의 내면세계야 말로 얼마나 속되고 음침한가 말이다! 인간의 아름다움이란 단지 고운 얼굴이나 아렸다운 자태로써만 제약되는것이 아니라 우선 고운 마음씨와 깊은 감을알이로써 제약되는 것이야! 얼굴은 아기자기 곱게 생기지 않아서도 창조적로력으로써 자기를 위해, 사회를 위해 몸바쳐 일하는 사람이 바로 미인이란 말이다!

—하고 아버지는 자기의 처세관을 한참이나 피력했습니다.

나는 아버지와 어머니가 때때로 하는 훈계의 말이 나에게 좋은 영향을 미치고있다는것을 번히 알면서도

—누가 어찌기에 자꾸만 그런 말씀을 해요? 나도 인제 어린애가 아니니까 어떻게 처신해야 할것인지 안다니요! 나때문에 아버지와 어

머니께서는 망신당하진 않을
집니다!—하고 대꾸했습니다.
—요것은 장차 제노릇어
나하재 되겠저…—하고 아버
지는 히죽이 웃었습니다.
—애구 나는 모르겠소!
저렇게 잠자리같은게 올애 대
학에 붙기나 하겠는지?—하
는 어머니의 말에는 「모성애
에」 넘치는 가슴애 어떤 어

서 또 제대의 미국비행기
가 격추됐는데 인제 월남
민주주의공화국 상공애서 격
추된 미국비행기 총수가 2
천-9백-5십-1대에 달했다는구
나!그리구 사이공-산전 전
투지구애서는 2주간 계속된
전루가 5월 19일 끝났는데
살상포로된 2만명 적군장병들
중 8천명은 미국과 암쓰트랄리

단편소설 동ᄂ2 조정봉

외의 불길한 경우가 환멸의
불덩이를 안겨주지나 않겠는
지 하는 우려가 숨어있었습
니다.
복도에서 초인종소리가 났
습니다. 나는 재빨리 복도에
나가 현관문을 열었습니다.
문밖애는 나의 녀동무애들이
와있었습니다.
—갈때가 됐다!—하고 갈
랴가 말했습니다.
—그런데 애들아!부모들
한테서 승낙을 받았느냐?—
하고 내가 물었습니다.
—승낙은 무슨 승락이라
늬?우리의 심장이 시켜서 하
는 일인데…
—승낙을 받는다는것은 거
절을 받는다는것이나 다름없
겠는데—
—그래도 승낙을 받는게
좋을것만 같다. 다시- 성각해
들보자!
이런 말들이 복도를 거
처 방안에 새여든 모양이였
습니다.
나는 방에 들어와서, 저
왈에 앉아 뜨게질을 하고있
는 어머니곁에 앉았습니다.
—늬들이 무슨 비밀얘기
를 했느냐?내 다 들었다……
하고 어머니가 따지려들었습
니다.
바로 그 순간, 창문가에
자리잡은 책상애 마주앉아 금
년 6월 2일호 „쁘라우다"신문
제1면에 시선을 모으고있던
아버지의 큰 목소리가 울렸
습니다.
—야아 거 참 동쾌하구
나!원린구역 광고성 상공에

아 군무자들이라는군!놈들이
망해버질 날은 바두해오고 있
다…하건만 무수한 애국자들
남녀로소가 피를 흘리고있으
니…엉이 가슴아픈 일어져!
아버지는 그 신문 제5면
을 들여다보더니 경란의 말을
하는것이였습니다.
—참말 불란서로동계급은
규률성과 조직성이 대단하구
나!하기야 불란서공산당같은
경험많은 당이 로동계급을 령
도하니 그럴밖에 없지!이 나
라 독점자본가들이 로동계급
앞에서 한걸음한걸음 양보하
지 않으면 안되는 그런 정
세가 이루어지는구나!
아버지는 다시 신문에 시
선을 돌렸습니다.
—어서 대라!늬들이 무
슨애기를 했느냐?—하고 어
머니는 어떤 심상치 않은것
을 눈치채기나 한듯이 캐여
물었습니다.
—엄마, 나는 자원적으로
피를 주기로 결심했어요…
하고 나는 어머니의 귀에 입
을 대고 속살거렸습니다.
—피를 주다니?네 그게
무슨 소리냐?누구한테 네피
가 요구된단 말이냐?—하고
어머니는 수선떨기 시작했습
니다.
그러자 아버지는 우리쪽
에 시선을 돌렸다가 아무 말
도 하지 않고 다시 신문을
보고있었습니다.
—피를 모아, 싸우는 월남
애 보내준대요…그래서 나는
—애야!네몸에서 돌아치
는 피가 몽땅 몇그람이나 되

겠기에 고마워 방정맞은 소리를 하느냐? 그런데 또 왜 피까지 월남에 보내준다네!? 우리 나라는 무장과 식료품과 의약품 등으로 도와준다는데 그거라도 만족이 아니겠느냐? 피는 다른 나라들애서 보내주면 될걘데…

—다른 나라들도 피로, 무장으로, 의약품으로 도와주고 있대요…보내줄수 있는것은 아낌없이 최다 보내줘야 해요. 엄마 좀 생각해 보세요! 설음많은 월남의 형제자매들은 자기의 운명, 자기의 자유만아니라 우리의 운명, 우리의 자유-까지 피로, 목숨으로 응호하고있었 않아요? 그들은 소위 "자유세계"와 사회주의세계의 판가리싸움의 제1선에서 세계최강이라는 미국과 그의 동맹국들의 련합세력과 맞다들려 영웅적으로 싸우고있으니 말이애요! 우리가 흔전만전 잘 먹고 잘 입고 살고있지만 지구상 여기저기서 애국자들의 피가 흐르고 있는한 참다운 가정의 단란이나 진실한 개체의 행복이 있을수 없어요!…그래 저… 갈라랑…나라사랑…자원적으로 피를 주기로 결심했지요…

—그애들이야 실작전 애들이니 단번에 피 5때그람씩이라도 줄수 있겠지만 넌 언그람의 피만 뽑아내도 그자리에서 출도하고 말겠니! 나도 네가 허느란 말이 사리에 맞고 깨끗한 량심에서 우러나오는 말이라는것을 잘 안다 하지만 내 그러다가 글쎄 중병에나 걸리문 어쩌자구 그러느냐?

아버지는 여전히 신문을 보는것 같았지마는 실지 우리 모녀가 주고받고 하는 매말마디에 귀를 기울이고있음이 틀림없었습니다.

—아아 참 엄마두! 중병은 무슨 중병이애요! 영양가가 높은 각종 식료품이 상점들과 시장에 가득 차있는데 무슨 걱정될게 있어서 그래요! 잘 먹기만 하면 피는 인차 보충되기로 마련인데 뭐…

—네가 하려는 그 일이 좋은 일어라는것을 냄들어 쩨서 모르겠느냐마는…네 생각해 보려무나! 우리 집앤

인재 너하나뿐이 아니냐! 애구우 생각하문 기가차서! 언니 옥련어는 그맨날인지 석달만에 기후풍토가 완이한 새 고장애 옮겨와서 다행히 흥역도 무사히 이겨내고 무병하게 자라고있었다…그러다가 전쟁이 일어나니 생활난이 더욱 심해지였다…늬 아버지가 로력전선에 뽑혀간후 나혼자 옥련어를 데리고 고생했구나! 그애는 다섯살적부터 나를 도와 아침저녁 끼니때면 아궁어결애 쪼그리고 앉아 마른 가싯불을 지폈고…돌펴섬인 버를 방아애 찔을 때면 방아호박곁애 앉아 조고만 손으로 호박에서 뤼어겨나는 쌀알들을 도로 쓸어넝넌했단다! 그럭저럭 그애가 학교갈 나이 차서 하는수 없이 초라한 옷이라도 엽어 학교애 보냈지만…애구우 겨울어 다처오니 동복어 없어 학교에 다니지 못했구나!…

어머니의 눈에서는 한줄거 눈물이 쭈르르 흘러내렸습니다. 그는 목수 콱 메혀서 말을 못하고있다가 행주치마자락으로 눈물을 훔치고 갈린목소리로 덛붙였습니다.

—…옥련이는 그래저래 글공부를 바로 못하게쯤어 입년제도 졸업하지 못하고 말가갔구나! 나는 네가 중학교 나와서 대학을 무사히 졸업하는것을 보고 죽어도 원이 없으리라 생각했는데 너는 피를 뽑아주겠다는구나 글쎄! 차라리 내피를 주물렀지 내피는 안된다! 안돼!

어머니는 마치 내가 피를 주고나서 병원복도나 길바닥에 출도하여 쓰러지는 참혹한 광경을 보기나 하는듯이, 마치 여태껏 쌓아올린 피망랍이 무너지기나 하듯이 주먹으로 자기 가슴을 탁락치며 수선떨었습니다.

그때도록 잠자코 앉아있던 아버지는 나에게 시선을 돌리더니 정중하게 말하는것이였습니다.

—피를 주겠다는것은 애타심 즉 남을 사랑하는 마음의 발작이라 하겠는데 너한테 그런 애타심이 싹터나니 무척 고마운 일이구나! 그리구 나는 네가 늬 어머니의

심정도 리해하리라 멀는다.

어머니는 어디까지나 어머니니까! 새끼둔 곳은 법도 돌아본다거든…자기 혈육의 선편을 우러하는 어머니의 심정이 오죽하겠느냐!…

—아버지 나도 엄마의 심정을 잘 알아요…정말애요! 나는 피를 준 다음애도 여전히 건강할거애요…글쎄 그 몇그람의 피가 월남애국자 한 사람의 목숨이라도 건져주는데 도움이 된다면 그게얼마나 보람찬 일이겠어요!…

안경을 쓰고 설대복을 엽은 아버지는 왼손으로 의자 등받어 웃모서리를 짚고 의젓이 서서 약간 떨려는 목소리로 비장한 결의를 다지며 말하는것어였습니다.

—어찌 피뿐이겠느냐! 필요하다면 목숨이라도 마쳐야지! 래일어라도 월남에 가서 싸울 저열자들을 모집한다면 나도 선뜻 나설태다! 흥하의 기슭어나 매콩강 기슭애 가서 공동의 원수와 맞다돌려 싸우다가 야자수숲속에 고혼어 되더라도 말어다! 내 요전애도 영화구경 갔다가 사격실에 들어가서 공기총어라도 몇방 쏴보았다. 아격도 그만하면 아크짜산으로는 손색어 없겠더라…기록한 여애! 이 세기 랑심의 호소를 랁들어 어서 가서 피를 줘라! 연갓애의 향기 그윽한 그 피를!

—그리구 애야! 우리네 같어 륙섭애 가까운 사람들의 피도 받아주는지 꼭 물어보아라! —하고 어머니는 눈물훈적어 채 가셔여지지 않은 눈언저리에 미소를 띠우며 말했습니다.

나는 어머니와 아버지의 뺨에 번갈아 입을 맞추고는 조급히 문을 열고 나갔습니다…

래닌기치 3면
1968년 8월 2일

성수는 휴가를 받은 이튿날 해돋이무렵에 부랴부랴 길차비를 하고 《우》도시를 향해 떠났다. 좀 쉬기도 할겸 또 오래전부터 별러온 려행이였다. 성수의 《시굴리》승용차는 벌써 수백킬로메뜨르길을 뒤에 남기고 계속 달리였다. 어느덧 해는 하늘복판에 떠올랐다. 무더운 칠월볕을 쪼인 풀들은 나른해져 조을고있는듯하였다.

숨이 막힐듯 단 차칸, 운전대를 쥐고 달리는 길손의 마음은 마치 어디에 갇히운듯 갑갑하고 안타까웠다. 그는 길도중에 여러번 자동차를 세우고 상점이나 식당 등 사람들이 많이 있는 곳들로 들어가 이리저리 살펴보았다. 혹시 낯익은 사람을 보게 되면 그 고장 형편이라도 알아보려 하였으나 그런 사람이 없어 서운하였다.

먼길을 주름잡는 승용차는 계속 달렸다. 곧바른 포장도로, 그 량편에 줄지어 서있는 문화주택들과 마을들, 메부리며 들판의 멀리로 뻗어진 고압선―이 모든 변해진 전경이 그의 마음을 흥분케 하였다. 《그 때만해도 이 고장은 황막한 들판이였었는데…》속으로 생각하였다.

성수는 《우》도시 근처에서 한때 살면서 (그당시에 이 도시는 자그마한 역, 구역소재지였다) 난생 처음으로 사람들사이의 복잡한 호상관계와 생활을 몸소 체험하게 되였다. 그래서였던지 그는 그 소도시를 의식생활의 첫걸음을 걷기 시작한 고장으로 여겨왔으며 또 거기에서 겪은 잊지못할 소중하고 교훈적인 사연들을 마음속깊이에 간직해두고 시시로 감회해보군하였다.

그동안 세월은 많이 흘렀다. 성수의 생활에서도 변동이 많다. 그는 어느 한 주 농업기관의 한 부서에서 일하면서 일을 잘한 대가로 여러번 국가표창도 받았다.

성수는 직장일에만 주로 치중하였고 가정살림과 자녀들을 교양하는 일에는 등한한 사람이다. 그의 · 안

해 안나는 가정부인으로서의 역할을 잘하였지만 무접없는 남편에게는 아주 까다롭게 대하였다. 그래서 부부사이는 그리 좋지 않아 가정불화도 종종 있었다. 그렇게 살아오다가 이태전에 불상사로 세상을 떠났다. 이렇게 홀아비로 된 성수는 고독한 생활을 면하려고 다시 장가를 들 생각도 가끔 하고있었다. 그래서 이번 휴가를 리용하여 병석에 누워있는 삼촌의 병문안도 할겸 《우》도시에 가보려는 예산이였다.

《시굴리》는 빠르지 않은 속도로 달리였다. 성수의 얼굴표정은 흐려졌다. 《왜 내가 이 처녀지를 떠났던가? 까쮸사의 잘못이 아니였지. 운명이란 수수께끼와도 같지 않는가? 우연의 힘이란 얼마나 큰것인

가?)성수는 착각의 끝없는 실마리를 풀어보려 이런 궁리 저런궁리를 하였다.

★　★　★

준엄한 전쟁의 포성이 아직 멎지 않은 때의 먼 후방이였다. 측지학전문학교를 방금 필한 김성수는 공청동맹파견장을 받아쥐고 기차로《우》역에 도착하였다. 낡은 솜저고리를 입고 무거운 장화를 신었으며 체모단을 든 젊은 측지원은 이 고장에서 극히 필요한 전문가였고 기다리고있던 손님이였다.

성수는 곧추 구역토지부를 찾아갔다. 그해에 구역에서는 황무지에 새로운 농경리를 조직할것과 논 500겍따르를 풀 큰 계획을 세우고 봄철이 오기만 기다리면서 이런 일에 필요한 전문가들을 모집하는 중이였다.

성수는 새 경지를 찾아낼 임무를 맡아 그것을 전투임무처럼 여기고 즉시로 네사람으로 조직된 측지조를 무었다. 그리고는 말수레에 측량기, 도구, 야영살림을 위한 침구, 여러가지 식기들을 싣고 아직 눈이 채 녹지 않은 벌판으로 떠나갔다.

무연한 벌판이였다. 예로부터 이 고장사람들은 이 땅을 개간하기 위하여 깨트멘으로 싹싸울, 관목, 풀뿌리들을 들추어내여 거기에다 채소나 곡식을 심었다. 그러나 이런 방법의 개간으로는 그 광활한 광야 극소부분만 건드리는데 지나지 않았다. 사람들의 이런 무능을 회롱이라도 하듯 태고의 정적을 지켜온 광야였건만 세월이 달라졌음을 알아맞췄던지 봄철이 깃들자 땅은 유달리 불안스럽게 설레이는듯하였다.

《이 메마른 땅도 조국의 땅이다! 빨리 개간하자! 알곡 한껠로그람, 고기 한그람이라도 더 조국에 줌으로써 전승의 날을 앞당기자!》남녀로소의 이런 결의에 황무지공격기세는 화산처럼 끓어번졌다.

의기양양한 측지사대원들이 기경할 땅을 측정하여 말뚝을 곳아놓으면 각처에서 동원된 로력대들이 그들의 뒤를 따라나섰다. 한쪽에서 언 땅을 파뒤집어엎어놓으면 늙은이들은 지게로, 녀인들은 바구니로 그 흙덩이들을 이고 지어날라 논두렁을 쌓았고 수로를 팠다. 그 수로로 물이 흘러들었다.

얼마전까지만 하여도 가시풀을 뜯어먹는 락타들이 코둥을 호물거리며 시름없이 뚜벅뚜벅 걸어다니던 황무지는 곡식전야로 변하였다. 그 땅에는《로지나》(조국)란 고귀한 이름을 가진 꼴호스가 새로 조직되였다. 세월이 아무리 많이 흘러가도 이 고장을 찾아오는 사람들은 전쟁시기에 생긴 이 놀라운 전변을 아름다운 전설처럼 길이 두고 이야기할것이다…

성수의 측지사분조는 다음계단에 개간할 새 땅을 찾아낼 과업을 받아가지고 황무지로 더 깊이 들어갔다. 거기에서 그들은 인품이 후하고 수수한 카사흐차반들과 친숙해였고 그들의 유르따곁에 토굴을 쳐놓고 그들과 네것내것 가리지 않고 의좋게 살며 사시장철을 지나게 되였다.

부모를 일찍 여의고 고아원에서 자란 성수인지라 그는 아이때부터 밥과 옷이 헐히 생기지 않음을 잘 알았다. 이런 생활진리를 깨달은 젊은 성수는 어떤 책임을 맡으나 잘 수행하며 더우기 남보다 더 낫게 살아보려는 굳은 욕망과 자존심을 품고 사람들과 접촉하게 되였다. 그렇지만 그가 이곳에 와서 아직 가깝게 사귄 사람들도 또 그를 알아줄 사람들도 얼마 되지 않았다.

★　★　★

해질무렵이였다. 환자를 실은 당나귀수레가 고불고불한 길에서 덜커덩 소리를 내며 급하게 오더니 구역병원마당에 멈춰섰다. 수염이 텁숙한 카사흐로인이 성급히 의사한테로 찾아들어가 이마에 돋은 땀을 두터운 손등으로 훔치며 애결하는 어조로 말하였다.

(계속)

(전호에서 계속)

—여보게, 의사! 저 젊은이를 살려주게. 무슨 몹쓸 병에 걸렸는지…참 훌륭한 청년이고 중한 일을 맡아하는 사람이라네. 그에겐 부모친척도 없어 나와 부자간이나 다름없는 청년이라네. 어서 병을 봐주게. 내 성은 이브라기모브라고 하네…병이 좀 완쾌되면 이걸 그에게 좀 먹여주게……이렇게 말하는 낡은 헝겊으로 싼 검은밀가루레뼤스가 두개와 삶은 양고기 몇점을 의사앞에 놓았다.

당나귀수레우에 누워있는 환자는 체온이 몹시도 높아 몸이 불덩이처럼 달았고 진땀투성이가 되여 신음소리를 냈다. 병원일군들이 위생담가에 환자를 실어 병원안으로 들여갔다. 환자는 말을 타고가다가 떨어져 왼쪽팔과 다리를 상하였으며 게다가 또 학질병까지 걸려 있은것이다.

진찰을 개간한 새 고장인지라 모기가 많았고 학질모기도 살판쳤으며 고인물, 풀썩으는 냄새가 집집마다에 풍겨났다. 먹고입는 문제때문에 고생하던 사람들은 학질병때문에 더구나 고통을 겪었던것이다.

한밤중에야 환자는 좀 정신을 가다듬었다. 왼쪽 반신이 온통 깁쓰붕대에 감겨있어 몸을 움직일수가 없었다. 지난일이 어슴푸레 머릿속에 떠올랐다.

—환자동무, 몹시 아프신가요? —부드럽고 친절스러운 녀인의 목소리가 들리였다. 환자는 맥이 없어 천정만 쳐다볼뿐이였다.

—진정하세요. 며칠동안은 수술한 자리가 좀 아플겁니다. 학질병은 념려없어요—간호원녀자가 위안하는 말이였다. 그는 환자의 체온을 재여보고 동정의 눈길로 쳐다보았다. 얼마후에 또 그 부드러운 간호원의 말소리가 그의 귀에 들리였다.

—잘 주무세요. 이제 얼마간 지나면 날이 밝을 터인데 그때면 올랴아주머니가 간호할겁니다. 내 이름은 까쨔요. 요구되는것이 있으면 말하세요—환자가 얼굴을 돌려 감사하다는 뜻으로 살근히 눈을 한번 감았다몇을 때 간호원도 정다운 표정을 보이고는 돌아서서 사뿐사뿐 나가버렸다. 성수는 입속말로 《까쨔》하고 불러보았다.

구역병원은 부상병들로 꽉 차있었다. 때문에 사민환자들은 조만해 입원할수 없는 전시였다. 성수는 이브라기모브란 카사흐인로인의 노력과 열성으로하여 입원할수 있었다. 차반이였던 그 로인은 전시였던 당시에 전선원조금으로 50천루블리를 국가에 바침으로써 애국운동의 발기자로 되여 널리 알려진 로인이였다.

까쨔는 성수를 잘 돌보아달라고 간정히 부탁하던 그 로인의 말을 잘 기억하고있었고 또 의료일군으로서의 자기 일을 성의껏 수행했던것이다.

성수는 까쨔의 교대시간을 은근히 기다렸고 그를 옆에서 볼 때마다 은근히 기뻐하였다. 병은 빨리 완쾌되기 시작하였다. 깁쓰붕대를 풀고 좀 걸어다니게 되였을 때 성수와 까쨔는 시간의 여유를 타서 병원구내 소공원에 있는 한 정의자우에 앉아 이따끔 밤을 주고받았다. 수집어도 하고 고정하기도 한 총각인 성수는 활달한 까쨔앞에서는 인차 습관이 되고 허물없어지여 전에는 할수 없던 말과 롱담까지 이따끔 하게 되였다.

두 젊은 남녀의 짧은 생활에는 공통점이 있었는데 바로 그것이 그들의 심정과 의사가 서로 잘 통하게 하였다. 그 공통점이란 둘이 다 고아로 자랐으며 어려서부터 자립적으로 삶의 길을 개척하게 된것이다. 그래서인지 그들은 서로 믿고 의지하면서 희망찬 앞날을 함께 걸어나갈것을 꿈꾸었던것이다.

* * *

적적하고 쓸쓸한 심정을 싣고 달리는 《시굴리》는 큰 수로결에 멈춰섰다. 길손은 높은 둔덕우에 올라섰다. 그의 눈앞에서는 푸른 논벌이 연둥히 파도를 일으켰다. 성수는 이 순간에서 언젠가 잃어버리고 다시는 찾지 못한 그처럼 아까웠던것을 생각하며 안타까운 마음을 억제할수 없었다. 그는 둔덕길을 걸으면서 바로 풀포기들을 싸쥐기도 하고 그 이처럼 풀잎을 뜯어 입에 물고는 풀피리소리도 내보았다. 그래도 흥분된 마음을 진정시킬수 없었다.

…이듬해 겨울 어느 날이였다. 전선소식은 좋았으나 언제 그 저주로운 전쟁이 끝난다는데 대해서는 알수 없었다. 성수는 구역 토지부에 들려 사업보고를 하고는 여느때와 마찬가지로 말리운 물고기와 양고기를 보에 싸들고 까쮸사를 찾아 병원으로 갔었다. 늘 생글생글 웃는 얼굴로 마중해주던 애인이 그날엔 어쩐지 없었다. 여러 사람들에게 물어봤어도 달갑지 않게 대답하였으며 대답조차 해주기 싫어하였다. 섭섭해진 기분으로 올랴아주머니를 찾았다. 올랴아주머니는 성수를 아니꼽게 쏘아보더니

—까쨔를 또 만나보자고 왔어? —짜증스레 말하였다.

—예 그렇습니다.

—까쨔는 한주일째 앓고있네. 왜 남의 처녀를 앓아눕게까지 행동했나, 자넨? 자네를 잘 아는 처지여서 이런 말을 하네. 우리 병원신세도 자네는 지지

않았나? 수치스러울것이니 여기에 다시 나타날 렴치가 없을것네.

—아주머니, 그게 무슨 말씀입니까? 수치스러운 일이라니 무엇이 수치란말입니까? —성수는 어이가 없어 이렇게 물어보았다.

—후방에서 편안하게 자네는 살지 않나…그러니 행세를 옳게 하란말이네. 그래도, 알아듣겠나요?

—내가 뭣을 잘못했다고 그럽니까? —성수는 음성까지 높였다.

—까쨔는, 약혼녀라는걸 자넨 알고있나? 로력전선으로 간 남정이 죽었다고 했는데 요새에는 살아있다는 말이 또 돈다네. 말이 말을 만든다고 자넨 남정이 없는 새에 남의 녀편네를 홀린다는 소문이 자자하다네. 더구나 지금은 전시가 아닌가? —이렇게 랭정하게 말하는 그는 환자실로 들어가버렸다.

김성수의 청백한 마음속엔 먹물이 흘러드는듯하였다. 그는 너무나도 억울하고 너무나도 뜻밖의 일이여서 몹시 흥분되였다. 믿어온 첫사랑에 대한 정이 순식간에 식어가는 감을 느끼자 락심하였던것이다. 《사랑에도 속임이 있는가? 남편이 있으면서 어째서 까쨔는 나를 사랑한다고 하였을까?》이런 생각을 해보다가도 《아니야. 그럴수 없어. 까쨔는 거짓을 모르는 녀자야. 그는 나의 진정한 애인이야. 지금 들은 말은 필경 누가 우리의 사랑을 해치려고 헛소문을 퍼뜨려놓았을거야》 이러저러한 아직 여물지 못한 예측과 착각이 마음속에서 엉키고있었다.

성수는 까쨔를 찾아 병문안을 할 생각도 하지 않고 또 마음을 다잡아 사람들과 상론해볼 넘도 하지 않고 곧바로 우편국쪽으로 발길을 돌렸다. 그는 긴장된 신경을 억지로 진정시키며 올랴아주머니에게서 들은것대로 까쨔에게 쓴 편지를 우편함에 넣었다…

겨울의 짧은 해는 저물어갔다. 날써가 변덕을 부리더니 함박눈이 내리기 시작하였다. 성수가 탄 재빠른 말은 어둠속에서도 벌판의 눈길을 잘 분간하여 석유등불들이 반짝거리고있는 유르따들을 향해 달려갔다. 말안장에서 내린 성수는 눈투성이가 된 털모자를 툭툭 털며 토굴집으로 들어갔다.

동무들이 롱담을 걸기 시작하였다.

　─잔치는 그래 언제 할 예산인가？이브라기모브 로인은 오늘도 와서 빨리 까쨔를 데려오라고하더구나. 자기네 유르따에서 베스바르마크를 차려놓고 잔치를 해주겠다고 하더구나. 참 좋은 로인이야. 말을 할 때마다 너를 어떻게 칭찬하는지 아니？로인의 그런 심정도 못알아봐？

성수는 아무 말 없이 한참 있다가

　─나도 알고있네─한마디 하였을뿐이다. 그는 마른 기침을 몇번 하고 쓴웃음을 지으며 따뜻한 온돌방에 누워《까쭈사에게서 회답이 오기를 기다리겠다…》고 생각하며 마음을 태웠다.

＊　　＊　　＊

까쨔는 이곳으로 이사해온 해에 부모를 여의고 할아버지와 둘이서 살았다. 할아버지를 섬기는 손녀로서의 효성어린 태도는 로인을 기쁘게 하여였다. 할아버지는 《우》역근처 한 꼴호스에서 목수로 일하였다. 로인은 부모없이 불쌍하게 자라는 손녀를 몹시 껴여워했으며 그에게 장래를 걸고 여생을 살아왔다. 그런데 할아버지의 성미는 고집불통하고 괴벽스러웠다. 자기 마음에 드는 사람에게는 속을 주었지만 그러다가도 좀 틀리기만 하면 특별한 까닭도 없이 트집을 걸었다. 할아버지의 그런 성미를 잘 아는 까쨔는 공순히 섬기고 마음을 맞춰주면서 조금이라도 할아버지를 노엽히지 않았다. 까쨔는 학교를 졸업하자 3개월동안 간호원강습을 받은다음 림시 병원에서 일하고있었다.

할아버지에겐 하나의 평생소원이 있었다. 그것은 손녀를 마땅한 남자에게 시집을 보내는 일이였다. 그래서 손녀의 결혼문제를 미리부터 념려하였던것이다. 그러던차에 어느 날.

　─애야, 까쭈사！너는 금석이한테 시집을 가거라. 꼴호스에서 한다하는·돌격대원이 아니냐！성미도 시원스럽고 쾌활하지. 생김생김이야 그닥잖지만 마음아 무딘하지 않으냐？그 사람에게 시집을 가면 한생 먹고입을 근심은 없을게다.

금석이란 사람은 할아버지와 같이 일하는 가까운 친구의 아들이였다.

아직 생활경험이 적은 순진한 까쨔인지라 할아버지의 소원과 의견을 거역하면 절대로 안된다고만 생각했고 또 할아버지를 몹시 두려워도 했던것이다. 그리고 또 어느 땐가는 금석이같은 신랑감을 나무랄것도 없다고 생각해본적도 없지 않았다. 이렇게 하루이틀 지나보내던중 금석이는·구역 군사부로부터 로력전선으로 떠나가라는 통지서를 받았다.

운명앞에 굴복된 까쨔는 금석이와 배필을 무을것을 결정하고 혼례식을 하였다. 그후 사흘만에 금석이는 마을청년들과 함께 기차로 떠나갔다.

넉달이 지난후 꼴호스는 뜻하지 않은 통지를 받게 되었다. 그 부고에는 몇몇 로력전선대원들이 불상사로 사망되었다고 써있었는데 그 명단에는 최금석의 이름도 있었다. 이 소식은 까쨔에게는 물론 온마을의 비극이였다. 이로써 까쨔와 금석의 판계는 불행하게도 끝났던것이다. 그후 또 두해란 세월이 지났다. 그런데 그때 십술사나운 시누이 금순이가 자기 남동생은 죽은것이 아니라 좋지못한 사람들과 함께 도피공작을 하다가 불잡혀 림시 감금되였으므로 전쟁이 끝나면 돌아온다는 소문을 퍼뜨렸던것이다. 생활의 이런 패단을 잘 모르고있은 솔직한 두 젊은이는 금순의 뇌에 넘어가 서로 속을 태우고있었다.

까쨔는 삶에 대한 욕망이 크고 미남아인 성수를·만나자 사랑이 무엇이란것을 비로소 깨달은 나머지 진정으로 그를 사랑하였다.

（계속）

(전호에서 계속) 그런데 불과 사흘동
안 결혼살이를 한 .색시는 총각에게 자기의 처지에
대하여 차마 말은 못했으나 자기의 과거를 숨기려
한것은 아니였다. 이렇게 하루이틀 살아오는동안 심
술궂은 금순은 이 기회를 리용하여 까짜가 다른 총
각에게 반해 정신을 잃었다느니 성수가 까짜를 홀
린다느니하는 있는일 없는일을 지어내여 이 말이 고
집불통한 할아버지의 귀에까지 들어갔던것이다.
   괴벽스러운 로인은 노기등등하여 손녀를 꾸지람
하였다.
• —네 남편이 살아있다는데 기다리지 않구 그 짓
이냐?그 멋쟁이에게 속히우지 말어라. 그놈은 그저
너를 롱락이나 해보려고 하는 엉큼한 속심을 모르
겠니?내가 황천에 간후에도 네가 그놈한테 시집을
간걸 알게 되면 무덤을 헤치고 나올테야!—이렇게
노발대발 욕질을 하였다.
   *   *   *
   어느 날 성수는 고대하던 까짜의 편지를 받았
다. 편지를 읽는 그의 얼굴에는 실망의 표정이 무
거웠다. 편지내용은 대략 다음과 같았다《마지막편지
를 받아보고 나는 성수의 고민과 심정을 잘 리해
하였어요. 모든것은 나의 불찰이였어요. 그런데 우리
사이에 생긴 모순은 앞으로 풀어지리라고 믿어요.
리따언니의 말에 의하면 이곳의 시비를 피하기 위
하여 도회지로 멀리 나와 함께 떠나가려는 의도를
당신은 품고계신다는데 나는 그에 동의할수 없습니
다. 성수동무, 그런 생각을 버리고 앞일을 잘 생각
해보시요. 저 넓은 황야가 우리 사랑에 날개를 주
지 않았습니까?나는 성수와 사랑을 고백하면서 맹
약한대로 벌써 병원임을 그만두고 꼴호스 벼재배분
조를 책임지고 일해요. 새 땅에서 벼농사를 본때있
게 해보려는 욕망에 불타고있습니다. 성수도 이 고장
에 남아있으면 얼마나 좋겠습니까?나는 언제나, 또
무슨 일이 생겨도 성수를 잊지 않겠습니다. …할아
버지는 그냥 나를 나무래지요. 지금 병석에 누워계집
니다. 세상에 믿고 의지할 사람이란 나밖에 없는 할
아버지를 혼자 남겨두고 당신을 따라 떠나간다면 뭇
사람들이 나를 짐승보다도 더 고약한 인간이라고 비
난할것이 아닙니까?그렇지 않아도 우리 사랑관계에
쐐기를 박고 애쓰는 금순이 우리의 일거일동을 살
피고있답니다.
   사랑하는 성수동무, 고민의 구렁텅이에 빠진 나
의 심정을 알아줄것을 간절히 바랄뿐입니다…》
   성수는 제 주장과의 의견에 동의하지 않는 까짜
의 편지를 끝까지 읽지도 않고 격분하여 갈기갈기
찢어버렸다.《까짜는 내 말이면 다 듣겠다고 약속했
어. 진실한 안해, 동무가 되겠다고 하였어. 그도 이
젠 믿을수 없구나!》성수는 이런 생각을 하며 경
련이 일어난 사람처럼 후들후들 떨기까지 하였다. 그
리고 자신의 리상에 대한 의심과 동요심을 품게 되
었다. 자기 고민에 대해 누구와 상론도 못하고 혼
자 속을 태우며《당장 래일이라도 맡은 일을 동무
들에게 넘겨주고 이곳을 떠나갈테야. 대학을 나오고
큰 일을 해볼테야, 까짜가 부러워하게 살아볼테야…》.
이런 마음을 먹었다. 또 그 결심대로 실행했던것이다.
   이렇게 성수는 까짜와 리별하게 되였다. 청춘시
절의 아름다운 공상과 희망, 우정과 인간애, 은혜—
이 모든것을 잊어버리고 이곳을 떠나갔던것이다.
   세월이 퍼그나 많이 흘렀다. 어떤 기관의 책임
자가 되고 젊지 않은 나이의 사람으로서 지금 옛
일을 감회하면서 자책감을 느꼈다.
   *   *   *
   여름해는 `어느덧 서쪽하늘에 기울어졌다. 더위도

퍽 숙어졌고 선선한 바람이 일어나자 초목들이 헐
히 숨을 쉬는듯하였다. 아쓰팔트길을 달리던《시굴리》는
끝내 《우》도시에 도착하였다.
   성수는 곧바로 리따아주머니가 살고있는 시장 뒤
골목으로 차를 몰고갔다. 박 리따는 까짜의 사촌언
니였다. 그들사이에는 나이가 열살 차이였고 성미와
체질도 판 달랐다. 리따는 몸집이 실한 편이고 왈패
스러웠으며 전쟁시에 재봉소에서 일하면서 삯바느질
도 하고 되거리장사도 하며 온전하게 살지 않았다.

   리따는 성수를 생원이라고 부르며 지극히 그를
사랑해주었다. 까짜와 같이 그 집을 찾아가면 그는
어느새 여러가지 음식을 차려놓고 친절히 권하군하였
다. 밤새에 적삼도 깨끗이 빨아 다림질을 해서는 옷걸
개에 걸어놓군하였다. 그리고는
   —생원, 월급은 얼마나 받는둥?그걸 가지고 장
차 세간살이 꾸밀만 합둥?무슨 좋은 궁리가 없음
둥?—이런 질문을 하군하였다. 그러면 성수는 웃으
며 아무런 궁리도 없다는 뜻으로 머리를 휘젓군하
였다. 리따네집에서 마지막번으로 까쮸를 보던 일
이 생각키웠다. 그 집을 찾아가보니 알아볼수 없이
변하였다. 나지막한 토벽집이였었는데 그 터에는 함
석지붕의 큰 집이 서있었고 높은 울타리안 뜨락에
는 여러가지 과일나무, 꽃나무가 푸르싱싱 자라고있
었다. 나그네는 제 눈을 의심하면서 울타리옆에 차
를 세워놓고 뜨락안으로 들어가 출입문을 두드렸다.
안경을 쓴 로파가 나오더니
   —누구요?—묻고는 우두커니 서서 손님의 얼굴
만 지켜보았다.
   —리따아주머니지요?!나를 못알아보겠습니까?
로파는 좀 망설이다가
   —내라니 이게 누구요?—하자
   —김성수입니다. 저…까쮸사…
   그제야 로인은
   —성수로구만. 왜 생각 안나겠나. 내 좀 잘 보지
못하게 됐네. 참 반갑네—하고는 손님의 손을 끌어
잡으며 서슴없이 집안으로 들어가자고 권하였다.
   —령감은 세상을 떠난지 오래네. 우리 딸애 나
따사가 생각나겠지?나는 사위와 함께 사네. 하루라
도 묵어가게나. 그새 있은 이야기도 ˙해보세…
   —아주머니, 길도중에 잠간 들렸습니다—이렇게 대

246

답한 성수는 청년시절로 다시 돌아간 감을 느꼈다.

─먼길이라구? 그래도 하루밤이야 못묵겠나?

─예…그렇습니다.

─까쨔는 성수이야기를 늘 하더군…무슨 큰일을 한다더구만. 바라던 희망이 실현된 셈인가?

─큰사람이야 못됐지만 마음에 드는 일입니다.

─벼농사를 하는데 무슨 새 법을 연구해냈다면서?

─그런 일이 있었습니다. 여러 사람들의 도움으로…아주머니? 내말은 그만두고 그동안 여기서 있은 일에 대해서나 말해주시지요.

─성수가 알고싶어하는것을 알만하네. 할말은 참 기차게 많네.

리따아주머니의 이야기는 성수의 호기심을 점점 더 끌었다.

…전쟁이 끝난후 마을사람들은 로력전선에서 돌아왔다. 금석이는 사실대로 탄갱사고시에 희생되였다. 일이 제뜻대로 되지 않아 속을 태우던 까쨔의 할아버지는 얼마후에 세상을 떠났다. 이브라기모브로인은 성수를 몹시 원망하였다. 그렇게 건강하던 로인도 90세가 되자 세상을 떠났다. 이런 말을 듣게 되자 성수의 눈시울은 뜨거워졌다.

까쨔는 그후 3년이 지나자 성수의 소식도 모르고하여 한 사람의 후처로 되였다고 하였다.

─까쨔는 이름난 벼재배브리가지르였네. 훈장을 비롯하여 다른 표창도 많이 받았다네. 녀자로서 그런 일이 조련한가? 남편이 참 마음이 고운 사람이였네. 그런데 나이가 있다나니 두해전에 그만…

─나도 까쨔에 대한 기사와 사진을 신문에서 여러번 읽었습니다─그저 이런 대답을 하였을뿐이고 《사회적위신은 있었으나 녀자로서의 개체행복이 있을가?》하는 생각을 하였다.

─그때 까쨔가 성수한테 두번이나 편지를 썼다고 하더구만. 자넨 그 편지를 받았나? 어째서 오지 않았나? 우리는 그래도 오는가 하고…

─글쎄 그렇게 되였습니다. 그때 우연한 사정이 있어서…

─까쨔의 심정은 깨끗하였네. 늦으나마 그걸 알게. 내 동생의 잘못이라군 조금도 없었네. 뭇사람이 다 인정했네.

─예, 나도 잘 압니다. 편지도 받았습니다. 운멍이란 수수께끼와도 같은 때가 있습니다─성수는 차려놓은 음식을 먹을념도 하지 않고 몇마디씩 대답을 하였을뿐이였다.

성수가 떠나갈 차비를 하자 리따아주머니는 뒤따라나와 신신부탁을 하였다.

─성수, 자네와 자네 동무들이 전쟁시에 일하던 벌판, 전야를 돌아보지 않겠나. 벼재배쏩호스들이 많이 생겼는데…《로지나》쏩호스에 들려보게. 거기에서 까쨔가 살고있네.

─알아들었습니다. 감사합니다. 부디 오래 건강히 계십시오─성수는 몇번 허리를 굽히며 작별인사를 하며 뜨락으로 나와 말없이 한참 서있다가

─아주머니, 까쨔를 보거든 나의 인사를 전해주시요. 나도 년금생활로 나가게 되면 다시 농촌생활을 해볼가 하는 생각을 하고있습니다.

《깨끗하고 정열적인 청춘사랑! 우리 심장들에 얼마나 열렬한 불꽃을 지펴놓았던가? 전쟁시의 토벽집 생활! 그 한해반의 생활이란 얼마나 길고길었던가? 얼마나 많은 흔적을 남겨놓았던가! 까쨔! 까쨔! 참 고맙소!》성수는 이런 생각을 하며 《시굴리》에 앉자 발동을 걸었다.   끝

17. 김보리쓰, 사과나무

레닌기치, 1987.04.02, 4면.

별장 정원에서는 여러 종류 사과들이 무르익어갔다. 지내 익은 사과알들은 하나둘 땅에도 떨어졌고 탕탕 소리를 내며 별장 함석지붕에도, 나무가지들을 치며 딸기덤불로도 떨어졌다. 별장마을 우로 지나가는 비행기소리도 이따금 들려왔다.

상길로인은 이 분주하고 다망한 가을철을 언제나 좋아하였다. 그렇게 오래 살아왔어도 자연에서 벌어지고있는 일에 언제나 매혹되군하였다. 사과만을 두고봐도 그렇다. 볼멋없이 퍼렇던 사과알들이 불과 며칠사이에 마치 수집어하는 처녀가 낯을 붉히듯 빨갛게 되며 가지가 휘도록 주렁주렁 무르익어가는 광경을 바라보며 상길로인은 흐뭇해지는 마음에 미소를 감추지 못하였다. 그러나 한편 불안해지는 감도 없지 않았다. 짙은 가을철이 올 때마다 사과알들이 사정없이 떨어지기때문이다. 설새없이 떨어지는 소리는 밤에도, 낮에도 안정을 주지 않았다. 참으로 마음속은 좋지 않았고 고통스럽기까지 하여 밤이 깊어질 때까지 잠을 이룰수가 없었다.

모기장을 친 다락에 누워있는 상길령감은 사과알이 떨어질 때마다 마치 자기 가슴우에나 떨어지는듯 흠칫흠칫 놀랐고 이따금 펄떡 일어나 팔꿈치에 반신을 고이고는 잠간 조용해진 고요에 긴장하게 귀를 기울이군하였다.그러면서 무거운 한숨을 짓군하였다.

—그래 밤을 새울작정이오?이제 날이 새겠는데 아직두 매삼치니!—육중한 몸으로 령감컨에서 돌아누우며 로파는 투덜대였다.

—사과가 자꾸 떨어지우—미안해하는듯 령감은 대답하였다. 그리고는 또

—련발사격이나 하는것 같소!—나무가지에 오래오래 매달려있지 못하고 자꾸만 떨어지는것이 아깝다는듯 또 깊은 한숨을 쉬며 령감은 말하였다.

—떨어지는데는 어쨌소?실따여 익으면 떨어지기 마련아니요?오래지 않아 우리도 떨어질 때가 오우. 어서 자거나 하우—쓰거운 웃음을 지으며 안로인이 말하고는 한참 가만히 누워있다가 또

—저 사과나무들을 베치우겠소. 이젠 맥이 없어 죽겠소. 하루종일 그 떨어진 사과알들을 주어모으라면 저녁쯤엔 보기도 싫어지요. 멫그루만 남겨놓고 나머지는 없애버리요. 아무리 모아도 소용없소. 너무 흔하니 거저 갖다 먹을래도 싫다오, 어데 갖다 바칠데도 없지…이젠 다 늙어빠진것들이 나무를 바라올라가겠소? 애들은 그냥 겨를이 없다지. 또 그런 생각이나 하우?그저 입에다 갖다 넣어주면 먹겠는지! ……조용해졌던 안해는 령감쪽으로 돌아누우며 이런 말을 들이대였다.

상길령감은 아무런 대답도 하지 않고 옆으로 돌아누웠다. 계속 무엇인가 중얼거리는 안해의 말도 듣지 않았다. 다만 무엇으로 찌르는듯한 아픈 감이 느껴지는 가슴을 터슬터슬한 손바닥으로 슬근슬근 쓰다듬을뿐이였다. 이제야 어째서 그 불안스러운 감이 미리부터 생긴것을 어슴푸레나마 깨달았다.

여기저기에서 들려오는 사과떨어지는 소리는 그치지 않았다. 다시 잠에 들어보려고 쌕쌕거리는 안해가 옆에 누워있는것도 잊어버리고 깊은 생각에 잠겨버렸다. 아직 어슥어슥한 정원에서 누가 그의 말을 들어주거나 하듯 허방에 대고

—배던지는 일이야 힘들것이 있나?더구나 제 손으로 심은 나무가 아니니 아까울것도 없지…

—뭘 그러우?—안주인의 말이였다.

—어서 자우!

……날은 방금 밝아 아직 연약한 해빛은 가벼운 바람에 설렁대는 나무잎들을 비치며 설레인다. 도끼날에 쩍히운 나무쪼박들은 사방으로 날아흩어졌다. 언

젠가 아파나씨의 아버지가 정성스레 그 나무를 심었고 어린애처럼 애지중지 돌봐주던 일이 어제일처럼 생각키웠다. 도끼소리가 들릴 때마다 흠칫거리며 마치 제 가슴이나 치는듯 아파남을 참으면서 그저 보고만있었다. 점점 잦아지는 도끼소리는 아침공기를 헤치며 온 별장마을에 울려퍼졌다. 학생나이인 아파나씨의 아들이 낯을 찡그리고 멀찍하게 서서 자기 아버지가 하고있는 일을 살피고있었다.

도끼날은 아주 날카로웠다. 생나무여서 그리 굳지 않은 나무밑줄기에 내리치는 도끼날이 가 닿을 때마다 푹푹 살도 썩히는걸 보아 그 도끼를 잘도 버리던모양이다. 이윽고 나무가 거의 쩍혀져갔어도 아파나씨는 도끼질을 그만둘 생각이 없었다. 나무를 쩍는 일이 마치 만족감을 주는것 같았다.

—여보게, 무슨 짓을 하나?자네 눈은 눈이 아니라 뜸쩡인가?나무가 아파하는걸 못보나!나무에게도 생명이 있다네. 참 고약하네—사과나무가 쓸모 기울어져가고있는 것을 보고있던 상길로인은 참다못해 이렇게 소리를 지르다싶이 이웃을 꾸짖었다. 이것이 다 꿈이 아니라 생시에 벌어지고있다는것이 잘 믿어지지 않았다.

—그렇긴 그렇소, 아바이!—땀이 나 번질거려진 넓직하고 얽은 얼굴을 손등으로 썻으며 시물시물 웃으면서 이웃은 말하였다.

—나의 심정이 나무를 싫다고 하무만. 멀찍이 없애치우라고 하지 않겠습둥?그러니 내 잘못이 아니꾸만. 그래서 쩍어버리는판이 아니요?그리고 이 닙은 사과나무에 다 남겨둬선 뭘하겠습둥?아파나씨는 담배를 꺼내들고 계속 말하였다.

—아바이, 듣소?그놈의 사과를 한알씩 주어모으려 나무덤불밑으로 기여들어가려니 이젠 등어리가 다 구부러지지 않쓰만?—자기 대답이 썩 잘 된것으로 생각하고 만족감이나 느끼듯 옆구리를 두드리며

—내 등살은 꼿꼿하꾸만—하였다.

—자네 골통속의 무엇이 잘 구부러지지 않는모양이네!멍청이같은 녀석!—상길로인은 소리를 지르려다 그저 거의 입속말로 이렇게 중얼거리고말았다.

—자네 뇌장이 꼿꼿하지 등어리가 꼿꼿한건 아닐거네!그리 우통쓰지 말게!자네가 그래 그 나무를 심었나?생나무를 못쓰게 만들어놓고도 뭣이 좋아 그리 썼물거리나?

—그건 아바이가 상관할 일이 아니오. 제 터전에서나 마음대로 하우. 내 터이니 내 마음대로 하는데 어쨌단말이요? 참, 내…허리를 구부리고 사과알을 줏는 일이 그렇게 마음에 들면 계속 하우. 난

그러지 못하겠소. 한 너댓그루 남겨놓으면 우리 식구는 넉넉하구만. 젠 일엔 제가 장땅인걸 모르우?
—낯이 뻘개져 아파나씨는 이렇게 대꾸질을 하였다.
—넌 어째서 버티고 서있니? 불꼴 사납게 손을 떡 꺼르만에 넣고…이 도끼를 들고 일이나 좀 해라!
—일할 생각은 안하고   서있는 아들을 보자 아파나씨는 더 화가 났던지 이빨을 들어내고는 손바닥에 춤을 뱉자 또 나무곁에 다가섰다.
상길로인은 아파나씨의 아버지와 그리고 다른 이웃들과 함께 좋은 종의 사과나무묘목을 사러 이 시장, 저 시장을 찾아다니던 일과 서로 도우면서 그 묘목들을 심어놓고는 잘 가꾸느라고 물을 댄다, 묘목주위의 땅을 부드럽게 한다 하면서 정성껏 돌봐왔고 새 싹이 움트고 새 꽃송이가 필 때마다 기뻐하던 일이 생각키웠다. 나무가 잘 자라지 않던가 해충이 쓸어 나무잎들이 말라들면 아까워하고 근심하던 일. 첫 열매를 자랑삼아 서로 대접하던 일. 아포냐자체도 사과알을 맛있게 먹던 일이 어제같았다…
그의 눈앞에서 자라다싶이 한 그 나무를 저렇게 무정하게 찍어버리다니…
아파나씨는 도끼를 땅에 던지더니 말뚝처럼 우뚝 서서 계속 자기를 쏘아보고있는 상길령감을 한번 힐끔 쳐다보고는 나무줄기에 잔등을 대고 발에 힘을 주자 나무는 넘어가기 시작하였다. 그러자 사과나무는 마치 이 세상과 영 리별이나 하듯 찌걱찌걱 신음소리를 내며 따뜻하고 부드러운 땅우에 넘어지고말았다.
상길로인의 가슴은 무엇이 찌르기나 하듯 아파났다. 무슨 티나 벌레가 날아들어갔던지 눈이 쿡 쩌르는것 같더니 야속하게도 앞이 잘 보이지않아 보얗게 되였다. 그 사과나무가 방금 서있던 자리에는 사람과는 같지 않은 그 어떤 괴물이 서있는것같이 보였다. 넘어진 나무에서 상길로인은 눈길을 돌리자 집으로 들어가버렸다.
이튿날 새벽에야 《할아버지, 할아버지!》하는 소년의 부름소리에 어렴풋이 들었던 잠에서 깨여났다.
《이애야, 넌 왜 이렇게 신새벽부터 부산스러우냐?》하는 안해의 말소리가 밖에서 들려왔다.
—할아버지를 봐야 하겠어요.
—아직 주무신다, 할아버지는…
—그러면 내 여기서 기다릴테야요.
—마음대로 하려무나, 할일이 없으면…그런데 넌 어째서 일쩍부터 우리 아바이를 보려하느냐? 비밀이 아니면 내게 말해봐! 무슨 일이 생겼니?
—예, 꼭 봐야 해요. 할아버지가 나에게 나무를 접눈하는 법을 배워주시면 해서 그래요.
—애두 참, 내…네 애비는 그래 그런것도 모른더냐? 안드류사, 네 또 무슨 꾀를 부리지 않느냐?
—꾀는 무슨 꾀요. 그저 아버지에겐 말하기 싫어서 그래요. 사과나무를 아버진 좋아하지 않는답니다. 어제 벌써 한대 찍어던진걸 못봤어요? 오늘 또 몇그루 베던질 작정이야요. 할아버지께서 접눈하는 법을 배워 가을에 가서는 꼭 새 나무를 심겠어요.
상길로인은 잠자리에 누운채 숨을 죽이고 안해와 안드류사의 말소리를 듣고있었다. 밤새껏 그렇게 뭉클해지고 아프던 가슴속에는 그 무엇 따슷한것이 쪼르륵 흐르는듯 한결 거뜬해지는 감을 느꼈다. 그저 그 안드류사의 샘물흐름같은 말소리가 그치지 않고 계속 들려오기만을 그 순간에 기다렸을뿐이였다. 그리고 꼭 그의 부탁을 들어주어 접눈법뿐아니라 과실나무, 딸기나무들을 가꾸는 법을 죄다 그에게 배워주리라는 생각만 하면서 천천히 일어났다. 끝

역전에서 딱씨에 앉아 어머님집을 향해 달리면서야 비로소 일수는 어머니에 대한 생각을 해보았다. 《일년전보다 어머니는 몹시 년로해졌을거야. 그동안 앓으시지나 않았는지. 금년에도 남새를 심어 짬짬이 시장으로 다니시면서 용돈을 벌고계실거야. 집에 그저 앉아만 있는 성미가 아니시니까…》 이런 생각을 하며 무심결에 차창밖을 내다보며 한참 달리려니 어느덧 딱씨는 정든 고향집 가까이에 다가섰다.

일수가 차에서 내리자 울타리안에서는 성가시게 개짖는 소리가 들렸다. 《바르쓰로군. 반가와 짖을거야…》 이런 생각을 하며 일수는 대문을 열고 마당안으로 들어섰다. 일수를 보자 개는 마치 낯익은듯한 사람같아서였던지 짖기를 멈추고 서너번 꼬리를 흔들고는 대가리를 숙이고 제 우리안에 들어가버렸다. 전같으면 꼬리를 내흔들면서 또 꿍꿍거리며 좋아라 달려들었을 개였건만 오늘은 그렇게도 아니꼽게 맞아들이는데는 일수의 마음도 서운하였다.

집 마당에는 꽃들이 피여있었고 헛간에는 장작이 가득 쌓여있었다.

《흠, 어머님도 요즘엔 기력이 좋으신모양이군…꽃밭도 잘 가꾸시고 겨울에 땔 나무도 마련해놓으시고…》

그는 안도의 숨을 내쉬면서 즉시로 문을 열고 집안으로 뛰여들어가려고 했으나 예기하지 않던 자기 방문은 어머니를 놀랠수 있다는 생각을 하자 문을 똑똑 두드렸다.

─누구세요?

집안에서는 쟁쟁한 녀자의 목소리가 들리더니 문이 삐꺽 열리자 말쑥한 젊은 녀성의 얼굴이 나타났다.

머리칼이 희슥희슥하고 주름이 잡힌 늙은 어머니의 낯익은 얼굴을 보리라고 짐작했던 일수는 그만 놀라지 않을수 없었다.

그의 의아한 기색을 보자 녀성은 되물었다.

─누구를 찾나요?

그제야 일수는 무거운 입을 열었다.

─저, 이 집에서는 나의 어머니가 살고계시였는데요… 일수는 말끝을 얼버무렸다.

그때야 녀성도 이상하다는 표정을 나타내면서

─그분께선 아들이 있다는 말씀이 없었는데요─하며 일수의 얼굴을 올려다보았다.

녀성의 말을 듣는 순간 일수는 등에 찬물을 끼얹은듯한 랭기를 느끼면서 아연해졌다.

녀성은 잠간 그를 훑어보더니

─누구신지는 모르겠지만 이왕 찾아오셨는데 어서 들어오십시오 하고 일수를 집안으로 청하였다.

부엌칸에서는 젊은 사나이가 유모차에 갓난 애기를 태우고 달래고있었다. 그는 녀성의 남편인것이 인차 알리였다. 안해에게 유모차를 맡기고난 그는 일수에게 걸상을 권하며 앉으라 하고 자기도 마주앉았다.

집안은 전과 달리 맑은 하늘색회칠을 했었고 뻥꺼냄새 풍기는 방바닥에서는 윤택이 났다. 차려놓은 가구도 새것이였다. 젊은이들의 알뜰한 살림살이가 즉시로 감촉되였다.

일수는 자기 사연에 대해서 띠엄띠엄 이야기해주기 시작하였다. 말을 다 듣고난 젊은이는

─그런줄 몰랐군요. 친아들이라는것을 모르고 이렇게 맞이했으니 몹시 죄송합니다─이렇게 부끄러운듯이 낮은 목소리로 말하고는 담배를 피워물었다. 그리고는 자기들이 일수의 어머니집에서 살게 된 사연을 차근차근 이야기하였다.

…젊은이들은 재학중에 대학건설대의 성원으로 이곳으로 여러 차례 온 일이 있었기때문에 졸업한 다음에는 곧 이곳으로 올것을 약속하였다. 타지방에 사는 그들의 부모들은 자기들이 사는곳으로 되돌아오라고 하였으나 그들은 희망대로 졸업식을 앞두고 공청결혼식을 올리고 이곳으로 오게 되였다. 한번은 안해의 생일놀이를 차리려고 시장에 갔을 때 우연하게도 무우를 팔고계시는 일수의 어머니와 만나게 된것이다. 그때 젊은이들이 세집을 구했으면 좋겠다는 말을 꺼내자 일수의 어머니는 혼자서 큰 집을 차지하고있으니 자기 집에서 살면 어떠냐고 권고했다. 그때로부터 젊은이들은 이 집에서 살게 되였다. 반년동안 같이 살다가 일수의 어머니는 이른봄에 병에 걸려서 수술까지 하게 되여·마음고생을 하시다가 무슨 마음을 먹으시였는지 젊

은이들이 그렇게도 만류하였음에도 듣지 않고 끝내 양로원으로 가고말았다는것이다.

젊은이는 귀를 도사리고 듣고있는 일수의 눈을 피하면서 여기까지 말하고는 깊은 한숨을 내쉬였다. 그리고 담배불을 재털이에 비비여 끄고 《이 집은 자네들에게 맡기겠네. 만일 내가 죽었다는 소식이 있으면 좀 수고스럽지만 나를 령감이 묻혀있는 곁에 묻어주게. 내 소원이란 그뿐이네…》 하고 일수의 어머니가 부탁하였다고 젊은이는 말끝을 미안해하는 표정으로 맺었다.

뜻밖의 소식을 들은 일수는 안절부절을 못하였다. 그는 눈앞이 캄캄해짐을 느끼였다. 《이렇게도 불효한 자식이 어디에 있단말인가! 어머님의 병세도 모르고…더군다나 양로원에 가셨다니…》

이 순간 그는 부끄러운 감에 얼굴이 화끈달아올랐고 어머니에 대한 간절한 생각이 비로소 떠올랐다.

…일수의 어머니는 먹고 남은 남새를 가지고 짬짬이 시장에 가서 팔고 돌아오군하였다.

그러면 젊은이들은 따뜻한 저녁상을 차려놓고 대접하였다.

어머니는 처음에 음식을 따로 지어먹자고 했지만 젊은이들이 먼저 서둘면서 차려주는 까닭에 하는수 없이 순응해야 하였다. 그래서 젊은이들과 함께 밥상에 마주앉게 되었다. 이렇게 되고 보니 그들의 생활은 한집식구처럼 되였던것이다.

그러던중 어느날 밤 어머니는 발작이 일어나 위급하게 되였다. 젊은이들이 구급차를 불러왔을 때 의사가 하는 말이 신장염일수 있기에 병원으로 실어가야 된다고 하였다.

이렇게 어머니가 병원에 눕게 된 그날부터 젊은이들은 하루도 빠짐없이 어머니를 문안하여 주었다. 밥도 지어왔고 생선국과 닭고기국도 번갈아 가져왔으며 여러가지 과실도 가져오군하였다.

―하루종일 일을 하고나면 피곤하겠는데 자네들이 이렇게 매일 찾아오다싶이 하니 참말로 미안하네. 병은 조금씩 나아가니 내근심은 말고 작작 다니게! 일수의 어머니는 눈물이 글썽해진 창백한 얼굴에 미소를 지으며 이렇게 말하였다.

―우리 념려는 마세요. 우리 먹을것을 만들 때 좀 더 보태서 하면 될것 아닙니까? ―젊은이들은 로인을 위로해주었다.

그런 말을 들을 때마다 어머니는 눈시울이 뜨거워짐을 느끼였다. 아들과 며느리의 보살핌을 받지 못하고 아무런 상관도 없는 남의 신세를 지니 자기 형편이 가련해보이기도 하였다. 그러면서도 아들의 명예를 손상시킬가봐 념려하였다.

한달 남짓 병원신세를 지고 퇴원한 어머니는 거의 매일아침 해가 솟을새라 집에서 얼마 멀지 않은곳이 공원으로 가 산보를 하면서 신선한 아침공기를 쐬군하였다. 이슬이 맺힌 숲속 오솔길로 걸어갈 때마다 이름모를 새들이 지저귀였다.

뭇새들의 울음소리는 마치도 신비로운 아침 세계를 찬양하며 부르는 환영곡처럼 들렸다. 때로는 그 소리는 한식구를 이루는 뭇새들의 아침인사를 나누는 정다운 소리와도 같이 들렸다. 그런 생각이 들면 어머니는 은근히 고독한 자기 처지가 가련하게 여겨졌다. 그래서 그는 고독한 생각이 들 때마다 아침일쩍부터 달리기운동을 하는 사람들의 눈을 피하면서 아동유회장 쪽으로 걸음을 옮겼다.

유회장 장의자에 앉아 밝아오는 동쪽하늘을 무심히 쳐다보는 그의 머리속엔 유치원에 두었던 일수를 데려오다가 거기에서 저녁 휴식의 한 때를 보내던 지난날이 주마등처럼 스쳐지나갔다.

―마마, 말 타자요! ―일수는 기마회전대를 가리키며 졸라댔다. 그럴 때마다 어머니는 군말없이 아들이 하자는대로 들어주군하였다. 목이 마른다면 리모나드를 사주고 배가 고프다면 과자를 사주었다. 히히닥거리며 철없이 뛰여다니는 외아들의 모습을 볼적마다 자식에 대한 귀여움으로 어머니는 그의 모든 소원을 들어주었고 자족감을 느끼였다. 자식에 대한 부모의 정이 깊으면 깊을수록 늘그막에 자식의 공대를 받으리라고 스스로 어머니는 생각하였다. 그러나 세살 적버릇이 여든까지 간다고 자기만 자기라는 리기주의가 그에게 싹트고있는것을 어머니는 알리 만무였다.

(계속)

(제142호에서 계속)

일수는 부모의 부풀어넘치는 사랑속에서 중학교도 졸업하고 대학 자연지리학부도 우수한 성적으로 끝마쳤다. 고향도시에서 몇십킬로메드르 떨어진 지질학연구소에서 마땅한 직업도 찾았다. 몇해 지나선 연구소 실험수로 일하는 어여쁜 처녀와 사랑의 인연을 맺게 되고 반다한 결혼잔치도 하였다.

일년이 지나자 손자를 보아 즐거워하시던 아버지는 급병에 걸려 그만 세상을 떠났다.

연구소당국은 직장 근처에 새로 들어선 문화주택의 네칸짜리집을 일수에게 배당해주었다. 처가집에서는 가구를 사주고 어머니는 다른 이러저러한 살림붙이를 차려주었다.

일수는 직장당국에 어머니를 모시겠다고 약속도 한바 있었고 또 그렇게 하는것이 아들의 도리라는 생각으로 같이 살자고 권고했으나

―너희들이 문화주택에서 사는것만큼 집에서 제소도 가져다 먹고 나머지는 팔아서 용돈도 얻을겸 나는 이 집에 그대로 남아있겠다. 너네들만 땜땜이 찾아오면야 같이 있기보다 편이 나을것이 아니냐―하고 고집을 부렸다. 거기에는 물론 다른 리유도 있었다. 손자를 보아서라도 아들집에서 같이 살 생각은 있었으나 며느리 눈치밥을 차마 먹지 못하겠다는 생각이 앞섰기때문이다. 그리고 아직 팔다리를 쓸수 있는 몸이니 혼자 사는것이 마음 편안하다고 여기고있었다. 《혼안에 있어야 자식이다》라고 하지만 금이야 옥이야 하며 기른 아들이 자기가 홀로 살아가지 못할 경우에는 모서가리라고 어머니는 믿었다.

일수도 어머니를 억지로 모서가려 하지 않았다. 그는 늘그막에도 오히려 혼자라는대로 터밭을 두지는것이 몸에도 리로우며 남새를 심어서 팔아 부양가족보조금에 보태쓰는것도 좋은 일이라고 생각하였던것이다.

세월은 흘러 일수의 어머니는 손녀마저 보게 되었다. 일수네 부부가 휴가시에 큰망으로 놀러 갈 때는 자녀들을 어머니게 맡기었고 어머니는 손자와 손녀를 돌보면서 애뜻한 사랑의 정을 베풀어주었다.

도시에서는 《별장붐》이 불기 시작하였다. 사람마다 직장에서 내주는 터밭을 받아서는 별장을 짓는다, 나무를 심는다 야단법석이었다. 이때 일수도 별장을 지을 터를 받았다.

일수의 어머니는 젊은이들이 문화주택에서 살게 된것은 기쁘게 여겼지만 그들이 터를 받았다는 소문을 들었을 때는 좀 서운한 마음이 들었다. 늙은이가 개인집에서 사는것만큼 남새를 자기 집에서 얼마든지 가져다먹을수 있는것이요, 자기 터밭을 가꾸게 되면 늙은이집으로 다니는 일이 불명 드물게 되리라는 예측에서였다.

아니나 다를가 봄철이 돌아오자 아들과 며느리, 손자, 손녀들은 영 발걸음을 끊다싶이 하였다.

단편소설

부모의 초상

리환표

지난해 가을에는 어머니생일날에 일수 혼자 찾아왔을뿐이었다. 그는 틈을 타서 찾아오지 못하는것은 학사론문을 쓰느라고 바쁘다는것을 리유로 삼았다.

그럴 때 어머니는 《내리 사랑은 있어도 치사랑은 없다는 격언과 마찬가지로 아들이 바빠서 못온다는것을 어찌할수 없다고 생각하면서 하루아틀 이럭저럭 살아왔다.

그런데 금년봄부터 이 젊은이들과 같이 살게 되니 어머니는 한편으로 아들과 며느리, 다른편으로는 그 젊은이들이 자기에게 대하는 태도를 비교례보면서 많은 생각을 하게 되었다.

《천자식이 아닌 그들이 이렇게도 대우를 잘 해주는데 어째서 제 자식들은 그러지 못하는가? 아들네 식구가 따로 산다고 해서 이렇게 될수 있다고 할수 있지만 그러면 어찌하여 드문드문 찾아와서는 따뜻한 말이라도 한마디 못해주는가?》

《부모가 열번을 생각하면 자식이 한번 생각한다》고 하지만 일년내에 생일날이나 한번 겨우 마지못해 찾아오는것은 너무도 무정하고 불효한 행동이 아닌가. 이에 비하면 이 젊은이들은 얼마나 착한 사람들인가. 내가 집주인이라고 그들이 이렇게 돌봐줄수도 있다. 그러나 병문안을 매일같이 오고 집에서는 자기의 침실까지 돌봐주는것은 천자식들도 그렇게 못할것이다.

아들이 있는 녀성으로 무슨 럼치가 있어서 젊은이들의 신세를 껴야 하는가, 왜 여기에 몸을 의지하고있어야 하는가? 아니다, 나는 양로원으로 가 살아야 한다. 거기에 가면 먹여주고 입혀주고 말동무도 있다. 거기로 꼭 가야 한다. 자식들의 공대를 받지 못할 팔자에 무슨 두터운 거죽을 썼고 젊은이들의 신세를 껴야 하는가? 아니다, 나는 거기로 반드시 가야 한다.

이렇게 그는 양로원으로 들어갈 결심을 굳게 다졌다. 그런 마음을 먹자 복잡한 감정이 사라지고 맑가슴이 환히 트이는듯하였다.

빽빽이 들어선 숲속에서 잠자고 깨여난 까마귀들이 까욱거리며 무리쳐 서쪽으로 날아간다. 《저것들이 쓰레기터로 먹이를 찾으러 가는걸 보니 인제 8시쯤 된 모양이로군. 젊은이들이 조반을 갖춰놓고 기다리겠는데 어서 집으로 가야지…》

어머니는 장의자에서 일어나 허리를 한번 쭉 펴고 시원한 아침공기를 담뿍 들이마시고는 집을 향하여 발걸음을 힘있게 내디디었다.

잠간 이마에 주름반점을 하고 생각에 잠겼던 일수는 어머니가 주무시던 방안으로 들어갔다. 거기에는 꽃무늬가 난 비단보가 덮인 침대가 하나 놓여있었고 그곁에 웃장이 서있었다. 동쪽과 남쪽에 달린 유리창으로 새여드는 햇빛은 방안에서 알른거렸다.

동쪽벽에는 부모의 초상이 걸려있다. 회갑연의 기념사진이다. 아버지의 길쭉한 얼굴에서 독특한 용모를 나타내는것은 두툼하고 새까만 눈섭이다. 눈은 가늘었지만 거기에서는 정기가 돌고있었다. 량귀가 추켜내린 두툼한 입술위에는 팔자수염이 자랐다. 피륙 보기에는 엄한 성격을 가진 사람처럼 보였다.

(계속)

(전호에서 계속)

빈농가정의 맏아들로 태여난 아버지는 할아버지를 도우며 숱한 형제들을 먹여살리려고 어렸을적부터 큰 고생을 하였으며 그의 손바닥에선 못이 가셔지는때가 없었다. 천신만고하시던 그런 시절을 보내시여서 그런지 그는 남의 사정을 잘 들어주었고 정당하다고 마음먹으면 그 의사를 끝까지 주장하는 강한 의지를 가지고있었다. 그는 사람들의 그릇된 행동을 보면 그 자리에서 직통으로 판잔주는 성격을 가지고있었다. 그의 성질을 아는 동네 많은 사람들은 아버지를 존경하였으나 속심이 검은 사람들은 그의 눈을 피해다녔다.

그런 성격을 가진 아버지였지만 아들에 대한 사랑은 지극하였다. 외아들이라는 리유도 있었겠지만 그는 자기가 어렸을 때 겪은 쓰라린 고생을 그에게 넘겨주기 싫지 않았다.

아버지의 한가지 취미는 낚시질이였다. 그는 일수를 어렸을때부터 데리고다니는것을 락으로 여겼다.

겨울 얼음밑물고기잡이때는 아버지가 멘 배낭은 떠나기전부터 불룩하였다. 거기에는 먹을것만이 아니라 일수의 왈렌끼와 털장갑이 들어있었다. 아버지는 갈때에는 눈길로 헐herz 갈수 있게 장화를 신기고 가락난 장갑을 끼웠지만 얼음판우에 나가서는 그가 추워한다고 왈렌끼로 바꾸어 신기였다. 그러니 아버지의 짐이 귀찮을수밖에 없었다. 더구나 먹기를 좋아하는 일수에게 넉넉히 더운 차를 주려고 보온병도 두개 가지고 다녔다.

꿋꿋한 성미를 가진 아버지에 비하면 어머니는 퍽 어진 분이다. 어머니의 생김새도 아버지와 판이하다.

일수는 고모들이 해주던 말을 기억하고있다. 그가 세상을 먹었을 때의 일이다. 일수가 갑작스레 홍역을 앓게 되자 어머니는 밤잠도 변변히 자지 못하고 온종일 그를 안고다녔다. 마지막에는 어린애의 숨소리가 들릴락말락하니 어쩔줄을 몰라 그저 어린애를 안은채 왔다갔다 하

기만 하였다. 너무도 아들에 대한 사랑이 귀서 그랬던지 약 2주일이 지나자 애기의 얼굴에는 혈기가 돌기 시작하였다.

일수는 학교에 다니던때도 또 몸시 앓던 일을 기억하고있다. 늦가을에 있은 일이다. 밖에서 놀다가 늦어서야 집으로 돌아온 일수는 옆구리를 바늘로 찌르는듯한 아픔을 느끼며 허리를 꾸부리고 자리에 쓰러졌다. 이때 어머니는 급성맹장염에나 걸리지 않았는가고 근심이 되여 그를 업고 비바람이 휘몰아치는 험한 길로 수껄로메뜨로 떨어진 구급처로 달려갔다.

단편소설

부모의 초상

리찬호

의사들의 진단에 의하면 급성맹장염이라는것이였다. 일분일초가 바빴다. 곪은 자리가 터질수 있었다. 긴급수술이 있은 다음에 안 일이지만 구급치료가 좀 늦었더라면 생명까지 위험했다는것이다.

—아주 천명이로군, 운이 좋은 아이니 오래 살겠다, 아버지어머니의 말씀을 잘 듣고 대장부로 자라라—의사들이 침대에 누워있는 일수의 머리를 쓰다듬어주면서 말하던것이 엊그제 일처럼 회상되였다.

부모의 초상을 바라보며 과거를 회상하는 일수에게 부모들에 대한 그리움이 북반쳐올라왔고 코등이 시큰해졌다.

—일수야, 너는 인정머리도 정말 없구나. 흔

자 계시는 어머니도 섬길줄 모르는 사람이 대학공부를 했던 무엇하려나? 우리가 교양을 잘못했고 버릇을 붙여준것이 한이지…부모의 초상을 쳐다보느라니 그들은 이렇게 자기를 책망하는것같았다.

—일수야, 자식에 대한 눈먼 사랑이 결국 내 신세를 망쳐버리고 말았구나, 너희들은 제 아들딸을 애당초 그렇게 기르지 말아라!(자식을 낳아도 겉만 낳지 속은 못낳는다)는 격언을 기억해두어라—어머니는 이렇게 충고하는것같았다.

생각을 더듬던 일수는 비로소 자기 잘못을 반성하게 되였다. 장가를 든후에는 장모와 처의 말만 주로 듣고 행동한 리석은 소행, 홀로 계시는 어머니에 대해선 잇다싶이 한 불효한 행동에 대한 뉘우침으로 하여 그는 주먹을 불끈 쥐고 입술을 지그시 깨물었다.

(아니다, 나는 어머니를 모셔야 한다, 처가 그렇게도 리해하지 못할 사람은 아닐것이 아닌가…사람이 늙어서 여생을 자식곁에서 보내는것이 한 복이요, 자식이 부모를 모시는것은 응당한 도리가 아닌가!)

이런 생각이 들자 일수는 숨이 후 나오고 꽉 막혔던 가슴이 탁 트이는것같았다.

이 순간 그의 눈앞에는 양로원 뜨락에 있는 걸상에 홀로 앉아계시는 어머니의 모습이 떠올랐다. 해쓱해진 얼굴, 움푹 패여든 두 눈에서는 눈물이 글썽거리고있었다. 일흔다섯번째 맞는 이 생일날에 외로이 앉아서 아들생각만 하고있는 어머니가 눈앞에 그려졌다.

이제 만일 어머니가 앞에 계신다면 일수는 어머니를 끌어안으며 목메인 소리로 (어머니, 이 불효한 자식을 용서해주십시오, 이제부터는 나는 어머니곁을 한시라도 떠나지 않을것입니다) 라고 웨쳤을것이다.

잠시후에 일수는 정신을 가다듬고 젊은이들과 작별인사를 나누고 밖으로 나왔다.

깨빗 구름장들이 동쪽 산둥성을 핥으며 서북쪽으로 담음질치자 구름짬으로 해살이 새여내리기 시작하였다. 그 해살은 일수가 양로원으로 타고가는 딱씨의 앞길을 밝게 비척주었다.

(끝)

단편 암콤 의 드미뜨리

3학년생들중에서 가장 행복스러운 학생은 아마 오쓰따쁘일것입니다. 그에게는 할아버지와 할머니, 작은할아버지와 작은할머니, 큰할아버지와 큰할머니, 백부와 숙부, 고모와 이모 등등 지어 헤아릴수 없을 정도로 많기때문이지요. 그런데 그들은 다 한곳에서 사는것이 아니라 서로 멀리 떨어져 살고있답니다. 동토대에 친척이 있는가고 그에게 물어보십시오. 물론 있다고 대답할것입니다. 그러면 빠미르에는? 빠미르에도 역시 있다고 할것입니다.

오쓰따쁘는 지금 불과 10살밖에 안되였지만 벌써 온 나라를 려행하였답니다. 얼마전에 그애는 어머니와 함께 원동으로 갔다왔고 어느 해 여름에는 아버지와 함께 까라꿈사막지대에서 방학을 보냈다고 해요. 그런데 그애는 무엇보다도 알따이에서 삼림지기를 하고계시는 큰할아버지에게로 나들이를 가기를 좋아한답니다. 거기에는 꿀도 많고 여러가지 산딸기도 많이 맛볼수 있기때문이랍니다. 크고 작은 강은 또 얼마나 많다구요! 강물은 얼마나 맑은지 지어 물밑에서 어떻게 물고기들이 헤염치는가도 잘 들여다보인답니다! 알따이의 산들은 또 얼마나 아름답겠습니까! 산아래 들판에서는 덥고더워 빤쯔바람에도 뛰여다니며 놀수 있지만 산마루에는 그냥 흰눈이 덮혀있답니다. 그 흰눈산에서는 눈표범이 살고있다나요! 솔직히 말하면 오쓰따쁘는 눈표범은 제눈으로 보지 못했지만 그대신 곰은 아주 가까운 거리에서 직접 볼수 있었대요. 그 곰을 본 이야기를 지금 해들이겠습니다.

매일아침 큰할아버지는 사냥총을 메고 점심보를 들고 삼림으로 가군하였습니다. 그래서 오쓰따쁘는 털이 폭신하게 많은 자그마한 강아지와만 집에 남아 있군하였습니다. 그 강아지의 이름은 능소니라고 불렀어요. 강아지는 정말 새끼곰과 비슷하여 능소니라는 이름을 지어주었겠지요. 그 강아지는 갈색털이 더부룩하였고 상판대기는 뾰족하였으며 발은 짧고 구부렁하였답니다. 능소니는 아주 령리한 강아지여서 그놈과 남아있어도 심심하지도, 무섭지도 않았답니다. 이따금 수리부엉이나 부엉부엉 울고 벌레를 찾느라고 구새먹은 나무를 주둥이로 딱딱 딱딱 두드리는 딱따구리소리만 날뿐 조용한 그 삼림속에 한집밖에 없는 삼림지기집에서 어린애가 혼자 남아있기란 여간 심심하지 않고 무섭기까지 하지 않답니다. 오쓰따쁘가 다만 한가지만 유감스럽게 생각한것은 그 능소니가 말을 알아듣기는 하지만 제가 할줄은 모르는것이였어요.

―다문 한마디라도 말을 해봐, 응? 어서, 아무 말이라도! ―이렇게 오쓰따쁘는 정 심심해질 때마다 강아지에게 말하였답니다.

이때 강아지는 자기 상판대기를 오쓰따쁘의 무릎우에 대고 마치 《왜 넌 이렇게 시끄럽게 구느냐? 너에게 그렇게 내가 충실한걸 넌 못보느냐, 그래? 그이상 더 어떻게 잘 대하란말이냐?》―하는듯 똥그란 눈으로 소년을 올려다보았습니다.

어느날 오쓰따쁘는 낚시대를 메고 능소니와 함께 강가로 내려갔습니다. 지렁이는 아무데서도 찾아볼수 없었습니다. 그래서 홀레브꼬박을 꽁꽁 다지여 그것을 미끼로 낚시질을 해야 하였습니다. 홀레브미끼에는 물고기가 잘 걸리지 않았습니다. 물에 인차

풀어지기때문이지요. 오쓰따쁘는 기분이 상해 어쩔바를 몰랐습니다. 능소니는 그를 오래오래 쳐다보고만 있다가 마치 그의 안타까워하는 심정을 알아차리고 도와주기나 하려듯 물속으로 들어가 가만히. 한자리에 서서 앞발을 물우에 올려놓았습니다. 그렇게 한참 서있다가 갑자기 그놈은 앞발로 물을 찰싹 내리치더니 물고기가 하나 해뜩 강기슭에 번져져 파닥거리였습니다.

얼마나 기뻤던지 오쓰따쁘는 어쩔바를 몰라해하였습니다. 물고기를 손에 움켜쥐고 그는 이리저리 달아다니면서 소리를 질렀습니다.

—이거 봐!야, 이거 봐!넌 정말 낚시군이야! 용한 놈이야, 넌!

능소니놈은 계속 물고기를 잡아냈습니다. 다만 이따금 상판대기를 오쓰따쁘에게로 돌리고 마치《애야, 좀 조용해!미련한 아이두 참 내!물고기들이 겁이 나 달아나지 않겠니?무엇이 우스운것이 있다고 그렇게 야단이냐?참 모르겠어!》하는듯 코만 시물거렸습니다. 그리고는 또 앞발로 물장구를 쳤습니다. 그럴 때마다 강기슭에는 물고기가 반짝거리였고 파닥파닥 뛰군하였습니다.

그러나 갑자기 능소니는 상판대기를 쳐들고 사방을 살피며 냄새를 맡더니 꽁지를 꼬부리고 쨍쨍거리는 소리를 내며. 집이 있는 쪽으로 뺑소니를 치고말았습니다.

무슨 영문인지 몰라 오쓰따쁘는 그놈을 부르기 시작하였습니다《큰할아버지를 마중하느라고 달아갔을가?》이런 생각도 하여보았습니다.

이때 근처의 풀숲에서는 무엇인가 부스럭거리는 소리가 나더니 썩썩거리는 숨소리가 들려왔습니다. 오쓰따쁘는 얼마나 놀랬고 겁이 났던지 잔등에는 진땀이 다 맺혀졌습니다. 그는 아주 큼직한 곰을 눈앞에서 봤던것입니다. 짐승은 무엇인가 핥으면서 어째선지 자기를 쳐다보지 않고 강아지가 달아간 쪽을 쳐다보았습니다. 너무도 질겁이 나 뛰지도 못하고 소리도 지르지 못하면서 가만가만 할아버지만 불러보았습니다. 그러나 눈을 꼭 감고 그 곰이 발톱으로 자기 잔등을 허비는 순간만을 기다렸을뿐입니다. 그리고는 자연히 어머니와 아버지에 대해 생각하게 되였습니다. 아마 이제는 그들을 다시 볼수 없고 자기도 그들을 볼수 없게 되리라는 생각에서였습니다. 그런데 곰의 발톱은 어쩐지 자기 잔등을 허비지 않았기에 약간 용감성이 나 살그니 눈을 떠보았습니다. 그런데 생각했던바와는 달리 곰은 제자리에 없었습니다. 그러자 어떻게도 그는 정신없이 빨리 집으로 달아와 문을 꼭 잠그고 앉아있었던지 후에 그 일이 잘 생각히우지 않았습니다.

강아지는 책상밑에 웅크리고 앉아있었습니다. 오쓰따쁘를 보자 그놈은 캥캥거리며 슬프게 짓기 시작하였습니다. 소년은 마루바닥에 내려앉아 떨리는 몸을 겨우 진정시키며 말하였습니다.

—난 너하고 다시는 천하지 않을테야, 알았니? 내게 알리지도 않고 혼자만 뺑소니치고말았으니 네가 무슨 친구란말이냐?누가 곤경에 처했을 때 저만 살겠다고 친구를 내버리고 혼자 도망친단말이냐 글쎄?

(계속).

단편 암곰 외 드미뜨리

(제246호에서 계속)

능소니는 잘못했다는듯 소년을 쳐다보았습니다. 다음엔 용서해달라고 빌기나 하듯 그의 손을 핥기 시작하였습니다.

얼마후에 큰할아버지가 집으로 돌아오자 오쓰따쁘는 서둘러 있었던 일을 즉 곰을 본 이야기를 하여주었습니다. 할아버지는 몹시 불안해지며 다음과 같은 말을 해주었습니다.

─그 암곰은 자기 새끼곰을 찾는단다. 얼마전에 나는 삼림속을 다니다 새끼곰을 하나 얻어봤어. 그래서 돌고 동물원에 바쳤어. 그러니 그 암곰이라는 놈이 성이 나 그렇게 찾아다니지 않니…그런데 어째서 너를 다치지 않고 가만 놔두었는지 모를 일이로구나!─할아버지는 사냥총을 현관에 걸어놓고 걸상에 앉았다니 계속 말을 이었다.

─얘야, 내가 없을 때 넌 혼자 어디로도 다니지 말아라! 알아들었니?

이런 할아버지의 말을 듣자 오쓰따쁘는 기분이 상해봤습니다. 이제부터는 마음대로 밖으로 나가 뛰어다니지 못하게 되어 그런것이 아니라 자기 새끼를 잃어버린 그 암곰이 불쌍해져 그랬습니다.

─할아버지, 내가 집을 떠나올 때 어머니는 어떻게 울었는지 알아요?지금 그 암곰도 얼마나 제 새끼를 그리워하겠어요?─이렇게 쌀쌀하게 오쓰따쁘는 말하였습니다.

─네 말이 옳다. 물론 아깝지않구!그러나 어쩌겠니?도시에서 사는 너같은 아이들도 산 곰을 보고싶어하지 않느냐?─손자의 말에 동의하면서도 이렇게 말하였습니다.

오쓰따쁘는 그저 한숨을 지었을뿐이였습니다.

할아버지는 저녁상을 차려놓고 오쓰따쁘를 불러앉혔습니다. 소년은 먼저 그 배신자 능소니를 먹이였고 그놈이 밖으로 내닫자 자기도 탁상에 앉아 저녁을 먹기 시작하였습니다.

─내 이 정신두 참!깜빡 잊어버렸구나. 딸기를 네게 주려고 따가지고 왔는데…─그러면서 밖으로 나가다가 인차 되들어왔습니다. 그리고는 걸려있던 사냥총을 벗겨 재빨리 장탄을 하였습니다.

─또 저놈이 나타났구나!

이번에는 오쓰따쁘는 무서워하지 않았습니다. 총을 쥔 할아버지가 옆에 있었기때문입니다. 주저없이 창문곁으로 와 밖을 내다보았습니다.

─할아버지!저걸 봐요!저 곰이란 놈이 우리 강아지를 잡아먹는것 같애요!─울먹거리는 목소리로 오쓰따쁘는 헤쳤습니다.

그러자 할아버지는 사냥총탁을 어깨에 대고 겨누기 시작하였습니다.

─안되요, 쏘지 말라요!─오쓰따쁘는 애걸하였습니다.

─곰을 쏘려고한것이 아니라 혼을 내우려고 헛방을 노리고 하였네!─할아버지가 말하였습니다.

─혼내줄 필요도 없어요. 그러잖아도 속이 타래하는데.

─그래 우리 능소니는 아깝지 않느냐?

무엇이라고 대답도 하기 바쁘게 오쓰따쁘는 제 눈으로 본 광경에 대하여 놀라지 않을수 없었습니다. 암곰은 조금도 강아지를 해치려 하지 않았고 오히려 아주 다정스레 능소니의 상판대기를 혀바닥으로 핥아주었습니다.

─저것들이 장난을 쳐요?…─놀라기도 하였으나 오쓰따쁘는 더 기뻐하였습니다.

─정말 장난을 쓰는구나!─할아버지는 총을 내리여 다시 걸어놓고 뒤머리를 굵그며 계속 말하였습니다.

─수십년동안을 이 밀림속에서 살면서도 이런 광경은 처음 보는구나. 산곰이 굴에 집개와 그렇게 빨리 친해질줄이야 누가 알았겠니?

─할아버지!저 암곰이란 놈은 또 우리 능소니를 물어뜯으려 해요!─신음하며 오쓰따쁘는 말하였습니다.

─가만있거라!아마 그 암곰이 우리 강아지를 제 새끼로 알지 않았는지 모르겠다. 저걸 보지!강아지를 입에 물어가져가고싶으나 잘 되지 않는모양이구나. 강아지란 놈이 말을 잘 듣지 않으니 말이야!

─정말 물어간다면 어쩌겠어요?─오쓰따쁘는 근심하였습니다.

할아버지는 생각에 잠겼습니다. 능소니도 잃어버리기는 참으로 아까워서겠지요. 제식구처럼 정이 들어서였지요. 그렇다고 산짐승에 대고 총을 놓을수도 없었습니다. 갑자기 요란하게 개짖는 소리가 들려오자 할아버지는 또 내다보았습니다. 보니 암곰은 물고싶던 강아지를 내려놓고 앞발을 들고 서있었습니다. 그리고는 몌가리를 이리저리 흔들면서 울부짖기 시작하였습니다. 그다음에 어정어정 뒤걸음질을 하면서 삼림속으로 사라지고 말았습니다.

그때부터 암곰은 삼림지기의 집 근처에 얼씬하지 않았습니다. 오쓰따쁘는 자기 능소니와 함께 아무런 근심도, 두려움도 없이 강가에서 놀기도 하고 고기도 낚았다고 합니다.

그해 양력설날은 음력으로 섣달 초이틀이였고 그믐날은 동지달 초여드레였다. 음력의 한해 날자는 양력보다 적은것이 보통인데 이 정묘년은 음력날자가 양력보다 훨씬 많아졌다. 윤달이 있었기때문이다. 류월이 윤달이여서 30일대신에 59일이 된 셈이다. 어머님의 생일은 음력 동지달 보름이였다. 그러니 금년은 어머니의 생일이 없는 해이다. 그대신 래년에 어머니의 생일이 두번 있다. 그것은 양력으로 정월 초사흘과 섣달 23일에 해당하다. 어머님은 왜 이렇게 까다로운 음력으로 생일을 쇠시는가? 아마 어머님의 태여난 그 옛날엔 조선사람들이 음력을 사용하고있는 모양이다. 어머님이 나이가 많은것이 걱정이 되였다. 래년엔 그 두 생일중의 하나를 꼭 어머니를 모시고 같이 쇠야겠다고 생각하며 까쭈샤는 학교에서 돌아오고있었다. 그는 로어선생이였다.

비가 오고있었다. 거미줄같이 가는 비였다. 퍽든 우산에서도 비맞는 소리는 나지 않았다. 비도 사람들의 성질을 닮았는지 여러가지가 있다. 닮았다기보다도 사람의 성질도 포함한 자연의 모든 현상은 다 그런 기질을 가진 모양이다. 명주실이 하늘에서 솔솔 풀려나듯 소리없이 점잖게 내리는 실비는 어쩌면 그렇게도 까쭈샤의 성미를 닮았는가…

자기 집 모서리를 돌아 안뜰로 들어서니 금발머리태를 길게 따드린 에쓰또니야쳐녀의 뒤모습이 보였다. 그 순간 까쭈샤는 가슴이 뜨끔하는것을 느꼈다. 전보배달쳐녀였다. 까쭈샤가 남편을 따라 이 발쩍해변으로 이사온것은 삼년전일이다. 늙으신 어머님은 지금 알마아따에 홀로 계셨다. 얼마전까지도 어머니는 까쭈샤의 아우인 아들과 같이 계셨는데 그 아우가 갑자기 까라간다로 진군을 하게 되여 데리려을 때까지 집을 보느라고 지금은 홀로 계신다는 소식을 받은것이 얼마전의 일이였다. 그때부터 어머님에 대한 근심이 더해졌고 전보배달을 볼때마다 가

슴이 설레이는것을 느끼게   되였다.

사층까지 올라와 손가방에서 열쇠를 꺼내는데 문틈에 무슨 종이쪽지가 꽂혀있었다. 그것을 뽑아가지고 급히 방으로 들어갔다. 그것은 전보였다. 꺼리고 꺼리던 일이 닥치고야말았구나. 왈칵 겁이 나서 온몸이 굳어졌다. 떨리는 손으로 전보를 뜯었다. 어머님이 몹시 앓으시니 빨리 오라는 내용이였다. 전보를 보낸 사람은 마샤아주

《그 고장 이

머니라고 했는데 누군지 도무지 생각이 나지 않았다. 아마 이웃집 아주머닌지 모르겠다. 하여튼 돌아가셨다는 전보가 아닌것이 다행히였다. 까쭈샤는 전보를 쥔채 오래동안 정신없이 방 한구석에 앉아있었다.

어머니는 삼십이 훨씬 넘어서야 까쭈샤를 낳았다. 지금은 그가 만이지만 어머님이 맨먼저 낳은 자식은 아니다. 1937년에 낳은 딸이 있었는데 그해 가을 이주할 때 기차칸에서 앓아죽었다. 그 형이 살아있었으면 벌써 할머니가 됐을 나이이다. 둘째 애는 아들이였다고 한다. 전쟁이 일어나는 해에 낳았다가 전쟁이 끝난 이듬해 성홍열로 죽었다.

어머님은 홀로 계신다, 어머님은 홀로 계신다…얼마나 자식들이 보고싶겠는가… 까쭈샤는 퍼뜩 정신을 차렸다. 밖에서는 비가 억수로 퍼붓고있었다. 그 비속을 뚫고 어머님이 부르는 소리가 멀리서 들려오는것 같았다. 어렸을 때 밖에서 노는 자기를 저녁을 먹으라고 부르던 그때의 그 목소리가.

동지달 초순이였지만 알마아따는 화창한 봄날처럼 따사하였다. 가로수들은 아직도 푸른 잎을 그대로 이고있었다. 까쮸샤는 딱씨를 타고 어머님이 사시는 미크로구역으로 내뽑았다. 《늦으면 안된다, 늦으면 안된다》. 마음 한구석에서 저도 모르는 사이에 이런 생각이 자꾸 피여올랐다. 아무리 내려누르려고 해도 불길한 마음은 그냥 바늘끝처럼 고개를 쳐들고 사그러지지 않았다. 드

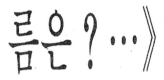

름은?…》

한 진

디여 까쮸샤는 어머님의 집앞에서 차를 내렸다. 한숨에 이층까지 뛰여올라가 초인종을 누르려다가 그냥 문을 밀어봤다. 문은 잠겨있지 않았다. 귀가 메지 않았는가 의심이 가도록 집안은 조용하였다. 집에는 아무도 없는것 같았다. 현관에 들어서서 신발을 벗고 가만히 방문을 열었다. 침대우에 어머님이 누워계셨다. 순간 두다리가 휘청 꺾어드는것 같았다. 까쮸샤는 침대에 다가가 어머님의 손을 붙들며 방바닥에 주저앉았다. 어머니는 간신히 눈을 뜨고 딸을 바라보다가 다시 눈 사르르 감아버린다.

어머니는 몹시 변하였다. 어느사이에 머리칼이 이렇게 새하얗게 세였는지 흰 베개잇과 머리를 구별하기가 힘들었다. 솟아나오는 눈물에 눈이 흐려져서인지 베개가 헝클어진 어머니 머리처럼 느껴졌다. 그 넓적한 흰 테두리속에 핼쑥한 어머니의 얼굴이 잠겨있었다. 설움이 북받쳐올라 눈물이 거침없이 흐르기 시작하였다. 그러다가 자기가 움켜쥔 나약하고 가느다란 팔목이 맥없는 어머님의 팔목이란것에 생각이 미치자 까

쮸샤는 목이 메였다. 엄마! 엄마! 어머니의 손에 이마를 부비며 울었다. 어머니는 쥐우지 않은 다른손을 딸의 머리우에 올려놓았다. 그들 모녀의 일생에서 이런 슬픈 상봉은 처음이였다.

사람은 자기 얼굴을 직접 제 눈으로 보지 못한다. 자기 몸도 다른 사람들을 보듯이 볼수는 없다. 그러나 신기한 일이다. 자기 얼굴과 자기 행동이 보일 때가 있다. 영사막에 비친것처럼 자기를 떠난 자기의 얼굴과 행동이 보일때가 있다. 추억이다.

보얗게 먼지를 뒤집어쓴 까라가치의 헝클어진 가지들. 그것들의 움직이지 않는 짙은 그림자를 밟으며 여라문살나는 계집애를 업은 중년의 녀인이 종종걸음을 치고있다. 계집애의 한 발은 신을 신었고 다른 발은 두툼하게 붕대를 감았다. 계집애는 남이 볼까봐 부끄러워서 그러는지 눈을 감고 얼굴을 어머니 잔등에 틀어박고 들지를 않는다. 까쮸샤의 눈앞에, 아니 눈까풀속에 떠오른 자기의 어렸을 때 모습이다. 소학교 삼학년 때 일같다. 발을 못에 찔려 세가나서 딩딩 부어올라 도무지 걸을수가 없었다. 그러나 학교에는 가고싶었다. 집에서 학교까지는 꽤 멀었다. 어머님이 등을 돌려대고 앉으며 두 손으로 까쮸샤를 끌어당겨 업는다. 대가리가 크다란 계집애가 어머니에게 업혔다는것이 부끄럽기 짝이 없었다. 까쮸샤는 그날 이렇게 학교에 갔다왔다. 그후부터 까쮸샤는 결석이란 있을수 없는것으로 알게 되었다. 십학년을 졸업할 때까지 하루도 학교를 안간날이 없다. 그 때의 넓적하고 폭신했던 어머님의 잔등… 그때는 세월이란 흐름속에 영원히 풀려버리고말았다. 어머니의 잔등도, 어머니의 손과는 벌써 감촉부터 다른 묵직한 손이 까쮸샤의 어깨우에 얹혀졌다. 모든 환영이 다 사라졌다.

(계속)

(제146호에서 계속)

낮선 아주머니의 손이였다. 아마 전보를 친 마샤아주머닐께다. 까쮸샤는 방바닥에서 일어났다. 어머니는 잠이 들었는지, 눈을 뜰 맥도 없어서 그러는지 그냥 눈을 감고있었다. 까쮸샤는 어머니의 얼굴을 물끄러미 들여다봤다. 머리는 헝클어져있지 않았다. 도리여 한 카락도 쳐진것이 없이 말끔히 빗어져있었다. 그 때에야 어머니 머리맡에 빗이 놓여있는것이 눈에 띄였다.

까쮸샤는 접침대를 내다 어머님 자리곁에 폈다. 밤 한시가 넘어서야 자리에 누웠는데 인차 잠들수가 없었다. 어제밤도 잠을 설치여 몹시 피곤하였는데 불을 켜놓은 방에서 잠들기가 힘득었다. 그러다 혼몽하니 잠기가 드는데 갑자기 몸이 흔들리는 바람에 깨여났다. 천장의 류쓰뜨라가 흔들리고있다. 류쓰뜨라보다도 그 그림자가 흔들리는 바람에 방이 끼울어 지는것 같았다. 차장의 유리그릇들이 쟁강거리다가 멎었는데 그 여음이 그냥 귀속에 남아있다. 지진이였다. 까쮸샤는 콱 겁이났다. 순간 죽음이란 공포가 그의 뇌리를 스치고지나간것이다. 지나간것이 아니라 마음 한구석에 그냥 꺼림하게 남아있었다. 죽음을 무서워하지 않는 사람이 있을까? 어머님도 지진을 느꼈을것이다. 까쮸샤는 어머니를 돌아다봤다. 눈을 뜨고계셨다. 무슨 생각을 하고계시는가? 어머님 눈에는 졸음기가 없었다. 낮에보다 훨씬 생기가 있었다. 까쮸샤는 일어나 어머니 머리맡으로 갔다.

《물 좀 다우…》어머님의 입에서 돌릴락말락 가느다란 목소리가 새여나왔다. 까쮸샤는 끓였다 식은 주전자의 물을 공기에 부어놓고 조심스레 어머니의 머리를 부축하고 물을 먹였다. 한 돼모금 마신것 같았다.

《어머님, 좀 어떻소? 왜 주무시지 않습니까?》

그러나 어머니는 들었는지 말았는지 그 말엔 대답을 하지 않고 천장만 바라다보고있더니 드디여 다시 입을 열었다.

《저 옷장밑에 옷이 든 함이 있다. 그걸 이리 내오너라》.

까쮸샤는 옷장을 열고 옷이 든 함을 꺼내왔다. 붉은 천쪼박 접은것이 맨우에 놓여있었다.

《그 붉은 천이 명정감이다. 그 속에 나의 성과 본을 적은 종이가 있을게다》. 그리고는 한참 말이 없다가 좀 어색한듯 이렇게 덧붙였다.

《그까지것 있으나 없으나 마찬가지지만 다른 사람들도 다 그러지 않니. 그래 나도…》

붉은 천쪼박속에는 정말 세자의 한자를 적은 공책장이 들어있었다. 어머님은 말을 계속하였다.

《거기에 치마저고리가 있다. 내가 죽으면 그것을 입혀 입관하여라》.

까쮸샤는 치마와 저고리를 꺼내 상우에 챙겨놨다. 그 옷들을 다치기가 싫었다. 옷에도 삶과 죽음이 있는가? 건장한 사람들이 입고다니는,

《그 고장 이

옷은 산 옷이다. 움직이기때문인가? 그러나 어머님이 장만해둔 이 옷은 산 옷이 아니였다. 마음이 꺼림하였다. 그러나 까쮸샤는 내색이 보일가 두려워하며 하나씩·하나씩 함의것을 꺼내 상우에 포개였다. 속곳들도 있었고 버선도 한 컬레 들어있었다. 관에 깔고 덮으란건지 흰 천과 분홍 천으로 안팎을 댄 이불같은것도 있었다. 함에 들었던것을 다 꺼내니 바닥에 번쩍이는것이 눈에 띄였다. 이 죽은 물건들중에서 그 빛만은 살아있었다. 그것은 금붙이였다. 가락지 한 쌍과 귀걸이 한 쌍이 흰실로 매여있었다. 금가락지는 어머님과 아버님의 혼인반지였을게다. 혼인반지? 아니, 아마 퍽 후날 좀 생활이 폈을 때 무슨 기쁜 일이 있은날 사서 낀것인지도 모른다. 이 귀걸이는? 까쮸샤는 한번도 어머님이 그것을 단것을 본 일이 없다. 귀불에 구멍이 없어 뒷졌는가? 무슨 다른 리유가 있었는가? 까쮸샤는 그것들을 들어 어머니에게 보였다.

《그것은 네가 가져라》.

그 말에 까쮸샤는 또 눈시울이 뜨거워났다. 이상한 일이다. 어느 때나 다름없이 심상하게 하시는 말씀이였지만 그 말의 한마디 한마디가 가슴에 사무치게 엄숙하게 들렸다. 어머니는 손을 베개밑에 넣어 봉투를 꺼내 덮고있는 이불우에 내려놓으며 《여기에 천량이 들었다. 장례비야》하고 말하였다. 두툼한 봉투에도 낯선 글자가 씌

여있었다. 그 때에야 까쮸샤는 깨달았다. 이것은 틀림없이 어머님의 유언이였다. 어머님은 마지막 말을 하고계신다. 순간 그 어덴가 어머님 마음 한구석에 있는듯한 말독안이 들여다보이는듯 하였다. 거기에는 몇마디 안되는 말이 글자모양을 하고 널려있었다. 쌀독 밑에 한줌의 쌀이 남아있듯이.

그러니 모든것을 미루어보아 어머님은 벌써 오래전부터 자기 죽음을 준비하고있은것이 틀림없었다. 앓는 사람이 죽는다고 마음을 먹으면 병

름은?…〉

한진

과 싸울 힘이 없어진다.어떻게 하면 어머님에게 병을 이길 힘을 줄수 있겠는가?어머니를 가까이 모시고 공대하지 못한것이 가슴아팠다.

며칠이 지났다. 그 날은 새벽부터 부슬부슬 비가 내리더니 저녁녘부터 바람이 불며 날씨가 추워지기 시작했다. 진눈까비는 함박눈으로 변하여 펑펑 내려쏟아졌다. 삽시간에 온누리가 눈에 덮였다. 아직 푸른 잎을 달고있는 나무가지들이 내려쌓이는 눈의 무게에 짓눌리여 아래로 휘여들고있다. 어떤것들은 와지끈 불어져 떨어지기도 한다. 밤새껏 내리던 눈은 아침이 되여 멎었다. 그날 까쮸샤는 저자를 보려 중앙장마당에 갔다. 문배와 닭 한마리를 사가지고 돌아오는데 길에는 어제밤 급작스레 떨어진 푸른 나무잎들이 눈과 범벅이 되여 수둑이 깔려있다. 그것들은 강한 향기를 뿜고있었다. 거리가 갓 베여놓은 꼴풀 마르는 냄새에 잠겨있었다. 얼핏 까쮸샤에게는 속을 씻어내는듯한 그 강한 향기가 나무잎 사귀들의 림종의 신음소리 같이 느껴졌다. 그것들을 밟기가 무서웠다. 그러나 오고가는 사람들은 그런것에까지 마음을 쓸 겨를이 없는것같다. 나무잎은 시들어 누렇게 되여 떨어지는것이 정상이다. 싱싱한 푸른잎들이 이렇게 많이 떨어졌으면 공해에 의하여 호수우에 배를 우로하고 둥둥 떠있는 죽은 물고기들을 봤을 때처럼은 아니라하더라도 사람이라면 그 어떤 반응을 보여

야 할것이 아닌가. 누런 나무잎이 떨어지거나 푸른 나무잎이 떨어지거나 사람들은 아랑곳하지 않고 그저 어디른지 서둘러 가고만있었다. 까쮸샤는 푸른 나무잎을 차마 밟기 힘들었다. 모든 현상을 삶과 죽음의 각도에서 바라보게 된 지금의 자기를 발견하자 까쮸샤는 저으기 당황하였다.

이틀 강추위가 계속되다가 다시 날씨는 령도이상으로 올라갔다. 아직 나무에 붙어있는 잎사귀들은 눈에 데여 푸른색 그대로 쭈그러들었다. 오래지 않아 바람이 불면 그것들도 다 떨어질것이다.

환하니 방에 찬 해빛 탓인지 어머님의 얼굴이 발그스레한 빛을 띤것 같았다. 기분도 좋은것 같고 웃음기도 얼굴에 떠도는것 같았다. 까쮸샤는 어머님 머리맡으로 다가갔다.

《나때문에 고생이 많다.잠도 바로 못자고…》

《고생이 무슨 고생예요. 어머니, 뭐 좀 잡숫고싶지 않아요?》

《배나 한 쪽 깎아다우》.

까쮸샤는 배를 깎아 엷게 한 쪽을 베여 어머님 입에 넣어주었다. 어머니는 천천히 배를 씹었다.

《애야, 오늘은 몸을 좀 씻어야겠다》.배를 씹어삼키고나서 어머님이 하시는 말씀이다. 뜻밖의 말씀이였다. 몸을 씻으시다니?목욕을 하시겠단 말씀인가?

《맥이 없는데 목욕을 어떻게 하셔요?》

《대야에 더운 물을 떠오너라.세수수건하고…

《그러다 감기나 걸리면 어떻게 해요?》

《방안이 더우니 일없다》.

기어이 부탁하시는바람에 까쮸샤는 할수없이 대야에 물을 떠가지고 들어왔다.

《날 일으켜앉혀라》.

까쮸샤는 어머니를 침대우에 일으켜앉히였다. 그리하여 어머님이 시키는대로 웃동을 벗기고 수건을 적셔짜서 조심스레 몸을 닦았다. 몸은 그저 여위였을뿐이지 깨끗하였다. 어머님은 수건을 달라하여 제 손으로 놀민놀민 얼굴을 씻었다. 까쮸샤는 마른 수건으로 어머님의 몸을 잘 닦아주고 옷을 입혀 다시 자리에 눕혔다. 바람을 맞을세라 이불 가장자리를 꼭꼭 눌러주었다. 대야와 세수수건을 치우고 들어와 어머님을 들여다보며 물었다. 《피곤하세요?》

(계속)

(제147호에서 계속)

《몸이 가뜬해진것 같다》.그리고 잠간 있다가 다시 말을 계속하시었다. 《모든 일이 시작과 마지막이 중요하듯 사람도 마찬가질게야. 죽는 일도 중요한 일이지…그런데말이다. 사람이 태여난 곳은 고향이라는데 사람이 묻히는 땅은 뭐라고 하느냐? 그 곳의 이름은? 그것도 이름이 있어야 할거야. 고향이란 말에 못지 않게 정다운 말이 있어야 할거야…》

까쮸샤는 깜짝 놀랐다. 어머님이 이렇게까지 깊이 인간문제를 생각하고계실줄은 정말 꿈에도 생각해본 일이 없었다. 이것이 생활의·경험이란 것인가? 나이와 함께 사람이 현명해진다는것이 이런 일을 두고 하는 말이였던가? 공부도 변변히 못하시고 그저 집이나 거두시고 밥이나 할줄 아는 어머닌줄만 알았다. 정말. 그 고장 이름은? 인차 까쮸샤의 머리에 떠오른 말은 《고향》의 반의어인 《타향》이란 말이였다. 그러나 타향은 고향의 반의어이면서도 고향의 어근인 낳다는 말에 대한 반의어는 아니다. 그런 말이 없는것이 당연하리라. 옛날엔 사람들이 자기가 태여난 땅에서 자라서 일하며 살다가 그 땅에 묻히는것이 보통일이였었으니까 고향이란 말에는 묻히는 곳이란 뜻도 포함되여있었으리라. 그러나 오늘은 사정이 딴다르다. 지금 이 세상에는 고향에서 살다가 거기서 죽는 사람이 과연 몇사람이나 된단 말인가? 적어도 1937년 이전에 태여난 원동 조선사람들은 한 사람도 그럴수 없다. 그뿐이냐? 까쮸샤는 자신도 자기 고향인 까사린쓰크에 돌아가 파묻힐 가망은 지금의 경우 전혀 없었다. 지금은 많은 경우 사람들이 떠나고싶어서 고향을 떠나는것이 아니다. 고향마을이 수력발전소 저수지 물밑으로 들어가기때문에 고향을 떠나야 했던 사람들도 있다.

부모를 자기 마음대로 고를수 없는것처럼 사람들은 고향도 자기 마음대로 고를수가 없다. 그러나 사람이 죽을 땅은 미리 알수 있다. 고향이 그리운것은 젊었을 때가 그럽기때문일것이다. 그러나 늙은 서러움이 그리울수나 있다. 그래서 죽어 파묻히는 고장의 이름은 없는 모양이다. 그 고장에도 이름이 있어야 한다는 어머님의 말씀은 그 고장도 아끼고 사랑하란 말씀이 아닌가? 정답게 부를수 있는 이름이 있었으면 죽는것도 그렇게 서럽지 않았겠다는 말씀인가?

그 고장 이름은? 아무리 궁리를 해봐도 적당한 말이 떠오르지 않았다. 아마 그런 말은 세상에 있는것 같지 않았다. 현대인들에게는 그런 말을 생각해낼 시간이 없는 모양이다.

오래간만에 까쮸샤는 바람을 쐬러 밖으로 나갔다. 휘황한 달밤이였다. 정말 조금도 이지러진 데가 없이 동전잎처럼 동글고동근 보름달이 떠 있었다. 달에서는 달빛이 막 쏟아져내린다. 사락사락 그 달빛소리가 들리는것 같다. 그것은 푸른색 그대로 가랑잎이 된 백양나무가지의 잎들이 떠는 소리였다. 밖에서 돌아오니 어머님이 누운채 머리를 빗고있었다. 뭐 꼭 빗어야 할것도 없는데 그냥 빗는다. 어머님은 자기 머리에 몹시 신경을 쓰고있는것 같았다. 까쮸샤는 어머니에게서 빗을 받아가지고 머리를 빗어주었다.

《내 죽으면 잊지 말고 머리를 빗겨다오》

《왜 자꾸 돌아가신단 말씀만 해요. 인차 일어나시겠는데》.

《근심말아라. 난 남에게 악한 일을 한 일이 없어. 그러니 죽어도 나쁜 곳에 떨어지지는 않을거야. 하기야 그런она을 내 믿지는 않는다만 그런 곳이 있다면 말이다…》

그리고는 말을 끊었다. 아마 잠이 든 모양이였다.

《그 고장 이

바로 그 이튿날 큰 변이 일어났다. 처음에 어떻게 된 영문인지 알아차릴수가 없었다. 그저 방안이 갑자기 낯설어진것 같았다. 모든것이 어제처럼 그냥 그대로 다 제 자리에 놓여있고 어머님도 그냥 누워계신다. 그런데 무엇인가 뒤숭숭하고 안전부절을 하지 못하였다. 어제처럼 어머님은 놀민놀민 입을 놀리며 말씀을 하신다. 그런데 무슨 말씀을 하시는지 한마디도 알아들을수가 없다. 아! 그때에야 까쮸샤는 변화의 원인을 알아차렸다. 어머님은 조선말을 하고 계시는것이다. 말이 조선말을 모르는것을 아는 어머님은 어제 저녁까지도 로씨야말을 하셨는데 오늘 아침부터 어머니는 그 딸에게 조선말을 하고계시는것이었다.

《뭣이라고요?》

《내 너에게 할말이 있다. 내 숨이 넘어가면 인차 눈을 내리쓸어 감겨라. 그리고 입이 벌어지지 않게 다물게 해다오. 알겠니?》

까쮸샤는 한마디도 알아듣지 못하였다. 어머니는 말이 조선말을 모른다는것을 뻔히 알면서 왜 조선말을 하시는가? 까쮸샤는 어머님 정신에 이상이 생기지 않았는가 겁이 꽉 났다.

《어머니, 무슨 말씀인지 다시 한번 하세요. ─혹시 이번에는 로씨야말을 하지 않겠는가 은근히 기대를 걸고 다시 물었다.

《내 죽으면 내 눈을 감겨달란말이야》. ─역시 어머님은 조선말을 하신다. 까쮸샤는 안타까워 지랄이 날 지경이다. 어머님이 왜 이러시는가? 나에게 무슨 잘못이 있다고 이런 벌을 주시는가 하는 생각까지 들었다.

어머님은 그냥 말씀을 하신다. 까쮸샤가 알아듣지 못하는 말을 그냥 하신다.

《어머니, 왜 알아듣지 못하게 조선말만 하세요!》 ─까쮸샤는 막 이렇게 소리를 치려고 했다. 그러나 그 말은 나오다 딱 목구멍에 걸리고 만다, 어머님이 정신이 온전하다면 나에게 뭣을 암시하려고 그러시는가? 마지막 순간에 때늦게나마 조상들의 말을 나에게 전하려고 서두르는것은 아닐가? 이것도 저것도 아니라면 어머님은 틀림없이 로망을 하신게 아닌가?로망과 조선말과 무슨 관련이 있는가?늙은이나 나이든 사람이 정상적인 사고를 벗어나 몹시 어그러지게 하는 주책없는 말이나 행동을 로망이라고 한다. 금방 한 말도 잊어버리고 다시 또다시 되풀이하고나 하던 말을 잊어버리고 뚱딴지 같은 말을 꺼내는 로인들을 본일이 있다. 로망이란 확실히 기억력의 파괴이다. 또 새로 기억한 일부터 먼저 잊어버린다고 한다. 기억의 파괴라니?뇌의 세포가 차차 죽어없어진단 말인가?어떻게?뇌의 외각이 한까풀 두까풀 양배추잎 마르듯 가랑잎이 되여

름은?…》

한진

버린단 말인가?까쮸샤의 눈앞에는 말라든 배추잎들이 자꾸 떠오른다. 그럼 마지막까지 남는것은 뭣인가?기억에도 배추속고갱이 같은것이 있는가?기억의 속고갱이란 뭣인가?어린시절의 기억?그래서 늙으면 어린애가 된다고 하는가?그래서 지금 어머니는 어렸을 때 익힌 조선말만 하는것인가?의혹과 의문이 꼬리를 물고 일어나 까쮸샤를 괴롭혔다. 안타까웠다. 서러웠다.말을 모르는 자신이 원망스러웠다. 어머님은 그냥 말씀을 계속했다.

《저금장에 이천원이 있다. 그것을 동생과 절반씩 나누어가져라. 손자녀석 못보고 죽는것이 한이다. 그애 지금 세살이지. 종알종알 말이랑 잘하겠다. 잘 길러라》.

까쮸샤는 더 참을수 없었다. 어머니 침대에 얼굴을 비비며 《목을 놓고 울어요.》《어머니, 왜 이렇게 날 괴롭히시오!나에게 무슨 죄가 있다고 이렇게 날 못살게 그러시우!》—이런 말을 한다는것이였으나 입밖에 나오는 말은 그저 《엄마!엄마!》한마디뿐이였다. 머리를 뜯을 지경으로 안타까웠다. 밖으로 뛰여나가고싶은 충동도 있었다.

통곡소리를 들었는지 이웃아주머니가 나왔다. 어머니 침대에 얼굴을 파묻고 울고있는 까쮸샤를 보고《돌아가셨니?》하고 묻는다. 까쮸샤는 정신을 차렸다.

《아니예요. 그냥 조선말만 하시는데 무슨 말인지 몰라 안타까워 그래요》.

이웃아주머니는 어머니에게 물었다. 《무슨 말씀을 하셨습니까?》

《저금한 돈이 이천원이 있으니 동생하고 절반씩 나누어가지라고 했소. 그리고 손자를 잘 기르라고 했지》.

이웃아주머니가 까쮸샤에게 그 말을 통역하였다. 그것은 정신없는 사람의 말이 아니였다. 그럼 왜 어머니는 말이 알아듣지 못하게 조선말을 하는가?그것은 아무리 생각해도 풀수 없는 수수께끼였다.

드디여 기다리던 동생 게나가 왔다. 고통을 나눌 동생이 왔다고 생각하니 이제는 한결 마

음이 가라앉는것 같았다. 어머니는 게나와도 조선말을 하였다.

《너 왔니》.

《야, 내 왔고마》.

언제 어데서 들어뒀던 말인지 게나는 어머니에게 조선말로 대답을 한다.

《시장하겠구나.》

《배 일없소꼬마.》

까쮸샤는 게나가 한없이 부러웠다. 자기도 저렇게 말을 할수 있었으면 얼마나 좋았을가. 어머니의 말을 알아듣지 못하는 자기 처지가 안타까웠다.

마치 아들이 오는것을 기다리기나하신듯이 그날 밤 어머니는 종내 세상을 떠나시고말았다. 밤 열한시가 거진 되였을 때였다. 까쮸샤는 게나와 부엌에 나와 차를 마시고있었다. 그런데 방에서 뭣이 깨지는 소리자 났다. 까쮸샤는 황급히 방안으로 뛰여들어왔다. 어머님이 침대에 일어나 앉아있었다. 깨진 찻잔쪼각이 방바닥에 널려있다. 어머님은 신음소리 같은 고함소리를 질렀다. 《그 고장 이름은?…》—하고는 반드시 뒤로 자빠졌다. 《그 고장 이름은?…》어머님의 마지막 말은 까쮸샤의 뇌리에 조선말 그대로 반 찬코처럼 들어붙었다. 방안은 밝았다. 어머님은 까딱 안하고 누워있었다. 어머니는 벌써 이 세상 사람이 아니였다.

장례를 치르고 조객들을 다 보내고난 이튿날 까쮸샤는 홀로 방안에 앉아있었다. 그런데 갑자기 쟁 귀가 메는것더니 어머님의 마지막 말이 울리기 시작했다. 《그 고장 이름은?》무슨 뜻인지는 모르나 그 말은 그대로 자신이 외울수 있게 기억에 남아있었다. 그것은 들리는 말이라기보다 눈에 보이는 말이였다. 사슴의 뿔 같기도 하고 선과 동그라미로 그린 사람의 모양 같기도 한눈에 보이는 말이였다. 그러나 다시 쟁하니 귀가 열렸다.

까쮸샤는 공기창을 열었다. 집앞의 백양나무에서 푸른색 그대로 가랑잎이 된 잎들이 멀리는 소리가 비오는 소리처럼 들려왔다.

《나의 아들은 내가 죽을 때 말을 몰라 속을 태울 일이 없으리라. 난 조선말을 모르기때문에…》—이런 생각을 하며 까쮸샤는 래일은 집으로 돌아가야겠다고 마음을 먹었다.

떠나는 날 까쮸샤는 이웃아주머니에게서《그 고장 이름은》이란 말의 뜻을 알았다. 어머님은 왜 돌아가시기전에 조선말만 하셨는가?이 수수께끼와 함께 까쮸샤는 발쩍해안으로 떠나가는 비행기에 몸을 실었다.

(끝)

《고려일보》사 사원일동은 본사사원 김 쓰바또쌀리브의 모친 유 알렉싼드리 표도로브나가 1991년 7월 28일 장기중환끝에 71세를 일기로 별세하였음과 관련하여 고인의 유가족과 친척들에게 심심한 애도의·뜻을 표한다.

찾아보기